緑の瞳に炎は宿り

キャット・マーティン
小長光弘美 訳

ROYAL'S BRIDE
by Kat Martin
Translation by Hiromi Konagamitsu

mira

ROYAL'S BRIDE

by Kat Martin

Published by K.K. HarperCollins Japan, 2023

最高にすてきなマーティン家のみんなに。
わたしは本当に果報者です。

緑の瞳に炎は宿り

おもな登場人物

リリー・アメリア・モラン――資産家令嬢の話し相手
ロイヤル・ホランド・デュワー――第七代ブランスフォード公爵
ジャック・モラン――リリーのおじ
モリー・ダニエルズ――ジャックの恋人
ジョスリン(ジョー)・コールフィールド――リリーのまたいとこ。資産家令嬢
マチルダ・コールフィールド――ジョスリンの母親
リース、ルール――ロイヤルの弟
アガサ・エッジウッド――タヴィストック伯爵夫人。ロイヤルの大おば
シェリダン(シェリー)・ノールズ――ロイヤルの親友。ウェルズリー子爵
ベンジャミン・ウィンダム――ロイヤルの親友。ナイチンゲール伯爵
クエンティン(クエント)・ギャレット――ロイヤルの親友。マーチ子爵
ジョナサン・サヴィジ――ロイヤルの親友
ディロン・セントマイケルズ――ロイヤルの親友
プレストン・ルーミス――投資アドバイザー

1

イギリス、一八五四年

ロイヤル・デュワーは、梁《はり》にオーク材を使ったブランスフォード・キャッスルの重厚な正面玄関に足を踏み入れた。幅広の床板上で、丈のある黒い乗馬靴がかつかつと音をたてる。いちばん大きな客間、テューダー様式の高天井と太い梁が印象的なその部屋を通り過ぎるとき、彼はくたびれたペルシャ絨毯《じゅうたん》からあえて目をそむけた。記憶にあった明るい赤や鮮やかな青が色あせて、今見えるのは薄汚れた濃淡だけだ。

彫刻の施されたマホガニーの大階段では、手すりの触感から意識をそらすよう努めた。艶《つや》やかだったそれも、磨く者がいなくなって久しい今は光沢を失っている。

故郷の屋敷に戻って二週間足らず。イギリスに戻るまで、ロイヤルはカリブの島国である英領バルバドスにいた。バルバドスにはシュガー・リーフというデュワー家の所有するプランテーションがあって、この七年間、彼はそこで暮らしていた。だが父親の体調が悪化し、顧問弁護士のエドワード・ピンカードから戻ってくるようにと連絡があったのだ。〈もしもブランスフォード公爵は死を間近にしておられます〉書簡はそう告げていた。〈もしもの事態を考え、ロイヤルさまには一刻も早いご帰還をお願い申し上げるしだいです〉

ようやく戻った生家で、わずかでも父のそばにいられるのはうれしかったが、屋敷の荒廃ぶりはすさまじく、どこを見ても修理が必要な状態だった。そして彼は家に閉じこもる生活に慣れていない。今朝、空が白みはじめる時刻、ロイヤルは父親の状態を確認してから厩舎《きゅうしゃ》に向かった。領地を馬で走るのは八年ぶりで、慣れ親しんだ光景に再会できると思うと心が躍った。

冬の空気は冷たく、空も灰色でどんよりと曇っていたが、自分でも少々驚くほど、馬を駆る時間はことのほか楽しかった。体はバルバドスの暑さに芯《しん》まで慣れきっていた。とうもろこし畑で動きまわったものだから、全身黒く日に焼けている。しかし、きりりとした冷たい風を顔に受け、どこまでも広がる野原を目の前にしていると、それまで意識していなかった故郷イギリスへの深い思いが胸にあふれた。

屋敷に戻って馬を降りたのは昼近くだった。この大きな葦毛《あしげ》の種馬はロイヤルが二十一歳になった日にプレゼントされた。ジュピターと名づけたときは子馬だったが、今では体高が百七十センチを超えている。彼は待っていた馬丁に手綱をわたした。

「ジミー、今日はオート麦を余分に食わせてやってくれ」

「はい、若旦那《だんな》さま」

重病の父親のそばを離れた一抹の罪悪感から足早に邸内に入り、階段を二階に上がった。廊下を進み、公爵の寝室の前で一度心を落ち着けた。

分厚い木の扉の下から光がもれていて、中でランプが灯《とも》されたのだとわかる。銀色の取っ手をまわし、弱い明かりが照らす広い寝室に足を進めた。部屋の奥、重い金色のビロードが周囲を取り巻く巨大な四柱式寝台に、彼の父親は横たわっていた。元気だったころの面影はどこにもない。

公爵の側仕《そばづか》えであり信用厚い使用人ジョージ・ミドルトンが、華奢《きやしや》な長い脚をせかせかと動かして近づいてきた。丸くなった背に主人に仕えてきた年月の長さが見て取れる。そして今は、あきらめの気持ちも。

「ようございました、お戻りになられたのですね」

「父上の具合は？」ロイヤルはウールでできた長い緋《ひ》色のマントの紐《ひも》を解き、ミドルトンが背後から脱がせてくれるにまかせた。

「日に日に衰弱しておられます。リースさまが戻るまではと、そのお気持ちだけで生きていらっしゃるのでしょう」

ロイヤルはうなずいた。弟のリースは二十九歳、ロイヤルの二つ下で、騎兵隊の少佐の地位についている。父の命があるうちになんとか到着してほしい。その下にも末っ子のルールがいるが、彼はオックスフォードでの学業を中断してすでに屋敷に戻っていた。

　ビロードの垂れ布に目をやると、ベッドわきの暗がりに父に寄り添うルールの姿があった。ルールは立ち上がってベッドを離れた。上背のある体は肩幅が広く、締まった筋肉が運動選手を連想させる。兄弟は三人とも容姿がそっくりだ。まっすぐな鼻梁《びりょう》、彫りの深い目鼻立ち、がっしりした顎。ただし、ロイヤルが暗めのブロンドと琥珀《こはく》色の瞳という母方の特徴を受け継いでいるのに対して、リースとルールは父親と同じく髪は黒、瞳は鮮やかなブルーだった。

「兄さんと話したいって」ルールは揺らめく明かりの中に出てきた。ランプは紫檀《したん》の化粧だんすに置かれていて、揺れる複数のクリスタルが虹《にじ》色の光を反射している。「少し混乱しているみたいだ。兄さんにどうしても守ってほしいことがあるそうだよ。言うとおりにすると誓ってくれるまでは安心して死ねないとさ」

　ロイヤルはうなずいた。不安より、なんだろうという好奇心のほうが強かった。兄弟はみな父を心から愛している。なのにそろってわがままを通し、それぞれの夢を追って何年も前に父親のもとを離れていた。だから兄弟は父のブランスフォード公爵に恩がある。父が何かを頼んできたなら、自分たち息子は何をおいても従うだろう。

　弟がミドルトンのあとから部屋を出て静かに扉を閉めると、空気のよどんだ薄暗い部屋にはロイヤルひとりが残された。父はこれまで三度、脳卒中で倒れている。最初が三年前で、二度三度と重なるにつれてどんどん体力を失っていった。今思えば最初に倒れたときにイギリスに戻るべきだったのだ。しかし、父の手紙には案ずるな、じき元気になるとばかり書かれてあって、ロイヤルはそれを信じたかった。シュガー・リーフを離れたくなかった。

ベッドに横たわる、老いてやせ細った父親に目を向けた。かつては活力の塊のような人だった。父の命をここまで長らえさせているのは、気力以外の何ものでもない。

「ロイヤルか?」

ロイヤルはベッドに近寄り、さっきまでルールが座っていた椅子に腰を下ろした。

「ここです、父上」握った父の手は薄く、ひんやりとしていた。寒くはない部屋だが、あとで必ず暖炉の火を大きくしておこうと、ロイヤルは自分に言い聞かせた。

「すまない……息子よ」かすれた声が言った。「わずかな遺産しか……遺《のこ》せなかった。失望させたな……おまえにも……おまえの弟たちにも」

「何を言うのです、父上。元気になればまた――」

「いい……気休めは言うな」公爵はぜいぜいと喉を鳴らした。口元が少しゆるんでいる。

ロイヤルは口を閉ざした。「何もかも失った。わからん……なぜこんなことになったのか。気づいたときには……全部なくしていた」

なんの話かはきくまでもなかった。すべての客間に欠けている調度。壁に散見される白い部分は、金の額縁に入った豪華な絵画が外された跡だ。イギリス屈指の大御殿と言われてきた屋敷だからこそ、全体に及ぶ荒廃ぶりで事情は察せられた。

「時がたてば、財産はまた増やせます」ロイヤルは言った。「ブランスフォードの公爵領は、過去も将来も繁栄しつづけるんです」

「うむ……わしもそう信じている」公爵は咳《せき》をして弱々しく息を吸った。「おまえは信用できる息子だ……弟たちもな。だが、簡単にはいくまい」

「ぼくが責任を持ちます。約束しますよ、父上」

「ああ……頼む。わしも力を貸そう……死んで土になってもおまえを助ける」

胸が締めつけられた。父は確実に死に向かっている。もういつそのときが来てもおかしくない。それでも父が死ぬという事実は、活動的で力にあふれた以前の姿を知っているだけに、容易には受け入れられなかった。

「聞いているか……ロイヤル?」

聞いてはいた。ぼんやりとだが。「はい。ですが、さっきの言葉はどういう意味でおっしゃったのか」

「方法が……あるのだ。いちばん簡単な方法が。間違いのない結婚……それがおまえに必要な資金をもたらしてくれる」か弱い手がロイヤルの手を強く握り返した。「わしは見つけた。申し分のない……女性を」

ロイヤルは背筋を伸ばした。また以前の混乱状態に戻ったようだ。

「美しい女性だ……」話はまだ続いていた。「まさに別格……おまえの妻、公爵夫人になるにふさわしい」ひと声ごとに口調が力を増していく。一瞬、瞳のにごりが消えて、若いころのような鮮やかなブルーがよみがえった。「彼女には財産がある……彼女の祖母が遺したものだ。持参金の額は半端ではない。おまえは裕福な貴族に戻れる」

「もう休んでください。話はまたあとで――」

「聞くのだ、息子よ。父親には……話を通してある。名前はヘンリー・コールフィールド。娘を溺愛《できあい》している。何がなんでも娘に……貴族の称号を……与えたいと考えている。準備は……整えておいた」苦しげに息を吸い、咳をする。だが、握ってくる手の力は少しも衰えない。「喪が明けるのを待ち……ジョスリン・コールフィールドを妻に迎えるのだ。彼女の財産と……おまえの固い決意があれば……屋敷を立てなおし、領地に繁栄を取り戻すことができる」公爵はロイヤルの手をなおも強く握ってきた。こんな力が父に残っていたとは驚きだった。発している言葉もうわ言などではない。混乱しているどころか、父は鮮明な意識の中で話している。「約束してくれ。その娘と結婚すると言ってくれ」

変に心が騒いだ。父の恩には報いたいが、心のどこかには拒絶したい自分が、定めとして言い聞かされてきた生き方に逆らいたい自分がいた。公爵としての義務の大切さを教わってはきたが、その義務とこれほど早く向き合うはめになろうとは。

ふっと意識が過去に飛んだ。二十三歳のとき、ロイヤルは家を飛びだし、新しい経験を求めてカリブにわたった。そこでデュワー家の所有するプランテーションの経営を引き継いだのだ。広い農園もロイヤルが責任者となった当初はくず同然の土地だった。額に汗して働きつづけ、彼はそこを誇れる領地に変えた。今日のような豊穣《ほうじょう》を農園にもたらした。いつかは呼び戻されるとわかっていた。それまでとは格の違う責任を引き受けるのは覚悟の上だった。

ただ、父との別れがこれほど早いとは思わなかった。

爵位の価値や領地の価値が、継承時に無になっているということも。

父の手がゆるみ、その体が弛緩《しかん》した。口の端がもとのようにたれ下がる。「約束を……」

ロイヤルは感情をぐっとこらえた。父の死は目前だ。死にぎわの願いを、どうして拒絶できるだろう。

「頼む……」ささやくようなか細い声。

「結婚します。父上の願いどおりに。安心してください」

公爵の頭が小さくうなずいた。ゆっくりと息を吐き、両のまぶたを静かに閉じる。死んだのかと、ロイヤルは一瞬不安になった。と、父の胸が弱々しくふくらみ、安堵《あんど》の波が全身を駆けた。冷たい父の手を上掛けの下にすべらせ、音をたてないようにしてベッドを離れた。念入りに暖炉の火をかき立ててから寝室をあとにした。

ルールが神経質に廊下を行き来していた。兄が静かに扉を閉めるのを見て、彼はすぐに歩みを止めた。

「父上は？」

「変わりない」ロイヤルは息を吐きだした。「結婚相手を見つけてあるそうだ。莫大《ばくだい》な持参金つきだから、それで土地や資産を再建できると。わかりましたと答えたよ」

ルールは黒い眉根を寄せた。「兄さんはそれでいいの？」

ロイヤルは薄くほほ笑んだ。「さあ、何がいいのか悪いのか。だがもう結婚すると誓った。この誓いは守りとおすよ」

ブランスフォード公爵が埋葬されたのは、冷たい風の吹く曇天の一月の朝だった。儀式は数日前に始まっていた。ウエストミンスター寺院で大主教によって長時間の式がとり行われたのだ。会葬者の中には大勢の貴族や何十人というロンドンのエリートたちがいた。

葬儀ののち、棺《ひつぎ》は特別立派な黒い馬車に乗せられ、黒い四頭の馬に引かれてブランスフォードの村に移された。墓地での埋葬式が終わると、公爵の亡骸《なきがら》は村の教会に隣接したデュワー家のための一画で眠りにつく。

埋葬には親戚《しんせき》一同が立ち会った。亡き公爵のおばに当たる高齢のタヴィストック伯爵未亡人アガサ・エッジウッドを始め、おばやらいとこやらがぞろぞろいたが、中にはロイヤルが初めて見る親戚もいた。自分も何かもらえやしまいかと、禿鷹《はげたか》よろしく遺言に期待して来た者もいたようだ。そんな人々には驚きが待っていた。何しろ公爵家の金庫には親戚に譲れるような土地も金もなかったのだから。

ロイヤルは亡骸をおさめた艶やかなブロンズの棺を見下ろした。熱い塊が喉をふさいだ。もっと早く戻るべきだった。息子として、もっと長い年月そばにいるべきだった。膨大な雑務の手助けをなぜしてあげられなかったのか。そうしていれば、領地のこんな荒廃はなかった。気苦労がなければ、父もこんな若さで死なずにすんだ。

棺を見ている視界が、一瞬涙で曇った。父はもういない。第六代ブランスフォード公爵は、次男の到着から二時間後に、安らかにこの世を去った。

次男のリースと父は短いあいだふたりだけになり、そこでも新たな誓いが立てられたようだった。軍に入って丸十二年となる日までに、必ずや離隊してウィルトシャー州に戻る。そしてここからほど近い、母方の祖父が遺したブライアーウッドの土地と屋敷を引き継ぐ。領地を再建し、収益を上げ、自分の生活を豊かにするよう努力する。

公爵の息子たちの中でもリースはいちばんの頑固者だ。自由を謳歌《おうか》し、軍での生活を楽しみ、好んで旅をしている。土地に縛られるなど、囚人のようでうんざりだという。しかし、命がつきようとしている父を目の前にして、結局は折れた格好だった。

三男のルール、彼は兄弟の中でいちばん好き勝手に過ごし、責任らしい責任とは無縁に生きてきた。ロイヤルが戻る前に、彼もまた父と約束をしている。父はアメリカとの協力こそが、この家にとっての最大の利益につながると信じていた。その協力関係を構築するためにあらゆる努力をするというのが、末息子であるルールの誓った内容だ。

大主教の声がロイヤルの耳に届き、今日までの数週間を思い返していた彼は、棺の前で語られる大主教の言葉に再び意識を集中させた。

墓のそばに立っていると、冷たい風が長いウールのマントを揺らし、厚手の黒い燕尾服《えんび》や濃いグレーのズボンを通して肌を切りつけてくる。隣にいるリースは英国騎兵隊の少佐らしい赤と白の礼服姿で、カールした量の多い黒髪を風に乱されていた。兄よりも弟よりも厳粛な態度で、表情は険しく、自分の人生について考え込んでいるように見える。

ロイヤルは下の弟に視線を移した。ルールは思いがけず家族に加わった息子だった。生まれたのは、次男のリースが誕生したさらに六年近くあと。そのころの母は体調が悪く、これ以上の妊娠は避けるよう忠告されていた。結果アマンダ・デュワーは出産と同時にこの世を去り、ルールの世話は、先行き不安なまま、子守りと兄ふたりと彼らの父親に託された。悲嘆のあまり父がしばしば酒をあおったり、書斎にこもったりしていたのをロイヤルは覚えている。

ルールは無事生き延びて、兄弟の中でいちばん無鉄砲な性格に育った。根っからの放蕩《ほうとう》者と世間で噂《うわさ》されながら、本人はむしろそれを自慢している。女性が大好きで、できるだけ多くの美女と関係を持つことを、どうやら自分への挑戦と考えているらしい。

ふと笑みがもれそうになった。ロイヤル自身の将来はすでに定まっている。ジョスリン・コールフィールドという名の女性と結婚するのだ。まだ顔も見ていない。今はイギリスを離れ、母親とヨーロッパを旅行中だという。その点はありがたかった。

喪に服する期間は一年。それだけあれば、充分に結婚の準備が整えられる。

個人的にシュガー・リーフからの収益があるから、結婚まで公爵領を維持することに不自由はない。といって、父の失った富を築きなおすのはとても無理だ。

いつかはもとどおりにする。その日が来るまで努力をおこたりはしない。

さしあたっては、公爵の義務に精通しておくことだ。併行して資産の詳細を調べ、失敗続きの投資内容を見なおして、再度利益が上がるよう持っていく。

父の言ったとおり、簡単にはいかないだろう。

ロイヤルは心に誓った。妻を迎えるときまでには、父の決めた結婚から得られる財産をどう生かすのが最善か、きっとその答えを見つけておくと。

2

イギリス、ロンドン
一年後

ジョスリン・コールフィールドは、広い庭園を見下ろす寝室で姿見の前に立っていた。彼女の住む屋敷メドーブルック館はメイフェアの端にあり、周囲には比較的大きくて新しい住宅ばかりが立ち並んでいる。コルセットにシュミーズにゆったりした下ばき――四柱式ベッドの白い絹の上掛けや窓のしゃれたカーテンと同じくらいひだ飾りが多用されたそれらの下着を身に着けて、ジョスリンは女らしい体の線を鏡でひととおり確認した。

「太ってきてないわよね」ウエストを四十センチ台にまで締め上げるコルセットの上で両手を組み、顔をしかめる。優美な褐色の眉が、すみれ色の目の上で中央に寄った。「ねえ、どう思う、リリー？」

彼女とはまたいとこの関係で、六年間話し相手を務めているリリー・モランは、少し離れた場所で声をあげて笑った。「あなたの体は完璧《かんぺき》よ」

ジョスリンがいたずらっぽくほほ笑む。「公爵さまは気づくかしら？」

リリーはかぶりを振った。「公爵さまじゃなくても、男の人ならみんな気づくわ、ジョスリン」背丈こそ同じように平均的なふたりだったが、ジョスリンと違って、リリーの髪はブロンドで体もほっそりしていた。瞳は青みがかった淡い緑色で、本人が思うに、唇は少しふっくらしすぎている。リリーのかわいらしさは、そこはかとない控えめなものだ。ジョスリンとはまるで違っていた。ジョスリンにはどんな男もその場に釘《くぎ》づけにして、ぼうっと見とれさせずにはおかない魅力がある。

「旅行の支度は終わった？」ジョスリンがたずねた。それは〝リリー、わたしの荷物もまとめてくれた？〟ときいているのと同じだった。ジョスリンにはエルシーという侍女がついているのだが、彼女の衣装選びのセンスをジョスリンは信用していない。今度の旅は、じき婚約者となるブランスフォード公爵に会いに行く旅なのだ。ジョスリンが信用するのはリリーだった。ひとつ年上のリリーを、彼女は年月とともに頼るようになっていた。

「ええ、ほとんどね」リリーは答えた。「下着以外のあなたの衣装は、全部隣の小部屋に広げてあるわ。あなたの仕事はフィービに言ってトランクにつめてもらうだけ」

ジョスリンは体をひねり、今度は違う角度から自分を眺めた。「どんなお屋敷なのかしら。ひどいところだってお父さまは言うの。だけど、何年か前までブランスフォード・キャッスルは、イギリス屈指の豪邸だと言われてなかった？　キャッスルといっても本当のお城じゃないのよね。建てられたのはたかだか三百年前だし。とにかく大きくて、お父さまの話だと四階建てで、全体がU字形で、中庭があって、いろんな塔がくっついてるらしいの。生け垣の迷路まであるってよ」彼女はほほ笑み、口元に完璧な白い歯をのぞかせた。「お父さまったら、あそこをもとの姿に戻すのは楽しい仕事になるぞ、ですって」

リリーは優しくほほ笑んだ。「ええ、きっと楽しいわよ」そうは答えたものの、ジョスリンのことだから面白がるのはたぶん最初の半年だ。いずれは飽きて、改装やら模様替えやら、田舎の豪邸を新しい公爵夫人の望む形に整えるのは母親の仕事になるのだろう。

「お母さまもわたしも、そんな場所で耐えられるかしら。予定が一週間程度で助かったわ」ジョスリンと将来の婚約者とが互いを知るための、それは最短の期間と言える。「あなたを先に行かせると決めたのは、われながらいい思いつきよね。数日あれば、あなたがブランスフォード・キャッスルを快適な環境に整えてくれる」

「そこは公爵さまがそつなく手配してくださるわ。あなたやおばさまに不快な思いはさせないはずよ」

ジョスリンはリリーの手をつかんだ。「だとしても、あなたも頼まれてくれるでしょう？　あなたはわたしの好みを知ってる。朝はココアがないといやだとか、お風呂はどんなお湯かげんがいいとか。使用人を厳選して全部教えておいてくれるわよね？」

「もちろんよ」

ジョスリンは背を向けかけて、また振り返った。「そうそう、乾燥させた薔薇《ばら》の花びらも忘れないで。あれがあるとお風呂がすてきな香りに包まれるの」

「わかったわ」

六年前にメドーブルック館に来たその日から、リリーはジョスリンの世話を焼きつづけてきた。この屋敷に来てリリーの人生は大きく変わった。十二歳のときに両親がコレラで死んで、そのあとはずっと貧乏暮らしだったのだ。

十六歳の誕生日だった。リリーはおじのジャック・モランから、いっしょに住んでいた薄汚い屋根裏を出ていくよう言いわたされた。今日からは裕福な親戚《しんせき》のもとで暮らせ、とおじは言った。ヘンリー・コールフィールドと奥さんのマチルダが住む屋敷で、十五歳のひとり娘ジョスリンの話し相手になるんだと。

行きたくないと思った。リリーはおじが好きだった。両親を亡くしたリリーにとって、おじやおじの友人たちだけが自分の家族だった。けれど、いっしょにいたいという訴えは、はねつけられた。おじのジャック・モランは小悪党だった。人さまのお金を盗んで生計を立てていた。子供から女性に変わっていくリリーをそばで見ながら、おじはこれ以上自分と同じ暮らしはさせられないと思ったらしい。

別れの日のことは、記憶に焼きついたようにしっかり覚えている。

「今の暮らしは危なすぎる」おじは言った。「先週だって、おまえはすった財布を落として巡査につかまりかけた。おまえはどんどん成長してる。女になってきてる。こんな生活からは足を洗わせたい。両親がおまえに望んだような生活をさせてやりたい。本当はもっと早くにこうするべきだったが、だが、おれは……」

「おじさんは、何？」リリーは泣きながらきいた。

「おれの家族はおまえだけだ。いなくなると寂しいよ」

あの日は泣きに泣いた。ヘンリー・コールフィールドの屋敷に連れていかれ、戸口に取り残されたときなど、それはもうひどい気分で、胃がどうにかなりそうだった。運命のあの日を最後に、おじのジャックとは一度も会っていない。今だってどんなに会いたいか。けれど心の奥底ではわかっていた。おじは正しいことをしてくれたのだ。

リリーはジョスリンを見やった。「明日は朝早くに出発するわね。新聞によれば嵐《あらし》が来そうで悪くすると雪になるって。その前にむこうに着きたいから」

「旅行用の馬車を使っていいのよ。むこうに着いたら引き返させてね。もし雨か雪になったら、お母さまとわたしは予定を延期して、旅行できるお天気になってから出発するわ。そのほうがあなたもあっちでゆっくり準備を整えられるでしょう」

「ええ、そうね」リリーは金を配した象牙色の化粧《ぞうげ》だんすに近づき、ジョスリンの寝間着をより分けながら、どれを荷物に加えるべきかと考えはじめた。「あちらには公爵さまの大おばさまでアガサとおっしゃる方がいて、わたしたちを迎えてくださるそうよ」

「らしいわね。わたしは会ったことはないけど。なんだか、ロンドンにはめったに来られない方みたい」

「公爵さまと同じね」

ロンドンに来ないなんて冗談じゃない、とでも言いたげに、ジョスリンは鼻を鳴らした。

「変わるわよ。わたしと結婚したら、絶対に」

リリーは黙ってほほ笑み、柔らかな綿の寝間着を取りだした。ひらひらした襟ぐり全体に薔薇の刺繍《ししゅう》が施されている。「あなたの公爵さまだけど、とても印象的な方だという噂《うわさ》よ。背が高くて、体格がよくて、髪は暗めの金色。とびきりハンサムだとも聞いたわ」

ジョスリンの片眉が上がった。「そうでなくちゃ困るわ。見た目の悪い男となんて結婚したくないもの。たとえ公爵さまでもね」

本当かしら、とリリーは思った。顔のよしあしにかかわらず、たぶんジョスリンは公爵と結婚する。彼女は公爵夫人になりたがっている。彼女に今の贅沢《ぜいたく》な生活は捨てられない。公爵夫人として得られる注目や、上流社会での高い地位は、彼女のあこがれだ。はっきり言って、ジョスリンの欲求には際限がない。

しかも、娘にとことん甘い父親がいるせいで、彼女の望みはたいていい実現してしまう。

「お出かけでございますか、旦那《だんな》さま?」ロイヤルが玄関に向かっていると、執事のジェレミー・グリーヴズがあわてて近づいてきた。「失礼ながら申し上げます。もういつお客さまが到着されてもおかしくない時刻です。旦那さまのお迎えがなかったら、ご結婚なさるお嬢さまがいったいどんな気持ちになられますことか」

さあ、どんな気持ちになるんだか。「いいか、グリーヴズ、彼女とはまだ正式に婚約したわけではないんだ」

「わかっております。しかしお相手のお嬢さまは、しかるべき儀礼を通してブランスフォード・キャッスルに迎えられるものと思っておられましょう」

確かにそうだ。相手の女性と母親とが屋敷を訪れて、そのときに自分が不在というのは、失礼の極みなのだろう。ロイヤルは青い目をしょぼしょぼさせている老いた白髪の執事を一瞥《いちべつ》したが、玄関へ向かう足は止めなかった。ふと思ったのは、公爵に意見する厚顔の使用人などそうはいないが、グリーヴズや側仕《そばづか》えのミドルトンは別だということだ。このふたりはロイヤルが生まれる前からこの屋敷で暮らしている。

「もし彼女の到着までに戻らなければ、火急の用件で出かけたと言ってくれ。すぐに戻ると伝えてくれればいい」

「ですが――」

子山羊《やぎ》の革でできた手袋をはめ、玄関の重厚な扉に向かった。グリーヴズがすばやく進みでて扉をあける。ロイヤルは外に出た。

ゆうべは嵐になったが、降ったのは雨ではなく雪だった。ロイヤルは幅の広い石段の下り口に立ち、寒さに凍った美しい光景を眺めた。雲間から差し込む光で、土地全体が明るく輝いている。すぐ手前の円形の私道には数センチの積雪。小道ぞいの裸の木々に目を転じれば、枝という枝が白くなってまばゆいほどにきらめいている。

きんと澄んだ空気を胸いっぱいに吸い、それから石段を下りた。彼の灰色の馬ジュピターが、すでに鞍《くら》をつけられた状態で待っていた。幸いと言うべきか、父も息子のお気に入りの馬まで売るのは忍びなかったようだ。上は紺の燕尾《えんび》服、下は乗馬ズボンに丈の高い黒のブーツという格好で、彼は鞍に飛び乗った。厚い緋《ひ》色のマントが風で大きくふくらんだ。

ジュピターを操り、最初は早足に、それからゆるい駆け足にまで速度を上げた。雪の層が厚く、蹄《ひづめ》の音はほとんど聞こえない。道なりに走りながら、一度グリーヴズを振り返った。老執事はポーチに立って、不安そうな顔で主《あるじ》を見送っていた。

ジョスリンの到着までには戻ってこよう。ロイヤルは自分に言い聞かせた。少しでいい、気持ちを整理する時間がほしかった。この日を迎えるまでの一年以上の準備期間も、結局はあまり意味がなかったように思う。とにかく、今はまだ結婚に対して真剣になれない。相手が顔も知らない女性となればなおさらだった。

しかし、約束は約束だ。

馬を全速力で走らせ、周囲の土地を縁取る細い砂利道に入った。道はどこまでも白く、きらきらした木々が、まるで星の粉を吹きつけたかのように見える。

ブランスフォード・キャッスルを囲む領地は一万二千エーカーに及ぶ。当然借地人は何十人といて、その誰もが重要事項におけるロイヤルの決断力に期待している。この領地は爵位を継ぐ者以外には譲渡できない。それが可能であれば、今ごろは大半が売却されていただろう。

ロイヤルは馬上で姿勢を正した。責務について考えるのはあとだ。今はただ雑念を払い、将来をともにする女性を冷静に迎えられるよう、気持ちを落ち着けたかった。

しばらく馬を駆りつづけ、あちこちの小道に入り、いくつもの野原を横切った。そろそろ戻るころあいだ。変えようのない運命を受け入れるときが来た。

帰りは違う道を選び、緑深いいちいの林をまわり込むように進んで、最終的に村から屋敷に通じる道に出た。カーブを曲がったときだった。前方の雪の上で何かが光った。雪の反射が思いのほか強く、まぶしさで視界がきかない。光の正体を見きわめようと、ロイヤルは目を細めた。

歩いていた馬を軽く急がせると、野原を吹く微風に乗って、何かがきしるような奇妙な音が耳につきはじめた。と、すべての状況がいっきに目に飛び込んできた。横倒しになった四輪馬車。片側の車輪が、風が吹くたびにからからとまわっている。左を見れば、次の指示を待つかのように、引き革をつけたままの馬が一箇所に集まっている。

道のわきに御者が倒れていた。ロイヤルは馬を急がせ、そばまで行って鞍から降りた。意識のない御者の隣に膝をつき、出血や骨折の有無を確認する。頭にひどい裂傷があるが、傷はそれひとつきりのようだ。すばやく周囲を調べ、馬車に乗っていたであろう誰か、ほうりだされているかもしれない誰かを捜した。馬車の上にのぼり、開いた扉からのぞいてみたが誰もいない。そのまま御者のそばに引き返した。

ロイヤルの存在を感じたのだろう、御者がうめいて意識を取り戻しはじめた。「心配しなくていい。事故があったんだ。じっとして、急に動くと危険だ」

太った御者はごくりとつばをのみ、喉仏を上下させた。「お嬢さまは？　お嬢さまは無事ですか？」

不安が胸にせり上がった。女性が乗っていたのか。横転した馬車に目をやれば、それまで意識せずにいたが、車体は豪華で黒光りしている。馬はと見れば、こちらも純血種の栗《くり》毛《げ》で、四頭ともに最高級の良馬だ。背筋に冷たいものが走った。

「ジョスリン……」急いで立ち上がり、馬車周辺をあらためて捜索した。雪原の輝きが目にまぶしく、いっとき何も見えなかった。捜しつづけて、ようやく見つけた。深い雪に半ば埋もれる形で、彼女は壊れた人形のように横たわっていた。まとっているのはビロードを使った上品な薔薇色のドレス。動かない体の下で毛皮の裏地のついたマントが丸まっている。

駆け寄って膝をついた。喉に手を当てると、柔らかい肌を通して規則的な力強い鼓動が伝わってきた。意識はないものの、出血や明らかな外傷は見当たらない。優しく四肢に触れてみて、骨折もしていないようだとわかった。内臓をやられていないといいのだが。すぐに回復できる状態であることを祈った。

彼女の唇から低い声がこぼれた。ロイヤルは冷たい手を取り、温めてやろうと手袋をはめた自分の手でこすった。早く気がついてほしい。「安心しなさい。ぼくはブランスフォード公爵だ。これからあなたを屋敷に運びます」動かしていいのか迷いはあった。だが、彼女のまぶたが震えだし、青白い頬の上で金色の長いまつげが動くのを見るに至って、ロイヤルはほっと胸をなで下ろした。

「公爵……さま」か細い声が言った。

「そのままで。あなたは事故にあった。だがもう大丈夫。心配はいらない」

ここにきて初めて、ロイヤルは目の前の女性を観察した。父に聞いたとおりの美人だった。ほっそりした体つき、上品な顔立ち。横たわっている雪の色と、肌の色合いがそっくりだ。唇はふっくらとして、優しい曲線を描いている。血の気はないが、ふだんはもっと赤いのだろう。少し離れた場所に、ドレスと同じ薔薇色のビロードでできたボンネットが転がっていた。金色の髪が乱れ、細い肩のまわりで揺れている。彼女の目が大きくあいた。

のぞいた淡い緑が美しかった。

彼女は唇を湿した。「わたし……頭を打ったみたいで」

「ああ……。たぶん馬車から投げだされたときだ」手袋を外して、彼女の頬と額に触れた。ガラスのようになめらかで透明な肌だった。「痛いところは？　怪我《けが》をしているような感じはないか？」

かわいらしい唇が小さくカーブした。「寒すぎてわかりません」

ロイヤルはほほ笑みそうになった。手に伝わってくるこの震え。雪の上にほうりだされて、いったいどれだけたっているのか。見つけられた偶然を神に感謝した。「暖を取れる場所に移らないと。今からあなたを抱えます。少しでも痛みを感じたときは言うように」

彼女はうなずいて目を閉じた。細心の注意を払いながら抱え上げ、ぴったり胸に引きつけた。大きな葦毛《あしげ》の馬が待つ場所まで数メートル歩く。まずは彼女を鞍に横向きに座らせ、自分も隣に飛び乗った。彼女をそっと引き寄せ、背中から自分にもたれさせた。

「苦しくはないね？」彼女の腰に腕をまわし、落ちないように体を安定させた。

彼女は後ろを見やり、震えるまぶたを上げて淡い緑の瞳をのぞかせた。その視線にとらえられたとき、体の奥深い場所でロイヤルの何かが反応した。胸に手を突っ込まれ、心臓をわしづかみにされるような感覚を覚えた。

「少しだけ……めまいがします」ゆっくり閉じかけた目が、途中でぱっと開いた。「いっしょに来た御者……ミスター・ギボンズは？　彼は……彼は無事ですか？」

ロイヤルは彼の姿を捜した。御者は離れた馬を連れ戻そうと野原のほうに歩いていた。

「大丈夫そうだ。馬車には、あなた以外にも誰か？」

「いえ、わたしだけです」

母親もいっしょに来たはずだが。侍女も連れずに旅をするなど合点がいかない。

事情はあとできこう。両腕のあいだで彼女をしっかり支えながら、ロイヤルは馬で御者のいるほうに向かった。

「どうだ、村まで戻れそうかい？」

御者は苦しげに肯定した。「ええ、頭を少し怪我しただけですから。残った馬に乗って村まで戻ります。馬車がもとどおりになるまで、こいつらは厩舎《きゅうしゃ》で休ませますよ」

「それがいい。ぼくはブランスフォード公爵だ。ご婦人はぼくが連れていく。困ったことがあったら、屋敷のほうに知らせてくれ。場所は誰でも知っている」

「追いはぎでした」御者は暗い声で言った。「振りきろうとしたんですが、雪道が凍ってまして。やつらの姿、見ませんでしたか？」

「いや、見ていない。倒れた馬車を見つけただけだ」怒りと驚きが込み上げてきた。追いはぎが集団で馬車を襲ったのか。ならば倒れた馬車をあさり、金目のものは全部盗んでいったろう。ひと月前にも、近郊の村スワンズダウンのすぐ外を通る道で、似たような事件が起きている。一度きりで終わることを祈っていたのだが。

最後にもう一度御者を見ると、恰幅《かっぷく》のいい男は四頭の馬を道に戻しながらロイヤルのほうに手を上げ、それから中の一頭にひょいと飛び乗った。去っていく彼を見送りながら、ロイヤルは事故の引き金となった追いはぎについて考えた。雪原を見わたしてみるが、彼らの姿はどこにもない。

怒りとともに吐きだした息が、寒さで白くにごった。この件はおいおい対策を考えよう。今重要なのはこの女性の介抱だ。

支えている女性に――これから妻となる女性に注意を戻した。白くてかわいらしい穏やかな顔を見つめ、また、さっき目にした女性らしい体つきや淡い緑色の瞳を思いだしながら、結婚というのも結局のところそう悲観すべき運命ではなかったのかもしれない、とロイヤルは思った。

3

馬丁にジュピターの手綱を預け、ジョスリンをそっと降ろして腕に抱いた。玄関をあけたグリーヴズがポーチの広い石段をのぼってくるブランスフォード公爵と、その腕に抱えられた意識のはっきりしない女性を見て、泡を食ったような奇妙なひと声を発した。

「村から四、五キロのところで馬車の事故があった」ロイヤルは説明した。「ミス・コールフィールドが投げだされていた。早く医者を」グリーヴズは玄関の奥に立っていた従僕に急いで駆け寄った。その従僕を含めて、屋敷の使用人はわずか十五人しかいない。男女合わせて八十五人いたのが、今ではこのありさまだ。


従僕が外へと走りだすと、グリーヴズは残りの使用人たちにてきぱきと仕事を割り振った。倒れた馬車に荷物を取りに行かせることも忘れない。ロイヤルは歩調をゆるめず、彫刻の施されたマホガニーの大階段をずんずんとのぼっていった。彼の胸で目を閉じている彼女。抱えた彼の腕からは、薔薇《ばら》色のビロードのドレスが大きくたれていた。

「誰か世話をする者がいる」追いついてきたグリーヴズに言った。「おば上の到着はまだなのか？」

「知らせが届いております。一時間のうちにはご到着になられるかと」

ロイヤルはうなずき、将来の妻を見下ろした。「彼女に用意した部屋は？」

「公爵夫人のお部屋です。お屋敷でいちばんいいお部屋でしたので」

いちばんというのは、愛した妻の部屋であるがゆえに、父がそこにある洗練された家具調度を売り払えずにいたからだ。本来ならば結婚前の花嫁を主寝室の隣に入れたりはしないが、この場合は妥当な判断と言えるだろう。

銀色の取っ手をまわすや、ブーツの先で扉を押しあけた。グリーヴズがさっと先んじて大きな四柱式ベッドの上掛けをはがし、窓にかかったダマスク織りの重いカーテンをすべて閉じていく。上品なローズウッドの家具を配した、海の泡のような優しい緑を基調にした部屋だった。母はこの部屋が大好きだった。

ジョスリンは気に入ってくれるだろうか。ベッドに寝かせながらふと見ると、彼女は目を開いていた。優しい緑色が部屋の色調とぴったりだ。

「気分は？」ロイヤルは手袋を外し、彼女の手を取った。氷のように冷たい。体も震えているようだ。

「グリーヴズ、火をおこしてくれ。ご婦人が寒がっている」命じてみれば、執事はもう暖炉での火おこしを終えたあとで、小さな炎が今にも大きく燃え上がろうとしていた。軽いノックの音にロイヤルが応じると、扉が開いて部屋係のメイドが入ってきた。手にしているのは、厨房《ちゅうぼう》で熱くした寝床を暖めるための柄の長い平鍋《なべ》だ。メイドはもうひとりいた。彼女がレディのドレスを脱がせ、鍋で暖めたシーツをかけて寝かせてくれる。

「落ち着いたころに、また戻ってきます」ジョスリンに言い置き、もどかしい気分で廊下に出た。メイドはシーツを暖めながらずっとおしゃべりをしている。ジョスリンが感動のため息をもらしたのがわかると、思わず口元がゆるんだ。厚い羽毛のマットレスに寝かされたときだったのだろう。

別のメイドが近づいてきた。「熱い煉瓦《れんが》をお持ちしました」

ロイヤルがうなずくと、メイドはレディの足元に煉瓦を置くべく中へと消えた。

「とても快適よ」静かに部屋を出ていくメイドたちに、ジョスリンが言った。「本当にありがとう」

ロイヤルは扉が閉められるのを待たず、そのまま押しあけて室内に戻った。母のベッドにいる彼女にほほ笑みかけながらも、結婚すれば彼女がほとんどの夜をロイヤルのベッドで過ごすことは、あえて考えないようにした。「少しは気分がよくなりましたか？」

ジョスリンが笑みを返す。「まだ頭が痛みますけれど、暖かくしていただいたおかげで、ずいぶん元気が戻ってきました」

「すぐに医者が来る。ぼくの大おばも到着するころですし、そばには誰かがつき添いますから、心配はいりませんよ」

「楽しみですわ。タヴィストック伯爵夫人にお会いできるんですね」

「大おばもあなたに会うのを楽しみにしています」

彼女は少し体を起こして顔をしかめた。

「起きたりして、つらくありませんか？」

「自分がどこにいるのか確かめておきたくて」

ロイヤルは彼女に手を貸し、背中の枕《まくら》をなおしてやった。

「ありがとうございます、公爵さま。本当によくしていただきました。追いはぎに襲われたときは、もうこちらにはたどり着けないかと」

すぐに退室するつもりでいたが、考えを変えてベッドわきの椅子に腰を下ろした。「何があったのか、話してください」

ふっくらした唇を噛《か》むジョスリンを見て、ロイヤルはあまりに時期尚早なざわつきを下腹部に感じた。

「はっきりしないところもあるんです。あっという間でしたから。馬車でお屋敷に向かっていたら、突然、何人もの男の声が聞こえてきたんです。走ってくる馬の音も」

「それから？」静かに先を促した。

「窓から身を乗りだすと、その人たちが見えました。わたしたちを追ってきます。男が四人で、全員布で鼻と口をおおっていました。あと少しで追いつかれる。そう思ったとき、馬車が硬い氷にぶつかったようでした。馬車がかたむいて、扉が全部開いて。覚えているのはそこまでです」

ロイヤルは彼女の手をぎゅっと握った。「すんだことです。もう考えてはいけない。少し眠ったほうがいいな」

彼女の浮かべた甘いほほ笑みに、胸がぐっと締めつけられた。「あのときに通りかかってくださって本当によかった。公爵さまがいらっしゃらなければ、今ごろはまだ雪の上です。かちかちに凍っていますわ」

ロイヤルはほほ笑んだ。「だがぼくはあなたを見つけて、あなたは元気でいる」

彼女はもう一度笑みを浮かべ、それからゆっくりと目を閉じた。額にキスをしたい衝動をぐっとこらえた。「おやすみなさい、ミス・コールフィールド」

きれいな淡い緑の目がぱっと開いた。「ああ、わたしったら、誤解させたままでしたのね。申しわけありません、公爵さま。わたしはミス・コールフィールドではありません。彼女のいとこで、リリー・モランといいます」

ロイヤルは不機嫌な足取りで書斎に向かった。扉をぞんざいに押しあけると、サイドボードに直進し、ブランデーの入ったデカンターからクリスタルの栓を抜いて、グラスに盛大に注《つ》いだ。

グラスをかたむけ、喉を焼く液体をひと息であおる。顔をしかめて息を吐き、二杯目を注いだ。振り返って、暖炉の炎をじっと見つめた。

「ふだんのおまえなら陽《ひ》のあるうちはめったに飲まない。飲んだとしてもなめる程度だ。朝から気のめいる問題にでもぶつかったか」

親友の声に、さっと顔を振り向けた。ウェルズリー子爵シェリダン・ノールズが、暖炉の前のゆったりした革張りの椅子でくつろいでいた。

「今のところは最悪だ」

「追いはぎの件は聞いた。グリーヴズが言っていたが、馬車には大事な女性が乗っていたそうじゃないか。無事だったのか?」

「すぐに元気になる。残念ながら、ぼくとはかかわりのない女性だ」

シェリーは椅子から身を乗りだした。背の高い男で、髪は明るい茶色。少し長めの鼻が高貴な印象を与える。瞳は緑色だが、二階にいる女性の淡い緑に比べると、彼の瞳のほうがはるかに鮮やかだ。

彼は形のいい弓形の眉を、片方だけすっと上げた。「面白い。話してみろ」

ロイヤルはため息をついた。「馬車に乗っていたのはジョスリン・コールフィールドじゃない。リリー・モランといって、ジョスリンのいとこだ」

「ふうむ。いや、まったくわからないぞ。非公式の婚約者じゃなくて、そのいとこが来たってのは、いったいどういうわけなんだ？」

「ミス・モランはミス・コールフィールドの話し相手をしているらしい。先に来たのは、いとことその母親のために、いろいろ準備するためだそうだ」

「いろいろ準備？　話し相手というより召使いだな」

ロイヤルはブランデーをひと口飲んだ。喉の焼ける感覚が心地よかった。「どういう立場なのか、ぼくもよくは知らない。わかっているのは彼女が美人で気立てがよくて、どうせ結婚するなら、ああいう女性がよかったということだ」

「そうか、わかってきたぞ」シェリーは優雅な所作で立ち上がり、移動して自分用にブランデーを注いだ。「おまえはそのレディに会って運命に従う覚悟ができかけていた。なのにここにきて出発点に引き戻された。先の見えない状態に逆戻りだ」

「そんなところだ」

シェリーがクリスタルの音を響かせながらデカンターに栓をした。「まあ、前向きに考えろ。いとこでさえおまえの眼鏡にかなったんだ。つまり、妻になる女性はもっと美人で、もっとおまえ好みだということだ」

そうは思えなかった。リリー・モランには何かある。倒れている彼女を見たときから、強く心を惹《ひ》きつけられた。彼女は御者の心配をした。優しさの片鱗《へんりん》に触れて、感動はより大きくなった。もし結婚したならば、ああいう優しさが、感情的になりやすいロイヤルの性格をきっとうまく補完してくれるだろう。そしてもちろん、彼女を抱えた瞬間に感じた強烈な体の反応も無視できない。

しまい込むべきだ、こんな感情は。もうすぐ別の女性と婚約する。ミス・リリー・モランが妻となることはありえない。

グラスを口元に持っていき、中身のほとんどを空にした。

「それで、追いはぎの件はどうする？」シェリーがきいた。「ここに来たのはその話をするためだ。御者が村に着いたあと、噂《うわさ》はいっきに広がった。先月のこともあるし、対処法を話し合いたいと思ってな」

シェリーはウェルズリー・ホールという屋敷の当主だ。そこが彼の田舎の住まいであり、所有地は東側でブランスフォードと接している。シェリーと呼ばれる彼とロイヤルたち三兄弟とは幼なじみで、ロイヤルとは年齢もいっしょだった。ふたりはオックスフォードで机を並べ、ともに大学で有名な八人乗り漕艇《そうてい》チームの一員となった。チームの八人のうち、シェリーとロイヤルとほかの四人は、今でも気の合う親友同士だ。軍隊に入った残りのふたりも、可能なかぎりみんなと連絡を取り合ってくれている。

シェリーなどわざわざロイヤルのいるバルバドスにまで来てくれた。彼がすぐには帰郷しないと知って、長期の予定で訪れてくれたのだ。

「事件が一度で終わることを願っていたんだが」ロイヤルは言った。「懐が温かくなった連中は、金を使える場所に遁走《とんそう》した可能性もある。二度と戻ってこなければいいと思っていた」

「そういうわけにはいかなかったらしい」

「ああ、そのようだ」

「州長官にはもう知らせが行っている。おまえの……じゃなかったな、ミス・モランにも話を聞きたいと考えるだろう」

ロイヤルはちらと天井を見上げた。その先に彼女の寝室が見えるとでもいうように。

「伝えておこう。だが、今は客と会えるような体調じゃない」

「賊のほうはどうする？」

「最初の襲撃から一カ月だ。次があるとしてもしばらく先だろう。とはいえ、夜の巡回か何か、組織的な対策を講じてみるのも悪くない」

「いい考えだ。そっちはぼくが引き受けよう。とりあえず二週間、ぼくが土地の人間を組織して警戒に当たらせる。何も起こらなければ、今度はおまえの番だ」

ロイヤルはうなずいた。道々に警戒の目が光ると思えば少しは安心できる。何しろ、将来の花嫁はこれから到着するのだ。

低く悪態をついて、グラスの残りを飲み干した。

リリーはその日ずっと眠りつづけ、目が覚めたのは翌朝だった。窓のほうに目をやれば、紫がかった灰色の空に厚い雲が低くたれ込め、白い雪が絶えず地上に舞い落ちている。自分のいるのが大きな四柱式ベッドの上で、壁の色もメドーブルックで見慣れたクリーム色ではなく、淡い緑だと気づいたとき、リリーは混乱して、ここがどこなのかをはっきり思いだそうとした。

あらゆる記憶が一度にあふれだした。田舎への旅、追いはぎ、倒れた馬車。助けてくれたブランスフォード公爵。

公爵の姿が脳裏で鮮明な像を結ぶと、彼を見たときのことを思いだして、胸の鼓動が速くなった。彼はリリーのそばで膝をついていた。真っ白な雪を背景にした彼は、さながら地上に降りた背の高い金色の天使だった。割れるような頭の痛みさえなければ、リリーは自分が死んでいると信じて疑わなかっただろう。

目を閉じれば、今でも彼の腕の中にいる感覚がよみがえってくる。彼の気づかいを、優しい配慮を思いだすことができる。

記憶を振り払おうとしてかぶりを振ると、また頭がずきんと痛んだ。彼はリリーのいとこと婚約する人だ。いとこのジョスリンだからこそ、社会的地位があって影響力の強い彼のような男性とでも、問題なくつき合うことができる。

公爵が家の財政を立てなおすために新たな資金を必要としていることは、リリーも知っていた。そもそも、デュワー家とコールフィールド家の結婚はそのためのものだ。リリーには財産がない。仮にありあまるお金があったとしても、こういう高貴な世界には、しょせん加われるはずもない身の上だ。

だから何が困る、というわけではもちろんなかった。

何日かすればジョスリンが到着するし、あの美貌《びぼう》や色っぽい体つきを目にすれば、彼女と会った男性のほとんどがそうであるように、公爵も彼女の虜《とりこ》になる。リリーが将来の婚約者でないと知ったときには、黄褐色の瞳に一瞬寂しげな表情を見せた彼だけれど、そんな感情も、ジョスリンをひと目見たとたん、きれいさっぱり忘れるはずだ。

その表情にしても、見間違いでなかったとは言いきれない。

深呼吸をひとつして、リリーはメイドがベッドわきに置いていった銀色のベルを取り上げた。軽く鳴らすと、しばらくして扉があけられ、ゆうべそばについてくれた若いメイドのひとりが入ってきた。たしか、ペネロピという名前だった。

「おはようございます、お嬢さま」赤毛の女の子は丁寧なお辞儀をした。

「おはよう、ペネロピ」

「どうぞ、ペニーと呼んでください」

「わかったわ、ペニー。着替えを手伝ってくれる？　まだ体が少しふらつくの」

「はい。お荷物はもう馬車から運んであります。お部屋まで誰かに運んでもらいましょう。そのあいだに朝食用のお茶とケーキをお持ちしますね」

「ありがとう、助かるわ」

着替えがすんで、一日を始める準備ができるまで、それから一時間とかからなかった。階段を下りるときは、めまいに襲われたときの用心にずっと手すりを握っていた。公爵はどこにいるのだろう。

昨日に比べれば今朝はずっと見苦しくない格好だった。いつものように、着ているのはジョスリンのお古を質素に手なおししたドレス。暖かみのある小豆色のビロードで、クリーム色のレースが袖口《そで》を飾り、胸側にも同じレースが細く並んでいる。銀色がかったブロンドの髪はうなじのところでメイドがきつくまとめてくれた。少し血色よく見せるために、頬は指でつねってある。

階段を下りきったところで執事と会った。やせた高齢の男性で、白っぽくくすんだ青い目をしていた。「忙しいところごめんなさい、ミスター……？」

「グリーヴズと申します」執事はリリーを上から下まで眺めた。「ご用でしょうか、ミス・モラン？」

「公爵さまを捜しているの。お話しするのに都合のいい時間はあるのかしら？」

「おたずねしてまいります。どうぞいっしょにいらしてください。青の間でお待ちいただだくとよろしいかと」

「ありがとう」

案内されたのは、玄関を入ったすぐのところにある、本来の優雅さの名残をとどめた部屋だった。目に入ったのは帯状の装飾がついた高い天井と、薄く緑がかった青色の壁。壁のほうは塗りなおしが必要だ。それから、紺色の分厚いビロードのカーテン。ペルシャ絨毯《じゆうたん》は濃紺の地にペイズリーの図柄で、深緑と深紅色がアクセントになっている。すり切れてはいるものの使用に問題はなく、塵《ちり》ひとつ落ちてはいない。

さっきまでいた寝室も掃除は完璧《かんぺき》だったわ、と考えなくてもいいことを思いだした。青いビロードを張ったソファで公爵を待った。実際の彼も、記憶しているとおり本当にすてきな人なのだろうか。

使用人に毛の生えたような身分と知られた今は、もしかすると、会ってすらもらえないかもしれない。

ソファの上で身じろぎし、金めっきされた時計の針の動きをじっと見つめた。彼が入ってくるのに気づいて顔を上げた瞬間、リリーは息をのんだ。金色の髪の公爵は、記憶にある天使よりもはるかに美しかった。視界に曇りがなく、頭も痛くはない今は、魅力たっぷりな外見がはっきりと見て取れる。

目鼻立ちがすっきりしていて、暗めの金色の眉は下がり気味だけれど、男らしさにあふれているのは疑いがなかった。雪の中で膝をついた彼の背には、長い緋《ひ》色のマントが波打っていた。あのマントのように、彼は男の強さを身にまとっている。

リリーはとまどいながら立ち上がり、深く膝を折ってお辞儀をした。「おはようございます、公爵さま」

彼はずんずんと近づいてきて、リリーの手前で立ち止まった。「おはよう、ミス・モラン」彼の目は髪と同じ金色に見えた。さっとリリーの全身を眺める瞳の奥に、一瞬、喜びの光を見た気がした。

「順調に回復しているようですね。今朝の気分は?」

「おかげさまで、ずっとよくなりました。本当に、助けていただいて、ありがとうございました」

「ぼくのほうこそ、助けられてよかった」瞳がまた光ったのは、言葉の裏に別の意味が隠れているからだろうか。あらためてじっくりと観察されながら、リリーはまんざらでもない気分だった。でも、あと数日で終わる。妻に迎える絶世の美女を目にしたあとは、こんな光などすぐに消えてしまう。

リリーはきっと顔を上げた。「お話があります、公爵さま。ミセス・コールフィールドと、公爵さまの婚約者となるいとこのジョスリンのことです。わたしは彼女たちが快適に過ごせるよう、早めにこちらにうかがいました。ふたりとも好みがかなり……特別なんです。その好みにそった準備を整えるのが、わたしの役目です」

彼はかすかに眉根を寄せた。「あなたのいとこと彼女の母上は、この屋敷の使用人にはまかせられないとお思いなのかな？」

怒らせてしまったらしい。顎のこわばりを見ればわかる。「いえ、決してそんなことは。失礼なことを言うつもりではありませんでした。ただ、ふたりともふだんと違う環境に置かれることに慣れていません。公爵さまの使用人を何人かお借りしてもよろしいですか？それで、一から十まで彼女たちの気に入る形に準備を整えられます」

「あなたがミス・コールフィールドのいとこだというのは間違いないね？　本当に親族なんですね？」

「はい、正確にはまたいとこになります。コールフィールド家は、両親をコレラで亡くしたわたしを、親切にも引き取ってくれました」引き取られたのは両親が死んだ四年後で、おじが彼らを捜して助けを求めるまで、コールフィールド家はリリーの存在さえほとんど知らなかったのだが、詳しい説明はこの際省いた。リリーが深く感謝しているのは事実なのだ。恩を返すという理由もあって、リリーは彼らのために一生懸命つくしている。

「孤児だったのか」彼の優しい声を聞いて、リリーは目の奥がつんとした。これだけ時間がたっていても、両親の死を口にするのはとてもつらい。

「はい」

彼の表情がやわらいだ。「なるほど……」

納得された気がして、いたたまれなかった。彼は理解したのだろう、リリーはお情けでコールフィールド家に置いてもらっているただの貧乏な遠戚《えんせき》だと。彼らの厚意にすがるしか生きる術《すべ》がなかったのだと。それでも、以前のように路上生活をしたり、小汚い屋根裏で暮らしたりするよりはずっとましだ。

「使用人の件は問題ない。誰でも好きなように使ってください。ほかに必要なものがあれば、そのつど聞きましょう」

「ありがとうございます」

彼は値踏みをするようにしばらくリリーを観察し、それから身をひるがえして青の間を出ていった。彼の姿が消えた直後、リリーは呼吸を止めていた自分に気づいて、ふうっと息を吐いた。鼓動が乱れていた。心臓が恐ろしい速さで打っている。

みっともないと思った。起きて当然のことが起こっているだけなのに。公爵はリリーの身分の低さを知った。彼の興味は正しい形でジョスリンへと移ったのだ。

胸の小さな痛みは無視して、スカートをつまんで歩きはじめた。ジョスリンの到着まで間がないことを思えば、片づけるべき仕事は山ほどある。扉の手前まで来たときだった。

総白髪のか弱げな女性が、あいたままの扉から入ってきた。

「あなたがミス・モランね？」女性はほほ笑み、おしろいをはたいた頬に笑みじわを刻んだ。「レディ・タヴィストックです。あなたがここにいると甥《おい》に聞いたの」

リリーはお辞儀をした。「お会いできて光栄です、奥さま」

「昨日の午後に着いたのよ。あなたが眠っているあいだに。大変な日にあったそうね」

「はい」

「恐ろしいこと。追いはぎに襲われて馬車が横転したって。頭を打ったと聞いているけれど、おかげんは大丈夫？」

「はい、ずっとよくなりました」

「暖炉の前で座ってお話ししない？　うっとうしいお天気ですもの。こんなときには、座ってお茶をいただくのがいちばんだわ」

あれもこれもと、手をつけるべき仕事はたくさんある。とはいえ、伯爵夫人に誘われて遠慮しますとはとても言えない。「はい、喜んで」

燃え盛る火の前まで行ってソファに腰を下ろすと、しばらくして執事がお茶のカートとともに入ってきた。お茶が注がれた。さりげない会話を交わした。時計のある白い大理石の炉棚のほうはできるだけ見ないようにしていたが、内心のあせりを隠しとおすのは無理だったようだ。

「仕事を始めたくてうずうずしているのね」

リリーは赤面し、会話に集中できずにいた自分を呪《のろ》った。「親戚の到着前にしておきたいことが、あまりにたくさんあるものですから」

「あなたのご親戚は、そんなにうるさい方たちなの？」

マチルダ・コールフィールドが親戚だという実感は薄かったが、母のいとこであるヘンリーと結婚したのだから、親戚は親戚だ。

「決してそんなことは。ただ、いとこのジョスリンがその……わたしを頼りにしているんです。わたしなら大丈夫となんでもまかせてくれて。この六年、ずっと世話をしてきました。裏切りたくないんです。彼女の信頼も、ミセス・コールフィールドの信頼も」

「そう。それで、ジョスリンと彼女のお母さまは、具体的に何をしてほしくて、あなたを先によこしたの？」

顔がいっそう熱くなった。公爵のお屋敷で采配《さいはい》を振るい、使用人たちを勝手に動かすというのは、ふつうに考えれば常識外れの行為だ。けれど、それがコールフィールド家の望みなのだし、リリー自身、期待された仕事はきちんとやりとげたかった。

「いえ、ちょっとした、細かなことなんです。たとえば、ミス・コールフィールドは朝食を部屋でとりますから、毎朝ビスケットとココアを運んでくれるよう料理人に伝えておくとか。それから、彼女の部屋はお庭がきれいに見える場所にしてもらうとか」リリーは唇を噛んだ。全部説明しようと思えばきりがない。「いとこはほこりに弱いので、家政婦と話をして、部屋の絨毯のほこりをいつ払ったかも確かめておかないと」

「なるほどね」

「ただの小さな確認です。それだけなんです。ご迷惑でしょうか？」

タヴィストック伯爵夫人は、金の縁取りがある磁器のカップと受け皿を、テーブルに戻した。「お客さまに気持ちよく滞在してもらうためですもの、必要と思うことはなんでもしてちょうだい」

「ありがとうございます」

夫人が腰を浮かすのを見て、リリーもソファから立ち上がった。

夫人は杖《つえ》を手に取った。「仕事がある人を、長くは引き止められないわね」優しくほほ笑む。「お話しできて楽しかったわ、ミス・モラン」

リリーはほっと肩の力を抜いた。「わたしもです、奥さま」出ていく伯爵夫人の背を見送った。悪天候で部屋が薄暗いために灯《とも》されていた鯨油のランプ。その明かりで、銀色の髪がきらきらと光っている。ゆっくりとした、少々おぼつかない足取りだったが、顔だけはしゃんと前を向いている。先代公爵の母方のおばに当たる人だという。夫の遺《のこ》した地所があって、そこの領主邸で暮らしているのだとか。

ようやく自由になったリリーは、心も軽く大理石の玄関ホールに戻った。作業のリストは二階に置いてある。さあ、仕事にかかりましょう。

4

翌日、ロイヤルは両手に顎をのせた姿勢で、書斎の机に肘をついていた。机の上には所領地関連の台帳が何冊も開いたままになっている。何時間もページを繰りつづけて、目の奥が焼けるように熱い。

父が死んだあと、最初の九カ月間はひたすら情報収集に努め、ブランスフォード・キャッスルや周辺の地所の現状を頭に叩《たた》き込んだ。直接管理している農地は別にして、広い領地には何十人も借地人がいる。それぞれの家族とじかに言葉を交わし、生産性を向上させるには何が必要なのか、生活の質を上げ、また一定割合が地代となっている彼らの収入を増加させるにはどうすればいいのかを話し合った。

バルバドスにいたころは農業を書物で学び、その知識を応用して、シュガー・リーフを今日のような一大プランテーションに育て上げた。

イギリスに戻ってからは、今の時代にそったやり方を模索している。農業収入の落ち込みにストップをかけ、赤字を黒字に転じるもっとも効率的な方法はなんなのか。

ひとつ実行に移したのが、近くの村スワンズダウンでの醸造所建設だった。質の高いエール酒を造ってみたい。酒造りはブランスフォード産の麦をもっとも効率よく利用する方法だと、ロイヤルは確信していた。シュガー・リーフで作る砂糖と同じく、スワンズダウンのエール酒もイギリス一のエール酒として市場に売り込む予定だ。羊の飼育頭数も増やそう。毛織物工場の建設を考えてもいい。しかし、何をするにも資金がなければ続かない。その資金は――少なくとも結婚までは――ほとんどないに等しかった。

ロイヤルは吐息をついた。資金のことを考えたとき、気になるのはやはり目の前にあるこれらの台帳だ。ひと月前から、彼は以前のブランスフォードの経済状況について調べていた。いくつかの加工工場があり炭鉱もひとつ所有していたが、父は資金を工面するためにそれらを売却している。

ここ五、六年のあいだの投資についても調べた。

最初のうちは金額も少なく、失敗しても影響は出ていない。そして、およそ三年ほど前から父は体調をくずしはじめた。だが、ロイヤルはなんでもないとの父の言葉を信じて、病の深刻さにまったく気づいていなかった。失った分を超える利益を上げようとしたのだろう。続けられた投資は、しかし、以前の比ではない失敗が重なって多大な損失を生みだしていた。

泥沼にはまった父は、借金の返済にあてるため、相続人が限定されていない所有資産を売却しはじめた。被害はこの屋敷にまで及んでいる。高価な絵画や彫刻が消えていることや、屋敷全体の荒廃ぶりを見てもそれは明らかだ。

ロイヤルは頭に手をやった。少しカールした重めの髪がはらりと乱れた。聞き慣れたノックの音がして顔を上げた。扉が大きく開いて、戸口にシェリダン・ノールズが現れた。堅苦しい作法をきらう彼は、さっさと書斎に入ってきた。

「今日もまたうっとうしい台帳とにらめっこか。邪魔なら言ってくれ」

「ああ邪魔だ。だが、あまりうれしくない発見があって気がめいっている。座りたければ座れ」

シェリーは相変わらずの気安い態度で中に進み、サイドボードのところで少し立ち止まって、勝手にブランデーを注《つ》いだ。「おまえも飲むか?」

ロイヤルはかぶりを振った。「仕事が山積みだ」

シェリーはグラスに目を落とし、自分の髪より少しだけ暗い、金色がかった美しい褐色の液体をじっと見つめた。「自警団が組織できたんで、ちょっと知らせようと思ってな。今夜から始めさせる。対象範囲はブランスフォードとウェルズリーの周辺。それと、スワンズダウンからここまでの道だ」

「けっこう」

シェリーはふらりとロイヤルの後ろにまわり、開いたままの何冊もの大きな革張りの台帳を、頭の後ろからのぞき込んできた。古いページになると、もう文字が一部薄れかけている。「で、うれしくない発見というのは？」

ロイヤルはため息をついた。「何千ポンドもの大金が消えている。ねずみの穴に流れ込む砂みたいにだ。ここ数年、父は誤った投資を繰り返していた。あまり考えたくないが、最初に倒れた三年前からこちら、父の思考力には問題が生じていたらしい」

「投資下手な金持ちは大勢いるぞ」

「わかっている。だが、三年前までの父はそうじゃなかった」ロイヤルはページをめくり、そこの記述に注意を向けた。「見てくれ。ここなんか、文字どおり金が煙のように消えている。父は去年、ボールトン近くの製糸工場に投資した。その半年後に工場は火事で全焼。会社は保険に入っていなかった」

シェリーはかぶりを振った。「確かに。辣腕《らつわん》家だったおまえの父親のイメージからは考えられない」

「ああ。それで調査を頼むことにした。チェース・モーガンという男だ。金と時間をむだにするのを覚悟で、彼に父の投資先の会社を調べさせようと思う。先代ブランスフォード公爵の金が、最後の最後に誰の手にわたったのか、そこを突き止めたい」

シェリーは考え込んだ表情で酒を口に運んだ。「いいんじゃないか？　ひょっとして、興味深い発見があるかもしれない」

ロイヤルは立ち上がった。「金は消えた。今さら何ができるとも思わない。だが……過去に何が起きたかを調べてみても損はない。世間でよく言うように、過去を知ることが、往々にして将来の成功につながる」

シェリーは暖炉に近づいて火に手をかざした。ロイヤルも彼にならった。「このあとの予定は？」

「ウェルズリーに戻るとするかな。ま、ここに来たいちばんの理由は、その家を抜けだしたかったからなんだが」

「ぼくも少々息苦しくなっていた」ロイヤルは友人の大きな肩をつかんだ。「つき合っても？」

「おお、いいぞ。肝心なミス・コールフィールドはまだ到着せずか」

「まだロンドンだろう。嵐《あらし》がおさまるのを待っているんだ」

シェリーがサイドボードにグラスを戻して、ふたりは玄関ホールに出た。と、地下の厨房《ちゆうぼう》に通じる正面の扉があいて、リリー・モランが通路に出てきた。小豆色のビロードのドレスが小麦粉で白くなっている。うわの空で近づいてくる彼女の顔をちらと見れば、鼻にも白い点があった。かわいらしい見ものだと、ロイヤルは口元をほころばせた。

リリーが気づいて目を見開いた。「公爵さま」さっと彼女の手が動き、淡い金髪の乱れをあたふたとなでつける。「ああ、わたしったら、こんなひどい格好で」

「いやあなたは……」かわいいですよ、とは言えなかった。「少々服に問題があるかな」笑顔で言ってシェリーを紹介した。「彼は親友のウェルズリー子爵シェリダン・ノールズです。シェリダン、彼女が当家に滞在しているミス・リリー・モランだ」

シェリーの緑の目が彼女を観察した。艶《つや》やかな髪を、優しい印象の目鼻立ちを、ふっくらした唇を視線がたどる。視線は胸のふくらみに移り、細い腰へと下りていった。わき上がってくる嫉妬《しっと》心に、ロイヤルはとまどった。

「はじめまして、ミス・モラン」

「お会いできて光栄です、子爵さま」彼女は神経質に袖《そで》を払った。袖にもやはり小麦粉が散っていた。「こんな姿で申しわけありません。厨房でちょっと失敗が――」さっと顔を上げてロイヤルを見たのは、口をすべらせた後悔と、使用人が叱《しか》られるという不安からのようだった。「なんでもないんです。小麦粉の缶が倒れただけで――ただ、たまたまそれをまともにかぶってしまって」

気づけば頬がゆるんでいた。「オーブンのそばには行かないほうがいいな。今度はパンになって出てきそうだ」

彼女は笑った。午後のそよ風にきらめく七色の光を連想させるほど、その声は穏やかで優しくて、ロイヤルの胸を甘く刺激した。

「はい、ご忠告に従います」

シェリーがしげしげと、品定めするように彼女を見た。「あなたがトーストになったときは、何をおいても食してみたいものです。ロイヤルに聞いてはいましたが、想像していたよりもずっとお美しい」

リリーが頬を染めるのを見て、ロイヤルはシェリーに拳《こぶし》を見舞ってやろうかと思った。

「いつまでもこの格好ではいられません。失礼させていただいても……」

「ええ、どうぞ」シェリーは上品に腰を折った。

「また、食事のときに会いましょう」ロイヤルは言ったが、リリー・モランが決して近づきすぎてはならない女性であることもわかっていた。

リリーはふたりのわきを抜け、ビロードのドレスを揺らしながらホールを先に進んだ。方向を変えて階段をのぼっていく。

「おまえの言ったとおりだ。なかなかの美人だよ」シェリーはリリーの細身の体を目で追い、姿が見えなくなっても階段を見つめたままだった。できるなら糊《のり》のきいた彼の幅広の《クラ》ネクタイ《ヴァット》を引っつかみ、奥歯ががたがた鳴るまで揺さぶってやりたかった。すると、シェリーがほほ笑んだ。「しかしだ、前にも言ったが、いとこのほうはもっといい女だと思うぞ」にやりと笑みを広げ、ゆがんだ二本の下の前歯をのぞかせる。男っぷりを損ないそうな特徴だが、彼の場合は違っていた。「そのときは、ぼくがミス・モランを引き受ける」

ロイヤルは言葉もなく、ただ奥歯を痛いほど噛《か》み締めた。わたさない権利は今もこれからもロイヤルにはない。シェリーが彼女と仲よくなりたければ――くそっ、勝手にしろ！　自分でも説明できない感情を抱えながら玄関へと進んだ。

「いっしょに馬を駆るんじゃなかったのか？」ロイヤルは暗い声で言い、扉の手前で足を止めて、グリーヴズがマントをかけてくれるのを待った。

シェリーはまだ階段を見ている。「急に残りたくなったよ」

ロイヤルは歯を食いしばり、扉をあけて降りしきる雪の中に出た。背後でシェリーの忍び笑いが聞こえ、広い石段の上からブーツの音が追いかけてきた。

翌日の午後、ロイヤルは馬で借地人の土地を見てまわってから屋敷に戻った。村にある〈豚とあざみ亭〉で羊肉の煮込みを食べ、ジョッキ一杯のエール酒を楽しんできたから腹のほうは心地よく満たされている。マントをグリーヴズにわたしながら、二階の騒々しさに何事かと視線を上げた。女性らしい優しい声はリリーのものだ。階段を上がって廊下を進むと、リリーのほかにも従僕がふたりとメイドがふたりいて、見れば、いくつもある寝室のひとつで家具を移動させている最中だった。

気づいて顔を上げたリリーが、うっすらと頬を染めた。銀色がかった髪をスカーフで結び、ドレスの上にエプロンをつけている。それでも彼女は美しかった。

「あ、あの、勝手をしてすみません、公爵さま。わたしの荷物を別の寝室に移させてもらいました。前の部屋はジョスリンに用意されたものですから」

隣の部屋にいてほしい、とは言えなかった。隣同士であれば、大きなベッドに横たわっている彼女の姿が想像できる。まとっているのは柔らかな白い綿の寝間着だけ。寝間着にはおそらく、小さな薔薇《ばら》がいくつも刺繍《ししゅう》されている。ゆうべも彼女の喉元に並んだ真珠貝のボタンをひとつずつ外し、胸のほうへとキスを続ける自分の姿を想像していた。

口にはできない妄想だ。「お好きにどうぞ」

「それから……家政婦のミセス・マクブライドが、ミセス・コールフィールドにどうかと、庭の見わたせるすてきな部屋を教えてくれました。許していただけるなら……あの……その家具のいくつかを、別の部屋のものと交換したいのですが」

要するに、教わった部屋の家具は古すぎたり修理が必要だったりすると言いたいわけだ。ミセス・マクブライドはよくやってくれているが、全面的に修理の手を入れないかぎり、今の屋敷に子供のころに感じた威容はとうてい望めない。

「前にも言いましたが、思うとおりにしてもらってかまいませんよ」

「ありがとうございます、公爵さま」彼女は仕事に戻ると、使用人に指示を出し、みずからも進んで体を動かしはじめた。与えられた任務を絶対と考えているのは明らかだった。

しかし、とロイヤルは思う。コールフィールド家が彼女を家族の一員ではなく使用人のように扱うのは、少々問題があるのではないか。

従僕のひとりが、凝った装飾のある書きもの机を運んできた。廊下の反対側の部屋でリリーが見つけてきたものだ。彼女は机の置き場所を指示し、ロイヤルがまだ廊下で自分のことを見ていると知ると、気恥ずかしげな笑みを浮かべた。

「ミセス・コールフィールドが使うと思うんです。お友達に手紙を書くのが好きな方ですから」

「美しい机だ。まだ残っていたのか」

主《あるじ》が家の困窮ぶりをほのめかすとは思わなかったようで、彼女は意外そうな顔をした。「ええ……もとからあった家具が、たくさんなくなっているようですね」

「父が体を壊したあと、当家の経済状態は悪くなる一方でしてね。屋敷にかつての壮麗さを取り戻すことが、父のいちばんの悲願だった」

「そのあたりの問題でしたら、ジョスリンがぜひ助けになりたいと考えていますわ」

「亡き父が聞いたら喜ぶでしょう」

「公爵さまも？」

ロイヤルはゆっくりと笑みを浮かべた。「ぼくはここが大好きだ。こんな状態を見ているのはつらい」

彼女は長い廊下に目をやった。塗料は黄ばみ、壁紙はあちこちはげかけ、絨毯《じゅうたん》は色あせてすり切れている。「きれいだったんでしょうね。またきっとそうなります」彼女の見せる笑みは温かく、期待に満ちていた。体がかっと熱くなった。

くそっ、いまいましい。婚約する女性のいとこに反応してどうするんだ。

「また何か必要なときは、言ってください」ついぶっきらぼうな口調になっていた。作業を続ける彼女を残し、乗馬服を着替えるべく廊下を先に進んだ。

午後の時間はたちまちに過ぎる。ロイヤルはもうじき、大おばといっしょに食卓を囲む。今夜は馬車の事故のあと初めて、リリーも同席する予定だった。

内心のいら立ちを小さく吐き捨て、部屋に入ってぴったりと扉を閉めた。

5

気が進まなかった。昨日おとといと同じように、今夜も頭痛を口実にしようかと思ったけれど、これ以上主人側のもてなしを軽んじるのは、はっきり言って失礼だ。とはいえ、食事のあいだじゅう公爵がいっしょだと思うと不安でたまらなかった。彼がそばに来るたびにリリーはどぎまぎし、赤面して、何を話していいのかわからなくなる。

自分でも変だと思う。彼とてしょせんはただの人間だ。雪の中で想像していたような金色の髪の天使ではない。

確かにハンサムだ。でも中身がどうかはわからない。顔のきれいな男なら、ジョスリンと参加した舞踏会や夜会で何十人と見てきた。これまでは一度だってこんな気持ちにはならなかった。

本当にどうしてだろう。子供のころのリリーは引っ込み思案だったが、おじと暮らすようになって自分を主張する術《すべ》は学んできた。それが、ジョスリンの陰に引っ込んでばかりいたせいだろうか、今はまた内気な自分に戻ってしまった気がする。

だとしても、ふだんのリリーなら男の人の前だろうと自然にふるまえる。公爵の場合はたぶん、いとこの結婚相手だと思うから問題なのだ。

小柄なメイドのペニーに、絹を使った淡い青緑色のドレスの背中をとめてもらいながら、ジョスリンが来るのはいつだろうと考えた。すぐにでも来てほしかった。公爵が早く美人の婚約者と会ってくれれば、否定しがたいこの彼への思慕に、それだけ早くけりがつけられる。

ある男性が自分に無関心で、そばにいてさえ気づいてもらえない場合、その人を好きになることはまずありえない。経験からわかるが、ジョスリンが到着すれば、ハンサムなブランスフォード公爵はそれこそリリーの存在などどうでもよくなるはずだった。

「わあっ、とってもすてきですよ、お嬢さま」

リリーは赤毛のメイドにほほ笑みかけた。「ありがとう、ペニー」

姿見の前で向きを変え、自分の手なおしの成果に満足した。もとはジョスリンの正餐《せいさん》用のドレスだった。裾《すそ》と身ごろから過剰なひだを取り去り、胸まわりにあった、ドレスと同色のサテンの飾りだけを残してある。小粒の真珠はあとから散らしたものだ。

一見して新品に見える。実際ほとんど新品だった。ジョスリンは同じ服をたいてい一度しか着ない。だから、好きに手なおしすれば、とすぐにリリーに進呈してくれるのだ。

化粧だんすに近づき、置いていた紫檀《したん》の小箱の中から、黒いビロードの紐《ひも》がついた、きれいな桃色の瑪瑙《めのう》のカメオを取りだした。高価な宝石ではなかったが、お気に入りの品だった。十八歳の誕生日に、コールフィールド家からプレゼントされたものだ。

ペニーにわたして背中を向けた。「お願いできる？」

「はい、お嬢さま」

ペニーはカメオが喉元に来るよう調節してから、首の後ろで紐を結んでくれた。銀色がかった髪を後ろに流し、片側の肩のところでひとつにまとめると、それで支度は完了だった。あとは公爵や彼の大おばといっしょに夕食のテーブルにつくだけだ。

深呼吸して覚悟を決め、部屋を出て大きなマホガニーの階段を下りた。公爵と彼のおばは控えの間でおしゃべりをしていた。その先には格調高い食堂がある。くだけた雰囲気の食事を期待していたが、年配の婦人がいることを思えば、これも当然だった。

「ああ、ミス・モラン」公爵が近づいてきた。「また厨房《ちゅうぼう》のメイドとぶつかったかと、おばとふたりで心配していたところです」

からかう公爵は笑顔だったが、彼のおばがいる手前、恥ずかしさが先に立った。「いえ、そんなことありません。本当です」顔が赤くなった。「お待たせしましたか？」

「ぜんぜん」伯爵夫人がにこやかに答える。「厨房での小麦粉事件は今ロイヤルに聞かせてもらったのよ。この前わたしがここに来たときだけれど、庭ですべってよろけて、茂みの中に突っ込んだことがあってね。そこは水やりを終えたばかりだったの。出てきたわたしの格好ったら、もうおぼれかけた鳥そのものだったわ」

リリーは笑った。緊張させまいとする夫人の気づかいがうれしかった。おかげで、ずいぶん気が楽になった。「今は地下のほうには行っていませんけれど、もしまた行くことがあれば、今度は気をつけるようにします」

「気をつけても起こるのが事故ですからね」公爵がほほ笑む。

「そうね、わたしたちの場合はとくに確率が大きいみたい」夫人はそう言って、甥《おい》とそっくりの琥珀《こはく》色の瞳を輝かせた。

「食事の準備はできています」ロイヤルが言った。「話の続きは食堂のほうでしませんか？　正直なところ、おなかが減ってめまいがしそうだ」

わたしも、と思ってふと考えてしまった。彼は本当にそこまでおなかがすいているのだろうか。リリーの忙しさを知っていて、朝のケーキとココア以外口にしていないはずだと、気をまわしたのでは？　なんだか、後者のほうが正しい気がした。

ああもう。どうしてそんなに優しいの。いいえ、いやなところだって探せばきっとあるはずよ。思ってはみたものの、高齢のおばに寄り添う彼は歩く速さにも充分に気をつかい、テーブルでは腕を貸しておばを座らせ、それから彼を挟んだ反対側にリリーを座らせてくれた。こうなると、彼にどんな欠点があるのか、もう想像もつかなかった。

最初の料理が運ばれてきた。おいしそうな牡蠣《かき》のスープだ。ほんのりと香草の風味をきかせたクリーミーなスープで、レモンのスライスが浮いている。レモンは敷地内の温室で作られたものだろう。

「ルールは最近どうしているの?」たずねたタヴィストック伯爵夫人は、たっぷりとすくったスープを口に運んだ。

「オックスフォードで学問の仕上げをしていますよ。アメリカの会社から、卒業後はうちにと声をかけられたようです。イギリスとの橋渡し役みたいな仕事らしい。そこで働くようになれば、しょっちゅう両国を行き来することになるでしょう」ロイヤルはリリーに視線を移した。「アメリカとつながりを持つことは父の夢でした。必ず実現させると、ルールは父に誓った。違う世界と接するわけですからね、弟も興奮しているんじゃないかな」

「わたしも、できるならアメリカに行ってみたいと思いますわ」

ロイヤルはほほ笑んだ。「冒険にあこがれるほうですか?」

リリーも笑みを返す。「空想するだけです。もっぱら、ほかの人の旅行記を読んで楽しんでいます」

「ぼくと同じだ」

「ロイヤルは長いことカリブの島でプランテーションの管理をやっていたのよ」彼のおばが言う。「それも、本当にいい仕事をしてくれて」

「挑戦するのが楽しかった。このブランスフォードでもうまく役目が果たせればいいんですが。シュガー・リーフよりここでのほうが、待っている仕事は多いですから」

「あなたを支える女性がいたら、きっと大丈夫だと思うわ」

ロイヤルはスープ皿に目を落とした。何を考えているのだろう。

「本を読むのが好きなのね？」伯爵夫人がリリーに問いかけた。

「大好きです。どんな本でも手当たりしだいに読んでいます」

「ここにも充実した図書室がある。興味のある本を見つけたら、いつでも借りていってかまいませんよ」ロイヤルが言った。

じっと見つめてくる金色の瞳。温かい不思議な感覚が、リリーのみぞおちの奥に生まれていた。「ありがとうございます」

「リースについては、何か聞いているかしら？」おかしな空気を断ち切るように、夫人が問う。故意だろうかとリリーはいぶかった。なんといっても夫人の甥のロイヤルは、今や結婚が決まったも同然の身なのだ。

「クリミア半島でロシア軍と戦っている最中です。といって、ここしばらくは直接の連絡はないんですが。手紙を出すのがむずかしい状況なんでしょう。最後に来た手紙の内容では、元気にしているようでした」

「それを聞いて安心したわ。あの子の場合はいつ何が起きるかわからないから」

ロイヤルがリリーに顔を向けた。「リースはすぐ下の弟でしてね、騎兵隊の少佐です。

要するに本物の冒険好きだ。でも家族はみんな、いつかは軍を離れてほしいと思っている。こっちで落ち着いた暮らしをしてほしいんです」

食事は楽しい雰囲気の中で進み、これほどくつろいだ気分になるなんてと、リリーは自分で驚いていた。

そんなとき、タヴィストック伯爵夫人がジョスリンの話題を持ちだした。

「コールフィールド家のおふたりだけれど、いつごろいらっしゃるのかしら？」

「じきだと思います。天候が回復して、道が通れるようになったらすぐに」

「あなたのまたいとこの話をしてちょうだい。どんなお嬢さんなの？　どんなことに興味を持っているの？」

「ジョスリンは美人です」考えるまでもなく答えた。「それもびっくりするくらいの」ジョスリンを見れば誰でも最初にそう思う。「髪は褐色で、瞳がまたすてきなんです。すみれ色をしているんですよ。あんな色の瞳は、彼女以外に見たことがありません」

「それから？」夫人が先を促す。明らかに興味を持ったようだ。

リリーは一瞬口を閉ざし、言葉ではとても説明できない彼女のことを、どううまく説明しようかと思案した。「パーティーが大好きです。誰よりも社交的です。流行の服を着るのが好きで、何を着ても本当に似合うんです」さっと顔を起こした。「あ、それから、乗馬が大の得意です。父親に仕込まれたと言っていました」

「それはうれしいわ」夫人がほほ笑む。「ロイヤルも馬は大好きなのよ」

でも、ジョスリンの場合は、特別馬が好きというわけではない。疾走するときの興奮や、自分よりはるかに大きい動物を操る支配者気分を楽しんでいるだけだ。

伯爵夫人が甥を見やった。「ミス・コールフィールドがパーティー好きだというなら、このブランスフォードでも一度開きましょう。内輪の夜会なんてどう？ 楽団を入れてダンスも少し。招待するのはご近所と友人だけ。どう思う、ロイヤル？」

公爵はワインで口を湿し、クリスタルのグラスをテーブルに戻した。今の屋敷にパーティーが似合う華やかさはない。でも、工夫しだいでどうにかなるとリリーは思った。

「おば上とミス・モランがやれるとおっしゃるなら、ぼくに異存はありませんよ」

「あなたは、ミス・モラン？」

「ぜひお手伝いさせてください」

「まあよかった。明日からでもさっそく準備にかからないと」ワインをそっと口元に運ぶ。華奢《きゃしゃ》な手の中でグラスが震えていた。「いとこのお嬢さんについて、ほかに話せることはない？」

リリーは笑顔を取りつくろった。「それが、ジョスリンを言葉で説明するのはむずかしいんです。ほかの人とはぜんぜん違いますから。お会いになれば、奥さまにもわかっていただけますわ」

どういう展開になるかと想像せずにはいられなかった。公爵の反応は考えずともわかる。人柄がどうのと思う前に、ただただジョスリンの美貌《びぼう》に幻惑されるはずだ。わからないのはタヴィストック伯爵夫人の反応だった。見たところ、非常に聡明《そうめい》で直感も鋭い。ロイヤルに対して特別な愛情を抱いているようだけれど、その甥と結婚するジョスリンを見て、夫人はどんな感想を抱くのだろう。

暖かな太陽の光が一帯を照らし、残雪を溶かしていく。馬を駆りたくてたまらないロイヤルは、厩舎《きゆうしや》に向かうべく屋敷の裏手に近い廊下を急いでいた。途中、ほとんど使われていない客間をいくつか通り過ぎた。

ひとつの角を曲がったとき、庭に面した部屋の並びで、客間としては小さい水仙の間の扉だけが開いているのに気がついた。

扉の前まで行くと、中の暖炉で小さく火が燃えていた。おやと気づいて、ロイヤルは目を見張った。黄色いダマスク織りのソファに、女性がちょこんと腰かけている。窓から差し込む光を受けて、金髪が明るい銀色にきらめいている。

周囲の様子に目がいった。色も材質もさまざまな織物の小片が、あちこちの椅子の背にかかっていた。ひとつの椅子のそばにはテーブルがあるが、そこには糸やら、リボンやら、飾り用の蝶《ちよう》結びやら、羽根やら、作り物の果物やらがごたごたと置かれている。

音はたてていないつもりだったが、気配を感じたのだろう、リリーの頭がさっと動いた。視線がぶつかると目が離せず、やはりと言うか体が熱を帯びはじめた。下腹部に居座ったほてりが眠っていた男性を揺り起こす。まわりの空気が熱く、息苦しく感じられるようになると、硬く立ち上がったものが腹部を圧した。乗馬用の外套《がいとう》を着ていたからよかったものの、そうでなければ場違いな欲望の証《あかし》を彼女の目にさらしていたところだ。

廊下の先でどこかの扉がばたんと閉じ、われに返ったリリーがすっと立ち上がった。

「公爵さま……あの、お許しも受けずにすみません。ミセス・マクブライドが、ここなら裁縫部屋にしても問題ないと。誰もめったに使わないというお話でしたので」

「問題はありませんよ。いつまでも好きなだけ使ってください」ロイヤルはずらりと並んだ品々に目を走らせた。何に使うのやら皆目見当がつかない。「ひとつききたいんですが――これは何を作っているのかな?」

彼女は膝の品を持ち上げた。「帽子ですわ。婦人用の帽子を作っているんです」テーブルから仕上がった品をひとつ取り上げてみせる。絹でできた鍔《つば》の広い藤《ふじ》色のボンネットで、色つきの羽根とビロードの蝶飾りがまわりをぐるりと囲んでいた。仰々しくなりそうな装飾なのに、不思議とそうは見えなかった。

「帽子作りが上手なのですね、ミス・モラン」

彼女がほほ笑み、ロイヤルの中で何かがふわりとほどけた。

「ええ、下手ではないつもりです。自慢ではありませんが、よく売れるんですよ。時間がなくて、なかなか全部の注文分を仕上げられないくらいです」

「それはすばらしい」

「帽子作りなんて、地味な仕事だと思います。でも、いつかは自分の店を持つというのがわたしの夢なんです」

「思っていれば願いはかなう。あなたなら、どんな夢でもきっと実現させられますよ、ミス・リリー・モラン」

彼女はじっとロイヤルを見返した。青緑色の瞳の中で、何かの感情がよぎって消えた。

「だったらいいのですけれど。ずっとコールフィールド家にいるわけにはいきません。公爵さまとジョスリンの婚儀が整ったのちは、ひとり立ちするつもりでいます」

居場所は自分が提供しよう、とは言えなかった。近くにいれば、早晩彼女の魅力に屈してしまう。リリーは軽々しくもてあそんでいい女性ではないし、これからロイヤルが結婚しようとしている女性にしても、それは同じだ。

「女性なら、たいていい結婚したいと考える」ロイヤルは穏やかに言った。「夫を持ち、子供を産みたいと思うものだ」

「わたしも思います……いつかは、と」彼女はにっこりと笑う。小生意気とも取れる表情に、キスへの衝動が駆り立てられた。「でも、店を持つのが先です」

ロイヤルが笑うと彼女も笑った。ロイヤルは咳払《せきばら》いをした。「じゃ、ぼくはそろそろ。あなたは仕事に戻ってください」

彼女は手元のボンネットに目を落とした。「そうですね」

「楽しい午後を、ミス・モラン」

「公爵さまも」つかの間残した視線をくいと引きはがすようにして、彼女はソファに戻った。しなやかな手が、女性らしい細い指が、布地に針を進めていく。その同じ手が自分の素肌をはっている情景を、ロイヤルは毅然《きぜん》と頭から振り払った。

身をひるがえし、振り返ることなく扉に進んだ。妻となるはずの女性が一刻も早く屋敷に到着することを、心の中で神に祈った。

6

公爵の将来の花嫁は到着した。誰もがその時を待ち望み、屋敷全体が騒然とする中で、公爵とわずかしかいない屋敷の使用人たち村の少年が知らせを持って駆け込んでくると、公爵とわずかしかいない屋敷の使用人たちは最終的な歓迎準備に入り、彼の大おばは大広間に移動し――そしてリリーも、心を落ち着けてその時を待った。

前もって心の準備ができたのはありがたかった。ジョスリンが到着したあとどうなるかはわかっている。公爵は未来の花嫁の美しさに圧倒されて、リリーのことなど目に入らなくなるだろう。避けられない現実だとは思っても、軽い胸苦しさを覚えるのはどうしようもなかった。

使用人の半数が玄関でそわそわと待っていると、もとどおりに修理されたコールフィールド家の四輪馬車が屋敷に到着し、優雅な黒い車体を玄関前に横づけにした。石段を駆け下りて荷物を運びだしにかかる従僕。馬丁が御者を助けて馬の世話につく。小柄で恰幅《かっぷく》のいい、鉄灰色の髪をした家政婦のミセス・マクブライドも姿を見せて、玄関で客人たちを待ち受けた。

重い木製の扉を支える執事の横を通り、マチルダ・コールフィールドが入ってきた。堂堂とした足取りは、いずれ娘がなるはずの公爵夫人を連想させた。数歩遅れてジョスリンも姿を現した。

従僕のひとりがその場に凍りついた。

執事がしょぼしょぼした青い目を凝らし、そのまま視線をそらせずにいる。

鮮やかな瞳と同じすみれ色のドレスをまとったジョスリンは、息をのむほどに美しかった。左右均等の白い可憐《かれん》な顔立ち。すっと通った鼻筋に、薔薇《ばら》色の唇。豊かな栗《くり》色の髪は後ろに流され、艶《つや》やかな巻き毛が肩の後ろをおおっている。

村の宿屋に寄って着替えたのだろう、ドレスは最新流行の型で、旅のあいだにつくはずのしわや汚れのたぐいはまったく見られなかった。ハイネックで袖《そで》も長いため、豊満な胸は完全に隠されていたが、艶やかな絹におおわれていても、コルセットで締めた細いウエスト同様に、魅惑的なふくらみははっきりと目についた。

ジョスリンが玄関に立っている公爵に気づき、上背のある、男らしさの見本とも言うべき容姿を認めて、うれしげに目を見開いた。彼女に劣らず魅力的で、ゆえに正反対でもある完璧《かんぺき》な男らしさがそこにはあった。

ロイヤルが進みでると、リリーの心は暗く沈んだ。彼はまずマチルダ・コールフィールドに、続いてジョスリンに軽く頭を下げた。「ブランスフォード・キャッスルへようこそ。おばとふたりで、今か今かと到着を待っておりました」

　マチルダ・コールフィールドは背が高く、腰まわりがどっしりとした女性だ。髪は娘と同じ褐色だが、最近は中に白いものも交じっている。その彼女が今、ここぞとばかり愛想よく会釈した。「わたしたちも、こちらにうかがうのが待ちきれない思いでしたのよ」

　ジョスリンが、彼女お得意の魅惑の笑みを投げかけた。「ご招待ありがとうございます、公爵さま」

　改まった紹介がひとしきり続いた。タヴィストック伯爵夫人の表情が明るいのは、先代公爵の選択に満足しているからだろう。リリーの頭にはもう、この場を逃げだしたいという思いしかなかった。

「無事に到着して何よりでした」ロイヤルが言う。「道中不快ではありませんでしたか?」

「ええ、ぜんぜん」マチルダが答える。

「道の状態が最悪でした」ジョスリンが優雅な手振りで話しだす。「少し出発を延ばしましょう、まだ道がぬかるんでいますとわたしは言ったのですけれど、母に聞き入れてもらえませんでした。正直、大変でしたの。道中ずっとじめじめしていて、寒くて、みじめで」大げさにため息をつく。「ともかく、到着できました。大事なのはそのことだけですわ」

公爵の琥珀《こはく》色の瞳が彼女を品定めした。「同感です」それだけ言って家政婦を見る。「ふたりとも疲れておいでだ。二階の部屋に案内を」

「はい、旦那《だんな》さま」

屋敷内は再びあわただしくなった。従僕が大小のかばんやら帽子箱やらを抱えて階段を駆け上がり、部屋係のメイドは室内の支度に不備がないかを今一度確認した。

「気持ちよく過ごしていただけるといいのですが」ロイヤルが言った。「あなたのいとこのミス・モランが、それはもう一生懸命に準備を整えてくれましてね」

マチルダがリリーを見やる。「ええ、問題ないと思いますわ」

ジョスリンが駆け寄ってリリーの手を取った。「寂しかったわ、リリー。いっしょに来てちょうだい。荷ほどきの手伝いがいるし、それから、食事の席で着るドレスも選んでもらわなくちゃ」

リリーは黙ってうなずいた。一行が家政婦の案内で動きだすと、しんがりについて階段をのぼった。ロイヤルの横を通るときには、予想していたとおりの光景が目に入った。彼が彫刻の施された大階段を見上げ、美しいジョスリンをじっと目で追っていたのだ。

切なかった。けれど、見捨てられたように感じるのは愚かだと、リリーは自分の心に蓋《ふた》をして、いとこの背中を追いかけた。

その夜は部屋で食事をとった。ジョスリンにはいっしょに食堂に行こうと誘われたけれど、日陰に暮らす人間はそろそろわきに引っ込んだほうがいい。

マチルダ・コールフィールドは、その点何も言わなかった。

「驚いたな」玄関でシェリダン・ノールズが言った。ジョスリンが階段をのぼり、二階の部屋へと歩いていく。コールフィールド家のふたりが到着して二日がたっていた。例のごとく、シェリーは予告もなしにふらりと現れた。ロイヤルは彼をジョスリンに紹介した。ジョスリンはお先に失礼と言い、そして今、昼寝をしに引き上げていくところだった。

男ふたりは彼女が視界から消えるまで見送った。

「驚いたな」シェリーはまだ階段を見つめている。

「二度も言うな」ロイヤルは向きを変えて玄関ホールを進み、書斎に入った。彼のあとから入ったシェリーが扉を閉めた。

「あれほどの美人を見たのは初めてだ」

ロイヤルはサイドボードの前でたっぷりとブランデーを注《つ》いだ。最近はどうもこれが癖になってしまっている。「彼女は美人だ。否定はしない」

彼はつい今しがた昼食を終えたところだった。同席していたのはおばと、未来の花嫁と、彼女の母親。いつ終わるのかと思うほど長い食事だった。

「おまえの父親は、息子のためにずいぶん頑張ったと見える」

ロイヤルはぐいっと酒をあおった。「それは確かだ」

シェリーは頭を後ろに倒し、いささか長すぎる鼻の上からロイヤルを観察した。「ベッドで退屈することもなさそうだ」

「ぼくは男だ。彼女はまれに見る美人だ。退屈するはずはない」

シェリーが鋭い視線を向ける。「そうか。だったら彼女のどこが気に入らない？」

ロイヤルは嘆息し、暗めのブロンドをかき上げた。「気に入っている。少なくとも、結婚できないと思う理由は何もない。ただ、共通の話題がほとんどないんだ」

「それがなんだ？　結婚して、寝て、子供を産んでもらう。しかも、信じられないほど美人の奥方だ。ロンドンじゅうの男がおまえをうらやむぞ。美人というだけでもうれしいのに、多額の持参金と莫大《ばくだい》な相続財産まで手に入るんだろう。これ以上何を望む？」

ロイヤルはかぶりを振った。「たぶん何も。父の言っていたとおり、ジョスリンは申し分のない公爵夫人になる」酒をもうひと口飲み、グラスを机に置いた。「乗馬が得意だと聞いた。昼寝から覚めるのを待って、地所を少し案内しようと思っている」

将来の花嫁は、人一倍休息が必要な体質らしかった。朝は遅くまで寝ているし、午後の半分は昼寝の時間にあてている。考えまいとするのに、早朝から暮れ方まで親戚《しんせき》の母子のために動きまわっているリリーの姿が目に浮かんだ。家具を動かしたり、敷物のほこりの有無を点検したり。そうでないときは、裕福な婦人たちから注文を受けた帽子作りに余念がない。しかも、彼女から疲れたという言葉を聞いた記憶は一度もなかった。

「彼女は馬が好きなんだな？」

「そのようだ」

「ほらみろ。何が共通の話題がないだ。それで、感じとしてどうなんだ？　彼女はおまえをどう思っている？」

ジョスリンの気持ち？　はて、どう思っているのだろう。心の中が読み取りにくい女性だった。感情の制御がうまいのか、それとも何も感じていないのか。

「まだよくわからないな。午後にはもう少し打ち解けるだろう。母親抜きだと雰囲気も変わる」もちろん馬丁はついてくる。ミセス・コールフィールドや大おばのアガサに監督役ができないのだから当然だ。正直、ロイヤルはこの乗馬が楽しみだった。距離が縮まる何かのきっかけを、ジョスリンの中に見つけられるかもしれない。

暖炉の前の革張りの椅子にシェリーが深々と身を沈め、長い脚を片方、肘かけにひょいと引っかけた。「結婚がいやになったら言ってくれ。ぼくが喜んで次の花婿候補に名乗りをあげる」

「リリーのことが気に入ってたんじゃないのか？」

シェリーはにっこりと笑い、ゆがんだ下の前歯をのぞかせた。「友よ、リリーと結婚しても大金は入らないのだよ」

ロイヤルはブランデーを飲み干した。「ジョスリンと結婚してブランスフォードの財政を立てなおしてほしい。これは死の床にあった父の遺言なんだ。そのとおりにすると、ぼくは誓った。たとえどんなことが起ころうと、この約束は守り抜く」

シェリーは立ち上がった。「そうか。だったら午後の乗馬がうまくいくよう祈っているよ。花嫁に求めるおまえの理想が、美人の彼女の中に見つかるようにな」

ロイヤルはありがとうの意味で軽くうなずいた。シェリーは本心からそう思ってくれている。友情に厚い男なのだ。

「そろそろ厩舎《きゅうしゃ》に行って彼女の馬を選んでおくよ。幸い、純血種の馬全部が売り払われたわけじゃないからな」

「忠告させてもらっていいか？」シェリーは言ったが、もとより許可を求める口調ではない。「キスをしろ。キスをすれば、彼女の気持ちもそれなりにわかる」

ロイヤルはほほ笑んだ。悪くない考えだ。シェリーの先に立って書斎を出ながら、今回ばかりは友の忠告に従ってみようかとロイヤルは思った。

「ボタンをとめてちょうだい、リリー」背中を向けたジョスリンは、じっと立っているあいだも、はやる気持ちが抑えられなかった。着ている青いビロードの乗馬服は軍服ふうの仕立てで、前身ごろに小さな真鍮《しんちゅう》のボタンが整然と並んでいた。届いたばかりの服だった。いちばん新しく仕立てを頼んだ中の一着だ。それに似合う小ぶりのシルクハットはリリーが作った。ジョスリンから見ても、服にぴったりの仕上がりになっている。

そのシルクハットをおしゃれな角度に頭にのせ、ピンで固定し、額が隠れる程度の小さなヴェールを前にたらした。

「どう?」リリーによく見えるよう振り返った。

「じっとしてて」リリーが近づき、ほつれ毛をピンで押さえてから、また後ろに下がった。「完璧よ。公爵さまも目が釘《くぎ》づけになるわ」

ジョスリンは顔をしかめた。「わたしといて彼は本当に楽しいのかしら?　何を考えているのかよくわからなくて」

「彼は公爵さまなのよ。感情を表に出さないよう教育されているの。それだけのことよ。午後はあなたをほとんどひとり占めにできるのだし、いつもより気楽にお話ししてくださると思うわ」

本当にそうであってほしい。会えば感動してもらえると思っていたのに、実際の公爵は驚くほど反応が薄かった。ほかの男の人とは違って、きれいだとも美しいとも、いまだに言ってはくれない。いっしょに過ごしていても、ジョスリンに対して最低限の興味しか抱いていない印象さえ受ける。

忙しいから。たぶんそれだけの理由なのだ。彼の領地は広大だ。問題なく維持しつづけるためには、相当量の仕事をこなす必要があるのだろう。でも今日は違うはずよ。ジョスリンは自分に言い聞かせた。

「楽しんできてね」部屋を出ようとするジョスリンに、リリーが声をかけた。

「ねえ、いっしょに来るのはやっぱりいや？」

「わたしは乗馬が下手だから。それに、これはあなたにとって、彼をよく知るいい機会なのよ」

ジョスリンはうなずいた。午後の乗馬はもちろん楽しみだった。けれど、彼を見ていると、どこか不安になってくる。いつもの調子で気を惹《ひ》くようにからかってみても、反応らしい反応は返ってこない。昼食の席では、以前参加したパーティーでのとびきり面白い話を披露してみた。メイドが階段を上から下まで転げ落ちて、止まったところがちょうどエドワード・マーリー卿《きょう》の目の前だったという話だ。

面白がってくれるかと思いきや、彼はそのメイドが大怪我《けが》をしたのではないかときいてきた。

「笑いをこらえるのが精いっぱいで、何も気づきませんでしたわ」ジョスリンは答えた。

公爵は何も言わなかった。

階段を下りていくと、玄関に彼女を待っている公爵の姿が見えた。いつ見ても本当にハンサムだ。暗めのブロンドに白い肌。美しい顔立ちでありながら、全体の雰囲気はびっくりするほど男らしい。

「馬が表で待っていますよ。あなたには、ぼくの判断でベスビアスという名の去勢馬を選んでおきました。元気はいいが、扱いにくい馬じゃない」

「楽しい時間になりそう」

広い石段を下りたところに、馬丁と馬が待っていた。一頭は大きな鹿毛《かげ》の去勢馬で、額に白い斑《ぶち》がある。もう一頭のほうは、堂々とした体格の葦毛《あしげ》の種馬だった。鹿毛のほうは無視して、ジョスリンはまっすぐ葦毛の馬に近づいた。

「わたしはこっちの馬がいいわ。なんという名前ですの？」

公爵は茶色がかった金色の眉を中央に寄せた。「ジュピターだ。片鞍《くら》は去勢馬のほうについている」

「鞍を交換するくらい簡単でしょう」

公爵がためらったのはほんの一瞬だった。彼の合図で馬丁がさっと進みでた。鞍の交換はものの数分ですんだ。公爵はジョスリンを葦毛の馬に乗せ、自分も身軽な動作で去勢馬にまたがった。いくらもしないうちに、二頭の馬は屋敷から続く道を野原のほうに早足で駆けていた。後方にはふたりを追う馬丁の姿が見える。

少し先を行っていたジョスリンは、開けた野原を目にするや、馬に蹴《け》りを入れて速度を上げた。すると、公爵も去勢馬を駆って楽々追いついてきた。ジョスリンは笑いながらさらに速度を上げた。すばらしい馬だった。走りにまったく迷いがない。前方に低い石垣が見えてきた。葦毛の馬は軽々と跳んで、反対側にすとんと着地した。公爵の声が背中に聞こえた。

「止まりなさい、ミス・コールフィールド!」

ジョスリンは全速力で馬を駆り、右手前方にある石垣を目指した。

「ミス・コールフィールド――ジョスリン、止まるんだ!」

ジョスリンは笑って石垣を跳んだ。着地も完璧だった。ところが運悪く、日陰になった一角に、手前からは見えなかった雪解けの水たまりがあった。泥に脚を取られた馬が、転倒寸前まで大きくよろけた。落馬こそまぬがれたものの、あと少しで振り落とされるところだった。公爵さまがいる前でよくもこんな恥をかかせてくれたと、ジョスリンの中で馬への怒りがふつふつとわき上がった。

公爵が追いついたのは、馬のわき腹に向けてジョスリンが鞭《むち》を振り上げたときだった。伸びてきた手が、鞭をさっと奪い取った。

「何をしている?」彼の口調は厳しかった。

「この愚かな馬が命令どおりに走らなかったんです。公爵さまも見たでしょう。このわたしを振り落とすところだったんですよ」

「だから警告しようとした。ここの地面は湿っている。あなたの走り方は尋常じゃなかった。馬もろとも倒れなかったのが不思議なくらいだ。無傷ですんだのは奇跡ですよ」

「悪いのは馬のほうだわ。ちゃんと走らないから――」

彼は自分を懸命に抑えている様子だった。口元がこわばっていたが、出てきた言葉は穏やかだった。「南のほうに行ってみましょう。森が見えるんです。枝にはまだ雪が残っている。この時季の眺めはきれいですよ」

ジョスリンははなをすすった。黙ってはいたが、腹立ちはおさまっていなかった。悪くすると大怪我をしていた。なぜいっしょに怒ってくれないの？　このいまいましい馬は命令どおりに走らなかったのよ。彼の手で鞭打って当然じゃないの。

視線を上げて、鹿毛の馬にまたがっている公爵を見た。上背があって、肩幅が広くて、信じられないくらいハンサムだ。許してあげてもいい、とジョスリンは思った。なんといっても、彼は将来の夫になる人なのだから。

「監視役とはぐれたみたいだわ」まわりを見まわすと、馬丁の姿がどこにもない。

「むこうがじき見つけますよ。彼はぼくたちの行く場所を知っている」

本当のところ、ジョスリンは喜んでいた。少しふたりきりになってみたかったのだ。森まで来て、少し歩きましょうかと誘われたときには、一も二もなく同意した。彼は二頭の馬をつなぎ、ジョスリンを鞍から降ろし、それからジョスリンの手を取って歩きだした。

案内されたのは、小さな川が水音高く流れている場所だった。

彼は川岸で足を止め、前方に広がる景観に目をやった。空がどこまでも青かった。その下に、まだ雪が溶けきっていない、ゆるやかに起伏した丘陵地が広がっている。

ジョスリンも同じ方角を眺めた。「きれいですね、公爵さま」

「できるなら、ロイヤルと呼んでほしい。せめて、ふたりでいるときは。きみのことも、ジョスリンと呼んでかまわないかな?」

ジョスリンはほほ笑んだ。「ええ、わたしもそのほうがうれしいです」

ロイヤルは田舎の景観をひととおり眺めわたした。「ぼくにとっては大切な土地だ。屋敷の改装が終わったら、きみはここで楽しく暮らせるだろうか?」

問われて、何もない一面の冬の野原に視線を戻した。わびしすぎるとジョスリンは思った。何もないから美しいとも言えるけれど、田舎暮らしは性に合わない。「ロンドンで暮らす時期もあるんでしょう?」

「それがきみの望みなら」

安堵《あんど》して笑みを浮かべた。結婚したら年に一度、ほんの短期間だけ田舎に戻ろう。それでも充分すぎるくらいだ。「でしたら、ええ、楽しく暮らせるわ」

ロイヤルの手が伸びてきた。抱き寄せられるとわかっても抵抗はせず、目を閉じて彼のキスを受け入れた。唇が触れ合うだけの遠慮がちなキスだった。ジョスリンは反応を返した。彼は一瞬ためらっただけで、すぐに遠慮を振り払った。激しいキスでジョスリンをしっかりと味わいながら、ジョスリンにも自分の味を教えている。

上手だわ、とジョスリンは頭の片隅で思った。彼の唇は柔らかいのに張りがあり、湿っているのにべちゃべちゃとはしていない。妻となって、夫からの当然の要求を受け入れるのも、これならばむずかしくはなさそうだ。

先に体を離したのはロイヤルのほうだった。顔を上げた彼は、遠くの丘に、今しもその頂を越えようとしている馬丁の姿を認めた。「そろそろ戻ろう」

ジョスリンも彼の肩のむこうをちらと見て、監視役が近づいてくるのを確認した。「そうね」

彼はジョスリンを軽々と馬に戻し、自分も鹿毛の馬にまたがった。

あとは互いに無言だった。屋敷の表まで戻ると、馬丁が駆けてきて馬の手綱を引き受けた。ジョスリンはロイヤルの手を借りて馬から降り、彼と並んで石段をのぼった。玄関で執事が迎え、ふたりいっしょに中に入った。

いとこが階段を下りてくるのが見えた。「リリー！」気づいていない様子の彼女に呼びかけた。「何をそんなに急いでいるの？」

リリーが顔を振り向ける。「今縫っている帽子用の飾りを取りに行ってて。それで……乗馬はどうだったの？」

「とても楽しかったわ」交わしたキスを思い、表情を輝かせながら、ジョスリンは含みのあるいたずらっぽい瞳でロイヤルを見た。「そうでしょう、公爵さま?」

ところが、彼にはジョスリンの声が聞こえないようだった。彼の目は階段の下にいる女性――いとこのリリー・モランに釘づけだった。

7

「教えてちょうだい、リリー――」公爵夫人の部屋に戻ったジョスリンは、華麗な手織りの絨毯《じゆうたん》の上で行ったり来たりを繰り返した。「正直に答えて。わたしとお母さまが来る前に、あなたと公爵さまとのあいだにいったい何があったの？」

リリーは胸の奥が不快にざわつくのを感じながら、なす術《すべ》もなく突っ立っていた。「言っている意味がわからないわ。話して困るようなことは、これっぽっちだって起こってないのよ。ゆっくりできる間なんてほとんどなかった。あなたやおばさまのために動きまわっていたの。公爵さまはわたしにも礼儀正しく接してくださったわ。それだけよ」悲しいけれど、と考えて軽い後ろめたさを覚えた。

ジョスリンの目が鋭くなった。「本当に？　さっき玄関に入ったとき、公爵さまはあなたひとりに目が奪われているみたいだったけど」

考えまいとするのに、リリーも気づけばあの瞬間を思いだしていた。きらきらした瞬間だった。公爵が自分だけを見てくれている気がした。あのときばかりは、忘れられたのはジョスリンのほうだった。

たいした意味はなかったのだと思う。心がいいように解釈をしただけだ。

「まったくの勘違いよ、ジョー。あなたに紹介されたあとで、男の人がちらとでもわたしに目を向けることがあった？」

ジョスリンはどっかとベッドに腰を下ろし、小さくため息をついた。それもそうだと納得したのだろう、幾分落ち着いた様子だ。「今日はキスをされたわ」

リリーのみぞおちが緊張した。「そうなの？」

「とっても上手なのよ。十点満点で九点かしら」

キスの点数？ ジョスリンが何人かの紳士とキスをしたことは知っていたが、格づけまでしていたとは思わなかった。「十点満点の人はいたの？」

ジョスリンは仰向けに寝転がって、緑色の絹の天蓋《てんがい》を見上げた。「ひとりだけね。クリストファー・バークレー。覚えているでしょう？ どこかのよく知らない男爵の四男よ。法廷弁護士、といってもまだ若くておじさんじゃないわ。モンマート伯爵の舞踏会でいっしょに踊ったの。それから庭を散歩して、キスをされたの。今思えばひっぱたいてやればよかった。でも、キスだけは文句なしの十点よ」

そうなのかもしれない。でも、とリリーは考えずにはいられなかった。ロイヤル・デュワーにキスをされたら、わたしなら絶対に十点満点をつけるだろうと。

ロイヤル。声に出して言ったことはなかったが、最近は心の中で彼をそう呼ぶようになっていた。公爵さまではなく、ロイヤルと。危険な習慣だとはわかっていても、どうしてもやめることができなかった。

「それで、乗馬のほうはどうだった?」リリーはたずねた。「キスは別にして、という意味よ」

ジョスリンの口元が不機嫌にゆがんだ。「どうって、癪《しゃく》に障る馬で、振り落とされそうになったわ。もう、びっくりよ。なのに、公爵さまったら何もしてくれないの」

「何をしてほしかったの?」

「悪いのはあの馬なのよ。何かしてくれると思うでしょう」

リリーはジョスリンの怒りを受け流した。どんな問題が起きようと、彼女は自分に非があるとは考えない。馬を責めるのも当然と言えた。「楽しくお話しできた?」

ジョスリンは肩をすくめた。「この土地で楽しく暮らせるかときかれたわ。それで、暮らせると答えた。ただし、ロンドンでも暮らすという条件でね」

リリーはゆるやかに起伏する美しい丘陵地や、いちいの木の森や、庭園の端を細く流れる小川を思い浮かべた。こういう田舎に暮らせたらどんなにすてきだろう。「公爵さまはいつ結婚を申し込んでくるのかしら?」

「すぐだと思うわ。わたしたちは一週間しかここにいないのよ。ううん、ひょっとしたらもっと短いかも。お母さまとも話したけれど、滞在はできるだけ早く切り上げたいの。婚約期間は半年で、それだけあればお式の準備も全部整えられるとお母さまは言っているわ。きちんとした申し込みは、わたしたちがここを去るまでにはあるはずよ」

「なんだか冷静ね」

「楽しいのはこれからよ。婚約が正式に発表されたらきっとわくわくするわ」彼女は横になったまま体をさっと上に引き上げ、美しく彫刻された木製のヘッドボードに寄りかかった。「みんながどう噂《うわさ》するか考えてみて。ロンドンじゅうの女性がわたしをうらやむのよ」

「ええ、間違いなくね。でも、自分の気持ちを考えたことはないの？　公爵さまを本当に好きになれるかどうか心配にならない？」

ジョスリンは笑った。「おばかさんね。好きかどうかは関係ないの。それに、跡継ぎを産んだあとは、愛人を作るという手もあるんだし。愛人ならわたしの好きに選べるわ。だから恋だってできるはずよ」

ずいぶんと割りきった考え方だ。リリーは化粧だんすの前の丸椅子に腰かけた。「本気じゃないわよね？」

「本気よ。そのほうがうまくいくの。こういう決められた結婚の場合はね」

リリーは心を落ち着かせた。「わかったわ」本当は少しも納得していなかった。わかったのはロイヤルの結婚する女性が彼を愛していなくて、貞淑な妻になるつもりもないということだ。最初の不快な感覚が胸に戻ってきた。

ロイヤルは玄関ホールを進んで書斎に入った。机の前に男が立っていた。足音に気づいて男が振り返った。背は高くも低くもない。がっしりした体格で髪は真っ黒。彫りの深い顔が、見るからにいかめしい。

「チェース・モーガンだな」男の名を口にして声をかけた。彼はロイヤルが雇った探偵だった。ブランスフォードの財政が具体的にどう逼迫《ひっぱく》していったのか、彼にはその詳細を調べるよう頼んである。

モーガンは軽く会釈をした。「このたびはどうも、公爵」

「かけてくれ」ロイヤルは机のむこうにまわり、向かい合う形で探偵も座った。「何かわかったんだろう?」

「わかりました。それも非常に興味深いことが。手紙で報告するよりも、じかにお伝えしたほうが効果的な意見交換ができるかと思いまして」

「助かるよ。それで、調査の結果は?」

モーガンは椅子から立つと、ロイヤルがそれまで気づかなかった小さな革のかばんを持ってきた。それを机の上に置く。「ここに出しても?」

「ああ、かまわない」

探偵はかばんをあけると、中から書類の束を出して机に広げた。「一枚につき一件ずつ、お父上が投資された会社について記してあります。製造会社、鉄道会社、船会社。そのほかにも交易品を扱うさまざまな会社に興味を持たれている」

ロイヤルは、ううむとうなった。「利益の出た投資は皆無か」

「そのとおりです」モーガンは書類の一枚を取り上げて、ロイヤルの前にすべらせた。「興味深いのは、お父上がどんな会社に投資されたかではなく、むしろ、これらのうさん臭い会社を所有していた人物が誰かということです」

ロイヤルは眉を上げた。「うさん臭い？」

「ええ。どの会社も業務を行っていたのはせいぜい半年。大半が半年ともたずにつぶれています。書類の上だけに存在した会社だという疑惑も捨てきれない」

「つまりは、詐欺だったと？」

「そのようですね」

ロイヤルは今の話を頭の中で吟味した。「だが、確証はないわけだ」

「今のところは」

ロイヤルは書類を指で叩《たた》いた。「どうすれば証明できる？」

モーガンは書類を指さした。「それぞれの書類に名が出ている事業主を調べるべきでしょう。そのサウスワード製作所の所有者しかり、ランズバーグ炭鉱の所有者しかり。同系列と思われる会社もあげておきました。そっちの所有者についても知る必要がありますね。もしご存じの名前があれば、次の調査のとっかかりができると思ったのですが」

ロイヤルは今聞いた話について考えながら、書類の名前に目を通した。一枚見たら次へ、そしてまた次へ。ひととおり見終わってからかぶりを振った。「だめだな。残念だが、知らない名前ばかりだ」

「わたしも本気で期待したわけじゃありません。いちおうおききしたまでで」モーガンは身を乗りだした。「ついては、公爵がどこまでの調査を望まれるかですが」

ロイヤルは書類を軽く叩いた。「投資話が詐欺だったとすれば、単独犯にしろ複数犯にしろ、何者かが判断力の衰えていた父を利用したことになる。正体を突き止めたい」

モーガンはうなずいた。「わかりました。少々時間はかかりますが、投資を持ちかけた人物は必ずや見つけだします。一味というよりは、欲に駆られた数人のしわざでしょう。こんな機会を逃す手はないと飛びついたわけです」

ロイヤルは立ち上がった。「必ず見つけてくれ、モーガン。どんな方法を使ってもかまわない」

探偵も腰を上げた。鍛え上げられた肉体と豊かな黒髪。一度見れば忘れられない男だ。

「何かわかったら、すぐにお知らせします」

書斎の戸口までいっしょに歩き、ホールを去っていく探偵の背中を見送った。父がだまされた可能性については、ロイヤルも考えないではなかった。今日までは単なる憶測だったが、これでようやく確信を持つことができた。

気づけば口元に力が入っていた。誰がデュワー家にこれほどの損失をもたらしたのか、判明するのはじきだろう。考えておくべきは、わかったあとの対処法だ。

ジョスリンは青の間でお茶を飲んでいた。そばには彼女の母親と、タヴィストック伯爵未亡人がいる。買いものをしているほうがずっと楽しいとジョスリンは思った。でなければ、社交界の同年代の子たちと、ロンドンのセヴァーン伯爵邸で開かれたゆうべの舞踏会の話をしていたかった。行きたくても行けなかった舞踏会だ。でも、いいわ。公爵夫人になれば、なんでも好きなことができるのだから。

夫人が何か言い、ジョスリンはうなずいた。といって、熱心に聞いているわけではなかった。公爵がここに来てくれたらいいのに。ハンサムな男性に自分の魅力を見せつけるのはいつだって楽しい。彼ならたぶん、こんな退屈な午後からジョスリンを救ってくれる。

金の縁取りがある磁器のカップに口をつけながら、でも、と考えた。新しいドレスを着る機会が持てたのは悪くなかった。淡い紫の縞《しま》が入った、とてもかわいい絹のドレスだ。スカート部分にたっぷりとひだが取ってあって、紫色のビロードで縁取りがされている。

名前を呼ばれて、はっとわれに返った。伯爵夫人がジョスリンに話しかけていた。

「ごめんなさい、奥さま。少しぼんやりしていました。なんのお話でしたの？」

「お茶にはあなたのいとこのミス・モランも誘ったという話。来てくれると思っていたのだけれど、具合でも悪いのかしらね？」

ジョスリンは手を振って否定した。「いいえ、大丈夫です。リリーは病気知らずと言っていいくらいですもの。帽子作りで忙しいだけです。母の意見で、そっとしておいたほうがいいということになったんです」

夫人の銀色の眉が片方上がった。「ミス・モランが帽子を？」

「お恥ずかしいですわ」ミセス・コールフィールドはカップを下ろしたが、力が入りすぎて受け皿の上でカップがかちゃんと鳴った。「それが、将来は婦人用の帽子屋を開きたいなんて申しますのよ。そんな話、聞いたことありませんわ。世間的に通用しないと言ってやりました」

「どんな帽子を作っているの？」突きつめる話題でもないだろうに、夫人はなおもきいてくる。

「帽子と呼べるものは全部ですわ」ジョスリンは答えた。「わたしがかぶっているこのビロードのキャップも、実はリリーが作ったんです」横を向いて、おしゃれな紫色の帽子を夫人に見せた。ビロードの飾りリボンがついていて、ドレスとの相性もぴったりだ。

夫人は興味を抱いたふうだった。「まあ、すてきだこと。それで、彼女は今この時間も帽子を作っているのよね？」

ジョスリンはうなずいた。「ええ、どこか奥のほうの部屋で。彼女の午後の日課ですから」

夫人はゆっくりと立ち上がった。節くれだった手で杖《つえ》をつかみ、体をまっすぐに安定させる。「わたしは帽子が大好きなの。どんな仕事ぶりか、ぜひ見てみなくちゃ」

ミセス・コールフィールドは口元をこわばらせた。ジョスリンは黙ってあとに続いた。

夫人はゆっくりとした足取りでホールを進んでいく。

「たしか水仙の間とかいうお部屋でした。裏手に近いお部屋です」

「ああ、その部屋ね。あそこからだとお庭の眺めがきれいなのよね」

手のかかる庭の典型だ、とジョスリンは思った。結婚したらイギリス一の造園技師を雇い入れよう。小道を現代ふうに作り替え、木や草を総入れ替えして、茂り放題のみっともない庭を、流行の庭によみがえらせるのだ。

夫人は水仙の間の入口で立ち止まると、奥の様子を確認してから中に入った。「なるほど、このせいでいっしょにお茶を飲めなかったのね」そう言って周囲を手で示した。たくさんの布切れや、リボンや、レースや、造花が、あるものはテーブルに重ねられ、あるものは椅子の背にかけられていた。

リリーがはじかれたように立ち上がった。膝からボンネットが落ちると、さっとかがんで拾い上げる。「奥さま。お誘いいただけているとは知りませんでした。失礼しました」

夫人の視線がさっとミセス・コールフィールドのほうに動いた。「いいのよ。さて、教えてちょうだいな。こういう飾りものを集めて、いったい何をしているの？」

「帽子を作っています。わたしの……趣味と言うのか……」

「趣味？　仕事？」

リリーがちらとジョスリンを見たのは、恥をかかせたくないと思ってのことだろう。

「正直に答えていいのよ」

「はい、帽子作りはわたしの仕事です。買ってくださるお客さまもたくさんいます。いつかは自分のお店を持つのが夢なんです」

「そうなんですってね。さっき聞いたわ」伯爵夫人は部屋の中をぶらぶらと歩いた。杖はたまに使っている程度だ。暖炉の上に仕上がった帽子が並んでいた。光沢のある正装用のグレーのキャップは、周囲を深緑色のビロードの葉が縁取っている。ほかにも、レースと紫色のリボンでできた頭飾りや、絹レースをあしらった鍔《つば》広の帽子が見える。「どれもまあ、きれいだこと」夫人はリリーを振り返った。「わたしもぜひひとつ注文したいわ。今日の夕方にでもゆっくりお話ししましょう」

「本当ですか、奥さま？　光栄です。喜んでお引き受けします」

このときのミセス・コールフィールドの顔ときたら、うっかりりんごの芯《しん》をのみ込んで、それが喉につかえてしまったような顔だった。

「忙しいのはわかるけれど――」夫人が続ける。「少しくらいおつき合いしてくれてもいいでしょう？　長く座っているつもりもないのよ。でも、お茶を一杯いただけば、気分がすっきりすること請け合いよ」

リリーは一瞬おばの表情をうかがったが、ここで辞退できるはずもない。「はい、ありがとうございます」

夫人は杖に体重を預け、すり足のゆっくりした歩き方で水仙の間を出た。もとの客間に戻るべく玄関ホールを引き返していく。二階で昼寝をしたいのに、とジョスリンは思った。ふだんパーティーや舞踏会に出かけるせいで、夜更かしの習慣がついている。それに、田舎の生活というものは、全体的にどこかしら退屈だ。ため息とともに青の間に戻り、もう一度ソファに腰を下ろした。

あくびを我慢できたのは、とある想像のおかげとしか言いようがなかった。今夜こそ結婚を申し込まれそうな気がするのだ。

そのとおりになれば、わたしはロンドンに帰れる。

ロイヤルは主寝室に続く居間の窓ぎわに立っていた。窓からは、数々の不評を買ってきたブランスフォードの巨大迷路が見下ろせる。複雑な図形の中を進んでいけば、大理石の噴水にたどり着き、口から水を噴きだす天使たちに出会えるという趣向だ。

この噴水が容易には見つからない。一度迷路に入れば、こっちかあっちかと迷いながら、永遠とも思える時間くねくねと歩きつづけることになる。何十回と間違った道に入り、何十回と引き返す。どこにいても見えるのは生け垣ばかり。その広さがまた尋常ではない。しかも、年月をへた木々は、今や三メートルを超える高さにまで生長していた。

そんな迷路に入ってしまった女性を、ロイヤルは今、にやにやしながら目で追っていた。むずかしさではどこの迷路にも負けないと、製作した本人である彼の曾《そう》祖父は、大いに自慢していたようだ。

彼女は角を曲がり、行き止まりと気づいて引き返した。次に入ったのも誤った道だった。先が三方向に分かれているが、そこでの選択に意味はない。ほうっておけば、脱出までに恐ろしい時間がかかりそうだ。

もう一度にんまりと笑った。案内人の出番が来たらしい。

扉の横にかけていたウールのマントを手に取って、階段を下りた。

空は晴れていたが、季節は一月の下旬で、空気には凛《りん》とした冷たさがあった。霜で変色した草は湿り気を帯び、足の下でふにゃふにゃと頼りない。迷路の入口で立ち止まったロイヤルは、リリーのいた場所を頭の中で確認してから中に入った。角を二回曲がると声が聞こえた。もうとか、ああとか、いら立たしげな口調でつぶやいている。歩きだす気配がした。小さな足が柔らかい草を踏む音がする。

「ミス・モラン！」ロイヤルは声をかけた。「リリー、どこにいるんです？」

「こっちです！」答える声には安堵《あんど》がにじんでいた。今いる場所から左に二回方向を変えた先、長い通路から声は聞こえている。

「そこを動かないで。今助けに行く」

迷路の全体像はそらで覚えていた。小さなころから弟たちとよく遊んだ場所だ。角を二回曲がり、ほとんど使わない近道を通って、そうっとリリーの背後に近づいた。両手を肩に置くと、彼女の体がびくんと動いた。

彼女が胸に手を置いて振り返る。「驚いた。何も聞こえませんでした」

「人をびっくりさせるときの基本だ。場合によってはうまくいく」

彼女はほほ笑んだ。「わたしを助けるために来てくださったんですか？」

「そう、輝く甲冑《かっちゅう》に身を包んだ騎士のようにね」

「わたしがここにいることはどうして？」

「部屋の窓から見えたんですよ」

リリーは通路の先に顔を向けた。「噴水を見に入ったんです」唇を不服そうに尖《とが》らせる。

彼女にしてはめずらしいが、そんな顔もまた魅力的だ。「見つけられると思ったのに」

「そう簡単じゃない。来客があったときは、いつも注意しているくらいです。時間がたっぷりあるとき以外、ここには入らないほうがいい。恐ろしく広くて複雑だ。ぼくの曾祖父は、人を迷わせることにゆがんだ快感を覚えていたようですが」

青緑色の美しい瞳に見つめられ、ロイヤルはどきりとした。

「わたしを見つけられたということは、道順がわかるんですね？」

「弟たちとしょっちゅうここで遊んでました」

彼女は迷路の中心のほうにちらと視線を投げた。たどり着けなかったのを残念に思っているらしい。「もう戻ったほうがよさそうですね」

ただちに迷路の外に連れだすべきなのはわかっていた。ところが、口から出たのは別の言葉だった。「噴水を見に来たのでは？」

かわいい瞳が輝いた。「ええ、そうなんです！」

ロイヤルは片手を差しだした。「だったら、行きましょう。案内しますよ」

迷っていると見えたのは一瞬で、彼女はしっかと手を握ってきた。と、ふたりのあいだに稲妻のような衝撃が走り、つかの間体が硬直した。リリーも同じ衝撃を感じたに違いない。さっとロイヤルを見上げた顔が、みるみる赤みを帯びていく。

彼女は手を引き抜こうとした。だが、やはり血筋だろうか、曾祖父に似た意地悪な感情が胸に生じ、ロイヤルは絶対に手を離さなかった。

「さあ」いくらか乱暴な口調になった。手を引いて迷路の奥へと案内する。リリーもしかたなく歩調を合わせた。細い通路を、しばらくは無言で歩きつづけた。

やがて彼女の緊張も解けてきて、恋人同士が散策しているような雰囲気になった。実際は、ふたりとも惹《ひ》かれる思いに必死で抵抗している。誰かに見られては体裁が悪い。しかし今だけは、そんな心配をする気にはなれなかった。

8

ロイヤルがこっちだと手を引き、言われるままに何度目かの方向転換をした。迷路を進むのがいつしか楽しくなっていた。ほかに誰もいないこの状況を面白がっている自分がいる。高い生け垣に囲まれた迷路の中では、ロイヤルの姿がいつもよりずっと大きく見えた。ふたりきりでいると、彼の存在がとても力強く感じられる。

どう進めば噴水にたどり着けるのか、彼は確かに道を熟知しているようだった。予想もしない場所で立ち止まり、方向を変えて歩きだす。こっちの通路、あっちの通路と、ふつうの人なら絶対に選ばないような道を選んで、リリーを引っ張っていく。道が三方向に分かれた地点まで来ると、彼は立ち止まってリリーの顔を見た。

「さあて、きみはどの道だと思う？」

リリーは唇を噛《か》みながらじっくりと検討し、いちばんそれらしくない道を選んだ。「左の道よ」

彼は笑った。「それでもいいが、とんでもなく遠まわりになる。こっちだ」手を引かれ、リリーは笑顔で隣についた。さらに何度か方向を変えて進んだあと、ようやく中央の開けた場所に出ることができた。

大きな噴水を目の当たりにしたリリーは、すべての苦労が報われた思いで、つないでいた手を離して走りだした。

「すてきだわ」水があふれている段の縁に指をはわせた。「水の音って大好き。メドーブルック館の庭園にも噴水があって、暇があればいつも行っているんです。水の流れる音を聞いていると、心配ごとを忘れられるから」

ロイヤルの眉が上がった。「ぼくの目には、きみは幸せそうに見えるよ、リリー・モラン。そのきみにどんな心配ごとがあるんだ?」

リリーが噴水の最下段を取り囲むベンチに腰を下ろすと、ロイヤルも隣に座った。

「コールフィールド家から独立したあとの自分の将来です。ためてきた資金だけでは店が開けないかもしれない。店を持てたとしても、お客さんが来てくれるかどうか」

「それは大丈夫だろう。おばがきみの才能はすばらしいと言っていた。きみの作る帽子を見てびっくりしたと。それで、自分用にもひとつボンネットを注文したとか」

リリーはほほ笑んだ。「ひとつじゃなくて、いくつもです。気に入ってくだされぱいいんですけど。伯爵未亡人がお得意さまなら、帽子屋としての評判も上がります」彼を見上げた。「本当に優しい方ですわ」

「大切な人だ。ぼくにとっても、みんなにとっても」

「そして、おばさまのほうも、あなたをとても大切に思ってらっしゃる」

大きなため息をついたあと、彼は急に表情を変えた。「おばはぼくの幸せを望んでいるが――」言いかけて口を閉ざした。聞かせられない話だと思ったのかもしれない。

「ジョーのことでしょう？　相性が不安なのでは？」

ロイヤルは髪に手をやった。艶《つや》やかな髪が幾筋か額に落ちた。「ささいな問題なのはわかっている。彼女は美しくて魅力的だ。公爵夫人が身に着けるべき常識についても、充分教育されている。結婚への下準備は整っている。あとは形式的な段階を踏むだけだ」

「わたしは――わたしはうまくいくと思います。あなたとジョスリンは、お似合いのカップルですもの」

彼は鼻で笑った。「傍《はた》から見ればそうだろうが、実際は……」

リリーは同情を覚えた。人の選んだ相手と結婚するなんて、自分には想像できない。

「何が心配なのか、話してください」

金色の瞳がまっすぐにリリーを見据えた。「実際は、まったく相容《い》れない者同士のような気がする。説明がむずかしいが、互いの考え方が違うというのか、ものの見方からして違うように思える」ため息をついてかぶりを振った。「さっきも言ったが、ささいな問題なんだ。いずれにしろ結婚はするし、すれば互いに得るところは大きい。ジョスリンには貴族の称号と社交界での高い地位が手に入る。ぼくはぼくで、屋敷の改築やブランスフォードの財政再建に必要な資金を手にすることができる。結婚とはそういうものだ」

口ではそう言うが、向けられたまなざしからは、彼がもっと多くを期待していたらしいことがうかがえた。玄関で見つめ合った、あの一瞬とそっくりなまなざしだ。まるで、望んでいた幸せをぼくに与えられるのはきみだけだ、とでも言うような。

どきりとした。いけない。彼がそう考えている可能性がたとえゼロではないにしても、それを喜んではいけない。わたしは彼が思っているような女ではない。公爵と結婚できるような女ではない。彼には本当のことを話しておかなければ。

「お父さまは賢明な選択をされたと思います」リリーは自分を鼓舞して言った。「ジョスリンは生まれたときから上流社会で育っています。そつのないふるまいができて、高貴な方々の輪にも自然に溶け込めるんです。でも、わたしはだめ。わたしを育てたのは貧しい教師と、その妻と、生きるために盗みを働いていたおじですもの」

彼の顔がさっと上がった。「今なんと？」

リリーは深呼吸をひとつした。ここまできたら洗いざらい打ち明けて、お互いが感じている誤った感情にけりをつける覚悟だった。

「わたしの母の祖父は、キングズリー伯爵です。母が言うには、伯爵の娘――つまりわたしの祖母ですけれど、彼女は伯爵の意思にそむいて平民と駆け落ちしたそうです。たぶん農民ですね。勘当された祖母は、二度と親元に戻らなかったと言います。わたしの母が結婚したのも平民でした。さっき話したように、父は教師だったんです」無理に笑みを浮かべた。「父のおかげで幸せな子供時代でしたし、充分な教育も受けられました。けれど、父も母も、まもなくコレラでこの世を去りました。それからは……」塊が喉をふさいで、言葉が先細りになった。

「続けて」ロイヤルが優しく促した。「両親が亡くなって、それから？」

リリーは塊をのみ下した。「それから、自分の知っていた唯一の親戚《しんせき》を頼って、いっしょに暮らすようになったんです。ジャック・モランといって、父の兄弟です。問題は、おじが両親よりはるかに貧乏だったこと。わたしは田舎にある清潔な家で育ちましたが、おじの住まいはロンドンの居酒屋の狭い屋根裏でした」弱気な心を奮い立たせて、彼を見上げた。「おじは詐欺師だったんです、公爵さま。わたしは十二のときから今のコールフィールド家に預けられるまで、おじと同じ生活をしていました」

ロイヤルが驚いたように背筋を伸ばし、琥珀《こはく》色の瞳でリリーの表情を探る。「つまり、きみは――」

「十三歳のときにはすりをやってました。いい腕をしていたんですよ。カードを使ったいんちき賭博《とばく》でも絶対にへまはしなかった。泥棒としても場数を踏んでいて、家賃を払うために、必要なものはなんでも盗んだ。おじが詐欺を働くときは、必要な役を演じて協力もしました。引っ込み思案な性格が、おかげでなおりましたけど。十六歳になるころには、一度に十以上の役柄をこなすのも平気でした。それはもう変幻自在です」

ロイヤルは何も言わないが、その口元はこわばっていた。彼が嫌悪感を抱くのは当然で、リリーは心を強くして苦しみに耐えた。涙をこらえて先を続けた。

「悪人になるよう育てられたわけじゃありませんから、最初は盗みなんていやでした。だけど、食べるものはないし、このままでは屋根裏を追いだされそうだし。空腹の力って恐ろしいものですね、公爵さま。おじは懸命にわたしを守ってくれましたけど、生き抜くためにはおじの望む仕事を覚えるべきだと思いました。毎日を暮らしていくためには、どんなことでもしなくちゃって。だからそうしたんです」ほほ笑んでみせたが、下唇が震えるのはどうしようもなかった。「おわかりでしょう、公爵さま。少なくとも、ジョーは見かけどおりの女性です。でもわたしは……わたしはぜんぜん違う」

涙があふれた。きっと目をそらされる。迷路に置き去りにされるかもしれない。そんな想像に反して、彼は大きな両手で優しくリリーの頬を包んできた。「リリー……」

ぽろぽろと涙がこぼれた。顔を上向きにされたと思うと、苦しいほどに優しい、息がつまるようなキスで唇をふさがれた。切なさが胸に込み上げ、喉の奥から声がもれた。激しい欲望がふくれ上がっていた。いけないことだとわかっているのに、衝動が抑えられず、気がつくと彼の襟をつかんで自分から体を寄せていた。

苦しげなロイヤルの声。激しくなったキスに、互いの唇が完璧《かんぺき》に溶け合う。キスの経験はリリーにもあった。女らしくなってくると、詐欺を働く中で妖艶《ようえん》な女性を演じたりもしたからだ。ただし、どんなときでもおじのジャックが目を光らせていて、取り返しがつかないような危険な状況には至らなかった。

キスの感触は知っていても、キスで感動したことはなかった。なのに今は、体の中に甘くほどけるような感覚が生まれている。

「リリー……」ロイヤルは口の端や、鼻の頭や、目にもキスをして、最後にまた唇を重ねてきた。さっきまでとは違う、荒々しいキスだった。彼の舌が唇を割り、奥へと進んでリリーを味わう。髭剃《ひげそ》り石鹸《せっけん》のライムのにおいと、幅広のネクタイ《クラヴァット》の糊《のり》のにおいがリリーの鼻をくすぐった。乗馬用のウールの上着が指先に暖かい。

彼は低い声をもらしながら、リリーの首の横へと頭を下げていった。キスで喉の形をたどってから、耳たぶにそっと歯を当ててくる。ざわりと広がる快感。熱い切なさがそれに続いた。彼のキスはさまざまに変化して、いっこうに終わる気配がない。原始の所有欲がそうさせるのか、彼は熱い唇でリリーに焼き印を押しつづける。

体が震えだした。彼の首をかき抱くと、厚い胸板がリリーの柔らかい胸にのり、反応した頂がシュミーズの中で硬さを増した。ふと恐ろしい考えにとらわれた。服なんて邪魔なだけだ。彼の肌に唇を押し当てたい。素肌の感触を、彼の香りを確かめてみたい。狂気の沙汰《さた》とわかっているのに願望は頭を去らず、そうこうするうち体が快感に翻弄《ほんろう》されて、考えるどころではなくなった。リリーはもう感じることしかできなかった。

どれだけの時間キスをしていたのだろう。迷路の外からロイヤルの名を呼ぶ声が聞こえてこなければ、どうなっていたかわからない。あれは彼の友人のシェリダン・ノールズだ。自分が何をしていたのか、ことの重大性に気づいたリリーは、激しい寒風に切りつけられたかのような衝撃を覚えた。

あわてて身を引いた。ロイヤルはと見ると、彼も今われに返ったという顔だった。ほてった頬に荒い息づかい。気づけばリリー自身も荒い呼吸をしている。

「あ、あなたのお友達の声だわ」

ロイヤルは全身を硬く緊張させて、声のする方角に目をやった。「みんなで捜しているんだろう。シェリーは注意しに来てくれたようだ」ベンチから腰を上げ、乗馬用のズボンの前で上着の乱れをなおす。リリーの手を取って立つように促した。「こんなことをしてはいけなかった。その気にさせたぼくの責任だ。本当にすまない、リリー」

目の奥がつんとして横を向いた。「あなたのせいじゃないわ。わたしがあなたを止めるべきだったんです。あなたはジョスリンと結婚する人で、ジョスリンはわたしのいとこですもの。さっきの話で、あなたはきっとわたしのことを――」

「違う！　ぼくはただ……ただきみがいとおしかった。これまでの苦労を知って胸が痛んだ。過去のつらさを癒《いや》してやりたかった、きみを守りたいと思った」苦々しく笑う。「まったく、守りたいが聞いてあきれるな」

彼は悲惨なリリーの姿を眺めると、頬の涙を指でぬぐい、ボンネットをまっすぐになおしてから、淡い金色の髪を後ろになでつけてくれた。

「行こう」リリーの手を握って迷路の中を足早に引き返す。もうすぐ出口というところで立ち止まった。「ぼくが先に出る。ぼくとシェリーはもともと馬で出かけることになっていた。きみは少し待ってから、屋敷に戻ってくれ」

リリーはうなずいた。ロイヤルはそれ以上何も言わないが、表情には罪の意識がくっきりと刻まれていた。迷路でのいっときのあやまちを、彼は間違いなく悔いている。

リリーはひそかに考えていた。彼が結婚したずっとあとでも、わたしは今日の情熱的なキスを忘れない。思いだせばつらくもなるだろうけれど、心の奥底ではちゃんとわかっている。彼のキスは十点以上だ。

ロイヤルがシェリーに近づき、男ふたりは顔を見交わした。いっしょに地主のブロフィーに会う予定でいたため、シェリーも乗馬服に着替えていた。ブロフィーというのは、自警団の夜まわりに自分のところの使用人を出してくれた村民のひとりだ。地元の人間の中には、進んで巡回をしてくれている者もいる。

「書斎で待っていたら、女たちの話し声が聞こえてな」シェリーは説明を始めた。「どうやらおまえを捜しているらしい。ミス・モランの姿も見えないという。将来の婚約者の母親は、不機嫌そうな顔だったぞ」

「ジョスリンはなんと？」

シェリーは肩をすくめた。「おまえのことは厩舎《きゅうしゃ》にいるんじゃないかと言っていた。リリーのほうは帽子作りの材料を買いに村に出たんだろうと。自分のいとこが恋敵になるとは考えていないようだ」

ロイヤルはうなった。ジョスリンに知られたらどうなるか。体はまだリリーを求めてざわついている。唇をなめると彼女の味がした。彼女の唇は驚くほど柔らかだった。触れた素肌のなめらかさといったら。ここまでの欲望を感じたのは、少年時代に乳搾りの女性を見て興奮したとき以来だ。

ため息をつき、シェリーと並んで厩舎に向かった。意志の力を総動員していなければ、きっとリリーの服をはだけて胸のふくらみをまさぐっていた。自分のマントを下に敷き、彼女を寝かせ、スカートをたくし上げて、上からおおいかぶさっていたはずだ。

これが別の女性だったら、リリーでさえなかったら、同じ予期しない事態に陥っても、気にせず突き進んでいたかもしれない。だが、彼女に対してそんなことはできない。過去の暮らしがどうだろうと関係ない。ロイヤル自身の女性経験からして、彼女が男を知らないのは明らかだった。疑念が残っていたとしても、つたなくも甘い今日の反応でそれらはすべて払拭《ふっしょく》されていただろう。

体がこわばった。柔らかい唇の感触を思いだすと、いやでも全身に力が入る。

「想像はしていたが、やっぱりふたりでいたわけか」シェリーは言った。「なんとなく読めてきたぞ。要するに、財産持ちのジョスリンはあきらめたんだな？」

ロイヤルはぎろりとにらんだ。「ただのキスだろう。それに、いけなかったと今は後悔している。ジョスリンとの結婚をやめるつもりはない」

「それならしかたない、ぼくはかわいいいとこのほうで我慢だ」

ロイヤルはさっと向きを変えて、シェリーの行く手をふさいだ。「リリーには手を出すな」

シェリーの唇が、からかうような笑みにゆがんだ。「嫉妬《しっと》だな、お互いに」

ロイヤルは横を向いた。そうじゃないと自分自身に納得させたかった。「ジョスリンと結婚すればリリーはぼくの遠縁だ。保護する義務が生じる。よき伴侶《はんりょ》を得てよき母親になってほしい。おまえみたいな素行の悪い男はお呼びじゃないよ」

シェリーは、ぐっと背筋を伸ばした。「ぼくが彼女を困らせたりすると思うのか？　過去は過去、若気の至りだ。彼女を困らせる男がいるとすれば、むしろおまえだろうよ」

むっとして歯を食いしばったが、返す言葉はなかった。彼の指摘は正しい。美しいジョスリンと毎夜言葉を交わすたび、頭ではリリーのことを思っている。ダマスク織りの黄色いソファに座っていたリリー。淡い金色の髪が窓からの光で銀色にきらめいていた。透き通ったあの笑い声。手をつなぎ、いっしょに迷路を進んでいたときのあの笑顔。

これからは、可能なかぎり距離を置くようにしよう。というより、彼女がロンドンに戻る日が一日も早く来るよう願わずにはいられない。

ロイヤルは友人を一瞥《いちべつ》した。「指摘はもっともだ。避けられない決断を、ぼくは先延ばしにしすぎた。明日の晩、夜会のあとで結婚を申し込むよ。返事が得られしだいロンドンに行って、ジョスリンの父親から正式に許可をもらう。互いの親同士が話を進めていた縁談をきっちりと完結させる」

シェリーの歩みが鈍くなった。「そこまで行けば、結婚するしかなくなるぞ」

「もとからほかの選択肢はなかったさ。死の床にある父の願いを聞き入れたときから、運命は決まっていた。おまえも知っていたはずじゃないか」

今夜開かれるのは、全員合わせてもわずか二十人という小規模の夜会だった。タヴィストック伯爵夫人が招待状を書くときにはリリーも手伝った。招待客のリストには次のような名前が並んでいた。地主であるブロフィーと彼の妻、ブロフィーのふたりの息子とそれぞれの妻、ロイヤルの友人であるシェリダン・ノールズ、副牧師のペニーワーズ、ペニーワーズの妻と娘、ジョスリンの父親であるヘンリー・コールフィールド。伯爵夫人はほかにも、自分と同じく夫を亡くしている近所の友人数人を招待していた。その中にはブリストル男爵未亡人や、レディ・ソフィア・フロストといった名前があった。

田舎の時間はゆったりしているから、どんな種類のものであれ、住人は社交の集いというものを楽しみにしている。当日まで一週間の余裕しかないのに、ほぼ全員から参加の返事が得られたのは、そういう事情が関係している。ジョスリンの父親だけは別だった。複数の商売をしている彼はとにかく忙しい。ロンドンの事務所を離れるのはやはり無理だったようだ。大富豪のイーストゲート侯爵まで来るという話には驚いた。今侯爵はスワンズダウン村近くの屋敷に住んでいて、娘のセラフィナを同伴するという。

このレディ・セラフィナ・メートリンには、リリーもロンドンの社交行事で何度か顔を合わせたことがあった。リリーの目から見た彼女は、ジョスリンよりはるかにわがままで、はるかにつき合いにくい。自分に夢中にならない男はいないと信じているのだが、ジョスリンはジョスリンで同じ考え方をしているため、彼女たちはお互いをひどく毛ぎらいしている。

ふっと笑みがもれた。楽しい夜になるのは間違いなさそうだ。

体の向きを変えながら、最後にもう一度黄金の間を眺めわたした。先代公爵の妻が、亡くなる前に設計しなおした客間だという。あちこち傷んではいたが、すり切れたペルシャ絨毯《じゆうたん》の一部をほかの部屋の敷物と取り替え、摘みたての花を飾ることで、かなり上品な雰囲気が作りだせた。壁は塗り替えが必要だが、黄褐色の大理石の柱や、細かな装飾がついた天井の美しさは、年月をへても変わりはしない。

料理人は何人もの手伝いとともに、丸一日食事の支度に追われていた。料理は立食式で、黄金の間に隣接した細長い部屋で供される。そこもまた、大きな変化をまぬがれた部屋のひとつだった。というのも、飾られているのが先祖の肖像画ばかりで、一枚も売却されていなかったからだ。準備はすべて整った。

必要なことをあとまわしにしつづける口実はなくなった。二階に上がって身支度を整えなければ。ゆうべは食事を辞退したので、迷路で別れたのを最後にロイヤルとはまだ顔を合わせていなかった。といって、避けてばかりいられないのはわかっている。

今ごろは彼も自分のあやまちを悟り、リリーに対して抱いていた好意的な感情をすべて消し去っているだろう。ジョスリンのことを違った目で見るようになって、結婚についても定めとして受け入れるはずだ。

よかったのよ。誰にとっても。リリーは自分に言い聞かせ、胸を圧迫する重苦しい感覚からあえて目をそむけた。

9

公爵夫人の部屋はペチコートと下ばきと、それにたくさんのドレスで足の踏み場もないほどだった。黄色い絹、紫色のオーガンジー、銀白色の特別なめらかな絹。大きな四柱式ベッドの中央にはコルセットが開いたままの状態で置かれ、リリーはそのベッドの隣で、階下のパーティーに下りていくべき時間を待っていた。

迷いに迷って、ジョスリンが真っ青なビロードのドレスを選んだのがついさっきのことだった。オーバースカートとパフスリーブの部分に、七色に光る銀のネットが使われている。ジョスリンがこれを着ていると、深い青からめずらしいすみれ色まで、瞳の色合いがさまざまに変化して見えた。女らしい曲線美や象牙《ぞうげ》色の肌の美しさがより強調された感じで、肩口が大きくあいているため、豊満な胸のふくらみがたっぷりと目に飛び込んでくる。

リリーはジョスリンの頭から足先までを眺めて言った。「完璧《かんぺき》な選択だったわね。最高にきれいよ、ジョー」

鏡を見たジョスリンがにっこりと笑う。「いやみなセラフィナに見せつけてやるわ。ねえ、靴を取って」彼女はランプの明かりにきらめく銀色のオーバースカートに目をやった。

「この姿を見たら、ロイヤルはあんな女のことなんか気にもしないわ」

一瞬胸が苦しくなった。「あたりまえよ」たとえ結婚への不安があったとしても、今のジョスリンを見て目が釘《くぎ》づけにならない男はいない。美しい、という言葉ではとても表現できない。まばゆいばかり、と言えば少しは近いが、それでも近いというだけだ。「どのみち、セラフィナは彼の好みじゃないと思うわ」

ジョスリンはあきれ顔で天をあおいだ。「リリーったら本当に考えが甘いんだから。男はどんな女でも好きになるの。女のせまり方しだいなのよ。これは確かな話だけど、レディ・セラフィナ・メートリンは、今までだって何度も男に色目をつかっているわ」

リリーは目を丸くした。「本当なの?」

「ええ、ホロウェー卿《きょう》とは深い関係になっているし、クリストファー・バークレーとも、たぶん逢引《あいびき》してる」

「彼から聞いたの?」

「まさか。クリストファーは紳士だもの。でもね、男が一度関係した女を見るときの目って特別なのよ。セラフィナがクリストファーを見るときの表情でわかったわ。彼のほうもセラフィナを特別な目で見ていたし」

「ふたりだけの秘密がある、みたいな感じなのね?」

ジョスリンは重々しくうなずいた。「そういうこと」鏡の前の丸椅子に腰を下ろすと、十九歳の誕生日に父親から贈られた高価なダイヤモンドの首飾りを持って、リリーに後ろのとめ具をとめさせた。それから立ち上がり、鏡の前で最後の確認をした。「先に下りてて。わたしは少しあとから行くから」

ジョスリンは華麗に登場するのが好きだ。今日の彼女のドレスなら、きっと全員の視線が集中する。

「じゃ、またあとでね」知らない人ばかりの中で過ごすのかと思うと、リリーは絞首台に向かっていく気分だった。悟られないよう努力はしているが、実際のリリーは見かけの印象よりずっとやぼったくて平凡だ。ダンスをするより裁縫をしているほうが楽しい。

客間に向かう途中、装飾の美しい階段の下り口で立ち止まり、胴着をまっすぐになおした。あんず色の絹のドレスは、細い自分の体に合わせて手なおししてある。真珠色の飾りどめをいくつか外し、深緑色の過剰なサテンの飾りを少なめに調整したから、素朴な感じで前の形より似合っていると自分では思っている。

ロイヤルがどう思うかなんて関係ないわ。ところが下を見ると、そのロイヤルが玄関に立ってリリーを見上げていた。感動したかのように端整な顔をほころばせる。

だがそれは一瞬だった。リリーが階段を下りるあいだに笑みは消え、彼は礼儀正しく声をかけてきた。「ミス・モラン。今夜はとてもきれいですよ」

「ありがとうございます、公爵さま」

「今夜は楽しんでくれるでしょうね。きみもおばも、今夜のための準備を本当によく頑張ってくれた。きみには楽しんでもらわないと」

これが彼ではなかったら、ふつうに〝はい、楽しみです〟とだけ答えていただろう。ロイヤルが相手だと、なぜだかわからないが自然と本音が口をつく。

「わたしはもともと人見知りなんです。パーティーは我慢して出るんですけど、本当は裁縫とか読書をしているほうが気が楽で」

彼はほほ笑んだ。「出不精なんだ」

「そうですね」

「きみのいとことは逆だな」

「ええ、もう正反対。ジョーはパーティーの花ですもの」そう聞けば安心するかと思いきや、彼はなぜだか顔を曇らせた。何か言いそうな気配を感じたそのとき、マチルダ・コールフィールドが近づいてきた。

「リリー、いったいどこにいたの？　タヴィストック伯爵夫人がずっと捜していたのよ。客間のほうで待っていらっしゃるわ」

公爵から引き離したいのだ。だとしても、今回ばかりは彼女の邪魔がありがたかった。

「そうですか、すぐうかがいます」リリーはロイヤルを見上げた。仕立てのいい黒の夜会服をりゅうと着こなしている。クリスタルのシャンデリアの下、金色の髪が艶《つや》やかに光って美しい。「では、すみません、失礼します」

彼が会釈を返し、リリーは客間のほうに急いだ。真っ赤な膝丈のズボンをはいて白いかつらをつけた三人の演奏家が、音楽を奏でていた。招待客はもうほとんどが到着している。田舎のこととてロンドンほどの堅苦しさはなく、全体的になんとなくくつろいだ雰囲気が感じられる。部屋は笑い声や陽気な話し声であふれていた。

通りかかった給仕の盆からシャンパンのグラスを取って、伯爵夫人はどこだろうと捜した。見つけてみれば、夫人は友人たちとの会話に夢中だった。マチルダの話はやはり嘘《うそ》だったのだ。夫人はリリーがいないことにもたぶん気づいていない。

シャンパンを飲みながら歩いていると、目の前にウェルズリー子爵が現れた。

「ミス・モラン……。こう言ってよければ、今日のあなたは食べたくなるほど美しい」

リリーはほほ笑んだ。シェリダン・ノールズは感じのいい男性だ。リリーの気持ちをほぐそうと、いつも心をくだいてくれる。それに魅力的でもあった。「あなたのほうこそ、とてもさっそうとして見えます」嘘ではなかった。今日のような黒い夜会服を着ていなくても、子爵にはどこか上品で洗練された雰囲気がある。しかもそこには、主張を控えた男らしさが確かに感じられるのだ。

「あなたをほかの方々に紹介する栄誉を、ぼくに与えてくれませんか？」

部屋の隅で目立たずにいるほうがいいと思ったけれど、彼は有無を言わせない顔だった。

「ええ、ぜひ。お優しいんですね」

今の子爵にあるのは優しさではない。リリーとて無知ではないから、緑の瞳にのぞく熱っぽさや、欲望を淡く映した微笑には気づいていた。

だがそれも、扉のほうでざわめきが起きて、子爵の意識がそちらに向くまでだった。入ってきたのはジョスリンだった。青いビロードのドレスが、ミルクのような肌の白さをきわ立たせ、豊かな胸を強調している。肩のまわりできらめく栗《くり》色の巻き毛。ふっくらとした唇が動いて、見る者をうっとりさせる笑みが口元に浮かんだ。

話し声がぴたりとやんだ。使用人までがひとり残らず足を止めた。

「おお、これは」

リリーは小さく笑った。「彼女、すてきでしょう？」

シェリーはジョスリンから視線を引きはがし、リリーに向きなおった。「いや失礼。ぼくとしたことが、みっともなかった」

リリーはただほほ笑んだ。いとこを見た男性の反応にはもう慣れっこだ。「ええ。でも、それが自然な反応ですわ。あなたは彼女にほんの二度ほど会っただけなんですもの。しばらくしたら、気持ちも落ち着きます」

シェリーがジョスリンに視線を戻す。ロイヤルがエスコートしているにもかかわらず、彼女のまわりにはすでに称賛者が何人も集まっていた。

「あそこまで注目を浴びる美人を妻にするのは、ちょっと考えるな」シェリーは言った。

「妻はぼくひとりのものであってほしい」

「ロマンチストなんですね」

「かもしれない。だが、これを人にばらしたときは、ぼくと決闘してもらいますよ。ちなみに、あなたの介添人は誰にしますか?」

リリーは笑った。「頼むとしたら、タヴィストック伯爵夫人かしら。あのお年ですけれど、面白がってなんにでも参加してくださりそうですもの」シェリーがくっくと笑い、リリーはジョスリンを振り返った。「少しくらい扱いにくくても、それに勝る楽しみをジョスリンは与えてくれるはずです」

シェリーが片眉をぴくりとさせたのは、リリーの言う楽しみがベッドで得る楽しみのことだと正確に理解したからだろう。恥ずかしくて顔が赤くなった。

シェリーがほほ笑む。ゆがんでいる下の前歯にリリーは気がついた。「あなたは本当にかわいらしい。さっきも言ったが、紹介役はぜひぼくにまかせてください」彼が差しだす腕に、リリーは手をかけた。「では、行きましょうか?」

何気なく遠くに視線をやるとロイヤルがいた。驚いたことに、彼はリリーのほうをじっと見ていた。体が小さくざわついたけれど、自分を叱咤《しった》して気をそらした。

顔をそむけ、シェリーについて客間の中をぐるりと進んだ。隣にいる背の高い彼だけを見るようにして、部屋のむこうの、もっと背の高い男性を意識から締めだした。

ジョスリンは驚いていた。ここまで楽しい夜会になるとは思ってもいなかった。将来の花婿は隣でかいがいしく世話をしてくれている。招待客ひとりひとりに彼女を紹介しながら、片時もそばを離れようとしない。彼とワルツを踊ったときも、客のあいだをエスコートされているときも、ジョスリンは思いきり彼といちゃつき、背の高い、堂々とした態度の赤毛女、セラフィナ・メートリンを見つけたときには、ここぞとばかり仲のよさを見せつけてやった。

公爵がジョスリンばかりを見て、ほかの女性を気にする気配がまるでないとわかったときのレディ・セラフィナの顔といったら、喉に骨が刺さったみたいな表情で、見ているジョスリンは愉快でたまらなかった。

ロイヤルが飲みものを取りに行ってくれたとき、少しだけ彼女と話す機会があった。

「公爵さまの気を引こうとして、ずいぶん張りきってるじゃない」

ジョスリンは肩をすくめた。「どこかの王子さまをねらってもいいのだけど、ロイヤルみたいにハンサムで魅力的な男性なら、妥協できないこともないわ」

「お金にものをいわせるつもり？　あなたのお金があれば公爵さまは助かるものね」

ジョスリンはにこっと笑った。「これこそ有効なお金の使い方よ」戻ってくるロイヤルに気づいて自分からそばに近づき、甘いパンチのカップを受け取りながら、最後にもう一度、勝ち誇った顔をセラフィナに向けた。

ひと言で言うなら、楽しくて満足できる夜だった。ただ、何かが欠けていた。公爵に触れられても、ぜんぜん心がときめかない。琥珀《こはく》色の目で見つめられても、ぼうっとする感覚が一度も訪れない。

一年前だったら、何も気づかなかった。変わったのはクリストファー・バークレーとダンスをしたときからだ。庭に連れだされてキスをされたあのときからだ。心の中で悪態をついた。今の自分は異性のもたらす興奮を知っている。幸せな陶酔感を知っている。

どうでもいい問題だ。ロイヤルは公爵だ。見かけは最高にすてきだし、立派な爵位はあるし、イギリス一望ましい独身男性だ。彼と結婚すれば、ほしかったものはすべて手に入る。だから結婚する意思に変わりはない。

男らしい低い声にそっと話しかけられて、ジョスリンは顔を上げた。「夜もふけてきたね、ジョスリン。少しテラスに出て話ができないだろうか」

ジョスリンは笑顔でうなずいた。ずっと聞きたかった言葉が聞けますように、自分の将来が定まりますように。

手袋をはめたジョスリンの手を、彼が自分の黒い上着の袖《そで》にのせる。いっしょにフレンチドアを抜け、客たちの視界の外に出ないように注意しながら、ひんやりとした夜の戸外に足を進めた。ロイヤルが上着を脱いで、ジョスリンの肩にかけてくれた。

「思っていたより、寒かったね」

「寒くても平気。上着にあなたの体の熱がしみ込んでいて、とても暖かいわ」

体という言葉に反応して彼の瞳に何かがよぎった。初夜の想像をしているのだろう。ロイヤルは見るからにたくましいし、ジョスリンはベッドでの行為に以前から興味を持っている。彼女自身、初夜が待ち遠しい気分だった。

ロイヤルが彼女の手を握り、体ごと自分に向き合わせた。「きみがブランスフォードに来てから今日までのあいだに、お互い少しは理解し合えたと思う。きみが承知してくれればだが、ぼくとしてはふたりの将来に向けて次の段階に進みたい」ジョスリンの前に片膝をついた。手すりのそばの松明《たいまつ》が、彼の高い頬骨を浮き上がらせ、豊かな金髪をきらめかせる。「ミス・コールフィールド、ぼくの妻になってください」

ジョスリンは安堵《あんど》で胸がいっぱいになり、大きく笑みくずれた。これで結婚できる。ブランスフォード公爵夫人になれる。早くお母さまに知らせなければ。お父さまが聞いたら、きっと大喜びするわ。

「はい、公爵さま。喜んであなたの妻になります」

彼は立ち上がり、ジョスリンの顎に手をかけてじっと瞳をのぞき込んだ。陰になった場所にジョスリンをいざない、そのまま優しくキスをしてくれる。とても行儀のいいキスで、すぐに唇は離れたけれど、それでも少しだけ顔がほてった。

　よかった、と二度目の安堵が体に満ちた。女である喜びを実感させてくれるのは、クリストファー・バークレーひとりじゃなかった。

ロイヤルに促されて、松明の光の届く、客間から見える場所に戻った。「きみがロンドンに戻ったら、ぼくもそっちに行ってきみの父上にお会いする。結婚に際しての不動産処分について話をし、正式に婚約を発表する時期を決めようと思う」

「ああ、母が聞いたら、どんなに興奮するかしら」

彼はしげしげとジョスリンの顔を見た。いったい何を探しているの？「もうそろそろ戻ったほうがいいね。遅くなると大騒ぎになってしまう」

まずは、ジョスリンの肩にあった上着をもとどおりに彼が着て、それから彼がジョスリンの手を取り、客間へと導いた。

目が合った母親に、ジョスリンはにっこりと笑いかけた。意味するところは伝わったらしい。母の顔に笑みが広がった。

「もうみんな帰りはじめている」歩きながら隣でロイヤルが言った。「ぼくはおばを捜して客人の見送りをしないと。きみとはまた明日だ」

彼はマチルダがいる女性客の輪にジョスリンを戻してくれた。別れぎわ、ジョスリンは彼に優しくほほ笑みかけた。

「おやすみなさい、ロイヤル」その言葉を受けて、ロイヤルが手袋をはめたジョスリンの手の甲にキスをした。マチルダにも丁寧にあいさつをし、それから自分のおばを捜すために離れていった。彼の姿が見えなくなると、マチルダがくるりと体を戻した。

「やっと求婚してくれたのね！」喜色もあらわに、肉づきのいい顔を笑みでくしゃくしゃにする。

ジョスリンも満面の笑みで答えた。「すべて順調よ。わたしたちがロンドンに帰ったら、ロイヤルもお父さまと話をしに、むこうに来てくれるって」

「まあ、こんなうれしい知らせはないわ。何か盛大な行事を計画しましょう。公爵さまがロンドンにいるあいだに婚約を発表するのよ」

「わくわくしてきたわ」喜ぶ母を見て、ジョスリンもますますうれしくなった。

「本当にねえ。わたしの娘が公爵夫人になるなんて。うちの人が聞いたらどんなに喜ぶか。あなたのことはロンドンじゅうで評判になるわ」

公爵夫人。ブランスフォード公爵夫人。おとぎ話が現実になった。黄金の間を見わたしていたジョスリンは、年月をへた部屋の古さに気がついた。「明日はお屋敷じゅうを歩いて、どこをどう改築したらいいか考えはじめておこうかしら」

「いいじゃないの。わたしもいっしょに考えるわ」

ジョスリンはうなずいた。母の協力はありがたかった。「あさってにはここを出ましょう。こんな退屈な田舎にいるのはもう限界よ」

母は二重顎を揺らしてうなずいた。「ええ、ええ、そうですとも。早く戻れば、公爵さまもそれだけ早く来てくれる。婚約が正式なものになって、次のブランスフォード公爵夫人になるあなたの名前が、社交界全体に知れわたるわ」

ジョスリンはさっき公爵が出ていった戸口をちらと見やった。レディ・セラフィナ・メートリンがいたので、優越感たっぷりに笑いかけてやった。

満足だった。セラフィナだけじゃない、ロンドンじゅうの人がもうすぐこの事実を知ることになる。その日が待ち遠しくてたまらなかった。

10

山は越えた。あとはいくつかの形式的な段階を踏むだけだ。書斎の机で、ロイヤルは結婚後の自分の将来を想像していた。父の選んだ女性は美しく、妻にするにはなんの問題もなかったが、心をかき立てられるかと言えば、答えはノーだ。

日が昇ってすぐ、彼女は母親と帰っていった。朝が早いと文句を言いながらも、明らかに一刻も早く帰りたがっていた。リリーも彼女たちといっしょに去った。

リリー。迷路でキスをした日を最後に、ふたりきりになる機会はないままだったが、それはそれでよかったとロイヤルは思っている。これからは友人としてしか接することができないが、彼がリリーに抱いているのは、友情とはまったく別の感情だ。ともあれ、彼女たち三人がいなくなって、ロイヤルはほっとしていた。

「失礼します、旦那《だんな》さま。お客さまがおいでです」

背の高い骨張った体つきのグリーヴズが戸口に立っているのを見て、ロイヤルはすっと居住まいを正した。「誰だ?」

「ミスター・モーガンです。お通しいたしますか？」

こんなに早い探偵の再訪は予想外だった。とはいえ、どんな情報を持ってきたのか詳細はすぐにも聞いておきたい。「通してくれ。ありがとう、グリーヴズ」

チェース・モーガンが入ってきた。贅肉《ぜいにく》のない体、真っ黒な髪、彫りの深いいかめしい顔立ち。一見して仕事の内容が想像できる風貌《ふうぼう》だ。

ロイヤルは椅子から立った。「かけてくれ」

モーガンが座ったのを見て、ロイヤルも腰を下ろした。

「驚いたよ。これほど早く報告が上がってくるとは思わなかった」

「それが意外と楽に進みましてね。調査を始めてみると、パズルのかけらが次々とはまっていきました」持ってきた黒革のかばんを机の上に置き、書類の束を取りだした。「根気よく調べれば、それはもう信じられないようなことが見つかるものです」

「何を見つけた？」

彼は束から何枚かを抜きだした。「これは前にお見せしたリストです。お父上が投資された会社、少なくとも株を持っていた会社の所有者名が書いてあります」そこで顔を上げた。「誰ひとりとして、所在はつかめませんでした」

ロイヤルは顔をしかめた。椅子から身を乗りだして書類の名前に目を走らせる。「父は現実には存在しない会社に金を出したのか？」

「残念ながら、そういうことに。お父上が株を買われていた会社も、すべて幽霊会社でした。文書はどれも偽造されたものです」

椅子に深く腰を沈め、情報を頭の中で整理した。「要するに名前だけの偽物か。ランズバーグ炭鉱も、サウスワード製作所も、ほかのどの会社も」

「はい。病身のお父上はご自分の目で会社を見ておられない。代理を立てて調べさせることもしていない。だから嘘《うそ》だとわからなかった」

「会社が実在しないなら、金はどこに行った？」

「手形の受取人は同じひとりの人物です。事務弁護士のリチャード・カル。彼が複数の会社に資金の分配をしていた。そのカルが事務所を閉めて姿を消したのが、ちょうどお父上の亡くなられたころです」

探偵の話を聞きながら、自分の耳が信じられなかった。最初から最後まで、これは弱った先代公爵から財産を奪うための罠《わな》だったのだ。そして仕掛けた詐欺は見事に成功している。口元に力が入った。「捜しだしてやる」

「見つけることは可能でしょう。ですが問題はここからです。調べたところ、手形を受け取ったのはカルですが、最終的に金を手にしたのはプレストン・ルーミスという男でした。彼が先代公爵を言いくるめて投資をさせた。詐欺を仕組んだ張本人でもある。この名前に聞き覚えは？」

気づけば机の上できつく拳《こぶし》を握っていた。「父の友人だ。弟のルールが数年前にくれた手紙に名前があった。まだぼくがバルバドスにいたころだ。馬が合ってとても仲よくしているようなことが書いてあった」

「それはお父上の最初の発作からいくらもたたないころでしょうね？」

「ああ、そのころだ。ぼくも弟たちも、病の深刻さに気づいていなかった。知ったのは、亡くなる直前に屋敷に呼び戻されたときだ。最初のころは、もとどおり元気になるとみんな信じていた。弟の手紙を読んでぼくは喜んだ。病み上がりでまだ本調子じゃないだろうし、話し相手になる友人ができたのならよかったと」

「お父上から直接、彼の名前を聞かれたことは？」

「倒れてからの父は右手が不自由で、手紙は側仕《そばづか》えに代筆させていた。手紙にルーミスの名はなかったよ」ロイヤルはため息をついた。「父は人を見抜く能力に長《た》けていた。病気でさえなければ、ルーミスの口車になど決して乗らなかったはずだ」もう一度書類を見た。「背後にプレストン・ルーミスがいることは、どうやって？」

モーガンのごわついた唇が、笑みらしき形にかすかにゆがんだ。「情報屋は何人も飼っています。鼻薬を正しくきかせれば、あっと驚く情報が飛びだしてくるんですよ」

「今ルーミスはどこにいる？」

「ロンドンです。贅沢三昧《ぜいたくざんまい》に暮らしています。もしあなたが財政悪化の原因を見たままに受け取って、お父上の弱った判断力のせいだと単純に信じていたら、今話したような事実は闇《やみ》に埋もれたままだったでしょう。ロンドンでのルーミスは頭の切れる投資アドバイザーとして名を知られています。引退したも同然で、相手にするのは特別な顧客だけだと本人は言ってますがね。やつが弱い個人を食いものにしたのは先代公爵が初めてじゃない。最後にもならないはずです」

怒りをどうにか抑えながら、ロイヤルは髪をかき上げた。「当局に訴えでるしかなさそうだな」

「どう言うんです？　詐欺の事実は会社が存在しないことから証明できる。しかし証拠はすべてリチャード・カルひとりを指している。カルは今行方不明です。存在していた痕跡《こんせき》すら残していない。国外に出た可能性さえあるし、国内にいたとしても、おそらく名前を変えている」

「きみにルーミスについて教えた情報屋は？」

「詐欺師に、いかさま師。いずれも信頼されない者たちです。ルーミスのような堅実な市民の証言はひっくり返せない。訴えでても金は戻りません。ルーミスは嫌疑が晴れるまで金を安全な場所に隠しておくはずです。しかも、嫌疑が晴れるのは確実だ」

ロイヤルは身を乗りだした。「証拠がないなら、掘りだして見つければいい。ぼくは黙っちゃいない。そんな男にみすみす財産を奪われてたまるものか」

モーガンが考え込んだ表情でロイヤルを見た。「金をどぶに捨てる結果になるかもしれませんが、本気でお望みなら調査は続けましょう。ただし、むだに終わる覚悟はしておいてください。絞首台送りにできる証拠を安易に残していくような男なら、そもそも今のような成功はおさめちゃいません」

何も言えなかった。モーガンの言うとおりだ。だが、泣き寝入りだけは絶対にしたくない。父にはそれだけの恩がある。ロイヤルは立ち上がった。モーガンも彼にならった。

「調査の続行を頼む」ロイヤルは言った。「彼の経歴を調べてほしい。そこから何か見つかるかもしれない」

「やってみましょう」

「確実な証拠が必要だ。見つかったら知らせてくれ」

モーガンは軽く頭を下げ、荷物をまとめて書斎を出ていった。

父を思うと、ロイヤルは暗い気分になった。耐えがたい罪悪感が襲ってきた。自分がここにいなかったせいだ。もっと早くに帰郷していれば、父がだまされることはなかった。家の財産は守られていた。奥歯をぐっと噛《か》み締めた。プレストン・ルーミスにつぐないをさせる方法を見つけなければ。

なんとしてでも、借りは返す。

話を聞いて、リリーの心は沈んだ。ロイヤルがジョスリンの父に会うためロンドンに出てくるという。ブランスフォード・キャッスルを去ってから二週間近くがたっていた。公爵の思い出は胸の奥に押しやり、今日までずっと考えないようにしていた。そして今朝のことだ。ロイヤルから手紙が届いた。予定していた訪問があさっての三時になることをジョスリンに伝える内容の手紙だった。

不機嫌になる資格は、リリーにはない。手に入るはずだった大切な何かがあって、それを失いかけているみたいな気持ちになるのはおかしい。ロイヤルについては、最初からジョスリンの結婚する相手だとわかっていた。実際、似合いのカップルだ。洗練された美男と美女。どちらも強烈かつ魅力的な存在感を放っていて、部屋に一歩足を踏み入れたその瞬間から、まわりの視線を一身に引きつける。

リリーは違う。どちらかというと、陰に引っ込んでいるほうが好きだった。いつかは、大好きな夫や子供たちに囲まれた、穏やかで愛にあふれた暮らしがしたい。ただしそれは遠い夢だ。いつかはすてきな王子さまが現れるとか、白い大きな馬で連れ去られて、永遠に幸せに暮らせるとか、そんなふうに考えるのと同じことだ。

とりあえずは、自立した生活を始めよう。帽子屋を開いて、自分の稼ぎで暮らしていく。こちらは手の届く夢だ。そのための用向きで、今リリーはこうして外に出てきている。商売人としての第一歩が踏みだせるといいのだけれど。

どんよりとした空の下、ぽつぽつ降りはじめた雨を鍔《つば》広のボンネットとウールの外套《がいとう》でしのぎながらボンド街を進んだ。途中でハーケン横町に入った。狭い通りだが、ここにも流行の店がひしめいている。時計屋に、陶器屋に、椅子職人のウィンストンの店。ちょっと角を入れれば、婦人服を仕立てる有名店もある。

縦に仕切られた窓を持つ、こぢんまりとした空っぽの店の前まで来た。少しのあいだ立ち止まって心を落ち着けた。深呼吸をして扉に手をかけると、鍵《かぎ》がかかっていないとわかり、そのまま中に入った。広くはないものの、最近塗り替えたばかりの店内はリリーの考える用途にぴったりだった。

入ると同時に、扉の上についていたベルがちりんと鳴った。奥に声をかけようとしたそのとき、背の高い大柄な女性がにこやかに現れた。

「何かご用？」

「はい。わたしはリリー・モランといいます。帽子を作っています。昨日、でき上がった帽子を届けにこの近くを歩いていて、たまたま貸し店舗の札が目にとまりました。そのときはどなたもいらっしゃいませんでしたけれど、書かれていた毎月のお家賃もそんなに高くなかったので、今日ならお話がうかがえるかと来てみました。ここをお借りしたいんです」

女性の笑みが大きくなって広い頬に溝ができた。「婦人用の帽子を作っているのね？

わたしはホーテンス・シリファントよ。この建物は夫とわたしが所有しているの。お会いできてうれしいわ、ミス・モラン」

「こちらこそ。まだ借り手は見つかってないんでしょうか？」

「ええ、まだよ。それと、お気づきかしら？　二階は家具つきの小さな部屋なの」

「はい。そちらも見せていただけますか？」

女性はためらいを見せた。「ひとりで住むの？」

「家の事情が変わりそうなんです。今度いとこが結婚しますし、そうなると、わたしはひとりで暮らせる場所を探さなくてはなりません。親戚《しんせき》のヘンリー・コールフィールドと彼の奥さんに、人柄に問題がないことを証明する紹介状を書いてもらいます。誓って言えますけれど、こちらにご迷惑をかけることは絶対にありませんわ」

「ヘンリー・コールフィールドというと、少し先にある銀行を所有なさっている方ね？」

「あ、はい、そうです」

女性はうなずいた。いかがわしい商売をされたり、おかしな下宿人を置かれたりする心配がないとわかってほっとしたようだ。「いっしょに来てちょうだい。住居のほうを案内するわ。狭いけれど住むのに不便はないはずよ」

店舗部分の奥にある階段を、左右に揺れるミセス・シリファントの大きなお尻を見ながらのぼっていった。居心地のよさそうな居間は、石炭が燃えていて暖かかった。丈夫な生地が張られた長椅子と、それとおそろいの椅子がある。どちらも色調を抑えた薔薇《ばら》色だ。端が厨房《ちゆうぼう》になっていて、ふたりで座れるオーク材の円テーブルが見えた。

「寝室はあっちね」そこはベッドだけで空間のほとんどを占めているような小さな部屋だった。とはいえ、使いやすそうなオーク材の整理だんすはあるし、鏡つきの化粧台も置かれている。塗りたてのペンキのにおいがして、きれいな手織りの絨毯《じゆうたん》は、ほこりを払ったばかりのように見受けられた。

「とてもいいお部屋だわ」

ふたりは一階に戻り、店の奥のカウンターのところで一度立ち止まった。ミセス・シリファントが、今着ている外出用のドレスと対になった、タフタ生地の帽子をしげしげと眺めた。緋《ひ》色で縁取りをしたストーン・カラーのボンネットだ。

「そのきれいな帽子も、もしかしてあなたが？」

リリーはほほ笑んだ。「はい、わたしが作りました」

「すてきな帽子ねえ。このあたりは買いものの便がいいし、わたしの勘だけれど、そういう質のいい帽子を売るお店はきっと繁盛するわ」

こぼれそうになる笑みをどうにか抑えた。「ありがとうございます」

「それじゃ、さっそく本題に入りましょうか？」

狭い店舗と住居部分を借りるということで、すんなり条件の話し合いに入った。表に出ていた家賃から計算すれば、まったく売り上げがなかったとしても、今ある蓄えだけで半年は借りていられる。それに、帽子がひとつも売れないなんてことはありえない。

「妥当な条件だと思います」話を聞き終わって、リリーは言った。「表に書いてあったとおり、二カ月分の家賃と保証金は用意してきました」手提げ袋《レティキュール》からお金を出した。

ミセス・シリファントは紙幣を数え、それをスカートのポケットにすべらせた。彼女が差しだした大きな手をリリーが握る。契約成立だった。

「明日は二月一日ね。じゃ明日からの契約ということにしましょう」

「ありがとうございます。ああ、なんだか興奮してしまって」

ミセス・シリファントはほほ笑んだ。「わたしもうれしいわ」そう言って、鍵を差しだした。リリーはそれを宝物のように胸に押し当てた。

店を出たリリーは、天にも昇る心地だった。これは夢じゃない。もうすぐ本当にお店を開けるんだわ。コールフィールド家を出るのはもちろん結婚式のあとにする。そばにいてあげないとジョスリンが困る。だから引っ越すのはまだ数カ月先だ。それでも店だけは開きたかった。名前は〈リリー・パッド〉にして、すぐにも製作と販売に取りかかろう。

本降りになりそうな小雨も、浮き立った心にはなんの影響も与えなかった。リリーはこぼれんばかりの笑みを浮かべ、レティキュールを前に後ろに振りながら、ひとり立ちできるその日を頭の中で想像していた。と、脚を高く上げて進む四頭の葦毛《あしげ》の馬が視界に入り、艶《つや》やかな黒塗りの馬車がすっと横で止まった。

息が止まるほど驚いたのは、馬車にブランスフォード公爵家の紋章があったからだ。しかもその紋章は、あちこちで金の上塗りがはげかけている。

ロイヤルが扉をあけた。小さな鉄のステップを下りてくる彼の姿は、さながら地上に降りた美しい神だった。まっすぐリリーに近づいてくる。心臓が激しく打ちはじめ、手袋の中の手がじっとりと汗をかいた。このあいだ別れたばかりだというのに、圧倒してくるような彼の魅力を、わたしはどうして忘れていられたのだろう。

リリーは膝を曲げて丁寧にお辞儀をした。「公爵さま」姿勢を戻し、美しい顔と向き合った。「わたし――その、ロンドンへは明日来られるものとばかり」

「数日前からこっちに来ていた。明日は将来の義理の父親と会う予定だ」

「はい、知っています」雨脚が強くなってきて、タフタ生地のスカートに雨粒がはじけた。

暗くなった空をロイヤルが見上げると、頭上には厚い雲が渦巻いていた。「さあ、馬車へ」耳に懐かしい、優しくも力強い声が命令した。「ひどい降りになりそうだ。行きたい場所まで乗せていこう」

断ることはできなかった。差しだされた手を握り、馬車のステップをのぼって座席におさまった。スカートをきれいに広げようとしたのは、何かしていないと両手が落ち着かなかったからだ。

ロイヤルはリリーの斜め前に座って、長い脚を思いきり伸ばした。「それで、どこに行くんだい？」

「ちょっとうれしいことがあったので、お祝いにどこかで軽く食事をしようかと。それからコールフィールドの家に戻るつもりでした」

琥珀《こはく》色の目がリリーを見据えた。唇の端がゆっくりと上がり、見ていたリリーはさらに落ち着かない気分になった。迷路であったことを思いだしてはいけない。熱く動いた唇の感触を思いだしてはいけない。しかし、記憶を振り払うのはどうしても無理だった。頬が薄く染まっている事実に、どうか彼が気づきませんように。

「きいてもいいかな？　お祝いしようとしていたうれしいことというのは？」

契約したばかりの店舗のことを思うと、声が弾むのはどうしようもなかった。「帽子のお店を開くんです。昔からの夢がかなうんです。ついさっき賃貸契約をしてきました。明日からわたしのお店です」

彼がほほ笑み、その右頬に今まで気づかなかったえくぼが表れた。なんてすてきなの。男の人がこれほど魅力的な表情を持っているなんて不公平だ。

「心からお祝いを言わせてもらうよ。おめでとう、ミス・モラン。きみにとって、開業がどれほど重要な意味を持つかはわかっているつもりだ。成功を祈っている」

「ありがとう」

「当然だな――これは祝って当然だ。食事にはぼくが連れていく。いっしょに祝おう」

鼓動がいっそう激しくなった。リリーは握り締めている膝の上のレティキュールに目を落とした。「そ、それはあまりいい考えではありませんわ。人に見られます。コールフィールドの家の者がなんと言うか」

彼の表情が変わり、髪の毛よりさらに暗めの金色の眉が、ほんの少し中央に寄った。「それもそうだな。確かに外聞は悪い。これから婚約しようというときだ。しかし、今はまだ自由なひとり身……」リリーを見る表情は、どこまでかかわっていいのか考えをめぐらせているふうだった。やがて瞳の中の金色がきらりと光り、唇の両端がくいっと上がった。「ぼくの知っている店がある。ここからほど近いこぢんまりとした店だ。個室がたくさんあって料理もおいしい。経営者がぼくの友人でね。だから、裏口から入れてもらえる。さあ、きみの意見は？」

11

ここは当然断らなければ。ついていくなんて論外だ。誘うほうもどうかしている。わかっているのに、〝はい〟と肯定の答えを返していた。「喜んでごいっしょします」

ロイヤルは邪気のない笑みを輝かせた。「よし、決まりだ」屋根をこんこんと叩《たた》き、御者台の下の板を横にずらして、マルベリー街の〈狐《きつね》とめんどり亭〉に向かうよう御者に指示をする。「店の裏手につけてくれ」最後にそうつけ加えた。

目的の店には数分で着いた。リリーはロイヤルの手を借りて馬車を降り、彼の案内に従って中に入った。経営者と思われる、黒髪で口髭《ひげ》を生やしたやせ型の男性が、どこからともなくふたりの前に現れた。

「これはこれは、公爵」男は相好をくずした。「お顔を見られてうれしいですよ」

「ぼくもだよ、アントニオ」

目の端で一瞬リリーをとらえながらも、アントニオはロイヤルひとりに話しつづける。

「大食堂の奥にいいお部屋があります」口髭がぴんと跳ねた。「本日の特別料理はステーキとキドニー・パイですよ。さあ、どうぞこちらへ」

　大食堂のほうからグラスや皿の触れ合う音が聞こえ、給仕がせわしない足取りで横を通っていく。そんな騒々しさの中にあっても、リリーの緊張は高まる一方だった。何が起きるのかと思うと不安がぬぐえない。アントニオに案内された場所、金色のビロードのカーテンをくぐって入ったその部屋には、ゆったりと過ごせる雰囲気があった。テーブルがあり、長椅子が二脚、壁ぞいに配置されている。個室での行為が食事だけにとどまらないのは、一見して明らかだった。

　アントニオが去ってカーテンが閉じられると、リリーはふたりきりの空間を見まわして、かっと顔が熱くなった。

「緊張しないで」優しい声でロイヤルが言い、椅子に座るよう促した。「取って食うつもりでここに誘ったわけじゃない。もっとも、想像をして気分が高揚するのは否めないが」

　リリーは彼を見上げた。「ええ、ロイヤル、信用しています」うっかり名前を口にしていた。「ご、ごめんなさい、公爵さま。わたしったら、失礼な呼び方を」

「いや……あやまらないでくれ。そう呼ばれるのは悪くない。きみが発音すると心地よく聞こえるよ。それに、きみとぼくとは友人同士だ。そうだろう？」

　リリーはにっこりとほほ笑んだ。ほっとして緊張が解けていくようだった。「ええ、そうでした。今日はわたしたち、お祝いをしているんですものね」

「そういうことだ」このときからあと、彼は意識して軽い話題を心がけているようだった。ふたりは今日の特別料理であるステーキとキドニー・パイ、それにワインのボトルを一本注文した。リリーの成功に、とロイヤルが杯をかかげ、それぞれグラスに口をつけた。

「あなたはどこに行くところでしたの？　雨でびしょぬれになりかけているわたしを見つけたときですけれど」

おいしい料理を食べる合間に、リリーはたずねた。

「仕事を頼んだ人物と会う予定だった。探偵だ。彼には、父に仕掛けられた卑劣な詐欺行為について調査してもらっている」

「まあ。いったい何が？」

ためらうかに見えたのは一瞬で、ロイヤルはすぐに事情を話してくれた。最初から互いに打ち解けやすさを感じていたふたりだったが、今でもそれは変わらない。彼によれば、父親が病で倒れたあと、プレストン・ルーミスという男が近づいて、財産の多くをだまし取ったのだという。

怒りが込み上げた。「そのルーミスという男は、口のうまいただの詐欺師だわ。わたしのおじのジャックがあか抜けたみたいなものです」

ロイヤルはかぶりを振った。「奪われた金は取り返せそうにない。取り返す方法がないんだ。それでも、報いは必ず受けさせてやる」

いろんな言葉がいっぺんに頭の中をめぐり、慎重に封じていたはずの記憶の口がぱっと開いた。おじと過ごした年月、おじの考えた仕掛け、いっしょにやりとげた計画の数々。思い出があとからあとからよみがえった。誰かの財産をごっそりいただくような大胆なまねはしなかったけれど、でも……。

「もしかしたら……」知らずに声に出していたが、浮かんだ考えを深追いはしなかった。

ロイヤルがワインを飲み干し、空になったグラスをテーブルに置いた。

「もしかしたら？　続けて。ぼくの前で遠慮はいらない。今何を言おうとしたんだ？」

リリーはしゃんと顔を起こした。「わかりました。さっきあなたは、お金を取り返す方法がないと言った。でも考えていたんです、ないことはないんじゃないかって」

「どういう意味だ？」

「おじとはもう何年も会っていないけれど、捜せばきっと見つかります。何かの事情で出ていくはめにでもならないかぎり、おじは住み慣れた場所から離れはしない。知っている場所にいるほうが安全だから」

「何が言いたいのか、まだよくわからないが」

「どうしても考えてしまうの。そのルーミスがお父さまの財産をだまし取ったのなら、こっちもうまく計画を立てて、同じように奪い返せないかしらって」

ロイヤルは目尻にしわを寄せ、声をあげて笑った。笑い声はだんだん先細りになった。

「本気なのか？」

リリーは肩をすくめた。「ばかげた思いつきなんでしょうけど……」そう言いつつ、頭の中では早くも可能性を探りはじめていた。勇気を振り絞った。「わたしはおじと話してみるべきだと思うんです。おじなら何か思いつくかもしれない。今度みたいな大金、わたしの知るかぎり、おじは間違ってもねらったことはなかった。だけど、あなたとわたしが協力すると言えば、道が開ける可能性もある」

「おじさんが助けてくれるという根拠は？」

「わたしを愛しているから。それと、取り返した金額から、いくらかを報酬としておじにわたしてくれるのが条件になります」

ロイヤルは無言でリリーを凝視した。

頰が熱くほてった。「ごめんなさい。前にも言おうとしたけれど、本当のわたしは見かけとは違うんです。こんな提案をしてしまって、あやまります。あなたが法に触れるようなことをするわけないのに。びっくりさせてしまって――」

「おじさんに会わせてくれ」

「え？」

「きみのおじさんだ。会ってみたい。場を作ってもらえるだろうか？」

「あ、ええ、たぶん大丈夫です」

「プレストン・ルーミスに思い知らせてやりたい。たとえ一部でもいい、公爵家から奪った金を取り上げることができるなら、それこそまさに正義の鉄槌《てっつい》になる」彼の手が伸びて、手袋をしたリリーの手を取った。「言っておくが、きみは見かけどおりの女性だよ、リリー・モラン。優しくて、思いやりがあって、誠実だ。きみの友情と、これからの協力に感謝する」

目の奥がつんとした。弱々しい笑みを浮かべ、深呼吸をして居住まいを正した。「すぐにおじを捜してみます。見つかったら知らせますね。今はどちらに？」

「ロンドンの公爵邸だ。バークリー・スクエアにある」

「では、そちらに知らせが行くようにします」壁の時計に目をやった。「約束の時間は何時でしたの？」

彼はリリーの視線をたどって、磁器の文字盤を見た。「三十分後だ。家まで送ろう」

彼は先に腰を上げ、リリーが立つのに手を貸してくれた。テーブルに何枚かのコインを置いてから、リリーを連れて、黒い四輪馬車の待つ店の裏手へと戻っていく。御者に指示をし、それからリリーを馬車に乗せて、自身も向かいの席に腰を落ち着けた。

冷気が入らないようカーテンは閉めてあった。ちらちらと揺れる明かりのせいで、赤いビロードを張った車内が、ふたりだけの特別な空間に感じられる。しばらくのあいだ、どちらも口をきかなかった。聞こえてくるのは屋根を叩く雨音と、車輪の音だけ。

ロイヤルはいとこの夫になる人なのよ。何度も自分に言い聞かせてみるが、彼の唇の感触や、彼の首をかき抱いたときに知った柔らかな髪の感触を思いだすと、冷静でいることはできなかった。

車内は狭く、膝と膝とが軽く触れ合って、たっぷりしたスカートが彼の両脚にかぶさっている状態だった。気がつくと、その脚の長さや、ぴったりしたズボンに透ける筋肉に、リリーは魅了されていた。

リリーがそろそろと視線を上げる。濃い茶色の燕尾《えんび》服が見えた。さらにその上へ。彼の顔まで行った瞬間、視線と視線がからみ合った。彼の小鼻がふくらんだ。

車内で何かが変わりはじめた。空気のぴんと張る音を、かすかに聞いた気がした。場に生じた緊張感は、ふたりを中心にだんだん強く、だんだん大きくなっていく。胸がどきどきしはじめた。リリーは神経質に唇をなめた。ロイヤルが身をこわばらせる。

「リリー……」声を聞いた、と思うと、彼はもう動いていた。リリーを座席から抱えて、さっと自分の膝に座らせる。「いけないことだ。やってはいけないことだ。なのに、こうせずにはいられない」彼は唇を重ねてきた。頭の中が真っ白になっていく。

リリーは小さな声をもらし、行き場のない両手を彼の肩に落ち着けた。彼の唇が動くと、甘い炎が体を駆けた。抵抗の二文字は頭からすっかり消え去り、彼女もまたキスを返していた。唇を開いて彼を誘った。舌が入ってきたときには快感があふれだした。容赦のないキスだった。この渇きはきみにしか癒《いや》せないとでも言うように、彼は熱いキスを繰り返す。

快感の波に翻弄《ほんろう》されて、リリーは頭がくらくらしはじめた。

キスはなおも続いた。いつ終わるのかもわからない。紐《ひも》のほどかれたボンネットが、横の座席にほうられた。ロイヤルが片手をリリーの頬に当てて、激しいキスを再開する。

震えが走り、リリーはゆらりと彼にもたれた。胸が張っていた。先端が立ち上がり、甘くうずきはじめている。いつの間にか外套《がいとう》を脱がされていた。背中のボタンが外され、ドレスの胸元が大きくゆるむと、彼が前かがみになって胸の先端を口に含んだ。

喉の奥から声がもれた。リリーは彼の髪に手を差し入れた。胸の先を吸われ、引っ張られ、優しく歯で刺激されているのがわかる。強烈な快感がリリーを翻弄した。体に火がついたようだった。なのに、その火を消す方法が見つからない。ロイヤルの肩をぎゅっとつかみ、彼が動きやすいよう、自分から背を弓なりにした。

「かわいいよ」彼がささやき、うずくリリーの肌にキスを繰り返しながら、歯や舌で刺激を送り込んでくる。「まるで熟れた果物だ。想像以上にすばらしい」

息苦しさにあえぎながらリリーは彼にしがみつき、行動だけで、もっととあおった。するとロイヤルは反対の胸に注意を移し、さっきまでと同じ優しい愛撫《あいぶ》を繰り返した。肌がざわめく。じっとりと湿った体が切なさにうずきはじめる。

上のほうで音が聞こえた。「旦那《だんな》さま、もうそろそろです」御者の声だ。

ロイヤルは意に介さなかった。「走りつづけてくれ。いいと言うまで止まるんじゃない」

だめよ、と言おうとした口は、媚薬《びやく》のような激しいキスでふさがれた。リリーは思わずキスを返し、つかの間、彼の腕の中で甘い快感に酔いしれた。しかし、現実はすでにふたりのあいだに割って入り、無視しつづけることはもはや不可能だった。欲望の炎は、理性という水であっさりと鎮火された。

全力疾走したかのように肩を上下させ、激しい胸の鼓動を感じながら、リリーは彼の胸を押しやった。

「ロイヤル、お願い……もう……ここまでにして」彼はもう一度キスをしようとしたが、リリーは顔をそむけた。「だめ……こんなこと間違ってる」

彼は目をしばたたいた。官能的な夢から今覚めたといったふうだ。現実を理解しはじめているのが表情でわかる。「リリー……」

「ここまでよ、ロイヤル。わたしたちはこの先に進んではいけないの」

彼はぶるりと身を震わせ、それまでいた世界から現実の世界に立ち返ると、乱れた髪を整えるように豊かな金髪をかき上げた。「あ……ああ、もちろんだ」苦しげな表情で、きつく歯を噛《か》み締める。動揺の残った手でリリーを後ろ向きにさせ、真珠貝の小さなボタンを上まできっちりとめていった。外套を着せて、ボンネットを手に取った。

リリーは震える手でボンネットを受け取り、乱れた髪の上からかぶった。

そのリリーをロイヤルが座席へと戻す。表情が恐ろしいほど硬い。「あやまるべきなのはわかっている。こんなことは決してあってはならなかった。だが、後悔はしていない」

リリーは強い罪悪感と絶望を感じながらも、涙をこらえて彼を見つめた。「これからはもう……もう二度と、ふたりきりにならないようにしましょう」

彼の頬がぴくりと動いた。「そうだな」彼はリリーの手を取ろうとし、はっと気づいて手を止めた。「事情が違っていたら……将来が決められている身でなかったら、ぼくは……」

リリーは感情を抑えて言った。「家へ戻してください、ロイヤル」

いっときリリーを見つめ、彼はうなずいた。屋根を叩き、御者台の下の戸をあけた。「戻ってくれ、メーソン。メドーブルック館の一ブロック手前までだ」

「はい、旦那さま」

リリーは目を閉じ、鋭い胸の痛みに耐えながらビロードを張った座席にもたれた。あんなに幸せだったのに。お祝いの日が、なぜこれほど悲しい日になってしまったの？

二度と会わずにすむならどんなにいいだろう。離れていれば苦しみだってずっと少ない。でも、そうはいかない。自分の行為にどれだけ深い罪悪感を抱いていようと、一度助けると言った以上、公爵と同じように、リリーもまた約束には忠実でありたかった。

翌朝は早くから起きだし、地味な灰色のウールのドレスを選んで身支度を整えた。弱い風と霧雨とが舞う中を、マントのフードをすっぽりとかぶって、セント・ジャイルズのとある地区――ファーリー横町とバンベリー横町に挟まれた貧民窟《くつ》へと向かった。目指すのは〈肥えた牛亭〉という名の居酒屋だ。六年前にいとこの家に連れていかれるまで、リリーはその店の狭い屋根裏でおじといっしょに暮らしていたのだ。

おじが今もそこにいるかどうかはわからなかったが、習慣を変えないジャック・モランのことだから、その近辺にいる可能性は大きいだろう。

コールフィールド家の鉄門を閉めると、辻《つじ》馬車を拾える角まで歩いた。そのうち、大儀そうに歩いてくる年寄りの馬が見えたので、手を振って止め、目的地までの道順を御者に説明した。

顔にあばたのある長髪の御者は、なぜそんな場所にという目でリリーを一瞥《いちべつ》してきたが、口に出してたずねたりはせず、リリーが乗り込むのをじっと待って、老馬の尻にぴしゃりと手綱を打ちつけた。二輪馬車は大きく揺れて動きだした。

かたつむり並みの走りのせいで少し時間はかかったが、やがて見覚えのある光景が目に入るようになってきた。ずらりと軒を並べたぼろ家、その表に伸びる変色した木の歩道、質の悪いジンを意味する〈ブルー・ルイン〉という名の酒屋、とんかちいう音がかまびすしい鍛冶《かじ》屋。上品な地区とは言えないものの、最悪というわけでもない。

〈肥えた牛亭〉の看板が見えたので、店の前で降ろしてくれるよう御者に言った。

「待っていてくれたら料金に上乗せするわ。人を捜しているの。ここで見つかればいいけれど、きいてみないとわからないから」

御者は周囲をさっと見まわした。薄汚い犬が路地の手前でごみのにおいをかいでいる。派手な女が角に立って商売をしている。〈肥えた牛亭〉から酔っ払いが出てきて、ふらふらとどこかへ消えていく。

「料金の二倍払うわ」御者の迷いを読み取って言った。

「かまいませんが、早く戻ってくださいよ」

リリーはうなずいた。「すぐに戻ります」

店内は以前と変わらない騒々しさだった。まだ昼前だというのに、どの客もみんなほろ酔いかげんだ。こんな光景も十六歳になるころにはすっかり平気になって、多くの客と顔見知りにまでなっていた。あれから六年。完全な別世界で六年間暮らし、今こうして戻ってみると、胸の底に感じるのは静かなむなしさだった。

背筋を伸ばし、店の奥へと足を進めた。

「ジョリー！」でっぷりと腹の突きでた、大柄な男性を見つけて声をかけた。ここの店主だ。「ジョリー、わたしよ、リリー・モランよ」

男はぽかんと口をあけ、上から下まで、上等なドレスをまじまじと眺めた。飾り気のないウールだが、ここの屋根裏で暮らしていた当時の服とは質が違う。

「なんてこった。目を疑っちまうよ。あんた、ほんとにリリーかい？」

リリーは笑った。昔からジョリーのことは好きだった。「本当よ。年を取ったし、格好も変わったけどね。実はおじさんを捜しに来たの。まだここに住んでるかしら？」

ジョリーは大きな頭を左右に振って、カールした黒髪を揺らした。「残念だが、一年ほど前に出ていった」そこでにかっと笑う。歯を何本か失っているのが見て取れた。「もっといいねぐらを見つけたってよ。数ブロック行ったとこだ」

リリーは顔を輝かせた。「詳しく教えて」

行き方を教わってから、急いで通りに戻った。馬車に乗って行き先を告げる。例によって馬がゆっくりと歩きだし、やがて次の目的地に到着した。三階建ての木造家屋だ。看板には〈ミセス・マーフィーの下宿屋〉とあった。

「なるべく早く戻るわね」そう言い置いて馬車を降り、下宿屋の玄関を入った。みしみしときしむ古めかしい板敷の床を踏んで階段に向かう。「2Cの部屋」ジョリーに聞いた部屋番号をつぶやきながら、スカートをつまんで二階に上がった。上等な下宿屋とは言えないが、居酒屋の屋根裏よりははるかにましだ。壁には花柄の壁紙が貼《は》ってあって、階段の上部には鉄製のシャンデリアが下がっている。

2Cの扉の前に立ってノックをした。返事がない。もう一度ノックをした。足音が聞こえ、何秒かしてから扉が開いた。ジャック・モランが立っていた。やせてはいるが引き締まった強靭《きょうじん》な体。鉄灰色の短髪が見事に逆立っていて、寝ていたのを今起こされたといった感じだ。というより、本当に寝ていたらしい。

ジャックは賭《かけ》事と酒が大好きだ。リリーという小さな子がそばにいたころは多少自制もしていたが、ひとりになってまたもとの生活に戻ったのだろう。今の身なりはズボンに肌着一枚という格好だった。その薄い綿生地の上から、おじは白っぽい胸毛ののぞく胸をぽりぽりとかいた。

「なんでまた、あんたみたいなお嬢ちゃんがおれの部屋の前に立ってるんだ？」

「ジャックおじさん、わたしよ、リリーよ」

おじの眉がさっと上がり、薄緑色の目が驚きに見開かれた。「おい、おい、おれのかわいい姪《めい》っ子が戻ってきたのか！」言うが早いか、筋張った長い腕でリリーをひしと抱き締める。リリーもおじに抱きついていた。ずっと離れ離れでいたから、会えたのが本当にうれしくて、目頭が熱くなった。「さ、入ってくれ。ここまで来ておじさんを喜ばせてくれた、その理由ってやつを聞こうじゃないか」

促されるまま入った部屋にはわずかな家具があるだけで、もっと早く来ればよかったと後悔の念にちくりと胸がざわめいた。だが、時が過ぎる中で過去はぼやけてしまっていた。忘れかけている当時の生活を、今さら思いだしたくない気持ちもどこかにあった。

室内を見まわすとベッドに古い長椅子、そして小さな木のテーブルと椅子とがあった。

きれい好きな性格は変わらないようで、すっきり片づいた部屋は住みやすそうに見える。隅にある石炭こんろでおじがお茶をいれてくれた。テーブルで向かい合い、お茶を楽しみながら、リリーはコールフィールド家での暮らしや、店を開く計画について話して聞かせた。

「自分で帽子を作るのよ。お店を借りる契約もすませたわ」

「さすがはわが姪だ。ひとりで立派にやれる子だとわかってた。小さいときから賢くて、父親そっくりだったしな」父とおじは仲のよい兄弟だった。問題だらけのおじだけれど、立派な教育を受けたという点では父と変わらない。きれいな言葉は話せるし、ラテン語の本も読める。詐欺や盗みで生計を立ててはいても、根は人情家だ。こうして再会してみると、自分はずっとおじに会いたかったのだとあらためて気づかされた。

「おじさんはどうなの？　ちゃんと生活してる？」

「おれはいつだってちゃんとしてるさ。少し前に、まとまった稼ぎがあってな。食べるのには不自由しないし、こうして引っ越しまでできちまった。以来まっとうな生活よ」おじはにやりと笑った。「女友達もできたぞ。名前はモリー。これがいい女なんだ。そういうわけで、ほれ、おれはちゃんとしてる」考え込むようにリリーを見た。「そういえば、ここに来た理由をまだ聞いてなかったな」

リリーはいっとき間を置いた。感情が出ないように気をつけながら、ブランスフォード公爵について、出会ったいきさつから話しはじめた。雪道で馬車が横転して公爵に命を救われたこと、今は友人であること。そして、亡くなった先代公爵に何があったのかを最後に説明した。

「ジャックおじさん、おじさんなら彼を助けられるんじゃない？」

「おれを頼ってきたのか？」

「とりあえず、彼の話だけでも聞いてみて」

ジャックはほほ笑んだ。「驚いたな。ジャック・モランがお偉い貴族さまと知り合いになるってか。それも公爵さまときた。よし、話をしてみよう。頼みごとがあるなら、なんでも言ってくれ。おまえのためなら、おれはなんだってするぞ」

リリーはおじの手を取った。「ありがとう、おじさん」

だが、心のどこかでふと考えそうになった。断ってくれたほうがよかった、と。

昨日馬車からリリーを降ろしたあと、ロイヤルはチェース・モーガンとの約束を今日に振り替えていた。あのときはひどく動揺して、体も限界まで高まっていた。何ができるはずもなく、家に戻って強い酒をあおるのが精いっぱいだった。夜中までずっと自分を責めつづけた。なぜリリーを誘惑した？　しかも二度目じゃないか。

馬車の座席に背を預けた。今乗っているのは、さほど仰々しくない二頭立ての馬車だった。ロンドンにいるときはたいていこっちを使っている。行き先はスレッドニードル街。チェース・モーガンの探偵事務所がある場所だ。

昨日、通りを足早に歩くリリーを見つけたとき、ロイヤルの思考はいたって健全だった。雨にぬれそうだから乗せてやろうとしただけだ。それなのに、車内でふたりきりになったとたん、紳士的な配慮はそっくり頭から抜け落ちていた。

がたごという車輪の音を聞きながら、ため息をついた。彼女には人の心を惹《ひ》きつけてやまない何かがある。美人で陽気なジョスリンの輝きには遠く及ばないと、本人は考えているようだが、リリーはリリーで、ジョスリンにはない穏やかな魅力があふれている。

そして、男を刺激する魅力も。これほど女に惹かれるのは久しぶりだった。いや、初めてかもしれない。総じて彼女の魅力は脅威的だ。少なくともロイヤルにとっては。

前方に目指す建物が見えてきた。〈アップルガースのコーヒーハウス〉の隣にある、間口の狭い煉瓦《れんが》造りの建物がそれだった。

馬車がゆっくり止まると、ロイヤルは人々がせわしなく行き交うロンドン経済の中心地に降り立った。扉を軽くノックした。モーガンが現れ、ロイヤルを中へと招じ入れる。互いにあいさつを交わした。

壁面に黒っぽいオーク材が使われた、モーガン専用の事務室に入った。低いテーブルに革張りの椅子が二脚。オークの立派な机がでんと据えられ、向かい合う形で別の椅子がいくつか配されている。モーガンとともに腰を下ろした。

「来ていただいて感謝します」彼は話しはじめた。「二、三、面白い情報が収集できました」

ロイヤルは椅子に腰を落ち着けた。「詳しく聞こう」

「プレストン・ルーミスですが、やつの正体はディック・フリンというやくざな悪党です。母親は売春婦だという噂《うわさ》ですが、その母親を彼はずいぶん慕っていたらしい。やっと歩けるくらいの小さなころから悪事に手を染め、すりやかっぱらいで稼いでいた。少し大きくなると、違法な富くじを売るようになった。若いころはカードを自在に操る詐欺の名人で、行き着いた先は大泥棒です」

「それだけわかれば、警察に訴えるには充分だろう」

「残念ながら、今のはすべて、そういう噂があるというだけの話です。嘘《うそ》かまことか判断のしようがない。一度もつかまらず、怪しいと目をつけられたことさえない。五年前に宝石強盗でかなりな額を手に入れて、直後に姿を消しています。ディック・フリンの消息はそこでぷっつりとときれている。ただ、わたしの得た情報では、今プレストン・ルーミスと名乗っている男が、そのフリンだという話です」

ロイヤルは黙ったまま、頭の中で情報を整理した。「ルーミスの正体はディック・フリンという犯罪者なんだな？」

モーガンはうなずいた。「ええ。わたしの飼っている情報屋は頼りになります。間違った情報をよこすような連中なら、こっちも金は払いません」

フリンは悪党だ。しかし、証明する方法がない。

「ほかにもわかったことがあるような話だったが」

「フリンの異常な残虐性ですね。彼に逆らった者は、誰であろうと最後には命を落としている。名を変えたから性格も変わった、と信じる理由はどこにもありません」

怒りが込み上げた。フリンは罰せられて当然の男だ。父をだました件はもちろん、みずからが犯した殺人や、人を使っての殺人についても罰せられてしかるべきだ。「わかった。気をつけておこう」立ち上がって握手の手を差しだした。モーガンが立ってその手を握る。

ロイヤルは言った。「よく調査してくれた。感謝するよ」

「警察に話をするには、まだ充分ではありませんよ」

ロイヤルは顎をぴくりと動かした。「ああ、わかっている」リリーと彼女のおじのことを思いだし、フリンを裁く方法はひとつではないと考えて希望をつないだ。彫りの深い探偵の顔をのぞき込んだ。「とりあえずは、ここまででいい。調査してほしいときは、また連絡する。請求書は弁護士事務所のほうにまわしてくれ」

モーガンは軽く頭を下げた。「承知しました」

探偵事務所をあとにしたロイヤルは公爵邸に戻った。ジョスリンの父親と約束した時間まであとわずかだが、すぐに着替えてメドーブルック館に向かえば問題はない。気の重さも、口に感じる苦さも、あえて意識しないようにした。

今日の夜にはもう、婚約が成立している。

12

屋敷に戻ると客間にシェリダン・ノールズがいて、暖炉の前の椅子でくつろいでいた。ここロンドンの住まいも、壁の塗りなおしや家具の買い替えが必要な状態ではあるのだが、田舎の惨状に比べれば、荒れ方ははるかにましだった。もっとも、使用人の数はすでに限界までけずってある。執事、家政婦、料理人、部屋係のメイド、そして従僕はひとりだけ。庭師と馬丁と御者もひとりずついるにはいるが、公爵という地位を考えれば、充分とは言えない人数だ。

「田舎で楽しくやっているのかと思っていたよ」ロイヤルはシェリーに言った。

「おまえも、おまえのとこの客もみんないなくなった。退屈にもなるさ。で、気晴らしにちょいと出てきたわけだ」

「いや、来てくれてよかった。話し相手がほしいと思っていたんだ。悪いが、着替えをさせてくれ。これからジョスリンの父親に会いに行くところなんだ」

「じゃ、ぼくも二階に行こう。着替えている横で、おまえが見そこなった田舎でのできごとについて話してやるよ」

大げさな。ブランスフォードという静かな田舎で、見逃して後悔するようなできごとがどれほど起きるというのか。

二階に上がると、シェリーは四柱式ベッドのそばにあるふかふかした長椅子に体を投げだし、その横でロイヤルは着替えにかかった。薄い灰色のズボンをはいて、ボタンが二列になった紺のベストの上からビロードの襟のついた紺の燕尾服《えんび》を着る。父の代からいる老齢の側仕《そばづか》えは、ロイヤルひとりでもとくに困らないため、ブランスフォードに残してきた。

プレストン・ルーミスと父である先代公爵に関して何か小耳に挟んでいないかたずねてみたのだが、何も知らないとの返事だった。

シェリーの声がした。「さてと、何があったかな。おまえが去ったあとに、どんな興奮する事件が起きたか。おお、そうだ。ミセス・ブラウンの猫が子猫を産んだ。それから、ミスター・ペリーの山羊《やぎ》がミセス・ホルスタインのパン屋に入り込んで、その日に焼いたパンをあらかた食っちまった。気づいたときには遅かったんだな」

「実に興味深い」愛想のない返事をしたが、ズボンの前をとめながら口元はにやけていた。

「それと、強盗事件がまた起きた。ペンバートン通りで馬車が待ち伏せされた。乗っていた男が財布を奪われたが、怪我人《けが》は出ていない。前と同じ連中のしわざだと断言はできないが、そう考えるほうが妥当だろう」

「少なくとも、事件が起きたのは別の州だ。連中はむこうにとどまって、それきり戻ってこない可能性もある」

「いやな事件だな」

ロイヤルはうなった。「といって野放しにはできまい」

「ああ、巡査に話をしたら、必ず手は打つと言っていた」

ロイヤルは黙っていた。目前に控えた役目が気になって話に集中できなかった。熱心な求婚者を演じなければならないのに、うまく演じる自信がないのだ。

ジョスリンとしばらく過ごすことになるが、母親さえそばにいなければ、こっちはさほど苦痛でもない。

避けたいのは、リリーと顔を合わせることだった。

「そうか……今日だったか」シェリーは長椅子の背にもたれた。「自分が何をしているのか、わかっているんだろうな?」

「父がわかっていたのを祈るばかりだよ。ぼくは意見を言う立場にない」

「気持ちはわかるが、現実として、父親はもうこの世にいないんだ。自分の未来は自分で考えるべきじゃないのか。先代公爵にしたって、不幸が待っているかもしれない道に息子を進ませたくはないと思うぞ」

「父の最大の願いは、ブランスフォード・キャッスルの再建と公爵家の財産の回復だった。

そのことだけをひたすら望んでいた。生きていれば、そのためになんだってしただろう。息子のぼくにも同じようにしてほしいと思ったはずだ」

シェリーは何も言わない。

「まわりを見てみろ、同じような理由で結婚する者は大勢いる。金のため、権力のため、社会的地位のため。愛のある結婚ができる幸運な人間のほうが少数派だ」

シェリーは背筋を伸ばした。「お、ミス・モランに気があることを認めたな?」

確かに気はある。欲望を感じるし抱きたいと思う。ほかにどんな感情が混じっているかは、自分でもわからなかった。「惹《ひ》かれているのは否定しない。だがそれだけだ。別の何かに発展することはないし、この気持ち自体にも、いずれけりをつける」

「そういうことなら、頑張ってくれと言うだけだ。おまえにとって、これがいかに重要な問題であるかは、よくわかったよ」

ロイヤルは暖炉に置かれた時計を見た。「じゃ、行ってくる」外套《がいとう》を着て扉のほうに歩きだした。「今晩、たぶんクラブに行く。そこにいるんだろう?」

「ああ。セントマイケルズのやつから、前回巻き上げられた分を少しでも取り返さないとな」

ディロン・セントマイケルズはふたりの共通の親友だ。ロイヤルやシェリーと同じく、彼もかつてのボート仲間、つまりはオックスフォードの漕艇《そうてい》チームの一員だった。彼ら元チーム仲間のあいだには、年月とともに強固になった確かな絆《きずな》が存在している。

ロイヤルといっしょにシェリーも寝室を出た。執事が玄関の扉をあけると、公爵家の四輪馬車がすでに待っていて、ロイヤルは玄関前の急なステップを下りていった。「乗っていくか？」シェリーにたずねた。

「いい。今夜また会おう」

馬車に乗ったロイヤルは、座席にどすんと腰を下ろした。役目は定まっている。なすべきことは明らかだ。

「メドーブルック館まで」御者に言って目を閉じた。待っている運命が怖かった。


あなたもいっしょにと言われ、リリーは不安な気持ちのまま場に加わっていた。贅《ぜい》を凝らした緋《ひ》色の間に立っているのは、彼女と公爵、そしてコールフィールド家の人たちだ。今から三十分ほど前、ロイヤルはヘンリー・コールフィールドの前でジョスリンへの結婚の申し込みをした。話が終わり、ついさっき喜びの報告があったばかりだ。あとは婚約を正式に発表するための、つめの段取りを決めるのみ。

リリーはマチルダ・コールフィールドの隣でまっすぐに背を伸ばし、顔に笑みを貼《は》りつかせていた。

「いやあ、こんなめでたいことはない」ヘンリーがロイヤルの背中を叩《たた》いた。「きみは美しいわたしの娘にぴったりだ。すばらしい夫になってくれるよ」にこやかな笑み。つるりとした禿頭にガスを使ったクリスタルのシャンデリアの明かりが反射している。明かりが灯《とも》してあるのは、どんよりした天候による薄暗さを一掃するためだ。

ヘンリーは公爵よりも三十センチは背が低かった。少しだけ白髪の交じった、もじゃもじゃの茶色い髭《ひげ》をたくわえている。

「ウィンストン!」彼はあけ放たれた扉に向かって執事を呼んだ。「最上級のシャンパンを持ってきてくれ。ともかくお祝いだ!」

胃が締めつけられた。横目でロイヤルをうかがうと、のみで刻みつけたかのような硬い笑みを浮かべている。

シャンパンが運ばれてきたのは、ジョスリンと母親のマチルダが楽しげにおしゃべりしているときだった。リリーも笑顔でうなずいていたが、耳の奥がざわざわ鳴って、実のところ、ろくに話は聞いていなかった。ヘンリーはロイヤルの隣にいた。満面の笑みは相変わらずだ。

グラスにシャンパンが満たされ、全員そろって乾杯をした。ひと口でも飲もうと頑張ってみるが、塊が邪魔をして炭酸が喉を通らない。

ロイヤルがリリーと目を合わせたのはわずかに一度、こちらから彼とジョスリンにおめでとうを言ったときだった。この上なく丁寧で他人行儀な受け答えに、リリーは泣きそうになった。

泣く代わりにシャンパンを飲んで、婚約披露パーティーをどうするかという周囲の話に耳をかたむけた。

「このメドーブルックで舞踏会を開きましょう」マチルダがいかにもうれしげに、大きな顔をくしゃりとさせた。「そのときに公爵さまが婚約を発表すればいいわ」

「あんまり長く待たされるのはいやよ」ジョスリンは、社交界の新しい女王になる日が待ちきれない様子だ。

「来月の終わりはどう?」マチルダが言う。「公爵さまの予定が合えばだけれど。招待状を配るにも、ほかの準備をするにも、それだけ時間があれば充分よ」

ロイヤルが軽くうなずく。

マチルダは娘のほうに向きなおった。「ああ、本当にすばらしい。お父さまもわたしも、感動で胸が震えるほどよ」

ジョスリンが公爵を見上げてほほ笑んだ。「とっても幸せよ、ロイヤル」

公爵が口元をほころばせると、リリーは自分でも気づかないままその唇を凝視していた。唇が重なったときの熱い感触が思いだされた。感じていた妖《あや》しい興奮。繰り返されるキスに熱くざわめいていた体。

「ぼくも幸せだ」公爵はジョスリンの手を取って、手袋の上からキスをした。

重苦しい気分だった。こうなることは最初からわかっていたのに。ロイヤルにほかの選択肢はなかったし、リリーがどうにかできる問題でもない。なんて浅はかだったの。どうして彼を愛してしまったの！

どきんと胸が騒いだ。今はっきりわかった。わたしはブランスフォード公爵を愛している。馬車の一件がなくとも、ずっと前から好きだった。恋をしても苦しむだけと知りながら、わたしは愚かにも彼への思いを断ち切れなかった。

「わくわくするわ」マチルダが続ける。

「細かいことは弁護士にまかせよう」ヘンリーが公爵に言う。「万事遺漏なく進んでいくはずだ」

マチルダが軽やかに前に進みでた。「食事をしていってくださるでしょう、公爵さま？ぜひそうしてくださいな」

「残念ですが、今日は予定がありますので」

マチルダの唇がすっぱいものを食べたときのように、きゅっとしぼんだ。「次は必ずですよ」

「もちろんです」公爵の表情に、言葉ほどの熱意は見られなかった。

会話はさらに三十分続いた。リリーはそのあいだにひとりで二階に引っ込んだ。乱れる感情をなだめながら、おじとの会合の段取りをロイヤルに伝えるべく、急いでペンを走らせた。さて、どうしよう。今こっそりわたすべきなのか、それともあとで屋敷のほうに届けさせたほうがいいのか。

階段の下り口まで行くと彼が辞去のあいさつをしているのが聞こえ、心を決めたリリーは、階段を下りて玄関近くに身をひそめた。ロイヤルが近づいたと見るや、すかさず陰から飛びだし、うっかりぶつかったふりで手紙をさっと彼の手に押し込んだ。

「失礼しました、公爵さま」

彼の手がぎゅっと手紙を包み込む。「あやまらなくていい。ぼくが悪かったんだ」

リリーは立ち止まらずにそのまま奥へと歩いた。表に面した部屋に駆け込んで窓に貼りついたその直後、ロイヤルが手紙を読みながら馬車に乗り込むのが見えた。

手紙には、明日の正午、セント・ジャイルズのバンベリー横丁にある〈肥えた牛亭〉で落ち合いましょうと書いてある。あの手の場所なら、少なくとも、ふたりいっしょのところを誰かに見られる心配はない。

おじもそこで待っている。先日話はつけておいた。

気がつけば一心に祈っていた。ああ、彼が来ませんように。

明かりも薄暗い〈肥えた牛亭〉の隅のテーブルで、リリーはおじのジャックと並んで座っていた。煙の充満した店内はがやがやと騒々しいが、ジャックの選んだテーブルはほかと少し離れているため、話をしても比較的聞き取りやすく、こっちの会話もほかの客の耳までは届かない。

「来ると思うか?」ジャックがたずねる。

リリーは来ると信じていた。ロイヤルは父親のために正義を欲している。彼は来る。いくらリリーがその逆を望んでいようとも。

あと一分で正午になるという時刻、当の公爵が店に入ってきた。長身の堂々とした印象は、服装がどうであれ変わらない。茶色いウールの長いマントの下には、茶色い平凡な乗馬用ズボンと、平凡な長袖《そで》のシャツがのぞいていた。

彼は入った場所で立ち止まり、目が暗さに慣れるのを待っていた。そこに店主のジョリーが近づき、リリーたちのいる奥のテーブルを指し示した。

「ありがとう」彼は大股でずんずんと近づいてきた。

その姿をジャックがじっと観察した。獲物を判断する詐欺師特有の目だ。「ほう、なかなかの男前だ」

リリーは肩をすくめたが、おじには人の本心を見抜く力がある。

「まだおれに話してないことがあるんじゃないか?」

リリーは心に鍵《かぎ》をかけた。「全部話しました。彼はわたしのいとこと結婚するの。わたしと彼とはただの友達よ」

おじは何も言わず、不審げにリリーを一瞥《いちべつ》しただけで席から立った。

「ジャック・モランだ」近づいてくる公爵に言った。

「ロイヤル・デュワーです」公爵が貴族の称号を省いたのは、場所を考えれば妥当な判断だったろう。ジャックの合図を受けて、大きな茶色い目と、豊かすぎる胸が特徴的な女給が三人分のエールを運びにかかる。

「あんたはリリーの友達だそうだな」テーブルに落ち着いてから、ジャックがたずねた。

「この子は目に入れても痛くないかわいい姪《めい》だ。その姪の友人とあれば、喜んで手助けさせてもらうよ。おれに何をしてほしいんだい、公爵さん？」

そのとき女給がやってきて、傷だらけの木のテーブルにエールのジョッキを置いた。ロイヤルが彼女にコインをほうった。

「ありがと」女給はにこっと笑い、コインを胸の谷間に押し込んだ。

ロイヤルがエールを飲み、ジャックも彼にならった。ふたり同時にジョッキをテーブルに戻した。「正義を実現するのに、あなたの力を貸してほしい」ロイヤルは言った。

ジャックは低く笑った。「こいつは初めての経験になるな」

それから三十分をかけ、ロイヤルはプレストン・ルーミスという男のこと、そして、彼がいかにして病身の老公爵の信用を勝ち取り、財産を吐きださせたかを説明した。

「彼はこのロンドンにいる」ロイヤルは続けた。「悪事で稼いだ金を元手に暮らしている。

本名はディック・フリン。十中八九確かな情報だ。この名に心当たりは？」

ジャックの毛むくじゃらの眉がぐいと中央に寄った。「フリンと言ったか？　ああ、心当たりは大ありだ。何年か前に会った。平気で人を裏切る男だ。友人でさえ裏切る。性根の腐ったやつだったよ。死んだと聞いていた。自分の手下に殺されたと」

「そうかもしれない。だが、そうでないかもしれない」

ジャックはエールをがぶりと飲んで、ジョッキをテーブルに置いた。「ディックは用心深い男だった。生きていたとしても、おれは驚かんね」顎をぽりぽりとかく。相手が公爵だというので、いちおう髭はきれいに剃《そ》ってある。「で、あんたの計画は？」

ロイヤルは椅子にもたれた。はしご状の背もたれがきしんだ。「はっきりとした計画があるわけじゃない。父が奪われた金の一部でも奪い返したい。そのための方法を、あなたなら何か考えつくのではないかと思ってここに来た」

リリーはすかさず発言した。「ねえ、おじさん、考えていたのだけれど、富くじを使った詐欺はどう？　それがだめなら、小額からだまし取る方法を使うとか」

おじの険しいまなざしがきっと鋭さを増した。「正直に言おう、リリー。おれがこれまでにやってきたようなやり方じゃだめだ。ルーミスのような地位にいる人物には通用しない。おまえの話じゃ、たいそう立派な暮らしぶりだっていうじゃないか」エールを少し口にした。「ただ、この仕事に興味を持ってくれそうな知り合いはいる」

「誰なんだ?」ロイヤルがたずねた。

「誰かってのも大事だが、その前に、この仕事をどう現実にするかだな。どんな仕掛けを思いついたとしても、実行するには元手がいる。仲間を雇うための金、衣装をそろえるための金。それから、社交界の内側にも信頼できる仲間が必要だ。つまり、あんたと、あんたの友人何人かにもかかわってもらうことになる。立派な名声を失う覚悟はおありなんですか、公爵? 大勢の詐欺師と手を組んだりして大丈夫なのかね? どこかでしくじったら、あんたはおしまいだ。逮捕されちまう」

ロイヤルはジャックの目をまっすぐに見返した。父親の汚名をそそぐためなら、どんなことでもする覚悟らしい。「運に賭《か》けてみるさ」

ジャックはうなずいた。「それなら、あんたの望む結果が出せる男を紹介できるかもしれない——報酬しだいだが」

「そっちの望みは?」

「戻った額の半分」

「十パーセントだ」

「あんたが仕掛けに手を貸して、最低でも二十五パーセントは払うという条件でなければ、むこうは会ってもくれんだろう」

ロイヤルの返事はすばやかった。「わかった」

ジャックは相好をくずした。興奮できる仕事とかかわる機会がなくて、ずっと退屈していたのかもしれない。「会える段取りがついたら、連絡しよう」

ロイヤルが立ち上がった。「ふたりには借りができたよ」

ジャックとリリーも席を立った。「礼を言うのは、仕事が全部終わったあとにしてくれ。あんたの手元に金が戻ったときだ」

リリーは勇気をかき集めてロイヤルの顔を見返した。瞳が何かを語っていた。優しくて、何かを切望しているような表情。胸が締めつけられた。

「ありがとう、リリー」彼は静かに言った。

「あなたは命の恩人だもの。力になれるならうれしいわ」

彼はなおいっときリリーを見つめ、それから踵《きびす》を返して店を出ていった。

リリーは椅子に座りなおした。心臓の鼓動が激しかった。

ジャックが憶測に満ちた顔を向けてきた。「ははん、そういうことかい」

リリーはロイヤルが消えた扉から目が離せなかった。「ええ……」小さくつぶやく。これ以上否定したって意味はない。「そういうことよ」

13

「退屈」ジョスリンは寝室の窓の下枠に指をすべらせた。「ああ、外に出かけてダンスがしたい。夜通し楽しく遊びたい」

「どうしてそうしないの?」リリーは平然と問いかけた。「お誘いはいくらでも来てるじゃない」

ジョスリンはすねた子供のように唇を尖《とが》らせた。「ロイヤルが誘ってくれないんだもの。婚約者だっていうのに」

「まだ正式ではないわ。公表がまだでしょう」

「だけど……いずれは結婚するのよ。なのに、わたしのことはほったらかし」

「忙しいからよ」それも生半可な忙しさではないはずだ、とリリーは思った。彼にはおじのジャックとつめていかなければならない計画がある。

そのおじから、つい今朝方、連絡を受け取った。チャールズ・シンクレアなる人物と話をする段取りがついたという。記憶の底をさらって、ぼんやりとだが思いだした。小粋《こいき》な服装をした完璧《かんぺき》な身なりの紳士。友人だと言っておじに紹介された。きれいで高そうな服を着ていたから、すごいお金持ちだと思った記憶がある。手紙が指定してきた時間は今日の四時だ。場所は〈赤い鶏亭〉という宿屋をかねた居酒屋だった。

リリーは行くつもりだった。

「外に出かけたい」ジョスリンはまだ言っていた。「ロイヤルが楽しませてくれないなら、ひとりで出かけるしかないわ」

「どこに行くの？」

「ウェストモア卿《きょう》とその奥さまが主催する舞踏会よ。すごく華やかな舞踏会になるらしいの。いろんな方が招待されているんですって。驚くような人に出会えるかも」

「おじさまやおばさまもいっしょ？」

「お母さまはいっしょよ。もちろん、あなたも来てくれなくちゃね」

気が進まない。「今夜は仕事をする予定なの。いくつも注文を抱えているし、お店に並べる見本の帽子だって、まだ数が足りていないわ」

「やめてよ。仕事なら明日好きなだけすればいいじゃない。今夜はわたしといっしょに楽しく過ごすの！」両手を浮かせ、男の人とダンスをするみたいにくるりとまわる。

内心うんざりだった。ジョスリンが楽しいと思うことと、リリーが楽しいと思うこととはぜんぜん違う。それでも、ジョスリンが望むならリリーはついていく。これも話し相手としての役目のうちだし、こんな役目があること自体、いくら感謝してもし足りないほどなのだ。

ジョスリンに両手を引っ張られて、ピンク色の錦《にしき》織りの椅子から立ち上がった。この寝室はピンクと白を基調にしていて、象牙《ぞうげ》色に金めっきを施した家具が置かれている。ひらひらした飾りばかりで少しくどい感じはするけれど、そこがまたジョスリンにはぴったりだ。「ほら来て。今夜着ていくドレスを選ばなくちゃ」

ジョスリンに促され、隅にある大きな衣装だんすの前まで移動した。「そうね――あなたの性格を考えれば、すぐに取りかかったほうがいいわね」笑顔を見せた。「だって、舞踏会に出かける時間まで、あとたった六時間しかないんですもの」

ロイヤルは〈赤い鶏亭〉に入ると、薄暗い室内に目を走らせた。チェルシーにある宿屋だった。中流階級の住む、どことといって特徴のない地区だから、会合が人目につく心配はない。地下の酒場に行くと、天井近くにステンドグラスの窓が並んでいて、そこから光が入っていた。内装には黒光りする羽目板が使われている。

前回と同じく目立たない服装を心がけ、焦茶色のズボンに、上は白い薄手のシャツという格好にした。前もって指示されたとおり、酒場を横切って進む。この時間はほとんど客が入っていないようだ。目指すのは奥にある小部屋だった。

木の円テーブルにふたりの男性が座っていた。隣にはリリーもいる。みぞおちに動揺が走った。リリー。彼女が来ているとは思わなかった。くそっ、どうしてだ。仲介の労を取ってくれて感謝はしているが、彼女にこれ以上深く計画にかかわってほしくはない。

奥歯を噛《か》み締めた。自分たちが考えている行為は、法に反するばかりか危険でもある。チェース・モーガンが断言したように、ルーミスは平気で人を殺せる男なのだ。

テーブルの前で立ち止まった。「どうも、みなさん。ミス・モランも」彼女ははかなげできれいで、かわいくて、できるなら腰をかがめてこの場でキスをしたかった。せり上がってくる苦しい衝動を、容赦なく押し戻した。

男ふたりが椅子から立った。「彼はロイヤル・デュワーで、こっちはチャーリー……もとい、チャールズ・シンクレアだ」ジャックが簡単に紹介を終えた。「チャールズならあんたの要求にこたえられるだろう」

「どうも、ミスター・シンクレア」ロイヤルは軽くうなずいた。脱いだマントを残っていた椅子の背にぽいとかけ、リリーの顔を極力見ないようにしながら、ふたりの男と向き合って座った。

「誰にとっても時間は貴重だからね、堅苦しいあいさつは省くよ」シンクレアが言った。「ジャックとリリーから事情のほうは聞いている。みんなが満足する結果を出すにはどうすればいいか、今も複数の案を検討していた」

教育を受けたとわかる上品な話し方だった。注文仕立ての高級な服を一分の隙《すき》もなく着こなしている。背が高くて押しだしが立派だ。その容貌《ようぼう》がまた頼もしく、豊かな銀髪はライオンのたてがみを連想させる。五十代にしては魅力的な男性だ。

「ミス・モランがいるとは意外だった。レディを巻き込むのは論外だと思うが」ロイヤルは言った。

ジャックとシンクレアが目を見交わす。ジャックがほほ笑んだ。「おれの姪《めい》はだましの名人だ。今は亡きあのセイディー・バージェスが仕込んだんだからな。こう言っちゃなんだが、詐欺師としてのリリーは、一、二を争うほどの腕利きだったよ。今はやっていなくても、ちょいと練習すりゃあ勘を取り戻す」

ロイヤルはリリーを見つめた。テーブルの蝋燭《ろうそく》の明かりで、彼女の頬が薄く染まるのが見えた。人をだます仕事にかかわっていたというのが、とても信じられない。彼女におじのような生き方は似合わない。ここは是が非でも、彼女を計画から外さなければ。

「あんたの考えていることはわかるよ。この子は内気だ。昔からそうだ。だからこそ腕がよかったとも言える。詐欺師だと気づかれない。詐欺師の顔じゃないんだ」

「わたしなら大丈夫よ、ロイヤル」リリーがテーブルの上で手を伸ばし、青みがかったきれいな緑色の目でロイヤルを見つめた。名を呼ばれただけで、彼女の優しい声で発音されただけで、体にざわめきが走った。彼女の指が肌に触れたときには、テーブルで隠れた下半身がいやおうなく反応した。

「あなたを助けたいの」

「だめだ」

「ことをうまく運びたければ、彼女の参加は不可欠だ」シンクレアが言う。

ロイヤルはかぶりを振った。「危険すぎる。リリーが怪我《けが》をしたらどうする？」

自然に出た親しげな呼び方に、ジャックの灰色のげじげじ眉がすっと上がった。

「ともかくだ」ロイヤルは続けた。「コールフィールド家にいるミス・モランは、社交界でもかなり顔が知られている。彼女だとばれるのは確実だ」

「変装するわ。変装すれば、誰にも正体は気づかれない」

「彼女は必要だよ」シンクレアは引かなかった。

妥協したのは復讐《ふくしゅう》心の強さからか、同じくらい強いリリーへの欲望のせいか、理由は永久にわからないままだろう。ただ、ロイヤルの心には彼女のそばにいたいというわがままな欲求があって、妥協すれば望みがかなうのはわかっていた。

「わかった。だが問題が発生しそうになったら、彼女にはすぐ外れてもらう」

「同意見だ」ジャックが言った。

「決まりだね」シンクレアが締めた。「やっておくべき準備はいろいろある。まず、手を貸してくれる優秀な仲間……この手の仕事に精通した、芝居のできる人間を大勢雇う必要がある。これはジャックの領分だな。ジャックはこの世界での信望が厚く、友人はみな彼に忠実だ。人集めを頼めるかね、ジャック？」

ジャックはうなずいた。「まかせてくれ」

「人の次は服だ。各人に立派な身なりをさせて、ルーミスが獲物を探している上流社会にすんなりまぎれ込ませる」

被害者となった父を思いだし、ロイヤルは口元をこわばらせた。「衣装代もそのほかの費用も、必要な分は全部ぼくが持つ」正直、余裕はなかった。今のままでぎりぎりの生活だ。しかし、ルーミスを許してはおけない。金はどうにかかき集める。

「社交界の内側にも、信頼できる協力者が必要だ」シンクレアが続ける。「これはあなたに頼むしかないな、公爵。できるかね？」

シェリーの顔が思い浮かんだ。彼なら信頼できる。幸いというか、シェリーもロイヤルも、自分たちを〝漕《こ》ぎ手集団〟と呼ぶ深い絆《きずな》で結ばれた小さな一団に属している。

そのうちのひとり、ジョナサン・サヴィジが、オアーズマンをもじってホワーズマン――好色家集団などと言ったのは、まだみんな若くてやんちゃだったころの話だ。

今そろうのは全部で六人。全員がかつて同じ漕艇《そうてい》チームにいた仲間で、今ではかけがえのない親友同士だ。兄弟と言っていいほどにつながりは深い。気候が暖かくなったと感じるや、ロイヤルを始めとしたオアーズマンの一団は、高さの低い競艇用のボート――といっても最近はひとり用のボートだが——に乗って体を動かし、オールを漕ぐたびに感じる筋肉の収縮や、流線型のボートが水の上をすべる感覚を楽しんでいる。ときには競漕もする。金を賭《か》けることもあれば、ただ漕艇を楽しんでいることもある。

彼らなら信頼できる。今度のように危険が伴う仕事であっても。

「必要なだけ集めよう。問題はない」

シンクレアは黙ってうなずいた。

「それで、あなたは何を？」ロイヤルはたずねた。

シンクレアの顔に、威厳と自信に満ちた笑みがふっと浮かんだ。「わたしは得意分野で協力する。対象者の身辺調査だ。仕掛けの前に、われわれはプレストン・ルーミスのすべてを知っておく必要がある。好きなもの、きらいなもの、金の使い方、時間の使い方、性的嗜好《しこう》——それこそ何から何まで、どんなささいなことでもだ。とりわけ大事なのが悪癖だな。たいていはそこが接触のとっかかりとなる」

ロイヤルは感心した。シンクレアはプロだ。だから成功すると考えるのは、しかし、早計にすぎるだろう。

シンクレアが居住まいを正した。「最後に確認しておきたい。この話はジャックからビジネスとして持ちかけられた。条件は了解ずみなのだろうね？」

「費用はこちらで前もって準備し、ルーミスへの接近を可能にする。報酬は取り戻せた額の二十五パーセント」金を奪い返せなければ報酬もない。「いいだろう。おのおのの役目が理解できたなら、次は一週間後だ。今日と同じ時間にこの場所で。一週間で問題はないかね？」

ジャックもロイヤルもうなずいた。

「情報が集まれば、仕掛けの種類もおのずと決まる。リリーをどう効果的に使うかもそこで考えよう」

いやな言い方だと思ったが、今は反抗せずにおいた。

シンクレアが席を立った。「申しわけないが、これから別の約束があるので失礼するよ。では、また一週間後に」テーブルに背を向け、力強い足取りで酒場の入口へと歩いていく。

彼の姿が見えなくなるや、ロイヤルはリリーに話しかけた。

「どうもすっきりしない。きみに何かあったら、ぼくは一生自分を許せない」

彼女はロイヤルの視線を受け止めた。「そう？」静かに問いかけてくる。蝋燭の明かりで、彼女の肌は虹《にじ》色に見えた。唇は上品な薔薇《ばら》色だ。

「そうだ……」同じように小声で返した。美しい瞳から目をそらすことができなかった。欲望が脈打った。くそっ。こんなときでもぼくは自分の欲求に翻弄《ほんろう》されてしまうのか。

隣に彼女のおじが座っているんだぞ！

「リリーなら大丈夫だ」ジャックが言う。「あんたとおれとで気をつけてやろう」

ロイヤルは視線を引きはがすと、無言でうなずいた。あえて視線は外したままにした。今彼女の顔を見たら、抱き上げてここから連れだしたくなる。自分のベッドに連れ帰って、互いが疲れてぐったりするまで、きっと何度も抱いてしまう。

ああ、何を考えているんだ！　惹《ひ》かれる気持ちは自覚していたが、これほど激しいものだったとは。ロイヤルは決然と椅子から立った。

「ふたりには本当に感謝している。じゃ、また来週に」歩きだすと、宿屋の外に出るまで一度も振り向かなかった。自分がとんでもないことをしでかしそうで怖かった。

ウェストモア夫妻が主催する舞踏会は、文句なしにすばらしかった。豪勢に飾られた白菊。大きな花瓶が舞踏室の鏡張りの壁ぞいにずらりと並んでいて、ジョスリンは圧倒された。部屋の装飾は、どこからどこまでおとぎ話のお城の雰囲気そのままだった。壁のひとつには壁画が描かれている。何百という蝋燭が、何段にもなった背の高い燭台《しょくだい》で炎を揺らしている。見上げれば、クリスタルのガス灯が装飾のついた天井から下がっていて、上品な絹やサテンのドレスを着た女性たちや、黒い夜会服を着た男性たちの頭上から柔らかな光を投げかけていた。

濃い紫色の絹のドレスに、宝石飾りをちりばめた少し明るめのオーバースカートという服装で、ジョスリンは母親と並んで立っていた。いっしょに楽しく話している取り巻きの男性たちは、ウェルズリー子爵と彼の友人たちだが、中でも反応がいいのが飛び抜けてハンサムなジョナサン・サヴィジという男性だった。

髪は黒く、肌はオリーブ色で、見ていると変に心が乱される。かろうじて社交界にいるような人よ、と母からは忠告されていた。あなたがかかわっていい相手ではないわ、と。だが魅力的な男性であることに変わりはない。

ほかにはディロン・セントマイケルズもいた。大柄な彼は、いつも気のきいた話で人を楽しませてくれる。人好きのする整った顔立ちだ。ジョスリンの母さえ笑わせてしまうのだから、すごい才能の持ち主だ。

視界の端で、ジョスリンは話に夢中になっている別の男性の一団をとらえた。ひとりだけ突出している人物がいた。誰よりもがっしりとした肩、誰よりもくっきりとした目鼻立ち。クリストファー・バークレーだ。男らしい男性とはああいう人のことを言うのだろう。自信に満ちた身のこなし、深みのある豊かな声、そしてあの瞳……。驚いてあっと息をのんだ。彼のほうもこっちを見ている。

ばかみたいに心臓がどきどきした。視線をそらそうにもそらせない。わかるよ、というように彼が唇をにっとゆがめたそのとき、ふだんは感じないほてりを頬に感じた。

満足げな顔を見ると、むかむかと腹が立った。なんなのよ、その顔は！　キスをしたくらいで、特別な権利があるみたいな顔しないで！　そう、彼には価値のある肩書きが何もない。一介の法廷弁護士で、まだ名をあげようと必死で努力している最中だ。このわたしが興味を持つような相手ではない。

ジョスリンはそばにいる男性たちに注意を戻し、サヴィジにひたすら笑顔を見せて、ダンスを申し込むように誘導した。流れていたワルツに合わせて、彼は軽やかにリードしてくれた。ダンスのうまさはかなりなものだ。途中、クリストファー・バークレーの横をかすめるときには、思いきりにこやかにサヴィジを見つめた。クリストファーの顔からふてぶてしい笑みが消えたのがわかり、ジョスリンは内心ほくそ笑んだ。

しかめっ面のクリストファーを見ると楽しくなった。いい気味だ。彼とわたしとでは身分が違う。公爵夫人になったら、鼻も引っかけてやるもんですか。

そんなことを考えているうちに曲が終わり、ジョスリンはサヴィジに連れられて母親のいる場所に戻った。

「お相手ができて光栄でした、ミス・コールフィールド」

「わたしもですわ、ミスター・サヴィジ」

母は苦々しい顔だった。よくない噂《うわさ》のある男性と踊っていたのが気に入らないらしい。何も言わずにほうっておいた。ジョナサン・サヴィジだろうと誰だろうと興味はない。わたしはもうすぐ公爵夫人になる。ほかのことなんてどうでもいい。

男たちの崇拝のまなざしにもうんざりしてきたころ、ジョスリンはリリーの姿を捜して舞踏室を見まわした。彼女はタヴィストック伯爵未亡人と話をしていた。その伯爵未亡人、すなわちロイヤルの大おばであるアガサ・エッジウッドは、もうすぐジョスリンの大おばにもなる。ひと言あいさつをしておいたほうがいいのかもしれなかったが、そうするつもりはなかった。今夜のところはいい。おばあさんの相手はいとこにまかせよう。今だってリリーは夫人の言葉にころころと笑い、見るからに会話を楽しんでいる様子だ。

ジョスリンはダンスのほうに没頭し、相手を変えて十人以上の男性と踊りつづけた。誰と踊るときにも、クリストファーがいれば勝ち誇った顔で一瞥《いちべつ》してやった。こわばっていた彼の顔がますますこわばっていくように見えた。

そのうちからかうのにも飽きてきて、化粧室に行くという口実で部屋を離れた。玄関ホールから誰もいない空っぽの居間に入り、風に当たるつもりでテラスに出た。

人目につかない暗い隅から出ないように気をつけながら、庭を見わたせる手すりのところまで歩を進めた。虫の音を聞きながら、ひんやりとした夜の風にほっと息をついていたときだった。腰の両側に誰かの手が触れ、男性のがっしりした体を背中に感じた。喉元まで上がってきた怒りは、鎖骨をすべるなれなれしい唇によって、叫びになる前になだめられてしまった。

「そうか……きみはダンスが好きなんだ」

男っぽいにおいが脳内を満たした。たくましい体が背後から寄り添い、ジョスリンを前方の手すりに押しつける。厚かましいというのか図太いというのか、こんなふるまいには激怒して当然で、振り返りざまその整った顔をひっぱたいてやるのが本当だったろう。なのに、ジョスリンはただ立っていた。黙って首筋へのキスを受け入れていた。

「会いたかった」クリストファーは静かな声で言い、ジョスリンの体をくるりとまわして抱き締めた。「きみとのキスを何度思い返したかしれない」

唇が重なってキスが始まると、ジョスリンはもう彼に寄りかかって首をかき抱くことしかできなかった。要求を感じて素直に唇を開いた。舌をすべり込ませてきた彼は、それが自分の権利だと言わんばかりに激しくジョスリンを翻弄する。

喉の奥から声がもれた。欲求がふくれ上がって、手にも脚にも力が入らなかった。彼の支えがなければ、まともに立っていられたかどうか。

「どうやら、キスも好きらしい」耳たぶに歯を当てながら、首の横で彼がささやいた。「あたりまえかな……きみのように情熱的な女性なら」がりっと耳たぶを噛んだと思うと、敏感になったその場所に唇をかぶせ、今度は口の中で優しく痛みをなだめてくれる。

ジョスリンは切ない声をあげていた。

「きみは美しくて、炎のように熱い」もう一度唇をふさぎ、ジョスリンがくらくらするまでキスを続けた。「甘やかされて育った、わがままなお嬢さんだ。男なら意のままに組み伏せてやりたくなる」

頭に霧がかかっていても、侮辱だとわかる程度の思考は働いた。「よくも言ってくれたわね！　ひっぱたいてやるから」

彼はくっくと笑った。「きみは叩《たた》いたりしない。そうだろう？　叩き返されないという保証がないからだ」

悔しいけれどそのとおりだった。クリストファー・バークレーは先の予測のつかない、気まぐれな男性だ。それでいて、どんなときでもしっかりと自分が制御できている。

彼の頭が下がって、また唇が重なった。今度のキスは穏やかで、口調もまた優しかった。「ぼくは女性に手を上げたりはしない。きみのようにかわいい女性ならなおさらだ。叩いて当然だとわかっていても我慢するよ」顔を起こし、唇の片端を軽く引き上げる。「だけど、お尻をぴしゃりとやるのは許容範囲かな」

「よくもそんな失礼なこと！」

彼は口元をこわばらせた。「ぼくのものにできるなら、もっと失礼にもなれる。でも、お互いわかっているように、それは無理だ。きみが結婚の対象にするのは、はるか上流の男たちだ。せめて金に見合うだけのいい男が見つかるよう祈っているよ」

「あなたって――」

言いかけるジョスリンを制して、彼はテラスから引き上げていった。残されたジョスリンは、暗がりでひとり、いらいらと後味の悪さを噛み締めた。彼の言葉に間違いはない。

クリストファーだろうが誰だろうが、社会的な身分の低い男とは絶対に結婚しない。けれど、公爵との婚約を公表したとき、高みで笑うのはジョスリンのほうだ。

ロイヤル・デュワーは誰が見ても男らしい。魅力があって、この上なくハンサムで、男の強さと色気に満ちあふれている。強さや色気は、彼との軽いキスで確かめられた。押しつけられた長身は岩のように硬くてたくましかった。ぴんと張った乗馬用ズボンを素直に解釈すれば、彼の立派な男性器官も同じだろう。

客間に通じるフレンチドアに目を向けた。クリストファー・バークレーの隣にレン伯爵夫人がいた。三十代の美しい女性だ。クリストファーが軽く前かがみになって、ひそひそとふたりで話をしている。嫉妬《しっと》でちくりと胸が痛み、新たな怒りが込み上げてきた。

唇をなめるとクリストファーの味がして、数分前の欲情が再び体を支配しはじめた。彼の口元に魅惑的な笑みが見えたとき、ジョスリンもまたゆっくりとほほ笑んでいた。クリストファー・バークレーは夫としては言うまでもなく不適格だ。でも、別に彼と結婚したいわけじゃない。結婚相手ならもう公爵がいる。

夫は自由に選べないけれど、クリストファーを愛人にしていけない理由はない。

ほしいものはいつだって手にしてきた。そして今夜、自分にはほしくてたまらないものがあるとジョスリンは知った。クリストファー・バークレーだ。

14

寝室でジョスリンのコルセットの紐《ひも》をほどきながら、リリーはあくびをした。窓の外の空は濃淡のある灰色で埋まっていた。日の出からまだ一時間とたっていない。全身がくたくただった。会ったばかりの人たちと何時間もダンスをして、おしゃべりをした。自分でも驚いているのだけれど、これが意外にも楽しかった。

いつもとは違って、ウェルズリー子爵や彼の友人たちに注目されていたせいだろう。彼らはひと晩じゅうリリーを退屈させなかった。もしかしたら、子爵はリリーが公爵に惹《ひ》かれているのを察して、同情してくれたのかもしれない。ウェルズリー子爵シェリダン・ノールズには、他人を思いやれるとてもすてきな一面がある。

彼の友人たちというのがまた、それぞれに個性的で面白かった。ウェルズリー子爵によれば、出会ったのはオックスフォード大学で、公爵も含めて全員が大学の漕艇《そうてい》チームに所属していたのだという。一八四五年にはケンブリッジをこてんぱんに負かしたんですよ、と話すときの彼は、満面の笑顔で本当に誇らしげだった。オックスフォード対ケンブリッジの、有名な大学対抗ボートレースでのことらしい。

「まだほどけない？」ジョスリンの声で、もの思いから引き戻された。

「もうすぐよ」紐をぐいと引っ張って全体をゆるめると、ジョスリンがふうっと息をついた。

「ああ、やっとまともに息ができる」それを確かめるかのように深々と息を吸う。「楽しかったわよねえ」ジョスリンはリリーを振り返った。「わたしの見た感じだけど、あなただってめずらしくはしゃいでいなかった？」

リリーはほほ笑んだ。「ええ、自分でもびっくりしてるの」ロイヤルがいなかったことも理由のひとつだろう。ジョスリンと並んだところを見て苦しまずにすんだのだから。

「やっぱり、わたしの婚約者は来てなかったわ」ジョスリンは足元にできたコルセットの輪をまたぐと、拾ってベッドにぽいとほうった。「ロイヤルはいなかったけど、でも、代わりにいたのがクリストファー・バークレー」

ジョスリンの紫色の絹のドレスを広げて持ち上げていたリリーは、その姿勢のまま固まって顔を振り向けた。「まさか、あのクリストファー・バークレー？　キスが十点満点の、あのクリストファー・バークレー？」

「その彼よ。ついでに言うと、前に話した点数にも変更はなし」

リリーは眉根を寄せた。「またキスをしたなんて言わないわよね。公爵さまとの結婚を決めたあとなのよ」

ジョスリンはにっこりと笑った。「キスは彼のほうからしてきたの――といっても、すぐにわたしも夢中になったけど」

「ジョー！」

彼女は顔をくいと上げた。「キスをしただけじゃないわ。わたし決めたの。彼を愛人にする」

リリーは呆然《ぼうぜん》と立ちつくした。危険な予感がした。「何を言ってるの！　公爵さまの跡継ぎも産まないうちから愛人なんて。それと、これは大きな問題だけど、公爵さまはあなたが処女のまま結婚すると思っているはずよ」

ジョスリンは肩をすくめた。「今は一八五〇年代よ、リリー。中世に生きてるんじゃないのよ。ロイヤルには知られないようにする。だけど、彼にだって女性はいたわ。遊んだ女性はそれはそれはたくさん――嘘《うそ》じゃないんだから」

嘘だとは思わなかった。ジョスリンは情報を仕入れるのがうまい。それに、ロイヤルには男としての魅力があふれている。リリー自身が体験したのだから、これは確かだ。彼ならどんな女性でも意のままにできる。

想像すると、軽い嫉妬《しっと》を覚えた。

「誰にも言わないでくれるでしょう？」

リリーはうなずいた。「わかっているくせに。わたしはあなたのいとこよ。秘密をもらすなんてありえないわ」どれだけ立場の違いを感じていても、コールフィールド一家には常に誠実に接してきた。彼らに引き取られていなければ、自分は今ごろどうなっていたかわからない。「それで、もう……もう密会の約束はしたの？」

「まさか。むこうは想像だってしていないと思う。準備ができたら知らせるつもりよ」

「もし断ってきたら？　婚約発表をすれば、バークレーだって道徳的に――」

「それまで待ったりしないわよ。婚約を発表する舞踏会まで、まだひと月以上あるのよ。彼とはすぐにも関係を持ちたいの」

耳を疑った。「ばれたらどうするの？　公爵さまに婚約を取り消されるわ」

ジョスリンは頭から寝間着をかぶった。布地が美しい体の曲線をはらりとおおう。「そうかしら？　ロイヤルがほしいのはわたしじゃなくて、わたしの財産よ。彼は文句を言わずにわたしをそばに置いてくれるだけ。ベッドで抱くのもそれが義務だから。そんな人に嫁ぐのなら、今のうちに好みの男性と真の情熱を分かち合いたいわ」

リリーは言葉がなかった。結婚もしないうちからロイヤルを裏切るだなんて、本当に信じられない。けれど、男女のあいだの情熱については、リリーもほんの少しだがわかるようになってきた。好きな人が相手なら、感情を制御するのはほとんど不可能だ。

ジョスリンが公爵について語ったことも間違ってはいないだろう。処女かどうかを気にしてロイヤルが結婚を取りやめるとは、ちょっと考えにくい。彼は父親が選んだ結婚相手を受け入れると約束し、公爵家に繁栄を取り戻すと誓っている。

ジョスリンがどれだけむちゃな行動に出ようと、彼は誓いを破りはしない。

ロイヤルは紳士クラブ〈ホワイツ〉の個室で、親友たちに囲まれていた。約束していたとおり、全員が午後八時きっかりに集まった。

シェリーはすでにロンドンに来ていたし、グレヴィル伯爵の三男であるジョナサン・サヴィジも同様だ。ディロン・セントマイケルズは、たまに地方にある祖父の地所に出かけるくらいで、年間を通してロンドンにいる。ナイチンゲール伯爵ベンジャミン・ウィンダムと彼の妻マリアンは、おしゃれなメイフェア地区に屋敷をかまえている。レイトン伯爵の跡継ぎであるマーチ子爵クェンティン・ギャレットだけが、ロイヤルの呼びかけにこたえて遠くから駆けつけてくれた。

彼らなら必ず助けてくれると、ロイヤルは信じていた。これが反対の立場なら、困っているのが誰であろうと、ロイヤルも同じように手を貸しただろう。

「じらさないで早く話せよ」セントマイケルズが言った。彼は胸にも肩にも厚みがある大柄な男で、ボートの漕《こ》ぎ手としては一目置かれる存在だ。いや、彼だけではない。ここにいる全員が優秀な漕ぎ手なのだ。「そこまで大事な用件ってのはなんなんだ？」

「どぎついくらいの話がいいね」椅子にゆったりと腰かけていたサヴィジが言う。艶《つや》やかな黒髪の持ち主は、両手で塔を作るように指先を体の前で軽く合わせていた。「最近、面白いことがなくて退屈なんだ。しおれかけた気力を活性化させてほしいよ」

「おまえがしおれるなんてことがあるか」セントマイケルズが反論した。「ほとばしる欲望を持てあまして、棒みたいにぴんとなっているほうがふつうだろうが」

全員がくっくと笑った。サヴィジの女好きは有名だ。社交界デビューの若い女性につき添った監督役の婦人とねんごろになり、きわどい現場を目撃されたのが昨年のこと。ただでさえよろしくなかった評判は、それ以降、完全に地におちてしまった。

「おれが思うに、ブランスフォードは美人の婚約者との結婚を取りやめにしたいんだな」セントマイケルズが言った。

「いやいや」サヴィジが言う。「そのレディとはゆうべ幸運にもダンスをしたが、あれほどの女を抱かないというのは、男としてはどう考えても愚かだよ」

「今は結婚の話をしているんだぞ、サヴィジ」クェントが初めて口を開いた。「きみの話とはずれがある。きみだって本当はわかっているんだろうがね」クェンティンはレイトン伯爵の長子としてマーチ子爵という優遇爵位を使用しているが、友人たちのあいだでは単にクェントと呼ばれることを望んでいた。

そのクェントは最近、伴侶《はんりょ》を求めて結婚市場に参入した。もっとも、厳格な彼の基準を満たす女性とはまだ出会えていないらしい。用意された女性とではなく、自分の選んだ女性と結婚できるのだから、ロイヤルは彼のことがうらやましかった。

「今回の招集は、先代公爵に関係した問題を話し合うためだ」シェリーが話を引き戻した。たるんだ空気が一瞬で引き締まった。価値のない爵位を受け継いだロイヤルの不運は、全員が知っている。苦境にあって金銭目的の結婚をしようとしていることも、相手の女性が大金持ちで、それが先代公爵の用意した結婚であることも。

「みんなが知っているとおり、ぼくの父は晩年の三年間で公爵家の財産のほとんどを失った。それ自体、大変な悲劇だ。ところが父だけを責めるのは間違いだとわかってきた。父は限られた能力の中で行動していた。平たく言えば、発作で倒れたあとの父は、まともに金銭問題を処理できる状態じゃなかったんだ」

「そこにプレストン・ルーミスという男が現れた」シェリーが言い添えた。シェリーには今朝のうちにすべての事情を説明してある。

「ルーミス？　知っている名だ」ウィンダムが言う。「去年どこかのパーティーで会った。感じのいい男だったが」

「だろうな」ロイヤルは顔をこわばらせた。

「ルーミスの正体は、ディック・フリンという名の詐欺師だ」シェリーが説明した。「簡潔に言えば、そいつは先代公爵から絞れるだけ絞り取り、ロイヤルが受け継ぐはずだったその金で、今はぬくぬくとこのロンドンで暮らしている」

ジョナサン・サヴィジの黒い眉がさっと中央に寄った。「ぼくも会ったな。物腰が穏やかで、年配のご婦人たちがこぞって見とれるような男じゃなかったかい？」

ロイヤルはうなずいた。「ああ、口のうまさも相当なものらしい。父はそれで信用し、計画的な詐欺だとは気づかずに次々と大金を投資した」

「要するにだまされたんだ」シェリーが補足する。「ビジネス上の決断が結果として悪いほうに転がるのと、正常な判断ができない病気の老人を私利私欲のために利用するのとでは、問題がまったく違う」

「ロイヤル、ここにいるみんな、きみの父上を慕っていたし尊敬していたよ。ルーミスには法の裁きを受けさせるべきだ」クェントが言った。

「そうしようにもこれといった証拠がなくてね。あるのは噂《うわさ》と中途半端な証言だけだ。当局を納得させられるような、具体的な証拠は何もない」

「だから、ぼくたちでなんとかするしかないんだ」シェリーがまとめた。

セントマイケルズが身を乗りだした。「となると……あとはおれたちが招集された理由だな。で、何をすればいい？」

ロイヤルは一同の顔を見わたした。「今も言ったように警察には頼れないが、奪われた金の一部でも取り返そうと思うなら、方法はなきにしもあらずだ」

クエントが背筋を伸ばした。肩幅の広い筋肉質の痩身《そうしん》がぐっと強調されたように見えた。生真面目《まじめ》な顔に、ふだんの何倍も硬い表情が浮かんでいる。

セントマイケルズが大きな手を楽しげにこすり合わせた。「いいねえ。サヴィジの退屈も、本当に消えてなくなるんじゃないか？」

そのサヴィジが黒い眉を片方上げて、ロイヤルに横目をくれた。「うん、面白そうだ。それで、ぼくたちの役まわりは？」

「実を言うと、まだはっきり決まってはいない。ただ、危険は承知しておいてほしい。噂を信じるなら、ルーミスは人殺しも辞さない男だ。それから、ぼくたちが警察につかまる可能性もある。そうなれば世間からどんな目で見られるか」

サヴィジが鼻でふんと笑った。「その点、ぼくは気が楽だな」

「おれはやる」セントマイケルズが言った。「ちょっとばかり楽しいことがあってもいいと思っていたところだ」

「降りたい者はいるか？」シェリーがきいた。

誰も返事をしなかった。

ロイヤルは友人たちを順に眺めた。決意を秘めた表情が並んでいた。「わかった。追って連絡するよ。一週間後には、もう少し情報が得られるはずだ。みんなにも具体的な話ができると思う」

全員がほっと肩の力を抜いた。新たに飲みものを頼もうと、シェリーが給仕を呼びに行き、会話も気軽な内容へと変化した。

舞台は整った。役者も集まった。さて、とロイヤルは考えた。幕が上がるまであとどのくらいなのだろう。

15

〈赤い鶏亭〉の奥まった部屋で、リリーは緊張を隠せないままおじの隣に座っていた。向かいの席にはチャールズ・シンクレアがいた。ライオンのたてがみに似た銀髪が、テーブルの中心に置かれた蝋燭《ろうそく》の明かりでなまめいて見える。もうロイヤルが来るころだ。

心を強く持って再会に備えた。どん底の気分でいるのに、おかしなくらい再会を心待ちにする自分もいて、感情の収拾がつかなかった。この格好を見たら彼はなんと言うだろう。色合いの派手なゆったりとした絹のスカート。わずかにのぞいた足首。身に着けているのはまがい物の金ぴかの宝石で、頭には艶《つや》やかな黒髪のかつらをかぶっている。

いい顔はしないわね。

彼はリリーを計画に巻き込みたくないと思っているけれど、そのリリーの果たす役割の大きさが、今日これから明らかにされるのだ。

心配してくれていると思うと、でも、いくらかほっとできた。計画が動きだしたあとは、そんな彼の気持ちを支えに頑張ることができる。

リリーは変装用の衣装である絹の赤いブラウスをなでた。ひだを寄せた襟まわりは、どんなパーティーに出ても主催者の不興を買わないよう、襟あきを控えめにした。スカートのほうは赤いブラウスよりさらに色彩が鮮やかで、いろんなスカーフや薄い半透明のはぎれを組み合わせて作ってある。十六歳のころに着ていた衣装と比べれば、ブラウスもスカートもはるかに質がよかったが、通りを歩くときにちらちら視線を向けられたり、驚いた顔をされたりするのは初めての経験だ。

かまいはしない。どんな役であれ、一度入り込んでしまえば、その人物になりきることができる。それに、ジプシーの役はもう何度か経験ずみだ。

ため息をついて静かに待った。今回の件では、少なくともひとついいことがあった。六年間別々に暮らしていたおじと再会できたのだ。おじのジャックだけが両親と、そして子供のころの楽しかった思い出とつながっている。いっしょに暮らしていたころは貧しかったし、おじの生き方には問題があるけれど、そんなことは関係ない。ずっと会いたかった。リリーにとっては大好きなおじだ。

「来たな」シンクレアがおじといっしょに立ち上がって公爵を迎えた。あいさつが交わされ、シンクレアとおじは腰を下ろした。

ロイヤルは少しのあいだ立ったままでいた。視線がリリーから離れない。やがて合点がいったのか、なるほどという顔になり、同時に鋭く息を吐いた。

「驚いたな。まさかきみだったとは。ここに来ると知っていたからわかったが、でなければとうてい気づかなかった」

ジャックが派手な含み笑いを引っ込めて言った。「リリーは十を超える人物を演じ分けられる。この子の才能は本物だ」

こうしている一分一秒が、リリーには耐えられなかった。人をだますのも注目の的になるのもいやでいやでたまらない。引き締まったロイヤルの表情を見るかぎり、そんな心情も、不思議なことに彼には伝わっているようだった。

「彼女には帽子作りが似合っている」彼は険のある声で言い、リリーの向かいに座った。「帽子は作るさ。こっちの仕事が終わったらな。リリーは物事を途中でほうりだすような、やわな性格じゃない」ジャックが言った。

確かにそうだ。かかわった詐欺はいつも最後まで見届けた。食べていかなければならないし、おじのとぼしい稼ぎの源は、すべてそういう詐欺だったのだから。当然ながら、今回のような大がかりな仕掛けは、おじもリリーも初めてだ。

「計画の詳細は？」ロイヤルがきいた。

答えたのはチャールズ・シンクレアだ。「その前に、みんなには標的に関する知識を少し入れておいてほしい」

「ルーミスのことだな」

「そうだ。プレストン・ルーミスという男は、表面的にはなんの面白味もない。賭博《とばく》好きだが、のめり込みはしない。スポーツの勝敗に金を賭《か》けて楽しんでも、節度だけは保っている。アルコールもたしなむ程度だ」

「ずいぶんご立派な聖人君子じゃねえか」ジャックが苦々しげに言った。

「女についてはどうだ？」ロイヤルがたずねる。

「やつも男だ。女遊びはしている。美しい女にはとくに弱いらしい。だが、あくまで遊びの範囲だ。特定の愛人を持ったことはない」

「金をばらまいているふうじゃないな」ロイヤルが言った。「その分なら、盗んだ父の財産も少しは残っていそうだ」

「ほとんど残っているよ。わたしの調べたかぎりではね。最初に言ったように、プレストン・ルーミスは退屈な男だ。興味深いのはディック・フリンのほうさ」シンクレアは収集した情報を教えるのをもったいぶるようにほほ笑んでみせた。「公爵、あなたも知っているだろうが、フリンの母親は売春婦だった。ただし、それで生活していたわけじゃない。主たる収入源は、手相見やタロットカードを使った運勢占いだ。彼女はそれらの占いをへイマーケット地区にいたマダム・メデラという年寄りのジプシーから学んでいる。フリンの母親もその地区で占いをしていた。いつも息子を連れてね」

ロイヤルがリリーのほうにさっと顔を向け、ジプシーの衣装や肩まであるまっすぐな黒髪のかつらをしげしげと眺めた。かつらの代金は、彼の知らないところで、彼の出した費用からまかなわれている。「今聞いた彼の過去が、計画に関係しているんだな？」

「そういうことだ。母親の死後もフリンはジプシーのもとに通って、彼個人の問題に助言を求めていた。資金運用についても相談することもしょっちゅうだった。プレストン・ルーミスと名を変えたあとでさえ、彼女の家を訪れている」

「そのジプシーはまだ生きているのか？」ジャックがたずねた。

シンクレアはかぶりを振った。「数年前に死んだ。ルーミスはいまだに彼女の死を悲しんでいるようだ」

「驚く話ばかりだ」ロイヤルが言う。「だが、まだよくわからない。そういう情報をあなたはどう利用するつもりなのか」

シンクレアの顔に満足げな笑みが浮かんだ。「簡単な話だ。ミスター・ルーミスに代わりを与えてやろうというわけさ。マダム・メデラの親戚《しんせき》の娘、マダム・ツァヤをね」

再びリリーに振り向けられたロイヤルの視線。彼の顔には疑念の色があった。「相手は詐欺師だ。マダム・ツァヤが本物かどうか不審がられる心配はないのか？」

シンクレアは低く笑った。「詐欺師だからこそだましやすい、とも言えるのだよ。成功するには自分が誰より賢いと信じる必要がある。ルーミスは自分が無敵だと思っている。それに、彼は女を仲間にしたことがない」シンクレアはにやりとした。「そして、信頼を勝ち取る才能にかけては、リリーはずば抜けている」

ロイヤルの口元がこわばった。「やつがどんな男だろうと、まるきりばかってわけじゃないだろう。リリーにそんな危険をおかさせるのは、ぼくは気に入らない」

シンクレアが手をひと振りして彼の反論をしりぞけた。「その点はもう話し合ったはずだ。あなたはルーミスをこらしめたい。彼に近づくにはこれが最善の方法なのだ。リリーなしでは計画は成り立たない」

ロイヤルがさらに何か言おうとしたところで、おじのジャックが割って入った。「次の段取りは？」興奮を隠そうともせずにたずねる。そう、おじはいつでも仕事を楽しんでいた。下手をやって警察から身を隠す状況に追い込まれても面白がっていたほどだ。

「ここから先は公爵の手際しだいだ。まずはマダム・ツァヤをルーミスのいる社交界に送り込む。ひとつのパーティーに顔を出せば、間違いなく新たなパーティーからお呼びがかかる。刺激のない毎日に倦《あぐ》み疲れ、暇をもてあました上流階級の人間にとって、彼女は好奇心をかき立てるものめずらしい存在だ。細かな計画はジャックとリリーとわたしとで考える。あなたはただ彼女をパーティーに送り込めばいい。そのあとどう動くかはリリーがすべて承知している」

「ルーミスが出席するかどうかわからないだろう？」ロイヤルがたずねた。

「あなたの父上が亡くなってしばらくたつ。次の獲物を求めてルーミスが動きだすころあいだ。彼はプロだからね。じっとしているはずはないよ」

ロイヤルは椅子の背にもたれた。「下調べは完璧《かんぺき》というわけか」

「ああ、それがわたしの仕事だ」

ロイヤルが席を立った。「よし、とりあえず話は終了だな。準備が整ったらすぐに連絡を入れよう」自分をとらえ、すぐには離れない彼の視線にリリーはどぎまぎしはじめた。

「では失礼、ミス・モラン……おふたりも」ロイヤルは椅子の背から取ったマントをさっと身に着け、大股のしっかりとした足取りで部屋を出ていった。

リリーはふうっと息を吐いた。か弱い笑みをどうにか浮かべた。「始まるのね」

「ああ」シンクレアが答えた。

「仲間は集めたぞ。こうしている今も、衣装全般そろいつつある」ジャックが言う。

「よくやった。リリー、きみとわたしはマダム・メデラについての情報をさらっておこう。きみの大おばという設定だから、そう詳しく知っている必要はない。才能を受け継いでいるということをルーミスに気づかせれば、それで充分だ。ただし、きみはカードではなく星から運勢を読み取る。これは、以前にもやった役じゃなかったかな？」

「ええ」

「星を使えば、作り話にも一風変わった深みが出るというものだ」

リリーにとってもやりやすい方法だった。星は大好きで、星座の名前もほとんど暗記しているから、星を見て何かを語るのはむずかしいことじゃない。

計画の細部を話し合い、段取りを確認したのち、リリーとおじは宿屋の外に出た。リリーは辻《つじ》馬車を拾ってコールフィールド家の屋敷に戻った。

三日後、ロイヤルから知らせが来た。ナイチンゲール伯爵夫妻が次の土曜日に夜会を開くという。招待客の中にはプレストン・ルーミスもいる。ルーミスが招待を受ければ、計画は本格的に動きだす。

これから自分が演じるべき役割を思うと、リリーは緊張で胸が苦しくなった。心の準備はできている。尻込みする気はない。ロイヤルの当然の仕返しを手助けしてあげたい。

それでなくても、ただ彼のそばにいたかった。愚かしいとは思うけれど、本心なのだからしかたがない。

心待ちにする気持ちが抑えられなかった。もう少ししたら、また彼に会える。

翌週は天候が持ちなおした。金曜の午後、三月も初旬で空気はまだ冷たかったが、たとえいっときでも身の凍る寒さがゆるんでくれて、ジョスリンはほっとしていた。

高ぶった感情を抱え、カーテンで仕切られた小部屋に入った。〈シェ・ル・メール〉というこのおしゃれなレストランは、個々に仕切られた座席と、ひっそりとした隠れ家的なたたずまいで知られている。

この種の場所を見つけるのに苦労はなかった。ジョスリンには、ロンドンの事情通とも言える洗練された女性の友人が何人もいるのだ。彼女たちは〈シェ・ル・メール〉のような場所の名をあげながら、誰と誰が逢引《あいびき》したらしいなどと不道徳なおしゃべりに興じ、その実、心のうちでは自分も秘密の愛人が持てたらとうっとりと想像している。

ジョスリンは時計に目をやり、リンネルのテーブルかけを神経質に指で叩《たた》いた。深みのあるクリストファーの声がして、さっと振り返った。約束の時間を数分過ぎただけだったが、遅れてきた事実は彼女をいら立たせた。

「やっと来たのね。レディを待たせるなんて失礼よ。もう帰ろうかと思ったわ」

「ほう、本当に？」クリストファーは褐色の頭を下げて唇に軽くキスをしてきた。彼の味で感覚のすべてが埋めつくされていく。ずうずうしさの塊のような男でも、はねつけたいとは思わなかった。ほかの男と違って思いどおりにならないところや、大半の男のようにお世辞まみれのせりふを口にしないところが気に入っていた。

もちろん、婚約者のロイヤルは大半の男の範疇《はんちゅう》には入らない。まともに向き合ってくれることがほとんどないのだから。

いら立ちはジョスリンの強気をあと押しした。ふくれ上がる緊張を意識の外に押しやり、向かいに座るクリストファーを見やった。彼はテーブルの横にあった銀製の容器からシャンパンの瓶を抜くと、それぞれのグラスに中身を注《つ》いでくれた。

彼はグラスをかかげ、ジョスリンが同じようにするのを待ってから、ひと口飲んで味を確かめた。「すばらしい選択だ。きみの舌は肥えているから、驚きはしないけれどね」グラスをテーブルに戻す。「ぼくはきみに言われてここに来た。確信はないが、食事を楽しむためだけに誘われたとは、どうも思えない。さあ、話してごらん。どうしてここに誘ったんだい？」

「遠まわしな言い方はきらいでしょう？」

「好きではないな」

ジョスリンはシャンパンで口を湿し、どう切りだすのがいいかを考えた。「わかった。それじゃ言うわ。これはじっくり考えてみた結果なの。あなたと愛人関係になりたい」

焦茶色の瞳に険しい表情が浮かんだ。視線がジョスリンの顔を縦横になめる。愛撫《あいぶ》をされているようで、全身にさざなみが立った。「本当にはっきりと言ってくれるね」

「言わなきゃわからないもの」

「同感だ。だけど驚いたよ。きみはまだ何も知らない乙女だ。少なくともぼくはそう思っている。きみの将来の夫にしても、花嫁には処女であることを望むだろう」

少し顔がほてったが、くじけずに先を続けた。「わたしの将来の結婚は、熱い情熱とは無縁のものだわ。だから、結婚する前に燃えるような関係を体験したいの。あなたとならそれができると信じてる」

クリストファーの瞳がきらりと光り、小鼻がふくらんだ。「わかっているんだろうね？きみとぼくの立場を考えれば……たとえ関係を持ったとしても、その先には何もない。ふたりのあいだにあるのは欲望だけだ」

その点ならば問題はなかった。「わたしの人生はもう決められているわ。わたしが望むのはあなたとの情事だけよ、クリストファー」

クリストファーがじっと見返す。話に乗って大丈夫なのかどうか、考えられる結果を頭の中で検討しているような顔だ。それから、椅子をぐいと引いて立ち上がった。ジョスリンの手を取ってそばにいざない、そのまま腕の中に引き寄せる。

「きみを抱いて、喜ばせる」首筋で彼がささやいた。「ぼくにできるのはそれだけだ。それでもかまわないと言うのなら……」

首筋をたどる優しいキスに、肌がぞわりと粟立《あわだ》った。ジョスリンは彼の顔を引き起こし、ねっとりとした激しいキスを仕掛けながら、それこそわたしが望んでいたものよと、唇や舌の動きだけで彼に思いを語りかけた。

「いつなら会える？」夢中になって交わすキスの合間に彼がきいた。息をするのもやっとなくらい苦しくて、火がついたように体が熱い。

「明日の夜よ。〈パークランド・ホテル〉に部屋を取ってあるわ。ミセス・ミドルトンの名前で」

　彼はジョスリンの耳たぶを甘噛《が》みし、脚のあいだに抱え込んで、どれだけ自分が興奮しているかをジョスリンに悟らせた。「断られない自信があったわけだ」

　ジョスリンはいたずらっぽくほほ笑んだ。「あなたみたいなセクシーな人が、好みの女をしりぞけるはずないもの」

　ざらついた笑いが響いた。「否定してもむだらしい」キスを再開し、舌を激しくからませてくる。重い絹のスカートが、じわりじわりとたくし上げられていく。とまどいが胸をよぎった。迷いが伝わったのだろう、クリストファーは手を止めて、もう一度優しいキスを重ねてきた。「本当に……初めてだったのか」

　身を硬くしたジョスリンは、ゆっくりと顔を起こした。「明日の夜まではね」

　こたえた静かな笑い声に、ほっとしてまた彼にもたれた。自分からキスをし、唇を開いてさらに奥へと彼を誘った。苦しげな彼の声がした。スカートが腰までたくし上げられ、ヒップの上に両手がすべり込んできた。下着の薄い布地越しに手のひらの熱を感じたとたん、下半身がどくんとうずいた。

「ゆっくり時間をかけよう。期待は裏切らない――約束するよ」

　下ばきの中にそろそろと手が進入してきて、ジョスリンはあっと息をのんだ。ふたつの手が優しく素肌をなで下ろし、ヒップの丸みをつかんで体ごとぐいと引き上げる。彼の腿にまたがる格好になって、気づけば甘い声をもらしていた。

「きみの知らないことは山ほどある」彼はジョスリンの顔を上向けて、首筋に唇を押し当てた。「教えるにしても、ひと晩じゃ足りないよ」

「そうね。足りないわね」ジョスリンは豊かな褐色の髪に手を差し入れた。

身をこわばらせた彼がつらそうに抱擁を解いた。ジョスリンを立たせ、スカートをもとどおりに下ろす。「このくらいにしておいたほうがよさそうだ。ぐずぐずしていると自分に負けて、このテーブルにきみを押し倒してしまう」

その情景が鮮明に頭に浮かび、ジョスリンは目を丸くした。言葉が出てこず、ただこくりとうなずいた。

「馬車はあるのかい?」服の乱れを整えながら彼がたずねた。

「ええ、外に待たせてあるわ」

「だったら、ここで別れよう。明日の夜を楽しみにしているよ」最後に濃厚なキスをして、クリストファーは帰っていった。

しばらくのあいだ、ジョスリンはその場から動けずにいた。力が抜けた感じで頭がふらつき、汗ばんだ体がどくどくと脈打っている。必要な準備はすべて整った。クリストファーは思いを受け止めてくれた。あとは実行するだけだ。

よしと背筋を伸ばした。気持ちは変わらない――わたしは彼がほしい。

明日の夜には、きっと彼を手に入れる。

16

土曜の夜が来るのは早かった。ジプシー占い師に化けたリリーは、ナイチンゲール伯爵夫人が夜会を盛り上げるために呼んだ特別招待客として、使用人用の裏口から煉瓦《れんが》造りの優美な屋敷に入った。背後にちらと目をやると、手を振るおじのジャックが見えた。おじはリリーが役目を終えて戻ってくるのを裏通りで待っていてくれる。

大きく息を吸って気持ちを落ち着け、屋敷の奥へと進んだ。厨房《ちゆうぼう》につながる階段を過ぎ、食料貯蔵室の横を通り、ときには使用人の邪魔にならないよう端によけて、パーティー会場の客間に急ぐ彼らを先に通した。

ひとりの従僕をすばやく呼び止め、ずっと昔に同じ役をしたときにも使った、軽いなまりのある口調で静かに話しかけた。「すみません、ちょっといいですか？　奥さまにマダム・ツァヤが来たと伝えてほしいのですが」

声をわざとかすれさせ、話し方もゆっくりにした。ハンガリー語の抑揚をまねるのは得意だったが、事前の話し合いで外国なまりは最低限にしようと決めてあった。マダム・メデラはかなりの高齢で亡くなっているから、彼女を大おばに持つツァヤはしばらくイギリス暮らしをしていたと考えたほうが無理がない。

陰になったホールの隅に立つと玄関が見通せた。ホールは三階までの吹き抜けで、天井はステンドグラスの美しい丸天井だ。大理石でできた有名な統治者の胸像が壁ぎわに並び、クリスタルの花瓶にいけられた花々が屋敷をかぐわしい香りで満たしている。

ほとんどの客がすでに到着していた。十時になればナイチンゲール伯爵夫人がマダム・ツァヤを出席者に紹介する。幸運が訪れそうなときに、それを当事者に前もって教えてやれる特別な占い師だと説明してくれるだろう。

マダム・ツァヤを上流社会に送り込む方法として、ロイヤルの提案が先日、一週間ごとの〈赤い鶏亭〉での集まりで検討された。仕掛けに協力してくれる人たちについても、彼のほうから簡単な説明があった。今後は彼の友人たちがいろんなパーティーでマダム・ツァヤの話をし、不思議な予言が本当に当たったと証言することになる。

今夜リリーが幸運を予言する相手は、当主であるナイチンゲール伯爵とマーチとかいう子爵だ。プレストン・ルーミスには近づかない。今夜のところはまだだ。ロイヤルの友人たちの計らいで、ルーミスは今後も、リリーの出席するいろんなパーティーに招待される。折を見て彼に近づき、彼の幸運を予知する計画だ。

「マダム・ツァヤですね！　どうぞこちらへ」ナイチンゲール伯爵夫人が走り寄ってきた。

小柄な女性で、顔に薄くそばかすが散っていて、赤褐色の髪をしている。まだ二十五歳と若く、その邪気のない優しい笑顔を見ると、リリーの緊張は一瞬で解けた。

「はじめまして、奥さま」軽くお辞儀をした。

「来てもらえてうれしいわ。最近よくお名前を耳にするのよ。信じられないような能力をお持ちなんですってね」

「わたしはジプシーです。ジプシーの中には、常人には見えないものが見える者もおります。傍《はた》でお考えになるほどむずかしいことではありません」

「だけれど誰に幸運が訪れるかなんて、わたしにはわからないわ」小柄な伯爵夫人はリリーの腕を取った。「さあ、こちらにいらして。みなさんに紹介しますわ」

体に緊張が走り、胃のあたりがふわふわと落ち着かなかった。いつものことだ。そのうち平常心が戻ってきて、やるべき仕事に集中できるようになる。リリーは伯爵夫人のあとについて広い客間に入った。濃い緑と金色を基調にした、華やかな印象の部屋だった。天井の周囲に帯状の装飾が施され、床には厚いペルシャ絨毯《じゅうたん》が敷かれている。大理石の大きな暖炉が両端に切られていて寒さは感じない。

笑い声と陽気なざわめきが、音楽と一体になって部屋を満たしていた。伯爵夫人が客間の隅で演奏している楽団に手で合図をすると、音楽がぴたりとやんだ。

「みなさま、お耳を貸してくださいな」少しずつ場が静まり、やがて全員がナイチンゲール伯爵夫人に注目した。「今夜の特別ゲストについては、もうご存じの方もいらっしゃるでしょう。初めて聞くという方にご紹介します。マダム・ツァヤです。今夜、もしかしたら彼女に声をかけられる幸運な方がいらっしゃるかもしれません。ええ、そうなのです。マダム・ツァヤにはうれしいできごとを予見する能力があるのです」客のあいだからどよめきがあがり、彼らの表情に好奇の色が広がっていった。ナイチンゲール伯爵夫人はリリーを振り返った。「さあ、マダム」

「こんばんは」リリーは話しだした。「ご招待いただけてうれしく思っています。わたし自身、たくさんの方の幸せが見えるよう願っています」ざっと見わたした会場には知った顔がいくつもあったが、今日のリリーはふだんとはまったく違う服装で、金色の地毛も重い黒髪のかつらの下に押し込んである。正体がばれる心配はなかった。

伯爵夫人と並んで歩きだしたその先に、シェリダン・ノールズの姿があった。近くにはジョナサン・サヴィジと、がっしりした体つきのディロン・セントマイケルズもいる。ウエストモア卿《きょう》夫妻の舞踏会で見たふたりだ。セントマイケルズは上品そうな蜂蜜《はちみつ》色の髪の若い女性と、サヴィジのほうは容姿の整った細身の男性と話をしていた。細身の男性は彫りの深い凛《りん》とした顔立ちで、生真面目《まじめ》を絵に描《か》いたような表情が印象的だ。

リリーの知らない人物も含めて、男性がみんなロイヤルの協力者なのはわかっていた。たぶん、いっしょにいる女性もだろう。リリーは招待客の顔を順に観察し、やがてはっと息をのんだ。高い背丈に金色の髪、黒い夜会服を着たロイヤルはいやでも目についた。彼は大おばのタヴィストック伯爵未亡人と話をしていた。顔をかたむけて老齢のおばの話に聞き入っているが、肉の薄いおばの肩越しに、視線だけはまっすぐリリーに向けている。

鼓動が急に速くなり、耳の奥でどくどくと音がしはじめた。一瞬、リリーは彼から目が離せなくなった。だが、計画を成功させるには役柄に徹しなければならない。ブランスフォード公爵を頭から追いだして、マダム・ツァヤになりきらなければ。

遠い昔に覚えた謎《なぞ》めいた微笑を浮かべ、ナイチンゲール伯爵夫人に注意を戻した。彼女に案内されるまま部屋の中を進んでいく。伯爵夫人はウェルズリー子爵シェリダン・ノールズの前で立ち止まった。「もうマダム・ツァヤはご存じですわね?」

「もちろんですよ」シェリーが答える。「実を言うと、ナイチンゲール伯爵との賭《かけ》に勝つだろうと、以前予言してもらいましてね。本当にぼくが勝ちました」

それを聞いて二、三の顔が振り向き、マダム・ツァヤをしげしげと見つめた。ナイチンゲール伯爵夫人はリリーを連れて客のあいだをなおも進んでいく。「ミスター・サヴィジ……たしか、あなたもマダムとはお知り合いではなかったかしら?」

サヴィジは満面の笑みを浮かべた。リリーの手を取ると、頭を下げて手の甲に唇を押し当てた。「知っていますとも」手袋をしていない手に、彼の唇のぬくもりがじかに伝わってきた。サヴィジは本当に美しい。黒い髪にオリーブ色の肌、謎めいた雰囲気。ロイヤルとは対照的だ。

「彼女はぼくの馬であるブラック・スターがレースで勝利すると予言したんです。大金を賭《か》けましたよ。そしたらこれが大当たり。彼女の言うとおりでした」

「まあ」伯爵夫人は驚きの声をあげた。

リリーは黙ってほほ笑んだ。視界の端にロイヤルがいた。さっきより近い。硬い表情でリリーとサヴィジの様子を注視している。ジョスリンの姿はどこにもなかった。今ごろはパークランド・ホテルの部屋で愛人が来るのを待っているはずだ。

こうなったのが今でも信じられなかった。婚約発表が近いだけではない、ジョスリンはまだ処女なのだ。とはいえ、彼女は昔から我が強く、甘やかされて好き放題に生きてきた。ロイヤルに相手にされなくて、今は自尊心が傷ついている。

伯爵夫人が促し、先ほど見た彫りの深い長身の男性にリリーを引き合わせた。

「マダム、マーチ子爵を紹介しますわ」

「はじめまして、子爵さま」

マーチ子爵は軽く会釈をした。褐色の髪がひと筋、額に落ちた。「はじめまして、マダム」

リリーはしばらく彼と向かい合い、黒っぽい瞳や引き締まった体を凝視した。「あなたは今夜クラブでカードをなさいますね」質問というより事実のように言った。

「ええ、まあ、クラブに寄って帰るつもりですが」

「今夜のゲームはあなたの勝ちです」

くっくと笑う彼は、予言してくれるのはいいが信用はできないと言っているようだった。

「心にとめておきましょう」

次に出席するパーティーで、マーチ子爵はカードゲームで勝利した話を声高に吹聴《ふいちょう》するだろう。本当にクラブに行ったかどうかは関係ない。そのうち、予言と現実のすり合わせにも気を配る必要が出てくるが、今の段階ではまだ大丈夫だ。

夜が深まるにつれて、リリーはいっそう役に入り込んだ。ナイチンゲール伯爵夫人は多くの人物をリリーに紹介し、最後は若い男性の一団に彼女をまかせて離れていった。リリーの演じる風変わりなマダム・ツァヤに、彼らはたちまち夢中になった。すぐ近くに、聞いていたプレストン・ルーミスの容貌《ようぼう》と合致する人物が立っていた。六十代前半で、背が高くて銀髪。押しだしが立派なところなど、見ているとチャールズ・シンクレアを思いだす。だが、ルーミスの瞳は水色でシンクレアの瞳は茶色だ。それに、シンクレアと違って、ルーミスの顔にはきれいに整った銀色の口髭《ひげ》がある。

リリーはルーミスとの接触をあえて避け、若い男性たちとの会話に集中して、ときには声をあげて笑いながら、彼らの話が楽しくてたまらないといったふりをしつづけた。伏し目がちな表情を作り、謎めいた微笑は絶やさなかった。

「あの……きいてもいいですか、マダム・ツァヤ？　結婚はしているのかな？」そうきいたのは、子爵を父に持つというエメット・バローズだ。「ひょっとして、ぼくたちのような哀れな恋の虜《とりこ》にも望みはある？」

リリーはあいまいな表情を浮かべた。「結婚はしていました」重々しい声で答えた。「三年前、夫は別の世界に旅立っていきました」

「それは気の毒に」

「ご主人を亡くして今はひとりか」別の若者が言う。「寂しいでしょう」

リリーは肩をすくめた。「ひとりの生活も、続けていれば慣れるものです」

「いや、慣れなくていい」金髪のほっそりしたバローズが強い口調で言った。「ぼくが楽しませてあげます。今度いっしょにお芝居を見に行きましょう」

リリーは煤《すす》で黒くしたまつげをさっと伏せた。「あなたとは知り合ったばかりですわ。もっと先ならば、お誘いを受けることもあるかもしれません」期待を持たせるまなざしを残し、その場を離れてナイチンゲール伯爵に近づいた。

彼のすぐ手前で足を止めた。「伯爵さま？」

突然声をかけられて伯爵はちょっと驚いた様子だったが、それが演技であるとリリーは知っていた。ロイヤルの友人はみなそうだが、ナイチンゲールもやはり整った顔立ちをしている。髪が黒々としていて瞳ははしばみ色。同い年でも、ロイヤルのほかの友人たちより老成した印象だ。「どうしました、マダム？」

「見えたのです。もし資産を増やしたいとお考えなら、あなたの買うべき株は……」顔を寄せ、こっそり教えているよう耳元でささやくまねをした。

「その会社なら聞いたことがある。考えてみますよ。どうもありがとう」

戻りぎわにちらとルーミスを見ると、彼は青い目で抜け目なくリリーを観察していた。今だけではない。到着したときからずっと、リリーは断続的に彼の視線を感じていた。

よし、今夜の仕事は終わったと考えてよさそうだ。うまく彼に興味を抱かせることができた。ここからがゲームの始まりだ。

疲労感がじわじわと襲ってきた。芝居のあとはいつもこうなる。ともあれ、これでやっと帰れる。リリーは化粧室に行くと言って客間を離れ、階段を二階にのぼった。

うわの空で聞いていたシェリーの話に上品な笑いを返すと、ロイヤルは会話を切り上げてほっそりした黒髪のジプシー女性のあとを追った。パーティーのあいだじゅう、ロイヤルは彼女を見ていた。異国ふうの美貌に派手な絹のスカートが目立つ彼女は、蜂を誘引する蜜さながらに男を次々と引き寄せていた。

変装するとはわかっていたが、宿屋で見た姿がなんでもないと思えるくらい、今夜の彼女の印象は強烈だった。かわいいリリーが、まさかあんな妖艶《ようえん》なほほ笑みを見せるとは。

それに、黒く縁取って異国的な雰囲気を強調したあの目。ほかの男の例にもれず、彼女のかすれた笑い声や遠いまなざしに、ロイヤルもまたいつの間にか魅了されていた。媚《こび》を売るわけではないのに、彼女はどこにいても男の視線を引きつけた。そういうときの男は彼女の魅力に心奪われ、彼女を抱きたいとひそかに考えている。

だが、彼女をいちばん欲しているのはこのぼくだ。

嫉妬《しっと》の炎に身を焼かれながら、リリーを追って階段をのぼった。化粧室に入ったのを見て通り過ぎ、再び出てくるのを物陰で待って、出てきたところに大股で近づいた。一歩踏みだすごとに怒りがふくらんだ。ここにいるのはどこの誰とも知れない他人じゃない。彼女はリリーだ。リリーは今日見た女のようなふるまいはしない！

強く腕をつかむと、彼女の顔がさっと上がった。何も言わない。抵抗する様子もない。そのまま廊下を引っ張り、誰も見ていないと確認するや、並んだ寝室のひとつに引き入れて扉に鍵《かぎ》をかけた。

「どうしたの？　何かあったの？」彼を見上げる目は、長く黒いまつげで縁取られていた。艶々《つやつや》した黒髪との対比で、肌の白さがきわ立って見える。

「何かあったかだって？」怒りをこらえるのがやっとだった。「今夜きみは、客間にいる男をひとり残らず誘惑していた。彼らの半分は頭の中できみを組み伏せているだろう。にこにこ笑ったり、相手をからかったり。あれでは誘ってくれと言っているも同じだ。からかわれた連中は、きみへの欲望を大いにふくらませているよ」

あやまってくるかと思いきや、リリーはきっと顔を起こした。「お芝居です、公爵さま。お忘れじゃないでしょう？　ジプシーの占い師という役なの。あなたのために演じているの！」

真っ赤な紅を差した唇が、彼女がなめたことでしっとりと艶を増した。下半身が緊張した。反応しすぎて痛いくらいだ。

「そうかな？　サヴィジがきみの手にキスをしたとき、きみは演技をしているようには見えなかった。あれは楽しんでいた顔だ。さあどうぞと、彼を喜んでベッドに引き入れそうな顔だったよ！」

「何を言っているの？」

「それから、エメット・バローズとかいうくだらない若者だ。きみがあんな態度を見せるから、ふたりだけになったときのことを彼はにやにやと想像している」

「興味を持たせたかっただけだわ。それもゲームのうちなの」

「なるほど」ロイヤルは彼女に近づいた。あとずさる彼女の肩が壁にぶつかった。「ぼくはどうなんだ？」豊かな黒髪に両手を差し入れた。「きみにとってはぼくもゲームか？」

彼女の顔を上向けた。強く唇を重ねると、彼女の動きがぴたりと止まった。

くぐもった声が聞こえて、彼女が唇を開いた。つうっとすべる小さな舌先の動きを唇に感じたとき、ロイヤルの中に残っていた理性は完全に吹き飛んだ。欲望が暴れて全身の血がたぎりだした。深い衝動にがっしりととらえられ、ここにいる異国ふうの美人を抱くこと以外、もう何も考えられなかった。

舌を入れ、唇をむさぼり、薄い絹のブラウスの上から胸のふくらみを手で包んだ。硬くなった頂が、すぐに手のひらを熱く押し返してきた。ひだの寄ったブラウスの襟から紐《ひも》を引き、布地を肩からはがす。下がシュミーズ一枚だとわかり、それもいっしょに引き下ろした。きれいな丸い双丘が目の前に現れた。

張りつめた自分の体を意識しながら彼女の胸に唇をかぶせ、舌でからかい、味わい、すぐに反対に移って同じ愛撫《あいぶ》を繰り返した。もっとと先を促すような切なげな声とともに、彼女が頭をつかんできた。ロイヤルは薔薇《ばら》色の頂に歯を当て、舌でくるりとなめ、彼女の体が震えるのを見ながら、ダイヤモンド並みに硬くなった先端を口に含んだ。彼女の唇に戻ると、今度は甘い果汁をすするような激しいキスをした。どれだけ飲んでも満足できないかのように、唇に何度も吸いついた。

ロイヤルの体は高まっていた。心臓の鼓動に合わせて痛いほどに脈打っている。リリーを抱え、ベッドまで運んで端に座らせた。キスを再開しながら派手な絹のスカートを引き上げ、自分のズボンの前に手をかけた。

彼女は男を求めている。ならば、求めに応じてやるまでだ。彼女の脚のあいだに移って顔を上げると、まっすぐな黒髪のかつらが外されたところだった。銀色がかった金髪がふわりと広がり、細い肩のまわりに落ちた。柔らかな巻き毛が彼女の頬を包んだ。

「リリー……」色白の美しい顔を見ていると、頭から少しだけ欲望の霧が払われた。動揺したロイヤルは、その場に突っ立ったまま必死で自分を制御しようとした。「ぼくは……ぼくは何をしていたんだ？」

リリーが視線を上げた。「わたしを抱こうとしていたのよ、ロイヤル。だから、わたしはわかってほしかった。ここにいるのはリリーよ。ほかの女性じゃないわ」

はっきり言って、そんなことはわかっていた。ロイヤルにとって、女性といえば彼女しかいなかったのだから。そう、出会ったときからずっと。

「リリー……」祈りの言葉のようにその名をつぶやいた。自分がずっと抱きたかったのはリリーだ。怒りがおさまらないのは嫉妬していたせいだ。こんなにも腹が立つのは、男の中で自分だけが彼女に無視されていたからだ。

体を前に倒して彼女にキスをした。荒々しさは控え、口の端をついばんで、唇全体に舌をはわせた。「ぼくを止めてくれ、リリー。こんなことはいやだと言ってくれ」

いやがるどころか、彼女はロイヤルの首を抱いて彼のキスを引きつけた。唇を開きながら、熱い舌の侵入を求めてくる。ロイヤルは舌をからませ、色の淡いすべらかな髪に手を差し入れた。顔を見れば、そこにいるのは間違いなくリリーだった。ジプシー占い師よりもはるかに欲情をかき立てる女性、誰よりもそばに置きたいと思う女性だ。

薄い絹のスカートは今や大きくまくれ上がっていた。こうして彼女の脚のあいだに身を置いていると、張りつめた下腹部に彼女の柔らかさを感じることができる。彼自身のその場所は強く脈打ち、早く楽になりたいと訴えていた。やめろと自分に言い聞かせても、もはや意志の力でどうにかなる状況ではなかった。考えるのはリリーのことだけ、彼女とひとつになることだけだ。

ズボンのボタンを外して自分を解放し、ひとつになる体勢を作った。ベッドは高さがあるから動きやすさは充分だ。彼女の脚を押し広げ、かわいい目がゆっくり閉じられるのを見ながら、静かに体を前進させた。

障壁に突き当たったとなれば、本当ならためらいを覚えるのがふつうだろう。しかし、ロイヤルが感じたのは、自分が初めての男だったという大いなる喜びだった。彼女はぼくのものだ。輝く雪の上に銀色の髪の天使のように横たわっているのを見たあの瞬間から、彼女はずっとぼくのものだった。

彼女の上からのしかかり、肘で体を支えながら深く唇を重ねた。体を沈めると、彼女の口から小さな叫びがこぼれた。女としての痛みに驚き、身を硬くしている。もっと先に進みたい衝動をロイヤルは必死でこらえた。

「すまない。痛い思いをさせるつもりじゃなかった」

「いいの」彼女の体から力が抜けた。唇を震わせながら笑顔を作り、優しくロイヤルをいたわってくれる。「わたしがあなたに望んだんだもの」

「リリー……」

その瞬間彼女が動き、強く引き寄せられてロイヤルはあえいだ。受け止められた心地よさは絶大で、体にかっと火がついて完全に自分が抑えられなくなった。荒々しい動きで何度も彼女を奪い、味わったことのない甘い喜びに酔いしれた。うれしいと言うか、ほっとしたと言うのか、リリーはロイヤルの名を呼びながら彼をぎゅっと圧迫し、子宮を痙攣《けいれん》させて激しくのぼりつめた。

その直後だった。容赦ない動きで腰を沈めたロイヤルもまた、全身の筋肉を緊張させて精をほうった。

動悸《どうき》がおさまらず、肩で息をしつづけた。しばらくはふたりとも動けなかった。そうするうちに現実的な感覚が戻ってきた。階下から聞こえてくる楽団の演奏。客たちがときおり笑い声をあげている。

数分前までの陶酔感に代わって、後悔がじわじわと意識を占領しはじめた。信じられなかった。どうしてこんなことをしてしまったんだ。

「ロイヤル……」リリーが目を閉じたまま吐息をもらした。胸が締めつけられた。信じられないなんてことだ。ぼくはリリーを売春婦のように扱っていた。互いに服を脱ぎきらないまま、よその家のベッドで、いつ誰が入ってくるかもわからないのに抱き合っていた。くそっ。ロイヤルはひそかに悪態をつき、ここまで理性を失った自分を不思議に思いながら、意志の力を総動員して、彼女のぬくもりからそっと身を離した。

リリーの目がゆっくりとあいた。服を着るロイヤルを見つめたあと、彼女もまた同じように動きはじめた。シュミーズを引き上げてきれいな胸を隠し、緋《ひ》色のブラウスをきちんと身に着ける。

ロイヤルは化粧だんすのほうに移動して洗面器に水差しの水を注ぐと、リンネルの布をぬらしてリリーのそばに戻った。布を受け取った彼女は、ロイヤルに背を向けて脚のあいだの血をぬぐっている。新たな罪の意識がロイヤルを苦しめた。思いをとげたのはいいが、自分には責任を取る方法が何ひとつない。

汚れた布を洗面器に戻し、ベッドの端に座っているリリーのそばに引き返した。彼女は美しくて、はかなげで、そんな彼女の信頼を裏切り、あんなふうに体を奪ってしまった自分自身の行動が、ロイヤルは信じられなかった。

「リリー……すまない、本当に」

やめてと言うように、彼女が手のひらを突きだした。「お願いよ、ロイヤル、あやまったりしないで」

「きみを汚したのに、ぼくはきみを妻にはできない。あやまって当然だ」

彼女の目が涙でいっぱいになり、ロイヤルは胸が押しつぶされた。ベッドを離れる様子を見て手を伸ばしたが、彼女はかぶりを振った。「同情はいらないわ。初めから承知でしたことよ」彼女はぎこちなく身づくろいを続け、乱れていた服装をもとどおりに整えた。「かつらをかぶって地毛を中に押し込んでいく。そしてロイヤルのほうに顔を向けた。「いやだと思えば、わたしはあなたを止められたの。それはあなたもわかっているはず」

そのとおりだった。いやがる彼女を無理やり抱こうとは思わない。ロイヤルがリリーを求めたように、リリーもまたロイヤルを求めていた。だからよけいにやるせない。

「帰る時間を過ぎてしまったわ。わたしは裏の階段を使います。おじが裏の通りで待っているの」

ロイヤルは何もできずに突っ立っていた。どうしようもなくみじめだった。

彼女が扉へと歩きだす。足首のまわりでスカートの裾《すそ》がひらめき、髪も漆黒の夜を思わせる色に戻っていたが、もうごまかされはしなかった。

彼女はいとしいリリーだ。何も変わってなどいない。

苦しみに身をさいなまれながら、ロイヤルは出ていく背中を見送った。扉が静かに閉められた。

17

飾り気のない白い綿の寝間着姿で、リリーは寝室の窓下にある腰かけに座っていた。今夜の経験で、リリーの人生は一変した。もう処女ではない。そして、添うことのかなわない人を、わたしは心から愛している。

罪悪感が意識の底を刺激していた。またいとこという遠い関係ではあるけれど、わたしはジョスリンの遠戚《えんせき》で、ロイヤルはその彼女の夫になる人だ。ジョスリンとクリストファー・バークレーとの密会を知らなければ、そしてジョスリンに将来の夫への愛情がないと知らなければ、今夜ロイヤルを拒むこともできたのかもしれない。

もし状況が違っていたなら、正しい判断をして彼をはねつけていたのかとも思う。けれど、本当のところはわからなかった。

耳になじんだ軽いノックの音がして、リリーは扉に顔を向けた。ジョスリンが戻ったようだ。彼女にだけは会いたくないのに。しかし扉は開かれ、現れたのはやはりジョスリンだった。将来の高貴な身分にふさわしく、自信に満ちた足取りでずんずんと部屋に入ってくる。

「リリー！　扉の下に明かりが見えたから。よかった、まだ起きていてくれて！」

リリーはどうにか笑顔を作った。「顔がきらきらしてる。バークレーとはうまくいったみたいね」

ジョスリンは盛大に顔をほころばせた。「この感動といったら、表現する言葉がないくらいよ。クリストファーは……彼は……。ああ、男女が交わす情熱ってすごいのよ、リリー。みんな女には気づかせまいとしているんだわ。両親も、結婚相手の男性もそう。気づかれると困るのよ。男は好きな女性と関係が持てる。でも女は……女はずっと貞淑でいることを求められる。不公平だわ」

リリーは黙っていた。ジョスリンの言うとおり、確かに不公平だとは思う。といって、リリーには今も将来も、ロイヤル以外にそんな関係になりたい人はいない。

ジョスリンは化粧だんすの前に行き、つづれ織りの丸椅子にどっかと腰を下ろした。

「すばらしかったわ。クリストファーはびっくりするくらい情熱的で、だけどとても優しいの」リリーを見上げてにっこり笑う。「最初の愛人にはもってこいよ」

リリーは乱れる感情を押し殺した。もってこいどころか、わたしはいちばん恋してはいけない人に恋してしまった。「でも……ロイヤルは？」

「ロイヤルがどうだっていうの？　まだ結婚前よ。結婚までは――結婚したあとだって、彼はなんでも好きなことができるの。だからわたしも同じ。なんの問題もないわ」

返す言葉が見つからなかった。自分とロイヤルも同じことをしている。どうしてジョスリンを非難できるだろう。

「わかるように説明できたらいいんだけど。最後にはすてきな感覚に襲われるの。そう、あれは……星のあいだをただよっているみたいな……。何千もの幸福のかけらが、ぱんとはじけだすの。本当に、想像を超える体験だった」

本で読んだことはあっても、リリーにも想像できなかった――今日までは。「フランスでは〝小さな死〟と呼ばれているんですって」

ジョスリンが顔を振り向けてにんまりと笑った。「それはね、本当に死んで天国に行ったみたいな気分になるからよ」

確かに天国だった。けれど、楽しみには犠牲がついてまわる。リリーはロイヤルに自分の一部を与えた。それはもう二度と戻ってこない。

「リリー、あなたにはどうしても聞いてほしかったの。誰かに話したくてうずうずしていたわ。だけど、わたしが本当に信頼できる人はあなただけなんだもの」

リリーは自分の罪深さをあらためて意識した。夜会の会場を出た瞬間から、あれはあやまちだったと、ずっと自分に言い聞かせている。それでもロイヤルを思い、熱く訴えかけてきた彼の瞳を思いだし、あの欲望はリリーにしか満たせなかっただろうと考えるたびに、間違いを犯したという感覚は薄らいでいく。自分から手に入れたほんのいっときの楽しい時間だった。後悔なんてしたくない。

でも、やはりあやまちはあやまちだ。心の奥底ではわかっている。

ジョスリンが椅子から立った。「もう寝るわね。お母さまはわたしがスチュアート家の人たちとバーグマン家の舞踏会に行ったと思っているわ。侍女もまだ、わたしの着替えを手伝うために起きているでしょうし」

ジョスリンは今回、両親に嘘《うそ》をついている。リリーはと言えば、ジプシー役があるため、頭痛を口実にして自分の部屋に引きこもった。ころあいを見てさっと裏階段を下り、裏手の路地で馬車を用意して待っていたおじと合流したのだ。

ジョスリンが近づいてきて、唐突にリリーを抱き締めた。「すごくいい気分よ」

見ればジョスリンは頬を朱に染め、まぶしいくらい無垢《むく》な笑みを浮かべている。「なんだかまだ終わりじゃないみたいに聞こえるけれど、彼とはもちろんこれきりよね？」

わかりきったことをきかないでというように、ジョスリンは美しすぎるすみれ色の瞳を天井に向けた。「これきりのはずないじゃない。まだ婚約は発表していないのよ。それまではしたいようにさせてもらうわ」にっこりと笑う。「で、わたしが何がしたいかと言えば、クリストファー・バークレーとの密会なの」

彼女くらい自己中心的になれればどんなにいいだろうとリリーは思う。ロイヤルとまた今日のように過ごせたら。それでいて、これっぽっちも罪の意識を感じずにいられたら。
「だけど……子供ができたらどうするの？」

優美な褐色の眉がくいと上がった。「いろいろあるのよ、方法は。クリストファーはそっちの方面にも詳しいの」

リリーは言葉をなくした。そうだった。今の今までロイヤルとの行為の結果がどうなるかなんて考えもしなかった。思いだすかぎり、彼は何も対策を取っていない。こうしている今も、おなかには彼との赤ちゃんが育ちはじめているのかもしれない。

冷静ではいられなかった。結婚しないままの妊娠を怖いと思う半面、心の奥深い部分には、ロイヤルの子供がほしいと思っている自分もいる。

ジョスリンはいかにも楽しげに、少し調子の外れた鼻歌を歌いながら部屋を出ていった。扉が静かに閉められると、リリーは冷たいガラス窓に頬を寄せた。涙がぽろぽろとこぼれ落ちた。

ロイヤルはいらいらと書斎の中を歩いていた。眠れなかったせいで体がずっしりと重い。髪がぼさぼさなのは、何度もかきむしっているからだ。足音が聞こえてそっちを見たが、シェリーだとわかって安堵《あんど》の息をついた。

シェリーは扉から数歩入ったところで立ち止まった。「おいおい、なんだその格好は。

どうしたんだ？　ゆうべは大成功だったろう」

ため息をつくと、吐いた息にさえ疲労がにじんだ。「ああ、計画どおりに運んだよ。少なくともおおかたのところは大成功だ」

「成功すると、犬がくわえてきたぼろ雑巾《ぞうきん》みたいになるわけか？」

こんな状況でなければ、にやりと笑えたかもしれない。「眠れなかっただけだ」

シェリーは賢《さか》しげにうなずいた。「必要なのは女だな。どうだ、今夜いっしょに〈ブルー・ドルフィン〉に行かないか？　あそこの女は美人ぞろいだ。しかも、いい仕事をしてくれる。断言しよう、明日の朝はすっきりだ」

「間に合っている。女ならもう抱いた。だから頭を抱えている」

シェリーの薄茶色の眉がぴくりと上がった。彼はロイヤルの机の端に横向きに尻をのせた。「詳しく聞こう」

「シェリー、ぼくは彼女を汚した。どうしてそうなったのかははっきりしないが、最後まで行ってしまったのは確かだ」それればかりか、彼女の処女を奪っておきながら、頭の中はもう一度抱きたいという願望であふれている。

シェリーは肩をすくめた。「だったら結婚式を繰り上げれば解決だ。子供がひと月早く生まれたとしても、気にするやつはいない」

歯がゆさが声に出た。「ジョスリンじゃない。相手はリリーだ」

「おっと」

「そういうことだ」

「考えてみれば当然か。おまえは最初から彼女のことが気に入っていた」

ロイヤルは髪をかき上げた。「どうすればいい？　子供ができた可能性さえあるのに、ぼくは彼女と結婚できない」

「予防手段は取らなかったんだな？」

「ああ、まったく。自分が自分でなくなっていた。何かに取りつかれたようだった」

「そうだろうとも。で、無理強いはしてないな？」

恐ろしい質問をしてくれる。「冗談じゃない！　彼女とぼくはある意味……惹《ひ》かれ合っていた。ゆうべは、気持ちのたがが外れたんだ」そんな生やさしい話ではなかった。リリーに対する思いの強さといったら、過去に抱いたどんな執着心とも比較にならない。彼女と体を重ねたとき、ロイヤルは優しい感覚に包まれた。あんな感動を味わったのは、生まれて初めてだった。

シェリーはため息をついた。「そうだな、まあ、たまにはそういうことも起こるさ。考えるべきは、今後リリーをどう気づかってやるかだろう」

「彼女はこういう問題にまったく慣れていない。体面だけは、なんとしてでも守ってやらないと」

シェリーが机から下りて窓ぎわに歩いた。庭は殺風景なままで、手入れも充分とは言えなかった。雑草がはびこり、細い砂利道はぬれた落ち葉でおおわれている。ただ、裸の木々のあいだから差し込む淡い陽光には、近づきつつある春の気配が感じられた。

シェリーが振り返った。「そのとおり、おまえには責任がある。となれば、やるべきことはひとつだ。嫁ぎ先を見つけてやれ」

胸に重石《おもし》を置かれた気がした。「無理言うな。彼女には財産がない。ぼくだって恥ずかしくない持参金を用意してやれるほど金はありあまっちゃいない」

「それでもやるんだ。おまえは結婚して莫大《ばくだい》な財産を手にするんだし、それでリリーに立派な夫を見つけてやれる」

気分が悪くなってきた。リリーがほかの男とベッドにいるところなど、ほかの男に抱かれているところなど想像できない。

肩に手を置かれてはっとした。いつの間にかシェリーが隣に立っていた。「気が乗らないのはわかる。好きなんだろう？　金の問題じゃないのかもしれないな。おまえが彼女と結婚すればいいんだ」

言われて初めて、自分がどれほど彼女との結婚を望んでいるかに気がついた。

静かにかぶりを振った。「できない。ぼくは父に誓った。父との約束を反故《ほご》にはできない」

シェリーの手が肩をぎゅっと握る。「だったらすぐに取りかかろう。花嫁が処女でないことに目をつぶってくれる男――金と引き換えにはなるが、そういう男を探すんだ」

ロイヤルは黙ってうなずいた。口の中がからからだった。心臓が大儀そうに打っている。候補者の一覧を作らなければ。そしてリリーといっしょに検討する。どの男でもいい、彼女が夫を選ぶのを何がなんでも見届ける。

自分にできる、それがせめてものつぐないだ。

この一週間、リリーは帽子屋開店の準備にかかりきりだった。ふき掃除をする、調度の配置変えをする、ほこりをはたく、整理整頓《せいとん》をする。忙しい状況をわざと作って、ロイヤルのことやナイチンゲール伯爵邸の夜会で起こったできごとに意識が向かないようにした。帽子は何カ月も前から作りためてきた。新しいスタイルを考え、夜遅くまで作業をして、店を開くときのために充分な数を用意した。以前からの客を満足させ、かつ新しい客を呼び込めるだけの品はそろえたつもりだ。

われながらよくやったと、店内を見わたして思った。満足できる雰囲気に仕上がっている。小ぎれいに並んだ帽子たち。同じ鍔《つば》広のボンネットでも、羽根飾りがついているものもあれば、レースやリボンで縁取りされているものもある。薔薇《ばら》の造花をあしらった馬車の幌《ほろ》のような帽子も作った。レース・キャップはいろんな色が選べるようにしたし、石炭バケツに似た形の帽子もいくつか用意した。

カウンターに入り、奥の机で、以前帽子を買ってくれた人に向けての案内状の準備にかかった。店の場所と、開店日時を知らせるためだ。

終わるころには背中が痛くなっていた。伸びをして立ち上がり、時計を見るともう夕方だった。

ぐずぐずしてはいられない。メドーブルック館に戻って今夜の準備をしなければ。今夜はマダム・ツァヤとなって舞踏会に出席する予定だった。主催者はマーチ子爵の妹で、タウンゼンド卿《きょう》未亡人のレディ・アナベルだ。招待状には特別なお楽しみとしてマダム・ツァヤが参加すると書かれてあった。聞いたところによると、プレストン・ルーミスは出席の意思を伝えているらしい。

ジョスリンが招待されているので、リリーもいっしょに出かけるつもりだった。むこうではしばらくしてから二階に引っ込み、ジプシーに変装し、マダム・ツァヤとしてあらためて階下に姿を現す。ジプシーでいるのは短時間だ。予言をする相手はロイヤルの友人数人だけ。それから二階で変装を解き、あとは最後までふつうに過ごす。

リリーはため息をついた。ロイヤルが来ると思うと気が重かった。会いたくないのに。ジョスリンと並んでいるところなど、どうあっても見たくはないのに。激情の嵐《あらし》は過ぎ去った。お互い一度きりのことだったとわかっている。でも、とリリーは思う。ロイヤルは後悔しているようだったが、ふたりで過ごした夢のような時間は、リリーからすれば宝物にも等しい大切な思い出だ。

やり残した仕事がないのを確認してから帽子店の扉に鍵《かぎ》をかけ、角まで歩いて辻《つじ》馬車を拾った。屋敷に戻ると、ジョスリンは昼寝の最中だった。リリーも眠りに逃避したかったが、目を閉じればたちまちロイヤルの整った顔が現れ、熱く情を交わした夜会での記憶が体をほてらせる。

昼寝はあきらめて、衣装だんすの中身を物色した。ジョスリンがもう着ないとドレスをぽんとほうるたび、リリーの持ち衣装は増えていく。今夜はどれを着ようかと考え、手なおしたきりまだ一度も袖《そで》を通していないドレスに決めた。海の泡のような緑色のタフタで、リリーの瞳の色ともぴったりだ。

ジプシーの衣装はおじのジャックが運んでくる計画だった。会場の裏庭で落ち合ったあと、リリーは受け取った衣装を持って二階に上がる。

時間はどんどん過ぎていった。緊張がふくらむ中、紫色のビロードのドレスを選んだジョスリンの着替えもようやく終わり、舞踏会への出発準備は整った。今夜はマチルダ・コールフィールドが監督役でついてくるが、リリーが途中で消えても、短時間のことで、気づかれるとは考えにくかった。いったん舞踏会に夢中になると、マチルダも、娘のジョスリンも、リリーのことなどどうでもよくなるのがふつうなのだ。

それに今夜はマダム・ツァヤの登場という余興もある。今夜現れるジプシーの女性にいとこがどんな印象を抱くのか、想像すると口元がゆるむのを抑えられなかった。

「現れたか？」おじのジャックがきいた。夜の十時になろうかという時刻、外は真っ暗で風が吹いていた。おじは小道に立っていて、隣には今日のためにロイヤルが用意した地味な馬車が止まっていた。

「ルーミスなら少し前に見かけたわ」

「やつはおまえが気になっている。今夜のうちに餌《えさ》にかかるぞ」衣装が入った小ぶりの袋を差しだしてくる。おじの大きな手からそれを受け取った。「伝言は聞いたか？　手はずはわかっているな？」

「伝言は聞いたわ」胃の調子が悪いと嘘をつき、リリーは今回、一週間ごとの〈赤い鶏亭〉での会合に顔を出さなかった。夜会でのことがあったばかりで、とてもロイヤルに会う勇気がなかったのだ。

「餌はかけらをまくだけでいい。やりすぎは禁物だ。やつのほうから接近させろ」

リリーはうなずいた。かもの扱いはわかっている。再び仕掛けにかかわりだしたとたん、かつて学んだ裏世界の教えは、記憶を探るまでもなくいっぺんに脳裏によみがえった。ルーミスの母親については、タロット占いをしていたことがわかっている。そしてルーミスはマダム・メデラに心酔していた。興味を惹く方法は考えてある。

身を乗りだして、髭《ひげ》のあるおじの頬にキスをした。「もう行くわね。捜されると困るから」

ジャックはほほ笑んだ。「幸運を祈ってる」

そう言うおじにはその昔、運頼みをしてもむだだと教わった。成否は腕のよしあしにかかっている。その点リリーにはいい教師がいた。おじと仲のよかった年配の女詐欺師で名前をセイディー・バージェスといい、子供にめっぽう弱いのが欠点だった。孤独を抱えた寂しい女の子には、とりわけ優しくしてくれたものだ。

手を振っておじと別れ、足早に屋敷に戻ると、裏階段からこっそり二階に上がった。数分後には早くもジプシーに変装し、派手な絹のスカートをひらひら揺らしながら客間に向かっていた。

マーチ子爵の妹であるレディ・アナベル・タウンゼンドが、マダムの到着を待っていた。すらりとした体つきで髪は蜂蜜《はちみつ》色。ナイチンゲール伯爵邸の夜会でも見かけた女性だ。近くで見る彼女は、思っていたよりずっと美しかった。繊細な目鼻立ちで、鼻筋がすっと通っている。瞳の色はブルーだ。

「準備はいいかしら?」レディ・アナベルがたずねた。瞳の輝き方からして、計画のいっさいを承知しているらしい。ナイチンゲール伯爵夫人は夫がかかわっている計画を何も知らなかったが、この若い女性は違うようだ。物怖《ものお》じしない性格なのだろう、アナベル・タウンゼンドからは、今夜のなりゆきを楽しみにしている様子が伝わってくる。

その一瞬、リリーは決まりを破って素の自分に戻った。「協力してくださって感謝します、お嬢さま」

「友達のあいだではただのアナよ。あなたは公爵さまのお友達ですもの、喜んで協力するわ。さあ、こちらへ……えっと、マダム・ツァヤ」

「はい、どこへでも参ります」ジプシーの顔に戻って笑みを浮かべた。

ホールを進んで広々としたきらびやかな舞踏室に入ると、そこは地位のある高貴な人々であふれていた。奥のほうにジョスリンがいた。隣には結婚する予定の男性が立っている。金色の髪をした背の高いブランスフォード公爵は、とにかく美しかった。女性たちの半数がちらちら盗み見ていることからも、彼の魅力の大きさは明らかだ。

ぼうっとなって体がよろめき、みっともなさに赤面した。

「大丈夫？」レディ・アナベルがたずねた。

リリーは笑顔を取りつくろった。「ええ。ちょっとつまずいただけです」

ロイヤルの顔は見ないようにした。肌に貼《は》りつく彼の強い視線を感じながら、マーチ子爵のかわいらしい妹のあとについて、楽団が演奏している演壇に向かった。

「時間もないし、さっそく始めますね」アナベルはリリーの手を引いてステップを上がった。曲が中断し、会場が静かになった。「みなさん、ようこそいらっしゃいました」笑顔で言ったアナベルは、最後のひとりが口を閉じるのを待って先を続けた。「ご承知のとおり、今夜は特別な方をお迎えしています。マダム・ツァヤです。運が向いている方には彼女から声がかかるでしょう。その方には近々幸運が訪れるのかもしれません」

　大きな拍手が起こった。

「みなさんとごいっしょできて光栄です」自然とジョスリンを見てしまい、すぐに横のロイヤルに目がいった。意地悪な考えが胸にきざした。リリーは聴衆の上にゆっくりと視線をはわせ、間を置くことで好奇心をあおった。続いてロイヤルひとりに注意を向けた。

「おめでとうございます、公爵さま。ご結婚が近いようですね」

　ざわつきはじめた会場は、すぐに大きなどよめきに包まれた。顔という顔がいっせいにロイヤルのほうを向いた。隣にいるのがロンドンでも指折りの富豪の娘だと気づいた人々は、ジプシーの話は本当だろうかと、声高に推測をしはじめた。

　離れていても、ロイヤルの顔が引きつるのはよくわかった。ジョスリンの顔には笑みが広がっていた。注目の的となった喜びに加え、彼女が本当にブランスフォード公爵夫人になるのかどうか、賭《かけ》が始まりそうな予感に興奮を抑えられないのだろう。勝ち誇った顔で自身の最大のライバル、セラフィナ・メートリンをちらと見やる。赤みがかったセラフィナの細い眉は、今にもくっつきそうなくらいぎゅっと中心に寄っていた。

「驚きましたわ」レディ・アナベルが興奮のおさまらない聴衆に向かって言った。

「わたしたちは早くも幸せの予言を聞いたわけです。ひょっとしたら、ほかにもまだ幸運を知らされる方々がいらっしゃるかもしれませんよ」リリーの手を取って壇上から下りる。楽団が演奏を再開したあとも、室内のざわめきはなかなか消えなかった。「上出来」レディ・アナベルはリリーにそっとささやいた。

「公爵さまが怒ってなければいいんですけど」

アナベルは笑った。「あのレディと結婚するのが恥ずかしいと思うなら、ほかの女性と結婚すればいいんです」

リリーは何も言えずにいたが、マーチ子爵の妹には好感を持った。

彼女といっしょに室内を歩きはじめると、人が寄り集まった場所からは必ずといっていいほどマダム・ツァヤの名前が聞こえてきた。ロイヤルの友人たちがしっかり役目を果たしてくれた結果だ。人々が話題にしているのはサヴィジが競馬でひと山当てた話であり、マーチ子爵が紳士クラブでカードゲームに勝った話であり、ウェルズリー子爵が賭に勝利した話だった。

視界の端にナイチンゲール伯爵と話をしているプレストン・ルーミスが映った。伯爵はルーミスに教えているのだ。ツァヤに教わった株を実際に買ってみた、そうしたら本当に大きなもうけが出たんですよ、と。

「彼女はどうやって幸運がわかると言っているのですか?」距離が近いため、ルーミスの声はリリーの耳にも届いた。

「さあ、そこのところはわたしにも」ナイチンゲールが顔を振り向け、ツァヤの出番だと目顔で伝えてきた。「ご自身でおききになってはいかがです?」

ルーミスは銀色の眉を片方上げた。「そうするとしましょう」感じよく答えながら口髭をなでつける。「教えてもらえませんか、マダム? あなたにはどうして、こんなにいろいろなことがわかるのですか?」

リリーはさっと謎《なぞ》めいた笑みを浮かべた。「わたしの祖母の姉にマダム・メデラというジプシーがいまして、多くはその大おばから学びました。大おばも予言ができたのです。悲しいことに、数年前に亡くなりました。メディの——あ、わたしはそう呼んでいたのですけれど——大おばのやり方とは違って、わたしは星を読んでおります」

ルーミスは目を見開いた。「マダム・メデラがご親戚と?」

「はい。今お話ししたように祖母の姉です。ご存じでしたか?」

「母の友人だった」

リリーはさもありなんという顔でうなずいた。「大おばはたくさんの人を救っておりました」そこで彼をじっと見つめた。「今夜ナイチンゲール伯爵とカードゲームをなさるのなら、勝利はあなたに訪れます」

この予言はもちろん、計画に織り込みずみだ。こうしている今もロイヤルの友人たちは――ナイチンゲールがうまくルーミスを誘ってくれると信じて――別の部屋でカードゲームをする準備を進めている。

ナイチンゲール伯爵が、挑戦するかのように黒い眉を上げた。「確かめてごらんになりますか？　ちょうど、ゲームに参加しようとしていたところです」

ルーミスがリリーのほうを振り向いたとき、リリーはもうよそへと歩きだしていた。わたしの出番は終わった。あとは男の人たちが頑張ってくれる。

ホールに出てすぐ、目の前にひとりの男性が現れた。見覚えがあるのは、ついさっき舞踏室に入ってくるところを見かけたからだ。まだ若い。せいぜい二十二、三といったところか。さっそうとした印象だった。黒い髪が波打ち、青い瞳がきらきらしている。こんな人が部屋に入ってきたら、若い女性はみんな落ち着かなくなるに違いない。

彼のほほ笑みには、瞳のまぶしさにも劣らない魅力があった。「いや、うれしいな――ぼくにも幸運が訪れたみたいだ。こんなに美しい女性とでくわすなんてね」大げさにお辞儀をする。「ルール・デュワーです。お見知りおきを、マダム」

ルール・デュワー。ロイヤルに弟がふたりいることはリリーも知っていたが、会うのはこれが初めてだった。おそらく彼がいちばん下の弟なのだろう。持っている雰囲気こそ違うけれど、とびきりハンサムという点では長兄と共通している。

「マダム・ツァヤです」答えながら考えをめぐらせた。ロイヤルは弟が来たことを知っているのだろうか。この人は仕掛けについて何か聞かされているのだろうか。熱っぽく見つめてくる青い瞳。何かを知っている顔には見えなかった。デュワー家の三男は、異国ふうのマダム・ツァヤを見て、明らかに心を奪われている。

「あなたのことは知っていますよ。だけど、マダムと呼ばれるには若すぎる。あなただって、ただのツァヤでいるほうが楽なんじゃないのかな？　かわいい名前なんだし」

「ずいぶん大胆なもの言いをなさるんですね」誘惑してもむだだという意味を、まなざしに込めた。「幸運をお探しなら、今夜は別のところに行かれたほうがよろしいですわ」

通り過ぎようとすると腕をつかまれた。「帰しませんよ。夜はこれからだ」

「やめてください。用事があります。帰らなくては」

なれなれしくも、ルールは手を離さない。「帰るのならば、ぼくがどこにでもお連れしますよ。馬車を表に置いてある。よければ、これからいっしょに――」

「そのご婦人から手を離すんだ」ロイヤルの声だった。どこから現れたのか、気づけばホールに立っていた。来てくれてうれしいのか、弟とふたりでいたほうがよかったのか、リリーは自分の気持ちがわからなかった。

ルールの手が離れた。「邪魔が現れたと思ったら、やっぱり兄さんか」

「ロンドンに来ていたのか？」

「今日と明日は大学が休みなんだ。それで友達と」

ロイヤルの視線がリリーに移った。いつものように、みぞおちの奥がきゅんと熱くなった。

「この女性を引き止めるんじゃない。おまえの知らない事情があるんだ。詳しいことはあとで説明する」

ルールは黒い眉を寄せた。険しく細められた青い目には、たくさんの疑問符が浮かんでいたが、同時に兄への敬意もにじんでいた。彼はロイヤルからリリーに視線を戻すと、いたずらっぽくにやりと笑った。「じゃ、また今度の機会に、ツァヤ」

立ち去りぎわ、リリーはロイヤルを一瞥《いちべつ》した。黄褐色の瞳の熱さにとまどい、あわてて目をそらした。足早にホールを進んで裏階段をのぼった。誰もいないのを確認してから、目の前の寝室に飛び込んだ。

淡い緑のドレスが、一着だけ空の衣装だんすの中にかけてある。走り寄ってドレスを手に取った。ジプシーの衣装を脱いで、タフタ生地のドレスに足を入れた。脱ぐときは楽だったのに、ボタンがなかなかとまらない。〝もうっ〟と小さく声をあげたリリーは、次の瞬間、背後で聞こえた扉の音に飛び上がった。

ほっとして力が抜けた。入ってきたのはアナベル・タウンゼンドだった。

「お手伝いさせて」

「ありがとう」ボタンをはめてもらうあいだにかつらを外し、小さな布袋に押し込んだ。ボタンがとまるや、化粧だんすに駆け寄って髪を整えた。もとがうなじでまとめただけだったから、単純で上品なその髪型に戻すのに、さして苦労はなかった。

洗面器に水を張って、目のまわりの黒い化粧と、まつげにつけた煤《すす》を洗い落とした。落としきれない唇の紅を最後にきっちりとぬぐう。

「まあ、すっかり別人みたい。だけど、美人なのは変わらないわ」

リリーは赤面した。そういうほめ言葉には慣れていない。「ありがとう」

「いなくなったのを気づかれる前に、早く戻らないとね」

リリーはうなずいた。扉へと歩きだしたが、アナベルの声で足が止まった。「リリー、あなたはなんのためにこういうことをやっているの？　だいたいのところは兄に聞いたわ。ルーミスのこととか、彼の悪行とか。兄やほかの友人たちがロイヤルに同情するのはわかる。だけど、あなたは？　あなたはどんな理由でかかわっているの？」

リリーはごくりとつばをのんだ。説明できるはずはない。「前に命を救ってもらって、公爵さまには恩があるんです」

アナベルは何かを見抜いたような顔だった。「そうだったの」

どこまで察しているのだろう。リリーは心の中で祈った。ロイヤルのためならなんでもすると思っているこの気持ちまで、見透かされていませんように。

「もう行ったほうがいいわ」アナベルは言った。

リリーはうなずいた。「あなたにも幸運が訪れますように」笑顔で言って駆けだした。

大階段の手前まで来たとき、ロイヤルが横手から現れた。

「ちょっと話があるんだが、ツァヤ」微妙に皮肉を込めた口調だ。

「結婚の予言のことで怒っているのなら――」

「そのことじゃない」

「あなたの弟に色目なんてつかってないわ。そんなこと絶対にしない」

「ルールの話でもない。ふたりだけの問題だ。きみには聞いてもらわないと」

「今夜はだめです。時間がないわ」

「大切な話なんだ。いつなら会える?」

できるなら何も話したくなかった。しかし彼の表情は硬く、こちらがうんと言うまでは、どうあっても解放してくれそうにない。

「明日なら。午後はずっと店で働いているわ」

「わかった。夕方に寄るよ。いろいろ意見交換をしなきゃならない」

「わたしには話すことなんてないわ」

「だとしても、ぼくにはある。じゃ、明日」

どきどきする胸の鼓動から気をそらし、去っていく彼を見送った。上品なタフタのドレスをなでつけて、幅広の立派な階段を下りていく。うまくリリーに戻れた。もし、見かけたのがふだんのリリーだったなら、ルール・デュワーはちらとでも気にとめただろうか？　いずれにせよ、会場から抜けても気づかれないような存在だ。ロイヤルだけが、たぶんリリーを見てくれている。

それがわかるからこそ、問題は複雑だった。

18

時間のたつのが異常に遅く感じられた。今朝リリーは店をあけて商売を始めた。といっても、正式な店開きは来週だ。帽子の陳列は完璧《かんぺき》だった。飾りの違うものをずらりと棚に並べ、こういう帽子がほしいと、訪れた客が好みのデザインを選びやすいようにした。

商売の準備はできた。店ばかりではない。二階の狭い住居部分のほうも、それらしく整えたくて、早いけれど少し手を加えた。長椅子の肘かけにはレースをかけた。オーク材の小ぶりのテーブルを、刺繍《ししゅう》入りのテーブルクロスでおおった。刺繍の図案を施した四角形の布を作って、壁のあちこちに飾ってみた。開店準備はできた。住居部分も格好はついた。ついたけれど、実際にここで暮らすのはまだ何カ月か先のことだ。引っ越しはジョスリンが結婚したあとになる。

結婚のことを思うと、背筋に不快な寒気が駆けた。ジョスリンは公爵と結婚する。彼を愛してもいないのにだ。そして公爵が結婚するのは、ジョスリンの財産を手に入れるため。生きていると、ときどき世の中の汚い部分を見せつけられる。

リリーは考えを振り払い、いつもの前向きな自分に戻ろうとした。店をあけた直後にかわいい絹のボンネットが売れたので、気分が上向きになって最初はそれほど時計も気にしていなかった。気になりだしたのは夕方近くになってからだ。もういつロイヤルが現れるかもしれない。緊張はどんどんふくらんでいった。縫っていたボンネットをわきにやって、本を手に取ったりもした。本は好きでよく読むが、さすがに集中はできなかった。

四時になるころには、話を聞くと言ったことを深く後悔しながら、いらいらと店内を歩いていた。不安と緊張が限界に達し、もうだめだと思ったそのとき、扉の上半分にある仕切りのついた窓のむこうにロイヤルの長身が見えた。

深呼吸をひとつしてから、胸を張って入口のほうに歩いた。彼が入ってくるのを見て足を止めた。扉の上部についたベルがちりんと鳴った。彼はずんずん近づいてきて、リリーのすぐ前に立った。たちまち店内の空気が薄くなった。胸が押しつぶされるようで、まともに息ができない。

努力して大きく息を吸い込んだ。「来たのね」

「もう帰ったかと思ったよ」

「いると言ったでしょう」

「そうだが、不安だった。もしかしたらきみは――」

「それで、話というのは……公爵さま?」

名前ではなく肩書きで呼ばれ、彼は黄褐色の瞳に険しい光を宿した。「ぼくたちの場合、そんな堅苦しい関係からはほど遠いところにいると思わないか？」

リリーは赤面した。そのとおり、彼とは行くところまで行ってしまった。「距離を置こうと思って……そのほうが……いいだろうと」

彼は食い入るような目でリリーを見つめた。「もし自由にふるまえるなら、どんな小さな距離だって置かせやしない。深く体をつなげて、どこまでがぼくでどこからがきみなのか、わからないくらいにしてみせる」

リリーは呆然《ぼうぜん》と目を見開いた。頬がかっと熱くなった。自分たちのみだらな姿態を想像してしまい、体の芯《しん》がぬれるのを感じた。「ロイヤル、やめて……そんなふうに話すのはやめて」

しんとした店内に、彼のため息が流れた。「そうだな。ただ、きみを前にすると、ほかのことなどどうでもよくなる。きみを抱くことしか考えられなくなるんだ」

鼓動が乱れた。彼はわたしを求めている。ああ、でもそれは以前からはっきりしていた。ほかにもわたしに対して抱いている思いはあるの？　考えるまでもない。どんな思いがあったとしても、それはきっと取るに足りないものだ。

頬の内側を噛《か》んで涙をこらえた。「何をしに来たの、ロイヤル？　何が望みなの？」

彼の手が伸び、リリーの手を取って唇に押し当てた。手袋をしていなかったリリーは、唇のぬくもりをじかに感じて、みぞおちがきゅんと熱くなった。

「わかっているはずだ。ぼくが望んでいるのはきみだよ、リリー。だが、今日来たのは、そういう理由じゃない」

リリーは端整な顔から目が離せなかった。まっすぐな鼻梁《びりょう》、官能的な唇、がっしりした顎、そして頬にできた小さなえくぼ。「だったら、どういう理由？」彼はビロードの襟のついた茶色い燕尾《えんび》服の内ポケットから一枚の紙を取りだした。わたされた紙を困惑顔で開くと、そこには五人の男性の名前が並んでいた。「これは？」

「夫にしてもなんら問題のない人物の名前だ」

「夫って？　いったいなんの話？」

「リリー、ふたりのあいだにああいうことが起こったんだ。きみは独身ではいられない。ぼくが結婚できない代わりに、きみを喜んで妻に迎えてくれる、夫とするにふさわしい男の名前を書きだしてみた」

何を言われているかわからず、ただ彼を凝視した。「信じられない、あなたの口からそんなせりふを聞くなんて」

ロイヤルが両肩をつかんできた。表情が険しい。「聞くんだ、リリー。五人とはもう話をした。きみの名前は出していない。伝えたのはきみが若くて美しい女性で、ぼくとは深い縁があって、持参金も充分だということだけだ。持参金はぼくの結婚まで待ってほしいと言った。五人ともそれぞれに金が入り用だから、誰からも文句は出なかった。結婚の条件には全員、合意してくれたよ」

奥歯に力が入りすぎて顎が痛いくらいだった。紙をロイヤルの手の中に押し込んだ。

「やりすぎにもほどがあるわ、ロイヤル・デュワー。こんなことをされて、わたしが少しでもありがたがると思っているなら、考え違いもいいところよ」

ロイヤルがすっと背筋を伸ばした。高い背がさらに高く見えた。「真面目《まじめ》に考えた結果だ。筋を通すためにはこうするしかないんだ」

リリーは腰に手を置いた。今にも怒りが爆発しそうだった。「どう筋が通るの？　わたしにも暮らしがあるのよ、お忘れかしら、公爵さま？　店は開いたし、ひとりで暮らす場所もある。あなたにしろ誰にしろ、男の人の助けなんていらないの」

彼は紙をリリーに差しだした。「とにかく見てくれ。見るだけでいい」

かろうじて怒りを制御し、彼の手の中の紙を見つめた。それを奪い取って名前に目を走らせた。二、三知った名前があった。

「エメット・バローズはくだらない若者だと聞いた気がするけれど」

ロイヤルは空咳《からせき》をした。「あれは、ちょっと言いすぎた。それに、彼ならきみも気に入っていると思った」

「よく知りもしない人よ」怒りがわき立つのを感じながら、真っ向から彼を見返した。

「あなたはわたしに結婚してほしいの？」

「ぼくがどう思うかは関係ない。大事なのは、何をすべきかだ」

「だから夫を選べと？」

彼はつばをのんだ。「どの男でもいい、気に入った男を連れてくる」

リリーは唇を尖《とが》らせて考え込むふりをした。「誰でもいいのなら、このリストにのってない人にするわ。そうね、あなたの友人のミスター・サヴィジにしましょう。取り持ってもらえるかしら？」

ロイヤルの黄褐色の眉が、ぶつかり合って一本になった。「サヴィジだって！　おかしな考えをしているのはきみのほうだ。彼は根っからの遊び人だ。花嫁に忠実でいることなど、一秒だってできるものか」

もちろんリリーは知っていた。ジョナサン・サヴィジの評判は、ジョスリンからこと細かに聞かされている。「わかった。だったら、マーチ子爵ね。とても印象のいい方だもの」

ロイヤルは不機嫌な顔になった。「クェントは……マーチ子爵は度を超した完璧主義者だ。夫にするには問題がある。非の打ちどころのない伴侶《はんりょ》を探しているが、そんな女は永久に見つかるまい。何しろ要求が高すぎる。結婚したら間違いなく後悔する」

リリーは頬を指で叩《たた》いて、熟慮しているふうを装った。「そうね、苦労は想像つくわね」

そこでぱっと顔を輝かせた。「決めた！　あなたの弟のルールよ。すばらしくハンサムだし、若いから活力にあふれていそうだし。結婚する必要があるなら――」

「ルールはだめだ！　弟とは結婚させない！」

笑ってしまったのは、ロイヤルが嫉妬《しっと》しているとわかったからだ。期待どおりの反応だった。弟とも友人の誰とも結婚させたくないというのが、彼の本音なのだ。

「心配しなくていいわ、ロイヤル。わたしは誰とも結婚しない。言ったでしょう、わたしにはわたしの暮らしがあって、わたしはそれに満足しているの」

「だが……もし、子供ができていたら？」

「それはないわ」

「はっきり言いきれるのか？」

顔が熱くなった。彼と月のものの話をする気は毛頭ない。「ええ」妊娠はなかった。ただ、心の奥深くには、それを残念に思う気持ちも相変わらず存在している。

ロイヤルが髪をかき上げ、金色の髪がわずかに乱れた。「そうか、はっきりしているのなら、少しは気が楽になるな」

「ええ、楽になるわ」本当にそう思えたらどんなにいいだろう。「さあ、用事が終わったのなら、そろそろ帰ってもらえません？」

彼はなかなか動かなかった。炎のような視線を感じた。空気が濃密になって熱を帯び、自分たちの周囲をくるくるとまわっている。体が相手に引き寄せられる。ふたりのあいだに張りつめた緊張の糸が見えるかのようで、そこから少しずつ、まったく別の何かが生まれようとしていた。どんどん呼吸が浅くなった。彼のほうも同じだった。心臓が激しく打っていた。獅子《しし》の眼力にとらえられ、リリーは足に根が生えたように動けなくなった。苦しげな声とともにロイヤルの手が伸びてきた。リリーはあとずさった。危険をおかすわけにはいかない。一度でもキスをすれば、わたしは理性を失ってしまう。

「ねえ……帰って」

ロイヤルの体が震えた。それほど強い衝動に耐えているのだ。彼は苦しげに息を吸い、うなずいた。「帰るとも」しかし、まだ動かない。

「ロイヤル、お願い……」

彼はさらに一分ほどリリーを見つめ、顔の隅々まで視線をはわせ、それから無言のまま背を向けて扉のほうに歩きはじめた。現れたときと同じく、扉のベルがちりんと鳴った。彼が出ていった瞬間、涙がいっきにあふれだした。

「彼女はぼくを憎んでいる。目を閉じるたびに見えるんだ、嫌悪に満ちたつらそうな彼女の顔が」

「憎んでやしないさ」答えたシェリーは、暖炉の前の革椅子に深々と座ってくつろいでいた。もとは美しかった革に蜘蛛《くも》の巣状のひびはあるものの、椅子としての座り心地はまだ充分だ。橙《だいだい》色の炎が火床で躍っていて、書斎の中は暖かかった。「腹は立てているかもな。だってそうだろう、結婚できないとわかっていながら、おまえは彼女の処女を奪ったんだ。だが、憎むというのとは違う。ことを正しい方向に持っていこうとするおまえの一生懸命さは、ちゃんと伝わっているはずだ」

ロイヤルはふんと鼻であしらった。「彼女の手に裁ちばさみがあったら、ぼくはあそこを切り取られていたよ」

シェリーは笑った。「われわれの作ったリストはお気に召さなかったわけか」

「まあ、そうだろうな」

「正直、あんな気概のある女性だとは思わなかった。ツァヤの芝居なんか、実に見事じゃないか。そばで観察していても、おまえが荒々しく組み敷いたか弱い子羊のイメージとは、まるで重ならない」

ロイヤルはうなった。「思いださせるな」

またシェリーが笑った。「そんな罪人めいた顔はよせ。彼女は見かけと違って芯が強い。その気がなかったら、どう求められようと、おまえを受け入れたりするものか」

そのとおりだと思った。リリーには芯の強さとか弱さとが同居している。ロイヤルの知るかぎり、誰よりもいとおしい、誰よりも魅力的な女性だった。

ロイヤルは言った。「いずれにせよ、相手が誰でも結婚する意思はないそうだ。自分には自分の暮らしがあると言っていた。男に助けてもらう必要はないらしい」

「立派な心がけだ。といっても、その考えは当然だが間違っている。どんな女性でも、男に庇護《ひご》されたほうが絶対に幸せなんだからな」

ロイヤルは顔をしかめた。「アナベル・タウンゼンドは充分幸せそうだが」

「ああ。だが、アナの場合は亡くなった夫の財産がある。対しておまえのリリーが手にするのは、自分の店から出た利益だけだろう」

不安が胸にうずまいた。ロイヤルは机の上の札束に目を落とした。このところ、詐欺の仕掛けにかかる費用がかさみはじめている。昨日はチャールズ・シンクレアの考えで、ジャック・モランが、ツァヤのためのアパートを借りた。シンクレアの読みどおりなら、もうじきルーミスの中に、ツァヤの家を訪問したい気持ちが芽生えるはずなのだ。

仕掛けの費用をまかないながら、公爵領の維持に必要な莫大《ばくだい》な経費を捻出《ねんしゅつ》するのだから、ゆとりなどあろうはずがない。せめてもの慰めは、建設した醸造所がうまくいっていることだった。スワンズダウンのエール酒は評判がよく、国内最高ランクといった声も聞かれつつある。とはいえ、投資分はまだ未回収だ。もうけはまだ出ていない。しかし、最終的には必ず利益を生んでくれるだろうとロイヤルは期待していた。

「ジョスリンと結婚したあとは、ぼくがリリーの暮らしを守る。それでなくても彼女はジョスリンの遠戚《えんせき》なんだ。世話したところで不思議でもなんでもない」

シェリーは手の中のブランデーグラスをくるくるとまわし、中身をゆっくりと喉に流した。「愛人にするという考えもあるぞ。愛人にすれば、いろんな問題が解決する」

それを思いつかなかったわけではなかった。だが、言葉で聞かされたのはこれが初めてだ。悩ましい情景が目に浮かんだ。リリーのために借りたロンドンの屋敷で、裸になった彼女がロイヤルを待ち受けている。ベッドに横たわった彼女。ほっそりした脚が大きく開かれ、ふたつの胸が熟した果実のようにロイヤルを誘っている。欲望が目を覚まし、血流が下腹部に集中した。うめきそうになるのをこらえ、頭の中の情景を追い払った。

「非現実的な願望だ」リリーにはもっとまともな暮らしがふさわしい。それに、こちらが頼んだとしても、彼女が首を縦に振るとは思えなかった。まったく、いつの間にぼくは、これほど抑えのきかない感情を彼女に対して抱くようになったんだ。

シェリーが何か言おうとしたとき、軽いノックの音がして、ふたりは扉のほうに顔を向けた。執事の灰色の頭が戸口にのぞいた。

「ルールさまがおいでです、旦那《だんな》さま」

執事の言葉が終わらないうちに、当のルールがずかずかと入ってきた。ロイヤルはシェリーに目配せをし、リリーとの関係は口外禁止だ、弟にも決して話してくれるなと、目顔で釘《くぎ》を刺した。

「まだロンドンにいたのか」サイドボードで酒を注《つ》いでいるルールに声をかけた。「もうオックスフォードへの帰途についていると思ったが」

「もう二、三日こっちにいることにしたよ。ルーミスの件で、ぼくにも手伝えることがあるんじゃないかと思ってさ」

舞踏会の夜遅く、弟には事情を話してあった。ルーミスが自分たちの父親に働いたぺてんについて、マダム・ツァヤの正体について、さらには、奪われた金のせめて一部でも取り返し、ルーミスに相応の報いを受けさせたいと考えている自身の思いについて。

ルールの言葉を聞いて、シェリーは考え込んでいる様子だった。グラスを口に当てたまま、背の高い黒髪のルールをじっと見つめている。「大学の最終試験での好成績をツァヤに予言させるというのはどうだ？」薄茶色の眉を上げた。「自信はあるんだろう？」

「そりゃあるよ」ルールが答える。「成績はずっと上位なんだ」デュワー家の三男は、人一倍頭の切れる優等生だった。卒業を先延ばしにしている裏には、おそらく、責任と名のつくものからの強い逃避願望もあるのだろう。しかし、そんな彼もここにきて退屈さを感じはじめている。自分の人生を生きる覚悟ができたらしい。兄としては賢い生き方を選択してほしいと願うばかりだった。

ロイヤルは革張りのソファで居住まいを正した。「ツァヤは今週末、セヴァーン伯爵夫人の音楽会に招待されている。そこで予言をしてもらうことは可能だ。試験までそう日にちはない。早いうちに吉報を持ってこられるじゃないか」

「伯爵夫人の音楽会なら必ず出席する」ルールはにっこりと笑い、片頬にえくぼを刻んだ。「義務で行くんじゃないからね。伯爵夫人は美しいと評判で、夫の伯爵はかなりの年寄りだ。ベッドでの彼女はすごいらしいから、そのあたりをぜひとも確かめないと」

ロイヤルはやれやれと首を振りつつ、口元に笑みをひそませた。「わが弟ながら、救いようのないやつだ」

「そういう兄さんは、ぼくの年でぜんぜん女に興味がなかったというわけ？」

興味はあった。当然だ。これまで遊んだ女の数なら、その辺の男に引けは取らない。

「悪かったよ」バルバドスでは美しい混血の女を愛人にしていた。充分な資金があったなら、このロンドンにも別の愛人を置いて夜の相手をさせていただろう。

だが最近は――自分でも驚いているし、悔しくもあるのだが――女性全般に興味が持てなくなっている。

もちろんリリーは別だ。

考えると、どこか落ち着かない思いにとらわれた。

「よし」シェリーが声を発した。「ロイヤル、水曜の集まりではまたリリーに会うんだろう？」

首の後ろがこわばった。彼女はたぶん現れる。集まりを心待ちにしている自分が腹立たしかった。「リリーが来ないときは、ジャック・モランに伝言を頼むさ」

シェリーがルールに厳しい視線を投げた。「きみは伯爵夫人の音楽会に必ず来るんだな？」

「心配無用。兄さんがきつく言うから謎《なぞ》めいたツァヤには手を出せないし、ぼくは男心をそそる伯爵夫人にねらいを定めることにするよ」

ロイヤルは顔がにやつくのを抑えられなかった。弟の性格はよくわかっている。セヴァーン伯爵夫人は、どう転んでも結局は彼とベッドをともにする運命だ。

目前にせまった音楽会に意識を戻した。アナベルがうまく立ちまわってくれて、伯爵夫人の招待客リストにはルーミスの名前も入っている。チャールズ・シンクレアによれば、ここからが正念場、ツァヤが本格的に敵を釣り上げる段階が来たのだという。

雨が降っている。雨の日の外出はいやなものだ。馬車へと走りながら、プレストン・ルーミスは執事の差しかける傘の下から灰色の陰鬱《いんうつ》な空を一瞥《いちべつ》した。降りかかった重い水滴が、高価な黒い夜会服にじわじわとしみていく。月が出ているのかどうか、今日の空ではわからない。

不満を低く声に出しながら鉄のステップに足をかけ、馬車の座席に落ち着くと安堵《あんど》の息をついた。いまいましい天候はともかく、最近の彼は、人生が面白い局面にさしかかったことを実感していた。美しい女と出会った。それ自体にさしたる驚きはない。大金を手にするようになってからは、美女のほうから近寄ってくることもしばしばだ。

しかし、今度の女は違う。女を見てこれほど心が騒ぐのは、本当に久しぶりだった。わからないのは、彼女の言動がただの芝居であるか否かだ。彼の母親と同じで、生活のために懸命に演技をしているのかもしれない。だが、彼が以前知っていた真に霊力のある女性と、本当に血がつながっている可能性もある。

マダム・メデラは自分の大おばなのだとツァヤは言った。ジプシーの占い師だったマダム・メデラには未来を見通す力があった。彼女は本物だった。つき合いのあった長い期間、ルーミスも彼の母親も、老ジプシーの予言に裏切られた経験は一度もない。そんな彼女に死なれたせいで、ルーミスはそれ以降、成功の階段をのぼるのがはるかにむずかしくなった。富豪になった今でさえ足元の頼りなさを感じる。決して自分を受け入れない無慈悲な世界で、ただひとりさまよっている感じがする。

信じていいのか？　彼女は大おばのメデラから同じ神秘の力を受け継いだのか？　昔の記憶を手繰ってみた。メデラは家族について何も語らなかったが、たった一度だけ、自分の家系に伝わる力は、代々女性にしか現れないと聞かされた覚えがある。

ツァヤは導き手になれるのか？　彼女の大おばが生きていたときのように、今度はツァヤの力で、わたしはあの揺るぎない自信を手に入れることができるのか？

どうあっても、真実が知りたかった。

馬車が減速し、セヴァーン伯爵夫妻の屋敷の玄関前に止まった。ルーミスは出迎えの列を抜け、客の何人かと話をした。会話のあいだもちらちらと視線を動かし、ツァヤの姿を捜しつづけた。

音楽会の前半では、最近人気のあるシニョール・フランコ・メンチーニというオペラ歌手が舞台に立ったが、それが終わってようやく、彼女が戸口から入ってきた。

横を通った給仕のトレイにシャンパンのグラスを置いて、ルーミスは彼女に近づいた。

19

リリーは彼女を取り巻く若い男性たちにほほ笑みかけた。正確に言えばリリーではない。謎《なぞ》めいたジプシー占い師のツァヤが、ルール・デュワーを含む男性の一団にほほ笑んだのだ。打ち合わせどおり、彼には最終試験をトップの成績で合格すると予言しておいた。

今夜のルールはずいぶんと行儀がよかった。無作法で厚かましくて、女を思いどおりに操ることの好きな放蕩《ほうとう》者だったのが、物腰の丁寧な礼儀正しい若者に変わっている。不思議だった。ロイヤルが何を言ったら、弟はこんなにもおとなしくなるのだろう。

ロイヤル。今夜は彼も来ていた。非公式の婚約者のほうは不参加だ。今ごろは〈パークランド・ホテル〉で愛人と密会している。気づけば、うらやましいと感じている自分がいた。大胆なジョスリンは、こうと決めたら迷わずに突き進む。それだけの大胆さがあったなら、わたしだってロイヤルと逢瀬《おうせ》を楽しむことができるのに。

あいにく、道義心が邪魔をして、実行にはとても移せそうにない。心と体がどれほど彼を求めていようと関係ない。ジョスリンはいとこなのだ。いくらジョスリンがロイヤルに愛情を持っていなくても、彼らはもうじき結婚する。

そのロイヤルは友人の浅黒いハンサムな男性、ジョナサン・サヴィジと話をしていたが、リリーはふたりが見えないように立ち位置を変え、今夜の自分の役割に気持ちを集中させた。視界の端に獲物が見えた。こっちに来るようだ。上背のある銀髪のプレストン・ルーミスが堂々とした足取りで近づいてきたとき、リリーは取り巻きの男性たちに笑顔で断りを入れ、ひとりになってルーミスに接近のきっかけを与えた。

ルーミスがリリーの前で立ち止まった。「マダム・ツァヤ、お会いできてよかった」

「わたしもお会いできてうれしいですわ、ミスター・ルーミス」

「先日の予言ですが、的中しましたよ。ナイチンゲール伯爵とカードゲームをして、実際に大勝ちしました。あなたは面白い才能をお持ちのようだ」

「わたしは恵まれているのでしょう。いくらかの人助けもできますし、その上、お客さまが喜ぶからと、こういう行事にも招待されてたいそうなご祝儀をいただいています。それでも、ときどきですけれど、これを才能ではなく重荷と感じることがありますの」

「ほう、どんなときです?」

派手な絹のスカートのひだをいじった。「予言するのはよい未来だけですけれど、どうかすると、見たくないものまで見えてしまいます」

「あなたには一度予言をしてもらった。わたしの未来に暗い影は見えるかな?」

リリーは彼の顔を凝視した。上唇の形にそって口髭《ひげ》がきれいに整えられているのがわかる。「今夜は何も見えません」観察を続け、いったん目を閉じ、その目を開いたところで用意してあったせりふを口にした。「もうすぐどなたかとお知り合いになります……年上の女性。詳しくはわかりませんが、その出会いはあなたに幸運をもたらすでしょう」

彼はほほ笑んだ。「そうですか。これは確かめるのが楽しみだ」

「大おばを知っていると、以前おっしゃいましたね？」

「母が懇意にしていた。母が死んだあとも、マダム・メデラとわたしはずっと友人だった。どうしてだろうな、あなたの話は一度も出なかった」

「大おばといたのは小さな子供のころだけですから。わたしは母といっしょにずっと大陸で暮らしていたのです。ロンドンに戻ったのはほんの数カ月前ですわ」

「あなたの大おばさんには、驚かされるばかりだった」

「大おばと比べれば、わたしの才能などささやかなものです。けれど、どなたかと心がつながったとき――たとえば、わたしの大おばとあなたのようにですが、そのときは、こんな力でも役に立つのではないかと思っています」さて、どうなるか。リリーの言葉は馬の鼻先にぶら下げたにんじんだった。食いついてくるかどうか、あとは様子見だ。

「役に立つとは、つまり金銭的に？」

リリーが肩をすくめると、真っ赤な絹のブラウスが胸の上でしなやかに動いた。「運命が望むならば、そういうことにもなるでしょう」短く笑みをほうった。「失礼してもよろしいですか？　ほかにお話をしたい方々もいますので」

「ええ、どうぞ」ルーミスは軽く頭をかたむけた。「またお話ししたいものです」

リリーは何も答えなかった。行動は彼のほうから起こさせる。楽な道は示してやらない。部屋の中を歩き、レディ・アナベルのそばまで行った。彼女は自分の友人の輪の中にリリーを引き入れ、昔からの友人のようにおしゃべりを始めた。秘密を共有する仲間同士、彼女とはひょっとして本当の友達になれるかもしれない。


波紋織りのたっぷりしたスカートを持ち上げながら、ジョスリンは〈パークランド・ホテル〉の絨毯《じゅうたん》敷きの階段を駆け上がった。シャンデリアにはガスの火が燃えていたが、ロビーは全体的に薄暗い。身分を悟られたくないひいき客が、ひとりやふたりではないということなのだろう。

マントのフードを深くかぶり、合鍵《あいかぎ》を手に廊下を急いだ。部屋の前まで来たが、鍵がうまく入らない。まごまごしているうちに中から扉が開かれ、クリストファー・バークレーが戸口に姿を現した。

「遅い」

ジョスリンは悪びれもせず、背の高い彼の横をかすめて中に入った。「一時間ほど遅れただけよ」

クリストファーが腕をつかんで強引に向きなおらせた。マントのフードが背中に落ちた。「きみと仲のいいほかの男たちなら、そんな気まぐれにも喜んでつき合うんだろうが、ぼくは違うぞ。来ると言った以上は、時間どおりに来てもらう」

力強く抱き寄せられ、乱暴に唇を押しつけられた。熱くて猛々《たけだけ》しいキス。中に入れろと舌が要求し、次の瞬間には口の中で暴れていた。初めてのときの優しかった彼はどこにもいない。怒っているのだ、とジョスリンは思った。

「家を――家をなかなか出られなくて」マントに手をかける彼を見ながら言いわけをした。紐《ひも》がほどかれ、マントが遠くにほうられた。「待たせるつもりじゃなかったの」首筋にキスをされると、言葉はため息に流れた。背中のボタンが巧みに外されていく。

クリストファーの褐色の頭が起き上がった。「大切な公爵さまを楽しませるのに忙しかったんだろう？」

意表を突かれて呆然《ぼうぜん》とした。だがそれは、予測できた問いかけだった。財産を相続した裕福な女性とブランスフォード公爵、ふたりの婚約が本当に実現するのかどうか、ロンドンじゅうがあのジプシーの口にした予言の話で持ちきりなのだ。

「まだ正式なものじゃないわ。発表はまだ何週間か先よ」

「そうか、やっぱり本当だったんだ」

どうでもいいというように、深い襟ぐりからむきだしになっている肩をすくめたが、クリストファーに鋭く見つめられると、とても冷静ではいられなかった。「結婚するほうがお互いに都合がいいの。それだけの話」

「まさに今のぼくの立場だな――きみにとって都合のいい存在」

険しい凝視を、ジョスリンは正面から受け止めた。ぎらぎらした瞳に熱い欲望が生々しい。「いつかこうなることはわかっていたはずよ。やめたくなった？」

小ばかにする笑みが薄く唇にのぞいた。「まさか。せっかくきみの熟れた体を自由にできるんだし、この先だって、楽しく快楽を求め合うのに不都合はないんだ」

「そう……そのとおりよ」答えながらも、彼の口ぶりを素直に喜べなかった。

なぜだろうと考えている余裕はなかった。彼が休みなく手を動かしていたからだ。ドレスとペチコートを脱がせ、コルセットの紐をほどいてコルセットをほうり、残ったシュミーズを頭から引き抜く。そうしておいてジョスリンを化粧だんすの鏡のほうに向け、背後から胸を愛撫《あいぶ》しはじめた。裸の自分と服を着たままの彼。鏡の中に見える光景は信じられないほど官能的で、下腹部が熱くざわめくのをジョスリンは感じた。

「よく熟れている」彼はふたつの大きな丸みを手で包んでいた。「大きく育ったおいしいメロンだ」ぎゅっと持ち上げられると先端が硬くなった。手のひらにこすられる感覚が気持ちいい。うなじに口をつけられ、耳たぶを甘噛《が》みされた。

快感が身を貫き、体の中心をどくんとぬらした。彼の手がおなかをすべり、湿った濃い茂みの中を進んでいく。指が一本、そっと奥に入ってきた。身震いがした。

「どうしてほしいか言うんだ」指がわずかに進んで、端にある小さな芯《しん》の上で動きだした。ジョスリンは唇を噛んだ。そうしなければもっとねだってしまいそうだったから。「どうされるのがうれしいんだ、ジョー？」リリーを別にすれば、ジョスリンをジョーと呼ぶ厚かましい人間は、世間広しといえど彼だけだった。というより、何に対しても臆病《おくびよう》にならないのがクリストファーという人間なのだ。彼はジョスリンの注意を引き戻そうと、首の横に歯を当ててきた。「どうしてほしい、ジョー？　どうやって抱かれたい？」探るように指が動いた。体に震えが走る。「もっと奥まで」小さく告げた。「じらされるのはいや。やめないで、お願い」

ふっという笑いに続いて、彼の手が外れた。こんな形でからかわれたのが悔しくてたまらず、非難の言葉をたっぷりと用意して口を開いた。けれど、外套《がいとう》を脱ぐ彼の姿を見ているうちに、言葉は声になる勢いを失った。彼は首に巻いた布を外しはじめた。シャツを脱ぎ、靴を脱ぎ、着ていたものから完全に自由になると、ジョスリンに近づいてきた。裸になったクリストファーはすばらしいのひと言だった。たくましく鍛えられた細身の体。引き締まった筋肉が岩を連想させる。

鋭い気を感じた。荒々しいと言ってもいいくらいだ。脚のあいだを見れば、太くてずっしりとした彼の一部が黒い茂みの中から上向きに存在を主張している。それが自分の中に入ったらどうなるのか、あの夢のような感覚を知らなければ、あまりの大きさに恐れさえ感じていただろう。彼はジョスリンの前で足を止め、両手で顔を挟んで少し後ろに倒すと、燃えるような熱いキスを仕掛けてきた。

うん、と甘い声がもれた。彼の首をかき抱き、彼のまとった麝香《じゃこう》のにおいに夢中になった。胸板に押しつぶされた胸の頂がちりちりとうずく。クリストファーのキスは次々に形を変えた。熱いキス、湿ったキス、頭の芯がとろけるようなキス。いくつものキスに頭がふらつき、膝がくずおれそうになる。おぼろげな意識の中で鏡のほうを向かされ、背中を押されて、つづれ織りの丸椅子に両手をつく格好になった。

彼の意図がわからずに体を起こそうとしたときだった。後ろにまわった彼がジョスリンの脚を開かせ、ジョスリンの腰に両手を添えた。

「ぼくはきみの快楽のためにここにいる。きみがそう望んでいるんだ。望みどおりに、喜ばせてあげるよ」ヒップをなでられ、肌にぞくりと快感が走った。

入口に彼が当たったのがわかって、ジョスリンは息をのんだ。彼は位置を定めるなり、ずんと体を進め、ジョスリンと完全にひとつになった。いっとき動きが止まったのは、ジョスリンの体を慣らすためだろう。前にまわった手が、小さな突起を見つけて転がしはじめた。あふれだす快感。体が焼かれるように熱い。クリストファーが動きはじめると全身が喜びに満たされ、高まる切なさに声をあげずにはいられなかった。

頂上がすぐそこにせまっていた。初めてのときに連れていかれた至福の場所だ。「クリス！」ジョスリンは大声をあげた。重ねられる激しい動きに、クライマックスの予感が近づいてくる。彼は容赦がなかった。めちゃくちゃにされている感じがした。深々と押し入られてついに高みに到達したとき、ジョスリンは彼が追いつくより先に、強烈な快感の渦の中へと倒れ込んだ。

彼が体を離したのは、ジョスリンがまだぼうっとしているうちだった。くるりとジョスリンを反転させて腕の中に抱き締めてくれる。

彼はしばらくそのままだった。頭に唇が当たっているのがわかる。と、彼は背筋を伸ばして抱擁を解いた。

「まだまだ教えてあげられる――きみがまだその気でいるならだが」

ジョスリンは彼を見た。甘い余韻がまだ全身にざわついていた。「ええ、その気よ」

クリストファーの頭が下がって、唇が静かに重なった。さっきまでの激しさが嘘《うそ》のような、優しいキスだった。

ふたりとも無言で服を着た。自分の身支度が終わるや、クリストファーはさっとジョスリンのそばに来て、ボタンをとめたり、ドレスのしわを伸ばしたりしてくれた。てきぱきとした手ぎわのよさが、彼の経験の多さを物語っている。ジョスリンが服を着終わったのを確認すると、彼は戸口へと歩きだした。

「またレッスンを受けたくなったら、連絡してくれ」取っ手をまわして出ていった。

ジョスリンは彼の立ち去った場所をいつまでも眺めていた。肌にはまだ彼の感触があった。喜びの余韻に、体はまだほてっている。クリストファーは自分の役割をきっちりと果たしてくれた。ジョスリンが望んでいたとおりに接してくれた。

なのに、今みたいな別れ方をされたことがなぜこれほど気になるのか、ジョスリンは自分の気持ちが理解できなかった。

メイフェア地区の自宅の書斎で暖炉の前に座ったプレストン・ルーミスは、暗い顔で考えにふけっていた。火格子のむこうの炎を見つめていると、頭の中をツァヤの顔がよぎっては消えた。淡い色の瞳に白い肌。メデラとは似ても似つかない外見だ。あのまっすぐな黒髪にしても、メデラのごわごわした灰色の髪とはずいぶん様子が違っている。とはいえ、少年だったルーミスが知り合ったとき、メデラはもう老女だった。死んだときは、すっかり年老いてしわだらけになっていた。

血がつながっていると考えて問題はないのか？　親戚《しんせき》といっても遠い関係だという。可能性としてはありえるだろう。

書斎の外に足音が聞こえ、ルーミスは扉のほうに注意を向けた。

「入れ」廊下の男に呼びかけた。名前はバート・マグルー、ルーミスのもとで働く事務主任だ。少なくとも肩書きだけはそうしてある。しかし、バートが机で事務作業をすることは決してない。彼はルーミスの意向を受けて、あらゆる問題の処理に当たる。何を命じられてもいやと言わない男だ。「酒を注《つ》いでそこに座れ」

バート・マグルーは言われたとおりに動いた。クリスタルのグラスになみなみと酒を注ぎ、上等なペルシャ絨毯を汚さないよう、あふれそうな分をその場ですすっている。礼儀作法とは無縁の男だが、こういう男だからこそ利用価値は絶大だった。

「今度は何をしましょうか、ボス?」バートは大きな体をどんと椅子に沈めながら、向かいの革張りのソファに座っているルーミスに問いかけてきた。

ルーミスとバートとのつき合いは長い。彼とはサザックの貧民街でいっしょに育った。ルーミスが悪名高きディック・フリンだったころのことを知っているのは、このバートだけだ。ルーミスの母親――そこに老ジプシーのメデラを加えてもいいが――をのぞけば、ルーミスがこの世で真に信頼できるのも、このバートひとりだけだった。図体《ずうたい》のでかいうすのろで小鳥程度の脳みそしかない、というのが信頼できる最大の理由だ。彼にあるのはルーミスへの忠誠心のみ、道徳心も罪の意識もまるで持ち合わせていない。

そして、一から十までルーミスに頼りきっている。

「女だ……」ルーミスは話しはじめた。「マダム・ツァヤと名乗っている女について、できるかぎりのことが知りたい」

「どこにいる女なんで？」

ルーミスはセヴァーン伯爵夫人から聞きだしておいた住所を手わたした。ピカデリー地区の目立たない一画に彼女の住まいはあるらしい。

「まかせてください」バートはグラスの中身をいっきにあおって立ち上がり、大儀そうに扉へと歩きだした。

出ていく背中を見送りながら、なんて統一感のない外見だとルーミスは思った。服装は完璧《かんぺき》だ。彼が買い与えた注文仕立ての高級服をぱりっと着こなし、茶色の短髪は真ん中分けにして、小ぎれいに後ろになでつけてある。その半面、大きな赤ら顔や骨折跡が残るごつごつした鼻は、港で見るごつい労働者の粗野な印象そのままだ。実際バートは、そういう労働者の私生児だった。

バートが扉を閉めたあと、ルーミスは暖炉の炎に注意を戻したが、あの美しくて謎めいたツァヤのことが、どうしても頭の片隅から離れなかった。そして考えていた。バートはいったい何を見つけてくるのだろうと。

〈赤い鶏亭〉での水曜の集まりに、リリーは数分ほど遅れてしまった。マントのフードを外しながら酒場に続く階段を下り、奥にある部屋へと急いだ。部屋に入ると、テーブルから三人の男性が立ち上がった。チャールズ・シンクレアと、おじのジャックと、公爵だ。

胸に走った小さな痛みはあえて無視した。背が高くて恐ろしくハンサムな彼から視線を外し、まだテーブルに座ったままでいる人物に注目した。小柄で、銀髪をうなじでまとめていて、年齢は五十代くらい。豊満な体をした魅力的な女性だ。

モリー・ダニエルズという名前は、すでにおじから聞かされていた。気の合う友人らしいが、本当のところは友人以上だ。彼女とおじは愛し合っている。優しいと言うのか満足げと言うのか、おじが彼女を見るときの特別な表情はいやでも目についた。おれの女だ、と顔が言っていた。おれから奪おうとする男は、どんなやつであれ容赦しないと。

リリーはほほ笑もうとした。それができなかったのは、ふっとロイヤルのほうを見てしまったからだ。ジャックとは対照的に、感情が故意に抑え込まれていた。何を考えているのか、表情からはまったくわからない。

「リリーに、モリーだ」おじが互いを簡単に紹介した。

「はじめまして、ミセス・ダニエルズ」リリーは言った。

「よろしく。モリーでいいわ。みんなそう呼ぶから。あなたのことはいつも聞かされているのよ、おれの自慢の姪《めい》なんだって」

リリーはおじのほうを見てほほ笑んだ。それを区切りに、チャールズ・シンクレアが本題に入った。「すべては計画どおりに運んでいる。ルーミスが接近してきた。今後はおそらく、ツァヤの能力が本物か、生活のための単なる見世物なのか、その辺を見きわめようとするだろう。バート・マグルーという男が手下にいて、彼の身辺で手足のように動いている。幸い、こいつは頭が弱い。だが、恐ろしい男だ。良心のかけらも持たず、ルーミスの命令ひとつで、どんな仕事でもやってのける」

「マグルーはツァヤのアパートに行くはずだ」ジャックが言った。「アパートにはドッティ・ホッブズがいて、ツァヤの家政婦役をしてくれる。まかせていれば安心だ」

ドッティというのは仕掛けの協力者で、今度の件でジャックがさまざまな役を演じさせるために集めた仲間のひとりだった。ドッティの娘たち、ダーシーとメアリーも、昼間はツァヤの料理人とメイドとなって協力してくれる。ツァヤは自分を中流階級と見せかけているが、そういう家の使用人としてはこれが最低人数だ。三人ともそろって糊《のり》のきいたお仕着せを着る。もちろん費用はロイヤルが出した。

「まさか、リリーもアパートに置くつもりか?」無表情だったロイヤルの顔に、懸念の色が見えはじめていた。「今、言ったばかりだろう、マグルーは恐ろしい男だと」

「可能なかぎり、ツァヤの扮装《ふんそう》で足を運んでもらう」シンクレアが答えた。「実際に出入りするところを見られることが重要なのだ」

「気に入らないな」ロイヤルの声は沈んでいた。

そんな彼の様子を、リリーは努めて意識しないようにした。歯をぐっと噛み締めて片頬のくぼみが深くなっていることも、絶えずこちらを気にしているようなその視線も。

ジャックがわけ知り顔でさっと彼を凝視した。「身を守る術《すべ》は心得ているさ。まあ、たいていの場合はだがな」

わかりやすい当てこすりだ。マグルーも恐ろしいが、姪にとってはあんたのほうがもっと危険だ、とおじは言いたいのだ。ロイヤルは頬の筋肉をぴくりと動かしたが、それだけだった。

「あたしの出番はどこ？」モリー・ダニエルズが初めて口を開いた。

ロイヤルが答える。「アナベル・タウンゼンドの友人に、レディ・サブリナ・ジェファーズという侯爵令嬢がいる。アナベルは彼女のことを心から信頼していて、令嬢も協力を約束してくれた。彼女に説得されて、母親の侯爵夫人が来週末に夜会を開くことになった。夫人はツァヤに声をかけた。今やツァヤは巷《ちまた》で大はやりだ。来ると決まって招待状にも名前がのせてある。そして、招待客リストの中にはプレストン・ルーミスが含まれるよう、レディ・サブリナがうまく動いてくれた」

「こう言ってはなんだが、あなたの友人たちは実によくやってくれている」シンクレアが言った。「彼らが口をすべらせないことを祈ろう。ルーミスの耳に入るとことだ」

「彼らは信頼を裏切ったりはしない。それに、ぼくの父を深く尊敬していた者ばかりだ。秘密は絶対に守る」

納得したのだろう、シンクレアはうなずいた。「よし、ならば今度の夜会もうまくいくな。ツァヤが来ると知れば、ルーミスは必ず来る。運を授けてくれる年上の女性との出会いを期待しているはずだから、そこはきっちりこたえてやるとしよう」

主役はモリーだと彼は説明した。舞台用の化粧で顔をふけさせ、一風変わった大金持ちで、奇矯なふるまいをする老女だと周囲には認識させる。プレストン・ルーミスのような男が喜ぶ、絶好のかもを作るのだという。シンクレアはモリーに顔を向けた。「きみのことは、レディ・サブリナがミセス・ホーテンス・クローリーだと紹介する。侯爵家の友人でヨークの住まいから出てきたばかり、という設定だ」

モリーはにっこりと笑った。「早くやらせてほしいわね。いい役って大好き。今度のはとくにいかしてるわ」

ロイヤルが不安げな目を向けた。「本当に自信があるんですか、ミセス・ダニエルズ？ミセス・クローリーになるなら……その、話し方にも気をつけないと」

モリーはすっと居住まいを正し、心外だと言うように銀色の眉を片方上げた。「要するに、わたしが上流社会のレディにはとても見えないとおっしゃりたいの？」抑揚が完璧で、口調に尊大さがにじんでいる。これぞ貴婦人というしゃべり方だった。

ロイヤルが笑い、気がつくとリリーも笑顔になっていた。「大変失礼いたしました」答えるロイヤルも芝居口調だ。「ぼくとしたことが、いったい何を考えていたのやら」

「少し練習がいるけど――」モリーはふだんの声に戻って言った。「そんなにむずかしいことじゃないわ。ちょいとこつさえ覚えりゃ、簡単だよ」最後はコックニーなまりになって、演技の幅の広さを見せつけた。ロイヤルがまた笑った。

「われらがルーミスは、もう罠《わな》にかかったも同然だ」

「おれのモリーの才能は天下一品だからな」ジャックが誇らしげに言う。

「そうらしい。しかし、クローリーなんて女性は実際には存在しない。ルーミスに気づかれる恐れはないのか？」

「侯爵令嬢が言うんだぞ、どうして疑う？　ヨークといやあはるか遠くの町だ。それに、モリーが身に着ける宝石だって、作りがいいから偽物とはとうてい見破られない」

会合は続き、細かな段取りに至るまで徹底的に話し合われた。ルーミスがモリーを知れば――つまり、幸運をもたらすとツァヤが言っていた老女、ミセス・クローリーと話をすれば、彼はツァヤの能力を信用する。そして、もっと助言がほしくなって、ツァヤに接近する。ツァヤは快くそれに応じる、というのがシンクレアの書いた筋書きだった。

話し合いが終わって、リリーはテーブルを立った。ロイヤルは何か言いたそうだったが、庇護《ひご》するように立ちふさがるジャックとモリーを見て、ただ黙って道を空けた。

戸口へと歩きだしたリリーは、彼を振り返りたい気持ちを必死で抑え、そのまま宿をあとにした。

20

雲のたれ込めた暗い空の下を、ジャックとモリーといっしょに馬車の乗り場まで歩いた。彼らはリリーが辻《つじ》馬車を呼び止めるまでそばにいて、馬車が走りだすと、手を振って見送ってくれた。

リリーが向かったのは自分の帽子屋だった。最近はここで働いている日のほうが多い。といっても、正式な店開きは次の月曜だ。変装用のジプシーの衣装は何種類かそろえて店に置いてあるから、まずこっちで着替えをして、それからピカデリーで借りたツァヤ用の小さな住まいに立ち寄るつもりだった。

二階の狭い住居部分に上がりかけたとき、店の入口を誰かがノックした。客だろうかと期待して小走りに戻ったリリーは、思わぬ光景にはっと足を止めた。扉の窓ガラスのむこうに、背の高い金髪の男性が立っていた。

心臓が跳ねて速い鼓動を刻みはじめた。深呼吸をひとつしてから扉を解錠した。

「どうしたの？」リリーはたずねた。どうぞとも言っていないのに、彼はリリーの横をすり抜けて店の中に入ってきた。「ルーミスの件？　何か問題でも起きたの？」

「ツァヤの家には行くな。マグルーが現れるかもしれないんだぞ」

「行かなくちゃならないの。本物らしく見せるためにはしかたないの」

ロイヤルは大きく息を吐き、片手で髪をかき上げた。「きみを巻き込むのは最初から反対だった。きみを待ち受ける危険がどんなものかわかっていたら、こんな計画を実行に移したりはしなかった」

「計画は走りだしたわ。ここまで来て止めることはできない」彼を見上げると、瞳が不安に揺れていた。「ひとりになるわけじゃないのよ。そばにはドッティ・ホッブズがいる。計画が完了するまで、彼女はずっとツァヤのアパートにいてくれるの」

「きみが傷つくような事態にはなってほしくない。だが、いやな予感がするんだ」

はっきり言って、もう傷ついていた。けれど、この傷は今度の計画とはなんの関係もない。

「心配しないで。今のところはすべて順調よ。みんながしっかりと役割を果たしているかぎり、おかしな問題が起きることはないわ」

金色の瞳がリリーの顔を探った。「ぼくの人生には大きな変化が起きたよ」静かな声が言う。「きみと出会ったあの日だ」彼はリリーを抱き寄せ、軽く、本当にそっと、唇を重ねてきた。「思いを我慢するのはもう疲れた。ぼくはきみがほしくてたまらない」

自然と目が閉じ、体がふわりと彼の胸に倒れた。自分たちがいけないことをしようとしているのはわかっていたけれど、それでも彼の腕に抱かれ、彼の温かい唇やたくましい体に触れる心地よさにはどうしてもあらがえなかった。舌が重なると、彼の肩にしがみつくような格好になった。夢のようなキスに理性が麻痺《まひ》して、これ以上進んではいけない理由を、リリーはすべて忘れてしまった。

やめようと思うどころか、抱き上げられて、これから階段に向かうのだとわかっても、リリーは彼の首に両腕をまわして、何ひとつ抵抗はしなかった。

扉は少しだけあいていた。それをロイヤルがブーツの先で大きく押しあけ、小さな居間から寝室へと進んでいく。床に下ろされてキスが再開されたときには、わずかに残っていた自制心があとかたもなく消え去った。

ロイヤルの貪欲《どんよく》なキスは飽きることを知らず、まるでリリーを自分の皮膚に取り込もうとしているかのようだった。熱く湿ったキスは、首筋に、耳の後ろに雨のように降り注いだ。耳たぶを口に含まれ、そっと歯を当てられたときには、肌がさあっと小さく粟立《あわだ》った。喜びの波紋が全身に広がっていく。体がほてり、切なさが生まれ、そして愛する男性への欲望がリリーの中で燃え上がった。

ドレスの胸元が前にたれたのを見て、背中のボタンを外されていたことに気がついた。彼の唇がリリーの肩を熱くすべり、コルセットから盛り上がったふくらみをたどる。ドレスとペチコートをすばやく脱がされたときには、少しだけ緊張したが、コルセットを外され、下ばきを下ろされているうちに、不安は静かにほどけていった。

リリーは裸で彼の前に立っていた。身に着けているのは、青いサテンのガーターと白い絹の靴下だけ。彼の目が一瞬、脚のつけ根の淡いふわふわした茂みをとらえた。

「こういう状況をずっと思い描いていた」心をくすぐる優しいキスの合間に彼が言った。「何も着ていないきみを目の前に想像した。ぼくは時間をかけて、たっぷりときみを満足させる。最初のときにはできなかったことだ」

震えるリリーの前で彼が膝をつき、サテンのガーターをほどいたあと、靴下をくるくると下ろしはじめた。うっと声をあげてしまったのは、前からヒップをつかまれ、奥のほうにある敏感な芽に唇を押しつけられたときだった。

「きみを味わうことを、こんなふうに喜ばせることを夢見ていた」次に与えられた感覚は衝撃的だった。舌が茂みを割って、さらに奥へと進んできたのだ。押し返そうとするあいだにも、快感は襲ってきた。熱くて、苦しくて、ふっと意識が遠のきそうになった。

細い声が喉からもれた。「ロイヤル……」

彼はリリーの体をまっすぐに支えただけで、行為をやめようとはしなかった。ぷっくりとふくらんだ芽を口でおおい、舌で味わっている。深まる快感に、信じられないほどの陶酔感に、思わず彼の名を叫んでしまう。弓の弦のように全身が張りつめた。と、体をばらばらにするような喜びがいっきにはじけ、手の先、足の先にまで甘い感覚が伝わった。ああ、なんてすてき。こんな感覚を味わったのは生まれて初めてだ。

力の入らないリリーの体を彼が抱き上げ、ベッドに運んでマットレスの上に横たえた。リリーから離れて、すばやく服を脱ぎ捨てている。再び近づいてくる彼を、気力を奮い起こしてじっと見つめた。男らしい広い肩、引き締まった腰やヒップに続くV字のライン。見ているうちに、新たな興奮が小さく騒ぎはじめた。

金色の毛が筋肉の発達した胸板を薄くおおっていた。長くてたくましい脚がベッドに向かって進んでくる。平らな腹部に、重たげな興奮の証《あかし》がぶつかっている。

彼は大きくて、力強くて、その彼を今から受け入れるのだと思うと、意識もしないのに体がくねくねと動いた。ロイヤルがおおいかぶさってきて、唇が重なった。

「リリー……」荒々しいキスはリリーの体に火をつけ、全身にめぐる血をわき立たせた。考えるのはロイヤルのことだけ。彼からどんなに強く求められているか、自分がどんなに強く彼を求めているか、ただそれだけだった。「今度は痛くはないはずだよ」彼はリリーの胸のふくらみに口をつけた。先端を歯で刺激されると、そこはダイヤモンドのように硬くなり、同時に肌が焼けるように熱くなった。

「お願い……」かすれた声で促した。力強い彼を一刻も早く体で感じたかった。

次のキスを区切りに、彼はリリーの脚を開き、受け入れる体勢にしてから、彼自身を入口に当てた。リリーはしっとりとぬれて彼を待っていた。さっきの彼の言葉どおり、深く押し入られても痛みはなく、むしろ、甘い快感や熱い炎に翻弄《ほんろう》され、鋭く高まる欲求に叫びだしそうになって、きつく唇を噛《か》み締めてしまうほどだった。

彼が動きはじめると、作りだされた官能のリズムに全身が波立った。ぐい、ぐいと繰り返される動きはいつ終わるとも知れず、一秒ごとに濃密さを増して、リリーから快感を引きだしていく。リリーは彼の強靭《きょうじん》なふくらはぎに脚をからませ、背中を弓なりにして、貫かれる感覚をしっかりと味わった。

彼は容赦なくリリーを追い立てた。動きはしだいに激しく、荒々しくなり、リリーはついに絶頂を迎えて、高みへと解き放たれた。自分の体がきゅっと締まって彼を促しているのがわかる。ロイヤルの全身に力が入った。寸前で体を離した彼もまた、強烈な快感の中で自分を解放したようだった。

少しのあいだ互いに動かず、ふたつの心臓は同じリズムを刻んでいた。ロイヤルが体を起こし、隣に横たわると、リリーを背中から抱き締めた。頭のてっぺんにキスをして、顎の下に抱え込んでくれる。いつまでもこのままでいたい、とリリーは思った。

ふたりとも少し眠ってしまったらしい。肩をすべる唇の感触で目が覚め、気がつくと太腿に硬いものが当たっていた。二度目はゆっくりと愛し合った。ただそこには、救いのない悲しみ、とでも言うべき感情が混じっていた。終わりにしなければ。これを最後にしなければ。しかし、体が熱く高まるにつれ、そんな考えは炎の中にのみ込まれた。のぼりつめたときの喜びは、一度目に劣らずすばらしかった。

再び眠りに落ち、次に目を覚ますと、外はもう暗くなっていた。いけない、早くメドーブルック館に戻ろう。今はまだコールフィールド家の人たちと暮らしているのだ。遅くなると心配させてしまう。

いとこの顔を思いだした瞬間、罪の意識に胸が痛んだ。ベッドから出てみれば、ロイヤルはすっかり身づくろいを終えて椅子に座っていた。ベッドの足元から絹の部屋着をつかんであたふたと身にまとった。彼との親密な行為については努めて考えないようにしたが、頬が熱くなるのはどうしようもなかった。

「あの――わたし、もう帰らないと。ツァヤの家には明日行ってくるわ」

ロイヤルが獅子《しし》のような足取りで静かに近づいてきた。「あそこには行ってほしくない。きみを危険な目にはあわせたくない。何度も何度も考えたんだ」リリーの顔を上からじっと見据える。「金銭の問題が片づいたら、ぼくはきみの世話をする。きみが何ひとつ困ることのないように、面倒を見させてもらう」

リリーは眉をひそめた。「何を言っているの?」

ロイヤルはリリーを抱き寄せた。「こういう関係を終わりにはしない。ふたりだけで会える場所を探すよ。ぼくがきみを守る。きみは何も心配しなくていいんだ」

必死で頭を働かせ、今聞いた言葉の意味を理解しようとした。霧がゆっくり晴れていくのと同時に、怒りがふつふつとわき上がってきた。

彼の腕から逃れた。「もしかして……あ、愛人になれと言っているの？　ジョスリンを妻にして、わたしをもうひとりの女にすると？」

「きみとぼくとはそういう関係じゃない。わかっているはずだ。ぼくの結婚は父が亡くなる前から準備されていた。ジョスリンは望んでいた貴族の称号を得る。ぼくは大金を手にして公爵家の財政を立てなおす。事情はきみだって知っていただろう。ぼくは、きみと別れずにすむ方法を見つけようとしているんだ」

涙が込み上げた。そう、知っていた。雪の中に膝をついている彼と目が合ったあの日から、こうなることは決まっていた。それなのに、どんどん彼を好きになっていくこの気持ちを、わたしは止めることができなかった。

喉をふさぐ苦い塊をのみ下した。「ロイヤル、わたしにはわたしの暮らしがあるの。前にも話したでしょう。好きになったのは事実だし、起こったことを後悔はしていない。だけど、お金で囲われるつもりはないの。自分に恥ずかしい生き方はしたくない」

彼の手が伸びてきた。「待ってくれ、リリー……」

リリーはあとずさった。「今日あったことは、お互いが望んだことよ。でも、これきりにしましょう、ロイヤル」

「リリー……」彼の表情が何かを語っていた。深くて切ない何かを感じる。懸命に無視しようとした。「ジョスリンを愛するように努力して」つらさに耐えて言葉を押しだした。「幸せな夫婦になる方法だって、考えればきっと見つけられるわ」

彼が窓のほうに顔をそらした。冷静になろうと努力しているのだろう。リリーに向きなおったとき、その口元には、以前にも見たことのある固い決意がのぞいていた。「ピカデリーのツァヤの家に男を行かせる。何かあったときにきみを守れるようにだ。執事なり従僕なり、都合のいい呼び方で呼んでくれればいい」

「だから、そんな必要はないと――」

「明日行かせる。ミセス・ホッブズにも言っておいてくれ」リリーに最後の一瞥《いちべつ》を投げると、ロイヤルは部屋から出ていった。階段を下りていく足音。「ぼくが出たあとは店に鍵《かぎ》をかけておくんだぞ」振り向いて声を張り上げてから、彼は帰っていった。

涙で視界がくもった。いくら泣くまいと頑張っても、涙は次々と頬をぬらした。

バート・マグルーはピカデリーの小さな住居の戸口に立って扉をノックした。マダム・ツァヤが暮らしているというアパートだ。足音が聞こえ、扉の反対側で何かぶつぶつ言う声がした。扉があくと、室内帽をかぶった体格のいい女性が箒《ほうき》を手に立っていた。

「何かご用ですか?」

「この家には未来を教えてくれる女性がいると噂《うわさ》に聞いた。力を貸してほしくて来てみたんだが」

太めな女性は顔を上げ、その拍子に帽子からはみ出た白髪交じりの茶色っぽい髪が、ひと筋揺れた。

「それならあたしの雇い人のマダム・ツァヤですね。あたしは家政婦のミセス・ホッブズです。でも、奥さまは運勢見はなさいませんよ。ときどき何かが見えるだけでね。よいものが見えたときは、本人に教えなさるの」

「ぜひ会いたい。いつ戻ってくるんだね？」

家政婦は肉づきのいい肩をすくめた。「気まぐれな方でね。本当に自由に行動なさって。出かけるのも帰ってくるのも、気の向くままだから」

「戻ってくるかどうか、少し待たせてもらってもいいかね？」

「あなたのお名前は？」

「バート・マグルーだ。実はおふくろが病気でね。わたしとしては心配でたまらない。お宅にいる女性にきけば、元気になるかどうかがわかると思ったんだ」

不安そうな顔をしてみせた。母親の話は家政婦の警戒を解くための方便だった。じっと考えているような女の顔つきに、バートはうまくいきそうな手ごたえを感じた。ホッブズとかいう女は、鼻にしわを寄せてバートの身なりを観察しはじめた。注文仕立ての高級なズボンに、焦茶色の燕尾《えんび》服に、同色のベスト。すべてディックが金を出した。本当に面倒見のいいボスだ。だからバートのほうもしっかりボスにこたえている。

むろん今は、ボスの望みどおりプレストンと呼ぶようになったが、バートの心の奥底では、彼はいつまでたっても、サザックでいっしょに育った幼なじみのディック・フリンだった。路上で生き残る方法を教えてくれた友人だ。

「じゃあ、お茶でもいれましょうか」がっしりした体型の家政婦は言った。「でも、長居は困りますよ。あたしだって仕事に戻らないと」

話し好きな女らしい。見た瞬間に予測はついていた。こっちにもききたいことがいろいろある。さあて、どんな話が出てくるか。

いっしょに厨房《ちゅうぼう》に入り、バートが小さな円テーブルに座ると、家政婦はやかんを火にかけた。

「占いができるのなら、なんで今まで誰も彼女を知らなかったんだろう？」

「だから、奥さまは運勢は見ないんですよ。ときどき何かが見えるだけで。それにロンドンに来られたのも、ほんのふた月前だからね。前はフランスにいらしたんだとか」やかんが音をたて、家政婦は磁器製のティーポットにお湯を注《つ》いだ。

「ご主人は今はどこなんだね？」さりげなさを装ってきいた。

「何年か前に亡くなったって。ご主人の財産があって暮らしには困らなかったようだけど、幼いころに過ごしたロンドンが恋しくなったんだろうねえ」家政婦はふたつのカップにお茶を注ぎ、角砂糖をひとつずつ入れてテーブルまで運んできた。そしてバートの向かいに腰を下ろす。

会話があまり得意ではないバートは黙って茶をすすり、砂糖は二個のほうがよかったのにと思いながら、口達者な女の聞き役に徹した。彼女は天気の話をし、足の親指が痛むから、これは絶対に嵐《あらし》が来ると言った。次には二階で仕事をしているメイドと、今朝はまだ現れていない料理人について、くだらない話をしゃべりつづけた。

「この時間には戻られるかと思ったんだけど」ようやくツァヤの話になった。「最初に言いましたでしょう、本当に自由な方だから、予測がつかないんですよ」家政婦は自分のカップを流しに運び、戻ってくると、まだ中身が少し残っているバートのカップも取り上げた。「出なおしてもらうしかないようですね、ミスター・マグルー。申しわけないけど、あたしも仕事の続きがあるもんでね」

バートはよっこらしょと立ち上がった。肝心な話はもう聞かせてもらった。「お茶をありがとう、ミセス・ホップズ。出なおしてくることは、たぶんないよ」

彼女はそれでいいというようにほほ笑んだ。「お母さんのこと、悪いほうに考えてはだめですよ。よく世話してあげることです」

バートは黙ってうなずいた。そのお母さんはディックの母親と同じ売春婦だった。バートが五歳のときに、彼を置いて蒸発した。ディックと彼のおふくろさんがいなかったら、その年の暮れを待たずに自分はあの世に行っていた。

記憶にも残っていない母親のことをぐずぐず考えるのはやめにして、バートはツァヤの住まいをあとにした。仕事が首尾よく運んで気分がよかった。友人が喜んでくれると思えば、いつだって張りきって仕事ができる。


ロイヤルがスワンズダウン醸造所の台帳から目を上げると、シェリダン・ノールズが書斎に入ってくるところだった。ずかずか歩いてくるその態度は、ここの主《あるじ》かと言いたくなるくらい遠慮がない。座っているロイヤルの後ろにまわると、机の上に開かれた革表紙の台帳をのぞき込んできた。

「本気で内容を見るつもりなら、逆さじゃないほうが読みやすいぞ」

頬骨の下が赤くなるのがわかった。三十分前から帳簿をにらんでいたが、会計士の記入した細かな数字に、どうしても集中できずにいた。「今やろうとしていたところだ」

分厚い台帳の上下をなおしながら、これからの午後が、午前より実りある時間になることを願った。シェリーが悠然と椅子に近づき、どすんと腰を落として、革張りの肘かけにすらりと長い片脚をのせた。

「女の問題を、まだ引きずっているな」こっちを見ながら、自慢の鋭い直感を働かせてくれる。ひっぱたいてやりたかった。

「簡単に言えば、リリーを愛人にするというおまえの案にはいろいろ利点があったが、当人はそうは考えなかったという話だ」

シェリーはくっくと笑った。「怪我《けが》はせずにすんだみたいだな」

ああ、目で見える場所にはな、と心のうちで答えた。朝からずっと、リリーを抱いたときの感触を思いだしていた。あのときは、ここが自分の居場所なのだと強く感じた。これほど自分にしっくりくる場所はないと思えた。

「弟は大学に戻ったんだろう?」シェリーがたずねる。

ロイヤルはうなずいた。「セヴァーン伯爵夫人のパーティーのあと、何日かして帰ったよ」

「田舎から知らせが届いた。おまえも興味を持つはずだ」

「何かあったのか?」

「無法者の一団だ。今度はデンビ卿《きょう》の馬車が襲われた。彼の奥方が乗っていて、命の縮むような恐ろしい思いをしたらしい。賊は宝石と財布の中身を奪って逃げた。夫人に怪我はなかったようだ」

「問題だな。くそっ、どうにかして終わらせないと」

シェリーはため息をついた。「ロンドンにいてはどうにもできない。ぼくとおまえがむこうにいれば、いっしょに対策を講じて一網打尽にしてやるんだが」

「今ここを離れるのは無理だ。ルーミスへの仕掛けの最中なんだ」

「わかっている。都会で獲物をしとめるのに忙しいうちは、なんとか怪我人が出ないように祈るばかりだよ」

ロイヤルは机を離れて暖炉の前に行き、炎に背を向けて暖を取った。今朝は霧といっしょに冷たい外気が部屋に忍び込んでいた。

「そのルーミス相手の計画だが……実は、中止にしようかと考えている」

「はあ?」

「シンクレアが言うには、ルーミスもマグルーも凶暴な人間だ。探偵のモーガンも同じことを言った。危険をおかす意味はあるのか? 誰かが恐ろしい目にあってからでは遅いんだ」

シェリーがひたとロイヤルを見据える。「おまえが心配するその誰かとは、リリーなんじゃないのか?」

「彼女は標的になりやすい。ルーミスに正体が知れたら――」

「すべてが終われば、ツァヤは永久に姿を消す。リリーに危害が及ぶことはありえない。もう少し待つんだ、ロイヤル。今夜はワイハースト侯爵邸で夜会が開かれる。ルーミスがミセス・クローリーに会いさえすれば、事態は加速度的に動きだす。餌《えさ》に食いついたルーミスを、いっきに釣り上げる段階だ。おまえの手元には父親の財産の何分の一かが戻ってきて、やつには正義の鉄槌《てっつい》が下るんだ」

正義か。何があろうと、それだけは実現させたかった。

ロイヤルはふうっと息を吐いた。「わかった。とりあえず様子を見よう。ルーミスが餌に食いつくようなら、計画は続行だ」

「よし」シェリーは腰を上げた。「おまえのそんな弱気を見たのは初めてだったよ」扉へと歩きだす。「じゃ、今夜」薄茶色の眉を片方上げた。「来るんだろう?」

「ああ。ジョスリンと彼女の両親もいっしょだ。そろそろ現実を受け入れて、できる努力をしていかないとな」つらい試練ではある。しかもそれは、ロイヤルの意思ではなく、リリーが望んだことなのだ。

とはいえ、理屈は通っていた。婚約を公にするまで、あとわずか三週間。となれば、妻となる女性のことだけを考えて、ふたりの時間が少しでも楽しいものとなるよう、方法を模索してみるのが当然だ。

いっこうに心が弾まない自分が、ロイヤルは恨めしかった。

21

ジョスリンは今夜の夜会を主催したワイハースト侯爵夫人レディ・フィオナの隣に立っていた。丸々と太った小柄な夫人で、白髪になりかけの赤い髪と豊満すぎる胸が印象的だ。大きさをどうにかごまかしたいのだろう、その胸はスパンコールを上品にちりばめた七色に光る銀色のドレスに押し込まれていた。

夫人の隣には娘のレディ・サブリナ・ジェファーズがいた。美人で、金髪で、全体的にすらりと細い。ときどき見かけたことはあったけれど、話をするのは初めてだ。人あしらいがとてもうまい。それでもお高くとまった感じは否めなくて、貴族の家に生まれた自信が物腰ににじんでいる。金色の眉が動くたびに、こんな声が聞こえてくるようだった。〝わたしは侯爵令嬢よ。平民とはわけが違うのよ〟と。

でも、それはたぶんジョスリンの思い込みだ。自分と同じくらい美しい女性を絶対に好きになれない性格が、そう思わせるのだ。

サブリナは今や上流社会で大きな話題となっているジプシーの女性に目をとめると、いっしょに話をしていた人たちに小さく別れの笑みを投げた。

「ちょっと失礼しますね。今夜の特別なお客さま、マダム・ツァヤがいらしたみたい」離れていく後ろ姿が、ねたましいくらいに優雅だった。でも、とジョスリンは思う。公爵家に嫁ぐのはこのわたしよ、やせっぽちの金髪女じゃないわ。

反対側に立っているロイヤルのほうに顔を向けた。「楽しんでくださってますか、公爵さま？」

彼はジョスリンを見てほほ笑んだ。「もちろんだとも。ぼくの隣にいるのは、この夜会でいちばん輝いている女性だ。楽しくないはずはないよ」

顔がほてりそうだった。ふだんのジョスリンなら恥じらったりしないが、めったにほめない彼にほめられて、頭も少しふらついた。ほかの点がどうであれ、彼はイギリス屈指の理想的な独身男性だ。しかも今夜はジョスリンのそばにいることで、ロンドンじゅうの人たちに自分の結婚の意思を悟らせようとしている。

そばにいたマチルダが含みのある目でジョスリンを一瞥《いちべつ》し、それから公爵のほうを向いた。「ワルツの演奏が始まりますわ、公爵さま。うちのジョスリンはダンスが大好きなんですのよ」

公爵は笑顔で答えた。「それはよかった。もう彼女のダンス・カードにいくつか予約してありますからね。ワルツもそのひとつです」彼が腕を伸ばしてきたので、ジョスリンは彼の黒い夜会服の袖《そで》に手を置いた。「行きましょうか？」

目を引く高い背丈、金色の瞳、金色の髪。公爵はすばらしく魅力的だった。いや、彼はいつだって魅力的なのだ。大勢の招待客のあいだを進んでいると、何十という視線を肌に感じて、小さな興奮が体を駆けた。ああ、結婚したら、こんな注目が一生続くのね。

ダンスフロアの手前まで来たとき、たまたまクリストファー・バークレーが目に入った。友人たちといっしょだった。どうしてこんな地位のある人たちの輪に入れるのか、見るたびに驚いてしまうけれど、クリストファーという人間はどこか特別だ。接している者は、自然と敬意を持って彼を受け入れてしまう。向上心もやる気も人一倍の彼だから、そのうちロンドンでも一、二を争う優秀な法廷弁護士になるのだろう。そうなったときには上流階級の人たちとのつながりが、きっと役に立つ。

しかし、本当の意味での富豪には決してなれない。どう転んでも、彼が公爵になることはありえない。

ロイヤルを見つめたまま、ジョスリンはクリストファーの横を通ってダンスフロアに進み、ロイヤルの広い肩に手を置いてダンスの姿勢を取った。楽団がワルツを演奏しはじめると、彼は隙《すき》のない優雅なステップでジョスリンをリードしてくれた。しかしジョスリンは集中できなかった。褐色の髪をした愛人のほうにちらちら目が行ってしまう。

クリストファーは顔をしかめていた。怒りを押し殺している。彼に怒る権利なんてないのに。でも嫉妬《しっと》されているのだと思うと、満足感が胸にあふれた。途中で彼を見失ったため、今度は夫となるロイヤルに注意を移した。この人に抱かれるのはどんな気分なのだろう。クリストファーと同じように、わたしから狂おしい衝動を引きだしてくれるの？

将来の夫にほほ笑みかけながらも、気がつけばクリストファーのことを考えていた。強い意志とともに押しつけられた唇。ジョスリンを翻弄《ほんろう》した熱いキス。胸の先をからかってきた白い歯。彼は彼女の腰をつかみ、前かがみにさせて、後ろから力強く体を重ねてきた。

ふらりと体がよろめいた。

倒れそうになったのを、ロイヤルが支えてくれた。「大丈夫かい？」

笑顔を見せるだけで精いっぱいだった。「何かにつまずいたみたい。ええ、大丈夫」そう言いながら胸には敏感な感覚が広がって、谷間を汗が流れ落ちていた。彼との逢瀬《おうせ》を思いだしただけで、これほど感情を乱されるなんて。考えると無性に腹が立った。

こんなことはあってはならない。主導権を握っているのはこのわたしだ。クリストファーとはただの遊びで、わたしが終わりと言えばその瞬間に終わりになる関係だ。

夜会のあいだ、同じ言葉を頭の中で何度も繰り返した。けれど、かなり時間がたって父親と話をしていたときのこと、宿敵のセラフィナ・メートリンに話しかけているクリストファーの姿が目に入ったとたん、胸の奥で激しい嫉妬がめらめらと燃え上がった。

なんて厚かましい男。セラフィナを抱いてもわたしとの逢瀬は続けられる――そんな考えを一瞬でも抱いたのなら、それはとんでもない間違いだ！

何度か深呼吸をして心を静め、父親のほうに注意を戻した。こういったパーティーにふだん顔を出さない父が今日来ている理由はほかでもない。公爵がいっしょだから、そして純粋に娘を喜ばせたいからだ。

「今夜のブランスフォード公爵はずいぶんおまえに優しいじゃないか」父はすっかり満足した様子だった。

ジョスリンはうなずいた。「当然だわ。だって、あと三週間したら、わたしたちの婚約は誰もが知るところとなるんですもの」

父親はほほ笑んだ。「お母さんもわたしも、本当にうれしいよ」

笑みを絶やさずにいることにはどうにか成功したが、父親と話しているあいだにも、頭の中ではクリストファーのことを考え、彼と話をする決意を固めていた。愛人契約の条件をきっちり彼に理解させなければ。

中でもいちばん重要なのは、関係が続いているあいだは決してほかの女を抱かない、という条件だ。

ツァヤの扮装《ふんそう》をしたリリーは、タウンゼンド卿《きょう》未亡人レディ・アナベルと侯爵令嬢のレディ・サブリナを相手におしゃべりをしていた。彼女たちはふたりそろって仕掛けに協力してくれている。ジョスリンといっしょにいるロイヤルのことは、意識しまいとしても無理だった。信じられなかった。彼と過ごしたあの日から、店の二階の狭い部屋で情熱的に求め合ったあのときから、まだ三日しかたっていないなんて。

服を脱がせるときの手ぎわのよさや、経験の多さを物語る巧みな愛撫《あいぶ》については、あえて考えないようにした。愛人になれというふしだらな申し出はされても、侮辱されたとは思いたくなかった。けれど、もしかしたらという思いはどうしても振り払うことができない。優しくしてくれたのは、ただの気晴らしだったの？　美しい花嫁を待っているあいだのちょっとしたお楽しみだったの？

「ツァヤ、ウェルズリー子爵とは初対面ではないのでしょう？」レディ・サブリナの声が、ぼんやりしたもの思いを打ち破った。

リリーは子爵のほうに体を向けた。金の腕輪がじゃらりと鳴った。「ええ、お会いしています。お久しぶりです、子爵さま」

彼は会釈をした。「会えてうれしいですよ、マダム・ツァヤ」

「レディ・サブリナとわたしは、むこうで呼ばれているみたいなの」アナベルが気さくな口調で言う。「ごめんなさいね」ふたりいっしょに離れていき、あとにはリリーとロイヤルの親友だけが残された。

「問題はないかい？」

心の中を反映して、一瞬だけロイヤルのほうに視線が行ってしまった。「うまくいっています。ルーミスは来ているし、ミセス・クローリーも。面白い夜になりそう」

「同感だ」リリーと同じように、シェリーも一瞬ロイヤルを見た。「あいつの望みは別にあるんだ。でも現状は変えられない」

「ええ」けれど、今のリリーに確信はなかった。三週間後、ロイヤルはイギリス一裕福で美しい女性の正式な婚約者となる。仮にその状況を変えられるとして、彼は財産のない女性を本気で妻に迎えようとするだろうか。一時は路上で生活し、詐欺やぺてんや盗みを働きながら小ずるく生き延びていた女だ。今さら抱いても新鮮味はない女だ。彼が結婚したがるとは、とても思えなかった。

「ルーミスがミセス・クローリーに話しかけている」シェリーが少し先にいる男女を凝視して言った。「会話が聞こえるかどうか、近づいてみよう」

リリーもそちらに顔を向け、少し前に到着した背中の丸い老婦人に注目した。〈赤い鶏亭〉で見たモリー・ダニエルズとはぜんぜん雰囲気が違う。着ているのは高級そうな灰色の絹のドレスで、首には美しいダイヤモンドが輝いている。いくらプレストン・ルーミスが目ききだといっても、あのダイヤを偽物と見抜くのはまず不可能だ。

計画どおり、ミセス・クローリーについては、すでにレディ・サブリナがヨークから来た侯爵家の友人だと客たちに紹介していた。これまでのところ、初めて会う女性たちとの会話に、モリーは無理なくついていっている。ウェルズリー子爵やジョナサン・サヴィジとも話をしたようだ。彼らは老婦人の知り合いという設定だった。

リリーは子爵に導かれ、さりげない会話を交わしながら、プレストン・ルーミスとモリーがいるほうにゆっくりと近づいていった。モリーはどこか間の抜けた笑顔でルーミスを見上げていた。頭を左右に振っている。銀色だった髪は艶《つや》のない灰色に、浅かった顔のしわは深々と刻まれた見事な大じわに変えられていた。

「ええと……わたしは何を話していたのかしら？　服の話？　それともわたしの製糸工場の話だったかしら？」顔におしろいをはたきすぎていて、頬の赤みが少々きつい。シャンパンを飲みすぎたような顔だった。「なんだか最近、どんどんもの忘れがひどくなるのよ」

ルーミスがなだめるような笑顔を向ける。「話していたのは、あなたのそのお美しいドレスについてですよ。工場のことも、ええ、言ってらっしゃいました」

モリーは濃い灰色の眉をぎゅっと寄せた。「それが思いだせなくって。たぶん、石炭の話ね。主人のフレディが石炭に夢中でねえ。新しい鉱山をふたつ買ったんですよ。でも主人はそのすぐあとに亡くなったの。安らかに眠っていればいいけれど」

ルーミスがにわかに興味を示した。「そうでしたか。わたしも鉱山には興味があります。いや、あなたとはまた別の機会にゆっくりお話ししたいものです」

モリーことミセス・クローリーはにっこりと笑った。「まあ、フレディとおんなじ。お顔のほうも少し似てらっしゃるみたい。もちろん主人よりずっと若いけれど、ハンサムなところがわたしのフレディとそっくりだわ」

ルーミスはにこにこ顔で、さらに会話を続けようとしている。それを見ながらシェリーがリリーをわきへと促した。

低く笑ってリリーに言う。「われらがミセス・クローリーは、うさぎの捕獲に成功したようだぞ」

「嘘《うそ》を信じ込ませるのがこれほどうまい女はいないって、おじも言っていました」

「自分の役割がよくわかっているんだろう。ルーミスのやつ、よだれをたらさんばかりだ」

リリーがふと横を向くと、量のある黒い前髪のむこうに、近づいてくるジョナサン・サヴィジの姿が見えた。

「万事順調だな」そう言ってサヴィジが見やった先では、ルーミスとミセス・クローリーの会話がまだ続いていた。サヴィジはロイヤルとは正反対だ。黒い髪に黒い瞳。金色の天使というよりは、悪魔のように美しい。

「そろそろ行ってきます」リリーは言った。ルーミスが裕福な未亡人との会話を終わらせたところだった。次はツァヤを捜そうとするだろう。リリーは途中で一度立ち止まり、ナイチンゲール伯爵夫妻にあいさつをした。いつ会っても感じのいい夫婦だと思っているところで、ぽんぽんと肩を叩《たた》かれた。

振り返ると、どこから現れたのかロイヤルの大おば、タヴィストック伯爵未亡人のアガサが立っていた。「少しお話ししてもよろしいかしら？」

不安が背中を伝った。「はい、もちろんです」今までよりも幾分アクセントをきつくして答えた。

タヴィストック伯爵未亡人はリリーを促して歩き、まわりに人がいない場所で立ち止まった。「とってもすてきなお衣装だわ。でも、なぜあなたがそんな格好をしているの？」

胃がひっくり返りそうになった。嘘でしょう？　まさか、本当にわたしが誰だかわかったというの？

リリーは深呼吸をし、冷静に演技で切り抜けようとした。「お話の意味がわからないのですが」

「いいえ、わかっているはずよ。わたしの甥《おい》がどんなおかしなことを頼んできたの？　あの子に言われてそんなジプシーみたいな格好をしているのでしょう？」

ウェルズリー子爵が通りかかったのは幸いだった。シェリーはタヴィストック伯爵未亡人にほほ笑みかけた。「マダム・ツァヤとお話しになったのですね。何かいい未来を予言してもらえましたか？」

「わたしの甥が大きな問題を抱えそうだと教えてもらいましたよ。想像するに、あなたも、ロイヤルのほかのお友達もみんなかかわっているのね。何が起こっているのか説明してちょうだいな。ロイヤルがどうしてこのかわいい娘さんをおかしな悪ふざけに巻き込んだりしたのか、その理由も聞きたいわ」

シェリーは華奢《きゃしゃ》な伯爵未亡人の頭越しにリリーと目を合わせ、それから夫人の腕を取って自分の腕にからませた。「こちらへ。あまり楽しいお話ではないでしょうが、事情がわかれば、むしろ喜んで手を貸したいと思われるかもしれませんよ」

リリーに一瞬向けられたシェリーの顔が〝こうするしかないよ〟と言っていた。彼は伯爵夫人を連れて離れていった。ふう、よかった。面倒を引き受けずにすんでほっとしていると、プレストン・ルーミスとぶつかりそうになった。水色の瞳に楽しげな光が躍っている。

「ツァヤ、例の女性に会いましたよ。あなたが予言していたとおりだ」

リリーは心を落ち着かせて厳粛にうなずいた。「定めだったのです。わたしには見えました。そういうことが、わたしにはときどき起こります」

「あらためて話がしたい。都合のよい日を教えてもらえるだろうか？」

さあ来た。予想していたとおりの展開だ。リリーは眉をひそめ、空いている日を考えているふりをした。「火曜日がいいでしょう」月曜だと帽子屋の店開きと重なってしまう。それに、急いで会いたがっている印象は与えたくなかった。「ピカデリーのわたしの住まいにお越しください。正午でしたら大丈夫です」住所を教えるとルーミスはうなずいた。

「承知した。火曜だね。楽しみにしているよ」

「新しいことはお伝えできないかもしれません。ですが、可能性はあります」

ルーミスは口髭《ひげ》の先をぴくりと動かし、期待感たっぷりの笑みを広げてうなずいた。

「では、また火曜日に。失礼、マダム」

うまくいった。これから先、ツァヤは彼に金銭のからんだ予言をしていく。最初のうちは、予言どおりにもうけさせる計画だ。問題が起きなければ、最後の最後に大損をさせて、ルーミスをこらしめてやることができる。

部屋のむこうに目を転じると、さっきまで並んで立っていたはずの場所に、ロイヤルとジョスリンの姿が見えなかった。リリーは暗い不安を覚えた。いっしょにどこかへ抜けだしたの？　ロイヤルはジョスリンにキスをしているの？　彼女の体に触れているの？　クリストファー・バークレーとの二度目の逢引《あいびき》がどうだったのか、ジョスリンからは何も聞かされていない。もうクリストファーには飽きて、新しい相手がほしくなったの？

ロイヤルのほうは？　リリーが愛人になるのを拒んだから、もうすぐ妻に迎える女性に気持ちを切り替えたの？

けれど、ふたりがいっしょだとして、どうしてそれを責められるだろう。

部屋じゅうぐるりと見まわしたが、ふたりはどこにもいなかった。重い気分を振り払い、廊下を使用人用の階段へと急いだ。二階に上がって、衣装を着替えて、早くこの屋敷を出ていかなければ。

今夜はリリーとして夜会に戻ったりはしない。ジョスリンと彼女の両親に公爵が同伴するというので、今夜は頭痛を口実に家に残った。夜会にはツァヤとしてだけ現れている。だから、着替えがすむとすぐ、リリーは急いで屋敷を抜けだし、厩舎《きゅうしゃ》の裏手の路地でおじと合流した。ここからはおじが馬車で家まで送ってくれる。

馬車にはモリーも乗っていて、近づいていくと、モリーもおじも今夜の成功に興奮を抑えきれない様子だった。

ロイヤルの顔が頭に浮かび、リリーは胸の痛みに蓋《ふた》をして馬車に乗り込んだ。

クリストファーがフレンチドアからそっとテラスに出ていく。その様子をいっとき観察しながら、もしかして、セラフィナ・メートリンと落ち合う約束なのかと、ジョスリンは気が気ではなかった。

しかし、赤毛のセラフィナは取り巻きの男性たちとのおしゃべりに夢中で、特別そわそわした感じは見受けられない。

ジョスリンは化粧室に行くと言って客間を離れ、廊下を走って、横手の扉からテラスの目立たない場所に出た。少し先の暗がりに、クリストファーがひとりで立っていた。もの寂しい夜の闇《やみ》に、葉巻の先端だけがぼうっと光っている。

心を決めて足を踏みだした。一歩進むごとに怒りが大きくふくらんでいく。柔らかな子山羊《やぎ》革の靴が敷石にこすれ、その音で振り返ったクリストファーが、背後の手すりにもたれながら、きれいな白い前歯で葉巻を噛《か》んだ。

ジョスリンは近づきざまその葉巻をむしり取り、庭にぽいと投げ捨てた。

クリストファーの褐色の眉が動いた。「ご機嫌ななめってわけか」

「セラフィナ・メートリンと何をしていたの？」

「きみがうれしそうに公爵といちゃついていたからね、こっちも楽しくやっていた」

「うれしそうになんてしてないわ。それで、あなたは何を楽しくやっていたの？　わたしが黙って見ていると思ったら大間違いよ。わたしと関係を持ちながら、あの女をベッドに誘おうとしたって――」

彼はジョスリンの腕をつかむや、ぐいと自分の体に引きつけた。「ぼくが彼女を誘惑していると思ったのか？　ばかなお嬢さんだ。ぼくが抱きたいのはきみだ。ジョスリンという、かんしゃく持ちで高慢ちきな女だ。横柄なきみをこの体で従わせたい。ぼく以外の男はいらないときみに認めさせるまで、何時間でも抱いてやりたい」

あまりの驚きに体が硬直した。「あなたって……ほんとにがさつで、傲慢《ごうまん》で――」非難の言葉がとぎれたのは、彼の口調の熱さに思いが至ったからだった。彼はわたしを求めている。わたしだけを求めている。

こわばった口元から、心を奪うその面差しから、目をそらすことができなかった。暗い瞳がジョスリンを見据え、最後まで言ってみろと挑発している。ジョスリンは彼の上着の襟をつかむと、非難の代わりに爪先立ってキスをした。

たくましい腕にぎゅっと抱き締められ、唇が荒々しく押しつけられた。どんな男性よりも遠慮のないキスだった。頭の芯《しん》がぼうっとなって、みなぎる彼の力強さから逃れることができない。

とても長いキスだったが、終わってもまだまったく満足できなかった。ふたりとも肩で息をしていた。と、クリストファーが体を引いた。

「中に入るんだ、ジョー」うなるように言う。「ぼくがここで押し倒してしまう前に」

ジョスリンは動かなかった。たっぷりしたスカートの中で脚が震え、喉には細い泣き声がからまっていた。

「行ってくれ」今度は優しい声だった。「お互いのためなんだ」

ジョスリンは身をひるがえして走った。何かが自分に起こっていた。自分でも理解できない何かが。

生まれてこのかた感じたことのない恐怖を、ジョスリンは感じていた。

22

昨日の月曜日、〈リリー・パッド〉は正式に店開きをした。入口の上の看板には店名より小さめな字で〝上質な婦人帽子の店〟と書いてある。見上げるたびにうれしくて、リリーは頬がゆるみっぱなしだった。

先週末にはフローラ・パーキンズという名前の店員をひとり雇い入れた。毎日出てきて数時間は店にいてくれるから、リリーが外に用事ができても大丈夫だし、帽子作りの時間も今までより多く確保できる。ゆくゆくは、助手がいないと製作が追いつかないと思うくらいまで店を繁盛させたかった。フローラに技術を教えておくのも悪くない。

そのフローラはにんじん色の髪をしたひょろりと背の高い女の子だ。彼女が今朝は十時に来てくれたので、リリーは充分な余裕を持ってピカデリーに出かけることができた。今日の正午にはツァヤのアパートでプレストン・ルーミスと会う約束になっている。

アパートに着くと、男が来ていると知らされた。家政婦役のドッティ・ホッブズによれば、チェース・モーガンという人物らしい。衣装と黒いかつらでジプシーになっていたリリーは、スイングドアを押しあけて仰天した。厨房《ちゅうぼう》のテーブルにロイヤルがいたのだ。

彼とわかって小さく身震いをしたが、震えた理由は絶対に考えないようにした。

「ここで何をしているの？」緊張した息づかいを悟られないことを願った。

「モーガンが忙しいと言うのでね、ぼくが代わりに来た」

「だけど……だけど、あなたがここにいるのは問題だわ。ルーミスが見れば、あなたが誰かはすぐにわかる。あなたはブランスフォード公爵なのよ」

しかし、今のロイヤルは公爵の格好ではなかった。地味な茶色の乗馬ズボンに、平凡な薄手の白いシャツ。〈赤い鶏亭〉に来るときと同じ格好だ。立派な広い肩を見つめ、締まった腰へと視線をはわせながら、今日のほうがワイハースト侯爵邸で見た夜会服姿よりもずっとすてきだ、とリリーは思った。

「厨房にいて顔は出さない」ロイヤルは言った。「ただ、そばにはずっと控えている。ルーミスに恐怖を感じたら、迷わず大声をあげてくれ」

リリーは光沢のある服の上から片手を腰に当てた。「守ってもらう必要はないわ。自分の面倒くらい自分で見られます」

彼は唇を小さくゆがめた。「かもしれないな。きみには本当にいつも驚かされる。だが、念のためだ。残らせてもらうよ」

言い返そうと口を開いたが、出てきたのは鋭い息だけだった。背中を向けて憤然と厨房を出たリリーは、中に入ろうとするドッティ・ホッブズとすれ違った。スイングドアが閉まり、チェース・モーガンが言った何かの言葉に対して、ドッティが笑い声をあげた。彼にお茶を出そうとしているのだろう、カップの触れ合う音が聞こえてくる。

夜会の夜のロイヤルとジョスリンのことはなるべく考えないようにして、リリーは居間のソファに腰を下ろした。かつらの毛はちくちくするし、動くたびに腕輪の飾りがじゃらじゃら鳴るのが、気になってしかたがない。

心の中で毒づいた。ロイヤルのためと思って頑張ってきたけれど、ここにきて頑張る理由がわからなくなった。公爵という地位にはあっても、今のロイヤルはリリーが前に思っていたような完璧《かんぺき》な男性ではなくなっている。傲慢《ごうまん》で、偉そうで、頑固で、過保護で、いつも自分のやり方を押しとおそうとする。ロイヤルみたいな人とは絶対に暮らせない。かわいそうに、結婚したら苦労するわ、とリリーはいとこの将来を哀れんだ。

はあっとため息をついて、馬巣《ばす》織りのソファの背に寄りかかった。自分に嘘《うそ》はつかないようにしている。なのに、今のわたしときたら。ロイヤルに欠点はあるかもしれない。でも、欠点ならこちらにだってある。どんなに頑固な部分を見せられようと、やっぱりわたしは彼を愛している。

もっとも、認めたところで何がどうなるわけでもないのだけれど。

暖炉の時計を見やると、正午になる直前だった。レースのカーテンのむこうにプレストン・ルーミスの姿が見えた。彼は正午きっかりに玄関ステップを上がってきて、重い木製の扉をノックした。応対はミセス・ホッブズにまかせ、リリーは彼が居間に入ってくるのを待ってソファから立った。

「ミスター・ルーミス、どうぞこちらへ」小さな円テーブルにつくよう彼を促した。テーブルにはふさ飾りのついた赤い布がかかっていた。背もたれの高い椅子が対になっていて、リリーとルーミスはそれぞれの椅子に腰を下ろした。

「会うのを承知してくれてありがとう、ツァヤ」ルーミスが笑顔で言った。のぞいた歯がやけに大きい。口髭《ひげ》に隠れていて前には気づかなかった。上着にもズボンにもしっかりとアイロンがかけられ、銀髪には輝きがある。「ツァヤと呼んでもかまわないだろうね？　大おばさんとは仲よくさせてもらった。あなたとも、もう友人になった気分だよ」

彼は本当に如才ない。人並み外れた成功をおさめているのも当然と言えた。「うれしいですわ。そのほうがよければ、どうぞツァヤと呼んでください」

ルーミスは満足顔でうなずいた。リリーの顔を観察し、まっすぐな黒髪や、額を隠した前髪を見つめている。「あなたのその目……めずらしい色味の緑だ。それに、ジプシーにしてはとても肌が白い」

リリーは肩をすくめた。緋《ひ》色の絹のブラウスが、肩の上でさらりと動いた。「父がジプシーでもなんでもない白人でしたから。フランス人です」

テーブルを挟んで、水色の瞳が刺すような視線を注いできた。「わたしはあなたの助言を期待してここに来た。今日までに、何か見えたものはあるだろうか？」

リリーは居住まいを正した。「少しだけなら。見えたのはボートレースです。大金をお賭《か》けになるといいでしょう。あなたは勝利する運命です」

「どういうボートレースだね？」

「男性が四人。友人でありライバルでもある。その四人が近々テムズ川でレースをします。レースに勝利するのは黒髪の男性です」

ルーミスは感心している。「なぜわかるんだ？　断言できる根拠はいったいどこにあるのかね？」

そうきかれるのを待っていた。星の話をしてやれば、予言に対する信頼も深まるはずだ。

「夜でしたら、実際にお見せできたのですけれど」席を立ち、壁ぎわの書きもの机に近づいて折りたたみ式の蓋《ふた》をあけた。巻かれた状態の羊皮紙を持ってテーブルに戻った。

「それは？」ルーミスがたずねる。

リリーは羊皮紙を広げた。紙に描かれていたのは、季節ごとに異なるロンドンの夜空だった。「夜になると、わたしは空を見上げます。ここ……おわかりになりますか？」星座のひとつを指さした。「これは犬です。隣が狩人《かりゅうど》。わたしは夜空を見上げて、星の模様を観察するのです。そうしていると、頭に情景が浮かんでくることがあります」

ルーミスは眉根を寄せた。「メデラとは違うやり方だ」

「はい。これは母から教わりました。星を通すと、未来がよりはっきり見えてきます。たいていの場合は人とお会いして、それで何かを感じるのですけれど、イメージをはっきりさせたいとき、わたしは星と向き合います」

話を吟味しているらしい彼の様子を、リリーは息をつめて見守った。彼が興味を持ってくれることを心の中で祈った。

ルーミスの渋面がふっとほどけた。「レースの話をもっと聞かせてくれないか」

「わたしに見えるのは、未来のどこかの段階で、そのレースの勝者があなたに金銭的な成功をもたらすということだけです」

「つまり、何かの投資話が出てくると?」

しばらく考えるふりをして、うなずいた。「はい、そのようなことかと」

ルーミスは椅子から立った。「レースの話は楽しみだ。話のとおりになったら、またお邪魔させてもらうとしよう」リリーの目の前に硬貨の入った小袋を置いた。「ありがとう、ツァヤ」

リリーは会釈した。「いいえ」

ルーミスが家の外に出るのを待って、急いで厨房に向かった。スイングドアをあけた瞬間、ロイヤルとぶつかった。

よろめいたリリーをロイヤルの手がつかんだ。熱い感覚が体を駆けた。「あわてなくていい」まだルーミスへの警戒が解けていないのだろう、彼の全身から緊張の名残が伝わってくる。彼は居間のほうに顎をしゃくった。「話の雰囲気からして、ルーミスはきみの話をそっくり信じたようだな」

「彼は疑問をぶつけてきたわ。それで、求める答えを返してあげたの」

ロイヤルはほほ笑んだ。「きみには脱帽する」

ほめられて顔がほてり、いけないと気持ちを引き締めた。「言ったでしょう。あなたにいてもらう必要はなかったの。ルーミスのふるまいは、どこから見ても紳士的だわ」

ロイヤルの顔から笑みが消えた。「次もそうとは限らない。会いたいと言われたときは知らせてほしい。手下のマグルーが現れそうなときもだ」あなたに来てもらうつもりはないのよ、と反論しようとした矢先、彼がきつく腕をつかんできた。「こんな計画は終わりにしてもいい。嘘じゃない。きみを危険にさらしたくはないんだ」

胸がつまった。彼は本気で心配してくれている。リリーにどういう感情を抱いているにせよ、怪我《けが》はさせられないと本気で思ってくれている。

すべてを終わりにできればどんなにいいだろう。しかし、もはや引き返せる段階ではなかった。ルーミスから取り返す金の一部は、仕事料としてジャックとモリーの手元に入る。おじたちからすれば、待ち望んでいる貴重な収入だ。ふたりのために続けたかった。そして、ロイヤルのためにも。となれば、言われたとおりにするしかない。

「わかったわ。知らせるようにする。無理なときは〈赤い鶏亭〉で伝えます」

彼はリリーの肩口から手を離した。「よし、いい子だ」ずっと彼のいい子でいたいと思った。何から何まで彼のものになりたかった。この気持ちに、彼は気づいているのだろうか。じっとリリーを見つめる顔は、まだ何か言い足りないようにも見えた。結局、彼は軽く会釈をしただけだった。「また明日、会合で」

リリーは黙ってうなずいた。

来たときと同じように彼が裏口から出ていくと、リリーはほっと息をついた。心臓の鼓動が速かった。手にはじっとりと汗をかいている。少し触れられただけなのに、体のざわつきがまだおさまらない。いっしょの部屋にいると、どうしても彼のキスがほしくなる。そしてキス以上のことも――。

足音が聞こえ、ドッティがスイングドアから駆け込んできた。「ああ、驚いた。あんないい男はなかなかいないね。あたしなんか、乙女みたいに夢中になりそうだったわよ」夢見る表情で、ロイヤルが去っていったばかりの扉に目を向ける。

「そうね、なかなかいないわね」リリーは笑みが出ないように気をつけた。

リリーを守るためなら、彼はどんな犠牲でも払う気でいる。それが何を意味しているのか、リリーは本気で知りたいと思った。

ロイヤルは〈赤い鶏亭〉の酒場でいつものテーブルについていた。向かいの席にはリリーがいた。彼女は本当に美しくて、見ていると胸が苦しくなってくる。

「つまり、すべて計画どおりに進んだわけだ」チャールズ・シンクレアが確認するようにリリーを見た。

「ええ、すんなり。失敗がないかぎり、ルーミスは最後まで引きつけておけそうよ」

「ボートレースの話はしたかね？」

「打ち合わせどおり、黒髪の男が勝利すると伝えたわ」

「準備に入るよう、ぼくからサヴィジやほかの仲間に連絡しておく」ロイヤルは言った。

「〝漕《こ》ぎ手集団〟は、競漕《きようそう》したい気が少しでも起こればすぐにもレースをする。だから、まわりに不思議がられる心配はない」

「で、レースはサヴィジが勝つ、と」ジャック・モランが言った。ロイヤルが負け役なのがよほどうれしいらしい。その男が自分の姪《めい》とどんな関係になっているのか、彼はどこまで推測しているのだろう。いや、どんな関係になっていたか、だな。ロイヤルは心の中で訂正した。ジャックが何を知っていようと、何を知っているつもりでいようと、面白くないと考えているのは確かなようだ。

当然だとロイヤルも思う。

リリーの座っているほうに顔を戻すと、彼女もこちらを見ていた。頬をぽっとかわいく染めて、すぐに視線をそらしてしまう。下半身が反応した。くそっ、こんなときにもぼくは彼女を求めているのか。思考が制御できなくなった。もう彼女を抱くことばかり考えている。ほっそりした体を思い浮かべ、自分の下で情熱のままに身をくねらせる彼女を、甘い歓喜の声をあげている彼女を想像している。

「サヴィジは計画を理解しているんだね?」シンクレアの声が妄想に歯止めをかけた。

ロイヤルはうなずいた。「彼はレースのあとルーミスに近づく。そしてアメリカ人相手に行っている高利の短期貸し付けについて話をする。あなたもどうかと誘い、ルーミスが話に乗ったら、一週間後にたっぷりと利息をつけて預かった金を返却する」

「むこうは大感激だな」シンクレアが言った。

ロイヤルは鼻で笑った。「その金の出どころがぼくだという悲しさはあるがね」

それを聞いたジャックが自信満々の態度で、椅子の前を浮かせるくらい大きくのけぞった。「心配するな。金なら戻ってくる。それも、たんまりとだ」

戻ってくるかもしれない。しかし、計画が失敗に終わり、失うわけにはいかない金まで失ってしまう可能性も少なからず存在する。

「あたしが登場するのは最後よね。そうなんでしょう?」モリーが言った。

「最高の隠し玉は、いちばんあとまで取っとくもんさ」ジャックがごとんと椅子を戻した。

モリーの腰を抱いて自分のほうに引きつける。

「詳細はおいおいつめていこう。とりあえずはレースの段取りと、ルーミスに持ちかけるもうけ話に集中だ」シンクレアが言った。

さらに二、三の問題が話し合われたあと、外せない用事があるというジャックとモリーが帰り支度を始めた。「チャーリー、終わったら、馬車の乗り場までリリーを送ってやってくれないか？」

「ああ、お安いごようだ」

ジャックとモリーが宿を出ると、残った三人はレースの段取りを最後まで組み立て、どんな形でルーミスの耳に入れるかを検討した。

「よし、いいだろう」シンクレアが席を立った。「段取りも決まった。話し合いはここまでだ」彼はリリーの椅子を引き、立ち上がるのに手を貸した。「さあ、出ようか。乗り場まで送っていこう」

リリーがうなずく。ロイヤルのほうはちらとも見ない。毎週同じだ。別々に宿に来て、別々に宿を出ていく。リリーとシンクレアが通りに続く階段をのぼるのを待って、ロイヤルはおもむろにあとをつけはじめた。通りの角まで来ると、リリーはもう乗り場で馬車を待っていた。離れていくシンクレアの背中が見える。

後ろを向いて引き返すべきだ。そう思うのに足が言うことを聞かない。リリーが気づき、歩きだしたロイヤルを見て表情をこわばらせた。死角から急に子供が飛びだしてきた、とわかったのは、やせこけたその少年とぶつかったあとだった。

「ごめんなさい」少年はくるりと背中を向けて、逆方向に駆けだした。リリーの手がさっと伸び、少年が着ているぼろぼろの上着の背をつかんだ。少年はつんのめりそうになりながら足を止めた。ロイヤルは少年の前にまわって退路をふさいだ。

リリーが少年からロイヤルに視線を移した。「これを落とされたんじゃありませんか、公爵さま?」リリーがかかげて見せたのは、上着の内ポケットにあったはずの硬貨の小袋だった。

「えっ……」少年が目を丸くする。「すごいや。おいら、なんにも感じなかった」

「これはいったい?」ロイヤルはリリーが差しだした革袋を凝視した。

「この子はすりです」リリーはロイヤルに袋を返して少年に向きなおった。少年は目をいっぱいに見開いて、不安げな顔でリリーを見上げている。十一歳か十二歳、それより上ではないだろう。年齢のわりには小柄で、骨と皮ばかりという表現がぴったりだ。

「教えたのは誰?」リリーがたずねている。「ハリー・O?」

再び逃げようとした少年の肩を、ロイヤルは押さえた。少年はもがいている。「まあ、落ち着け」

「誰だか教えて」リリーがなおもせまった。

観念したのか、少年はもがくのをやめておとなしくなった。「ファスト・エディ。だけど、ちょっと前からはひとりでやってる」

「ハリーやエディといった男たちは子供にすりを教えるの。うまくできるようになったら稼ぎは自分たちのものにして、代わりに粗末な食事と寝る場所を与えているわ」

「おいらを警察に突きだすのか?」

みすぼらしい少年の姿に、ロイヤルは同情を禁じえなかった。「おまえの名前は?」

「トミー。トミー・コックス。もうしないよ。ほんとだって、信じてくれよ」

「ご両親はどこにいるの、トミー?」リリーの声は優しかった。

少年はじっとうつむいた。茶色い髪が前に流れて、突きでた耳をおおい隠した。

ロイヤルは少年の汚いツイードの上着をぐいと上に引っ張った。「きかれたことに答えるんだ。お父さんとお母さんは?」

何かをこらえるように、少年の喉元が大きく動いた。「父さんは覚えてない。おいらがちっちゃなころに死んだんだ。母さんも病気になって、何年か前に死んだ。なあ、警察を呼ぶのか?」

リリーがロイヤルを見上げ、許してあげてと無言のうちに訴えてきた。

「今回は見逃してやる。だがなトミー、同じようなことをこの先も続ける気なら、遅かれ早かれ監獄行きだぞ」

リリーは少年の腕をつかんだ。「聞いて、トミー。わたしの名前はリリー・モラン。ハーケン横丁に〈リリー・パッド〉という帽子の店を開いているわ。ボンド街から入ってすぐのところよ。おなかがすいたり、暖かい寝床がほしいと思ったりしたときは訪ねてきなさい。わかったわね?」

トミーはリリーを見返した。さっきまでよりさらに大きくなった目の中に、希望らしき光がいっぱいにあふれている。「ほんとに、行っていいのか?」

リリーはほほ笑んだ。「本当よ。約束する」

「おいらの犬は? マグズが入れてもらえないなら、おいらも行けないよ」

それまでどこにいたのか、茶色と白の交じった小汚い雑種犬がとことこと歩いてきて少年の足元に座った。

においがひどい上、乾いた泥やら食べもののかすやらが毛にからみついているが、リリーは顔色ひとつ変えなかった。「いいわよ、マグズもいっしょで」

トミーが初めて笑った。リリーの顔にも柔らかな笑みが広がって、見ていたロイヤルは胸に熱いものを感じた。少年の手を取り、銀貨をひと握り、薄汚れた手のひらに置いてやった。金貨を与えるのは避けた。金貨のような高価なものを持っていたら、こんな体の小さな子供は命だってねらわれかねない。

トミーがロイヤルを見てにっこり笑った。「ありがとう」少年はロイヤルからリリーに視線を移した。「いつか行くかもしれない。約束したこと、本当だよね？」

リリーがほほ笑む。「当てにしていいわ、トミー」

少年は汚い犬を連れて駆け去り、角を曲がって姿を消した。

「店に来たら、あれやこれや盗んでいくかもしれないぞ」そう言いながらもロイヤルはリリーの顔から目が離せず、彼女の行いを内心では誇らしく感じていた。

ついと上がった彼女の顎に、わずかな反抗心が見えた。「わたしも昔は路上で生活していたわ。おじは優しかったけれど、お金はなかった。すりもやったし、泥棒もした。食べられないつらさは、よくわかってる」

胸が痛んだ。彼女は強く、そして優しい。ロイヤルの中で感情が暴走した。体を倒して唇を重ねた。馬車乗り場のある公道で、ロイヤルはリリーにキスをしていた。

リリーが身を硬くするのがわかった。しかし、彼女の唇はすぐにほぐれてロイヤルにキスを返してきた。細い体がしなだれかかる。興奮があふれて、全身の血がわき立った。欲望が拳《こぶし》の強さで突き上げてきた。頭に霧がかかって、体が反応の度合いを深めていく。またたく間に自分を見失った。

意識に現実がなだれ込んできたのは、リリーが胸を押して離れようとしたときだった。彼女は頬をほてらせ、少しだけ息を乱していた。

「だめよ――やめて、ロイヤル。だめ……あなたの愛人にはなれない」

ロイヤルは耐えた。彼女を求めて、体は痛いほどに高まっていた。「わかっている」

彼女の目に、見る見る涙があふれてきた。「ロイヤル、ひとつだけ教えて。こんなこと、きく権利がないのはわかってる。だけど……あなたは……あなたとジョスリンは……」

ロイヤルは眉をひそめた。「ぼくとジョスリンが……？」

「あなたは彼女を抱いたの？」

「いや、まさか！」

リリーはスカートの裾《すそ》からのぞいた細い足に目を落とした。「このあいだの夜会で……ふたりでいなくなってたから……」ロイヤルを見上げた。「あなたは誰よりも男らしくて力強いわ。そして男の人には欲求がある。わたしと……わたしと何もできないとなれば、あなたがそうするのも当然だと――」

「何もなかったよ、リリー。意外だな、きみはジョスリンが喜んでぼくに抱かれると思ったのか？」

リリーは肩をすくめて横を向いた。「もうすぐ夫婦になるんですもの。男の人が結婚前に花嫁を抱くのは、めずらしいことじゃないわ」

「ぼくは違う」言われてロイヤルは気がついた。自分は花嫁となる女性に欲望らしい欲望をほとんど感じていない。

リリーはじっと見返してきた。「なのに、わたしを抱いたのね」小声でぽつりと言う。

馬車が現れ、栗毛《くりげ》の馬が大儀そうな歩調で乗り場に近づいてきた。説明している暇はなかった。それに、説明しようとすれば、どんな言葉を口にしてしまうかわからない。

「帰ります」リリーは馬車の扉へと歩きだした。ロイヤルは馬車に乗るのに手を貸し、御者に料金を払った。

「レースは見に来るかい？」自然とそうたずねていた。

リリーは馬車から身を乗りだして、そこで初めてロイヤルにほほ笑んだ。「何があっても見に行くわ」

笑顔が頭に残ってしばらくは動けなかった。彼女への思いを、ぼくはどうやって断ち切ればいいんだ。

死の床にあった父との約束を思いだした。方法はいやでも見つけなければならない。

暖炉の前に座っていたプレストン・ルーミスは、椅子の中で身じろぎした。待ちかねた四月までもうすぐだ。できるならすぐにでも春になってほしかった。寒いのは我慢がならない。霧も雨もうっとうしいだけだ。

最近の稼ぎを使ってどこか暖かい場所、イタリアかスペインにでも行ってくるか。考えて、自分でおかしくなった。行くことは絶対にない。ルーミスはロンドンっ子だ。いくら天気がさえなくても、ロンドンこそがわがすみかだ。

しゃがれた声がして顔を上げると、戸口にバート・マグルーが立っていた。

「入って火に当たれ。外はひどい寒さだろう」

バートは鈍重な歩き方で入ってくると、暖炉に背を向けて体を温めはじめた。「昨日よりはましですぜ。冬ももう終わりそうだ」

「そうあってほしいがな」ルーミスは錦織《にしき》りのソファで体を動かし、くつろげる姿勢を探そうとした。楽に座っていられる時間が、年を追うごとに少なくなっている気がする。

「ミセス・クローリーという老人については、何かわかったのか？」

「ボスの言うとおりききまわって、知っている人間を何人か見つけました。ヨークの出身で、今はレディ・タヴィストック、ほら伯爵未亡人の、ボスも知ってるでしょう？　そこの家にいるそうで。友達同士ってやつなんですかね」

「タヴィストックなら知っている」こんな偶然があるものなのか。死んだブランスフォード公爵に続いて、今度は年老いた彼のおばがおいしい機会をくれるとは。金であふれている金庫にまた金が入ってくる――彼女の友人、ミセス・クローリーのおかげだ。「つまり、変な話は聞かなかった。きな臭い感じは少しもなかったんだな？」

バートはごつい肩をすくめた。「少々いかれたばあさんです。おつむがうまく働いてないんだな。金はうなるほどあっても、使うのを助けてくれる親戚《しんせき》はいない」

「子供もなしか？」

「聞いたかぎりじゃひとりも。旦那《だんな》のクローリーが遺《のこ》した大金は、ほとんどが手つかずだって話で。旦那は工場やら何やら、いろいろ持ってたんでしょう」

ミセス・クローリーによれば、製糸工場に、鉱山に、その他もろもろだ。

「よくやった、バート」

図体《ずうたい》の大きなバートは、ほめられてうれしそうにうなずいた。彼は扉のほうに歩きはじめた。

「ああ、もうひとつだ」ルーミスはバートが出ていく手前で呼び止めた。「近々ボートレースがある。四人で行われる競艇だな。いつ誰が行うのか調べてほしい」

バートはにんまりと笑った。「日にちならわかります。レースは次の日曜。天候しだいですがね。バタシーを出発して、カーブを抜けてパトニーに向かう。礼拝が終わったあと、一時にスタートです。賭《かけ》もできるってんで、大勢集まりそうだ」

バートの情報はまずもって信用できる。顔見知りの使用人を使って、ロンドンじゅうに情報網を張りめぐらせているくらいだ。使用人は噂《うわさ》の収集に長《た》けているし、バートが彼らに支払っている謝礼も半端な額ではない。

「よく教えてくれた。レースをする人物の名前がわかったら、すぐに知らせてくれ」

バートは黙ってうなずいた。彼がゆったりと客間を出ていくと、ルーミスは読みかけていた本を手に取った。読み書きと計算の基礎は母に習った。それが母の知識のすべてだった。母はルーミスに勉強を続けることを約束させた。将来きっと役に立つからと。

例によって母の言葉は正しかった。初めての収入で雇った家庭教師は、行儀作法に加えて紳士としての教育を彼に施してくれた。ルーミスはそれらしい顔をして上流社会にまぎれ込んだが、彼の出自を疑う者は誰ひとりとしていなかった。

そして、彼には説得がうまいという利点があった。信用詐欺の名人とは人の信頼を勝ち取り、その上でなんの疑いも持たれずに金を奪う者のことだ。

ルーミスは静かに笑った。このわたしを信用すれば、クローリーのばあさんは何も気づかないうちに不幸の餌食《えじき》だ。

23

自分たちは運がいい、とロイヤルは思った。日曜日は今年に入っていちばんの上天気で、レースには願ってもない天候となった。彼のそばにはシェリーと、ジョナサン・サヴィジと、マーチ子爵クェンティン・ギャレットがいた。今日のレースに出る〝漕《こ》ぎ手集団〟だ。寒くて長い冬を過ごしてきたあとだけに、早く水に戻りたいと全員の心がはやっていた。昨年の秋以来使っていなかった筋肉を、今日は久しぶりに動かすことができる。

ロンドン南部のここバタシー公園では、ひとり乗りのボートが四艇、ぬかるんだ川岸で出発のときを待っていた。友人や知り合いたちは川岸でひと塊になっているが、そこにはまた、単に競漕《きょうそう》のことを聞きつけ、これぞ日差しを楽しむ絶好の機会とばかりに集まってきた人々もいた。

ロイヤルはジョスリンの隣にいるリリーを見つけた。今日はツァヤの格好ではない。ふつうのリリーだ。女らしくて、きれいで、かわいくて、見ていると一瞬胸が苦しくなった。リリーのそばにはクェントの妹のレディ・アナベルがいて、ほかにもナイチンゲール伯爵夫人、侯爵令嬢のレディ・サブリナ、ロイヤルの大おばのアガサ、それから年配のミセス・クローリーがひと塊になっておしゃべりをしている。

ロイヤルはおばを見て優しくほほ笑んだ。事情を聞かされたあとのおばは、驚いたことに、自分もぜひ計画に参加させてほしいと言ってきた。プレストン・ルーミスについては最初から怪しく思っていたという。甥《おい》のウィリアム、つまり先代公爵だったロイヤルの父に忠告しようとしたが、完全にルーミスに丸め込まれていた父には通じなかったらしい。公爵家の財産をごっそり奪ったのがその詐欺師だという事実を、おばは知らなかった。真実を知った彼女は憤り、正義を実現させたいと意気込んでいる。

モリー・ダニエルズが何かを言って、おばが笑った。まったくおかしな取り合わせだ。ところが、当人同士はいたく馬が合っているようで、おばのきらきらした表情からは、今度の計画を楽しんでいる様子が伝わってくる。

「そろそろ始めるか」言ったのはクェントだった。すでに上着を脱いでいた彼は、長袖《そで》シャツにズボンという格好で、はだしでボートの近くに立った。サヴィジとシェリーが続き、ロイヤルも三人にならった。ブーツと靴下と上着を脱いで、シェリーの側仕《そばづか》えにわたす。側仕えはそれらを抱え、レース後の着替えの場所として設置されたテントへと運んでいった。

セントマイケルズは今日は出場しない。彼は数人の有志とともにゴール地点で審判を務めてくれる。ナイチンゲールはスタート地点に残り、おそらく現れるであろうルーミスを観察する。必ず来るとは言いきれないが、リリーには確信があるようだった。

ロイヤルはそのリリーのほうに目をやった。ほっそりした体を包んでいるのは桃色の絹のドレスだ。鍔《つば》広の麦藁《むぎわら》帽子から銀色がかったブロンドの髪が幾筋かこぼれ、ハート形の顔のまわりで魅惑的に揺れている。彼女はレディ・アナベルの言葉にほほ笑んでいた。薔薇《ばら》色に染まった頬が愛らしい。熱い衝動が体を駆けた。突然の欲望に全身がこわばった。

ロイヤルは内心で悪態をついた。

「みんな、行くぞ」ぱんとロイヤルの背中を叩《たた》いて、シェリーが川へと歩きだす。「スタートの時間だ」

ほかの三人同様、ロイヤルも競漕は大歓迎だった。本音を言えば勝ちたかった。リリーのためにも。だが今日の勝者はサヴィジと決まっている。歯がゆさはあるが、しかし、本気でやったとしても勝てるとは限らない。実力は伯仲しているのだ。もし結果が決まっていなければ、誰が勝ってもおかしくないレースだった。

現実にはサヴィジの勝利は確定で、ゆえに残りの三人で二位を争うことになる。三人とも全力で戦うつもりだった。それこそが競技の醍醐《だいご》味だ。

シェリーがにやりと笑った。「ゴールで待ってる」挑戦的に言ってボートに近づく。

「きみたちが見るのは、ぼくのボートの尻だ」クェントが応じた。褐色の髪が、太陽の光を受けて赤っぽく光った。

「いや、ふたりにはぼくのボートの尻を見せつけてやるよ」ロイヤルも不敵な笑みを返し、彼らとともに水ぎわに進んだ。

最終的な確認に入り、なめらかに光る松材のオールが所定の位置にあるか、真鍮《しんちゅう》のオール受けにゆるみはないかと調べていたとき、ロイヤルは我慢できずについ後ろを振り返った。手を振るジョスリンが見えたが、ロイヤルの目を引いたのはリリーのほうだった。リリーの姿と、自分ひとりに向けられているとわかる彼女の笑みだ。

異常に心が浮き立つのを感じながら、ロイヤルは流線型の長いボートを川へと押しやり、滑席に飛び乗ると、姿勢を整えてオールを握った。

公平なスタートに備え、ロイヤルを始めとしたオアーズマンが水面で巧みに舳先《へさき》を並べている。観衆がざわめき、やがてしんと静かになった。ナイチンゲール伯爵が撃つスタートの号砲を待っているのだ。プレストン・ルーミスは遅れて最後に現れた。彼がナイチンゲール伯爵の隣に立ったときには、仲間全員、胸をなで下ろした。伯爵はルーミスと親しくなろうと前々から努力していたが、その努力が実を結んだものらしい。

会話が聞き取れないかと、リリーはふたりの近くに寄った。レースの話をしている。続いて賭《かけ》が行われた。ナイチンゲール伯爵は公爵に賭《か》け、ルーミスはサヴィジに賭けた。

　リリーは笑みをこらえた。勝つのはもちろんサヴィジだ。そしてサヴィジはツァヤがルーミスに告げたとおり、彼の前で投資話を口にする。ルーミスは話に乗るだろう。ボートの賭と同様、それは利益を生んでルーミスを喜ばせる。計画どおりにいけば、もう一度会いたいとの伝言が近いうちにツァヤのもとに届くはずだ。

　川に浮かんだ四艇のボートを眺めていても、磁石に金属の破片が引きつけられるように、リリーはロイヤルの姿ばかりを目で追っていた。目的のあるレースだとはいえ、彼らは純粋に楽しんでいる。細長い小型のボートに乗り込んだ四人の顔には、一様に満面の笑みが浮かんでいた。どうしてあんなふうに水の上でバランスを取っていられるのだろう。倒れずにいるなんて神業だとリリーは思った。

「紳士諸君、用意はいいかね？」ナイチンゲールが水ぎわの岩に立った。

「いいとも！」四人が声をそろえて答える。

　号砲が撃たれ、銃声が川面《かわも》に響きわたった。わっと歓声があがる中、各艇がいっせいにスタートした。オールが水をかき、乗り手の作るリズムに合わせてきらきらと光る。四人とも先頭に立とうと懸命だ。正確なオールさばきで一心に艇を進めていく。

　リリーの胸は興奮に躍った。水を切るように動くオール。各人が目指すのは、ここから三キロ半進んだ先にある小さな町パトニーだった。太陽の光が反射する水面《みなも》を、流線型のボートは飛ぶような速さですべっていく。

ほかの三人と同じように、ロイヤルも力漕を続けていた。長い脚を屈伸させて座面をスライドさせている。盛り上がった腕の筋肉が薄手のシャツの縫い目を圧迫しているのがわかる。汗にぬれたシャツは下の肌が透けるほどで、布地が広い背中の筋肉や締まった腰にぴったりと貼《は》りついている。

心臓がどきどきしはじめた。力が入ったときの彼の筋肉の感触が、手によみがえっていた。あれは彼が上になって動き、深く体を重ねてきたときだった。思いだすと、下腹部にぽっと熱が生じた。胸のあたりがほてったようになって、その熱が喉まで上がってきた。

リリーは深呼吸で気持ちを落ち着け、記憶を意識の外に追いやった。

周囲の会話が耳に入ってきた。「公爵さまはすばらしいわ」イーストゲート侯爵夫人の声がした。「筋肉のつき方が見事だし、それに金色のおぐしの美しいこと」

「黒髪の方も負けていませんわよ」これはセヴァーン伯爵夫人だ。褐色の髪の美人で、夫の伯爵は四十も年が上。そのせいか若い男性との恋の噂《うわさ》が絶えることがない。「そう思われませんこと？　たしかサヴィジという名前ですわ」

「彼ならよく知ってますよ」侯爵夫人は赤っぽい眉を片方上げた。「いつも醜聞すれすれの行動ばかり。娘のセラフィナには絶対に近づいてほしくない男だわ」

「ええ、そうでしょうねえ」三番目の女性が応じる。

リリーは頭をひねらずにはいられなかった。ジョナサン・サヴィジはいったい何をしてこんな黒い噂を立てられるようになったのか。父親が伯爵だという理由だけで、彼は社交界からつまはじきにされずにすんでいる。

「マーチ子爵は結婚するにはよいお相手ですわ」セヴァーン伯爵夫人が続ける。子爵のほうを向いた拍子に、たっぷりした褐色の巻き毛が肩をすべった。「ハンサムな上にとても裕福でいらっしゃるもの。最近、結婚市場に入られたとか」

娘の結婚相手を常に探しているイーストゲート侯爵夫人は、何かを考えるように唇を尖《とが》らせた。「赤毛の女は好みかしらねえ」

その言葉にみんなが笑い、ボートが上流へと進んでいくと、彼女たちはそろって川のほうに歩きはじめた。

ジョスリンが腕をつかんできた。「わくわくするわね。公爵さまは勝つかしら?」

リリーはどうにか笑みを返した。「勝つに決まっているわ」今や誰もがそうだったが、リリーもまた水面をすべるボートや、ぶれのない規則的なオールの動きから目が離せなかった。「マーチ子爵が言っていたけれど、ゴールまで二十分ほどしかからないんですって。ゴールしたあとは、流れに乗って公園まで戻ってくるそうよ」

レースは計画の一部だけれど、見る側も乗る側も楽しんでいけないという法はない。レースに先立って周囲にはテーブルが設置され、それぞれにリンネルのテーブルクロスがかけられていた。ナイチンゲール伯爵家から来た使用人たちが忙しく立ち働き、各テーブルにおいしそうな食べものが、飲みものがどんどんと並んでいく。

レモネードあり、ワインの樽《たる》あり、エール酒の入ったジョッキあり。料理の皿にあふれているのは子羊の肉とローストビーフ、小ぶりなミートパイに焼きたてのパン。スティルトン・チーズやチェシャー・チーズもある。砂糖漬けにした果物や、カスタードや、すぐりの実のプディングや、レモンタルトといった罰当たりなくらい豪華なデザートも次々に並べられて、テーブルの上はもはや隙間《すきま》が見えないほどだった。

どこを取ってもすばらしい一日だった。リリーはジョスリンを振り返り、誰かを捜しているようないとこの様子を見ておやと思った。

「誰を捜しているの？」リリーはたずねた。

ジョスリンは目をそらした。「別に誰も。どんな人が来てるかしらと思っただけよ」

ほんのり染まった顔と言いわけじみた口調で、嘘《うそ》だというのはすぐにわかった。ワイハースト侯爵邸での夜会のあとから、彼女はどうも様子がおかしい。ロイヤルと何かあったのだとあの夜は思っていた。けれど、ロイヤルは密会を否定した。

ジョスリンを見ると、すみれ色の瞳はまた人込みのほうに向けられていた。「ひょっとして、バークレー？」

ジョスリンがさっとリリーを見返す。「やめて、違うわ！」

「まだ会っているの？」

ジョスリンはかぶりを振った。「最近はぜんぜん。続けたいのかどうか、自分でもよくわからなくて」

「どうして？　愛人にするには最高の人だと言っていたじゃない」

ジョスリンはどうでもいいというように肩をすくめた。「彼はすごく自信過剰なの。そんな人に深入りするのも考えものだし」そうは言うが、さっきは確かにこの公園で彼の姿を捜していた。

理屈に合わない。合わないけれど、ジョスリンにはままあることだ。

リリーは川に視線を戻した。ボートがカーブを曲がって見えなくなるところだった。戻ってくるときはのんびりした漕ぎ方になっているだろう。現れるのはたぶん三十分ほど先だ。待っているあいだ、ジョスリンといっしょに人込みの中をぶらぶらと歩いた。どの人にも応援しているお気に入りがいて、誰もが結果を心待ちにしていた。レースが終われば全員で豪華な食事を楽しむ。提供したのはレースをしているあの四人だ。

またロイヤルの顔が見られる、話だってできるかもしれない、そんな浮き立った感情は表に出さないように気をつけた。

けれど、隠しとおすのはむずかしかった。

レースは当然ながらサヴィジの勝利で終わった。戻った四人は歓声に迎えられた。ナイチンゲール伯爵が結果を発表すると、サヴィジには彼の友人や知り合いたちから次々におめでとうの言葉がかけられ、こたえる当人は真っ黒に近い瞳をいたずらっぽく輝かせていた。数分後、彼らは汗でぬれた服を着替えるためにテントに消えた。

リリーはしばらくあたりを歩き、レディ・アナベルやレディ・サブリナを見つけておしゃべりをした。目の端でプレストン・ルーミスの姿を確認し、彼が足元もおぼつかない老齢のミセス・クローリーと話をしているのを見ると、思わず頬がゆるみそうになった。ルーミスは与えた餌《えさ》に食いついている。計画どおり、与える餌は少量ずつだ。時間はさらに過ぎていった。リリーはルーミスから視線を外してロイヤルの姿を捜したが、ようやく見つけた彼のそばにはジョスリンと彼女の母親がいた。

心が暗く沈んだ。彼が未来の花嫁のそばに行くのは、考えてみれば当然だった。そうしてほしいと言ったのはリリー自身ではなかったか。自分のところに来てくれるなんて、どうしてそんなおかしな想像をしたのだろう。来てくれたとしても、結局は困るだけなのに。

彼はリリーの恋人ではないし、そうなることも絶対にない。夢を見てはいけない。恋に憑《つ》かれたように彼ばかり見つめるのは、もうやめにしよう。三月の空の下、リリーは麦藁のボンネットをきっちりとかぶりなおし、川から離れた並木のほうに足を進めた。誰もいないと思っていたのに、木の陰から男性がひとり現れて、リリーのほうに近づいてきた。

少し前に見かけた顔だった。レディ・アナベルやナイチンゲール伯爵夫人と話をしていたようだが、名前まではわからない。

男は歩きながらほほ笑みかけてきた。「ミス・モランですね？」まだ若く、リリーよりはほんの少し年上といった感じだ。砂色の髪をした魅力的な男性だった。

「はい。リリー・モランですが、どこかでお会いしましたかしら？」

「残念ながら今が初めてです。ぶしつけかとは思いましたが、先ほどお見かけして、どうしても声をかけずにはいられなくなりました。ハートウェル子爵フィリップ・ランデンです。どうかお見知りおきを。厚かましい点はお許しください。少しだけでもお話ができるとうれしいのですが」

とても誠実な人だと思った。それに、リリー自身、作法をどうこう言える立場ではない。生活のためとはいえ、一時は人さまの懐からお金をくすねていた身だ。

「お会いできて光栄です、子爵さま」

「ぼくもです、ミス・モラン」

しばらくふたりでおしゃべりをした。天気のこと、レースのこと。それは男性が出会ったばかりの女性と交わすにふさわしい、当たり障りのない会話だった。

葉の落ちた木々のあいだの小道を進み、にぎわっている川岸まで遠まわりで歩いた。戻る手前で子爵が立ち止まり、リリーのほうに体を向けた。「先走りすぎているのはわかっています。しかし、ぼくは自分の感情に正直に生きる主義です。またぜひお会いしたい。

ご親戚《しんせき》のコールフィールド夫妻とお暮らしですよね？　お屋敷のほうに訪ねていってもかまいませんか？」

「本当に、ずいぶん先走ってらっしゃいますわ。それに、よくご存じですこと」

「昔から少々強気なところがありまして」

小さな笑みがこぼれた。「わかります」

「月曜日はいかがですか？」

熱心に問われ、リリーは顔を上げた。このわたしが男性から言い寄られるなんて。「さ――さあ、どうでしょう。あなたとはまだお会いしたばかりですし」

それでなくても考えるべき問題は山積している。感じのいい人だけれど、心が動かないというのが正直なところだった。

丁寧に断ろうとしたそのとき、知っている声が、重々しい響きを伴って耳に届いた。

「ミス・モランの家族の友人として言わせてもらうのだが、残念ながらそれは無理だ。まだ正式な紹介がすんでいない。先にミスター・コールフィールドに話をするといい。彼が日を改めて紹介の場を設けてくれるだろう」

リリーはあきれ顔でロイヤルを凝視した。彼はもうすぐほかの女性と婚約する。人の交際に口を出す権利はないはずだ。今もこの先も絶対にない！　横からしゃしゃり出てくるなんて、ずうずうしいにもほどがある！

リリーは思いきりにこやかに子爵を振り返った。「ハーケン横丁にわたしの帽子屋があります。ボンド街から入ってすぐの場所ですわ。高尚なご趣味とは合わないかもしれませんが、店は朝九時からあいています。よければお立ち寄りください」

若い子爵は晴れやかな笑顔を見せた。「必ずうかがいます」大仰に腰を折ってお辞儀をする。「お話しできて光栄でした、ミス・モラン」

「わたしもですわ、子爵さま」彼がゆっくりと離れていくあいだ、リリーは意識してずっとにこにこしていた。その笑みを引っ込める間もなく、ロイヤルが腕をつかんでぐいと自分に向きなおらせた。

「何をしていた？」

「好きなことを好きなようにしているだけよ。ハンサムな男性と楽しくおしゃべりしていたの。それのどこがいけないの？」

「よく知りもしない男だ」

リリーは顎を突きだした。「今知りました」

「彼をその気にさせたいのか？　むこうはきみを口説きたがっているぞ。きみにはきみの人生があるんじゃなかったのか？　結婚には興味がないと言っていただろう」

「結婚を否定しているわけでもないわ。でもね、仮に結婚したい気持ちになっても、相手は自分で選びます。あなたにとやかく言われたくないわ！」

ロイヤルの金色の瞳がぎらりと光った。いら立ちを必死に抑えているのがわかる。「きみが路上ですりをやっていたと知ったら、彼はどう言うだろうな?」

拳《こぶし》で殴られたような衝撃だった。彼にはいちばんの秘密を知られている。それを持ちだして攻撃されるとは夢にも思わなかった。

彼も自分の放った言葉に呆然《ぼうぜん》としていた。「すまない、リリー。こんなことを言うつもりじゃなかった。許してほしい。ぼくはただ――」

「ええ、あなたの言うとおりよ。彼は子爵ですもの。わたしみたいな卑しい過去のある女なんて、考えただけでぞっとするでしょう」

「リリー――」

「だけど、そうね、話をして反応を見てみるのも悪くないわ」くるりと背を向け、スカートを持ち上げて、いっしょに来た人たちのところにずんずんと歩きだした。

ロイヤルが隣に並びかけた。「悪気はなかった。本当だ。ぼくは過去なんて気にしない。きみを大切に思うなら、ほかのどんな男だって同じだろう。ぼくはただ……ただきみに彼と会ってほしくはなかった」

リリーは無視した。こんなこと、つい数週間前でも絶対にできなかった。しかし、今のリリーはもう子供ではない、一人前の大人だ――ロイヤルが大人にしてくれた。自分の店があって、自分でお金を稼げるようになった。成功への第一歩を踏みだしたところだ。ひとりで生きる方法を学びはじめたところなのだ。

ロイヤルが早足で追いかけてきた。「リリー、待ってくれ！」

ちょうどそこにウェルズリー子爵シェリダン・ノールズが近づいてきて、彼は言おうとしていた言葉をふさがれた。

「婚約者が捜していたぞ」シェリーはロイヤルに声をかけながら、リリーに鋭い一瞥《いちべつ》をくれた。「オペラに誘ってほしがっている。公爵席にいるところをまわりに見せつけたいんだろう。母親と自分をエスコートしてほしいと思ってるようだ」

ロイヤルの表情がいら立ちにこわばった。まだ去りたくないが、行かないわけにはいかないと思っている顔だ。「リリー、話はまだ終わっていない」

「いいえ、終わっているわ」リリーは穏やかに返した。

ロイヤルの頬に力が入った。彼は踵《きびす》を返し、未来の妻が待つほうへと歩き去った。ジョスリンが彼の腕を取るのが見えた。張っていた虚勢が、リリーの中で静かにしぼんだ。ふたりを見ていても苦しいだけだ。このまま家に帰りたかった。

しかし、来るときはコールフィールド家の人たちといっしょだったのだ。勝手に帰ることはできない。自分を叱咤《しった》して歩きだしたが、彼らのところに行き着く手前でマーチ子爵クェンティン・ギャレットが声をかけてきた。

「ミス・モラン、よろしければ……レモネードをいっしょにいかがですか？」優しく言って、腕を差しだしてくる。「今日は暑いくらいですしね」

「ありがとうございます。ええ、喜んで」救われた気分で腕を取った。ロイヤルとの関係について、彼の友人たちがどこまで気づいているかはわからない。けれど、彼らはみんな思いやり深かった。何を考えているにせよ、リリーにはいつもよくしてくれる。

マーチ子爵に従い、ほっとしながらレモネードのあるほうに移動した。

24

月曜日、リリーの店は朝から多忙だった。リリーは注文してくれる客への応対に加え、売れた帽子の追加製作にも取りかかっていた。

「お先に失礼します」手伝いのフローラが、奥の部屋で仕事中だったリリーに戸口から声をかけてきた。時刻はもう二時になっていた。「また明日の朝に来ますね」

「ありがとう、フローラ」リリーは赤毛の店員を見送った。彼女の働きには感謝しているが、店をひとり占めできるこんな時間にリリーが幸せを感じるのもまた事実だった。

次に扉の上についたベルが鳴ったのは、夕方近い時刻だった。奥から出ていくと意外な人物、ハートウェル子爵フィリップ・ランデンが店に入ってくるのが見えた。

弾みで発した公園での言葉を後悔しながら、笑顔を作って彼に近づいた。

「いらっしゃいませ、子爵さま」

子爵はビーバーの毛皮の帽子を脱いだ。「こんにちは、ミス・モラン」リリーを観察するはしばみ色の目が、ぱっと賞賛の表情に輝いた。「やあ、とてもお美しい」

頬がほてってきた。「ありがとうございます」

子爵は店内を見まわした。「若い女性が自分の店を持つ。なかなかできないことです。あなたの行動力には感服しますよ」

ほほ笑まずにはいられなかった。「店を持つのが夢でしたから」

彼は広くない店内をゆっくりと歩き、こっちのボンネット、あっちのレース・キャップと、商品をじっくり観察していった。「これはすばらしいな。いや、もちろん婦人用の帽子に詳しいわけじゃないんだが。ここにある品はすべてあなたが?」

「はい、わたしが作りました」

見れば子爵の笑みは少しバランスに欠けていて、そこがまた彼の魅力になっていた。

「あなたの見事な作品を、ぼくも母のためにひとつ買って帰りたい。どういう帽子が気に入ってもらえるだろうか?」

リリーはそばに近づいた。彼が眺めていた棚には淡い緑色の絹の帽子や、ワイン色のリボンがついた光沢のある灰色のビロードの帽子が並んでいた。すぐ下の棚には、麦藁《むぎわら》のボンネットもいくつか置いてある。

「むずかしいですね。女性の好みはそれぞれですから」

「母の服装はかなり保守的なんです。着るもの以外でもほとんどそうです」こう話すあいだも、やはり彼はちょっとゆがんだ魅力的な笑みをのぞかせている。

リリーも笑みを返したが、胸には静かにせり上がってくる不安があった。ロイヤルの言葉が頭によみがえった。〝きみが路上ですりをやっていたと知ったら、彼はどう言うだろうな？〟

リリーは手を伸ばし、繊細なベルギー・レースで縁取りをしたクリーム色の絹のキャップを棚から取った。「これなどいかがでしょう？　デザインがシンプルでかぶる場所を選びませんし、主張がおとなしめです。頭のサイズも関係ありませんわ」

わたされた帽子を、彼は目の高さに持ってためつすがめつした。「うん、これなら間違いない」リリーにほほ笑みかけた。「ありがとう、ミス・モラン」

リリーはカウンターまで案内し、会計をすると、きれいな箱に帽子をおさめた。子爵はいつまでもリリーを見つめていた。彼の心がどんどん自分にかたむいているのがわかり、ますます彼の顔が見づらくなった。

「どうかしましたか？　急にそんな困った顔になって」

「あ……ごめんなさい。ただ……その、子爵さまに好意を持っていただくのがつらいのです。わたしにはお返しする術《すべ》がありません」

彼は眉根を寄せた。「それはどういう？」

「はっきりしていますわ。あなたは子爵さまで、わたしはただの帽子屋です」

彼はリリーの手を取った。「ただの帽子屋だなんてとんでもない。あなたは美しくて聡《そう》明《めい》で、その上優しさもある。知り合いになりたいと思わせる何かを持っている。ほかのことなどどうでもいいんです」

　彼にとってはそうかもしれない。しかし、彼の母親や家族は違う。

「お言葉はうれしいのですが、もう店にはおいでにならないほうがいいと思います」

言葉の裏を探ろうとしてか、彼は長いあいだリリーを見つめていた。「今日のところはあなたの言うとおりにしましょう。ですが、ぼくはそう簡単にはあきらめませんよ」カウンターから帽子箱を取った。「この帽子、母はきっと気に入ると思います」

自分の帽子を頭に置き、それをとんとんと叩《たた》いてかぶる。彼は出口へと進み、店の扉を引きあけて通りに出ていった。

　リリーはふうっとため息をついた。仮に今の言葉が真実で、リリーの過去が問題にはならないとしても、あの若い子爵に心が動くことはない。リリーの心は今でもロイヤルを求めている。今ある傷が癒《い》えるまでは、ほかの男性のことなどとても考えられない。

　奥での作業に戻った。そのあと何人かお客も来て、かわいらしい麦藁のボンネットがひとつ売れた。驚いたことに、気づけばもう閉店の時刻だった。

　時間のたつのがこんなに早いなんて！　きっと本当に楽しいことをしているせいね。

　あわただしく一日の売り上げ計算をしていると、またしても店の扉のベルが鳴った。ロイヤルだとわかったときには、思いがけず胸が躍った。だめよ、と自分に言い聞かせた。

ひどい言葉を投げつけられたのよ。あなたは怒っていたはずよ。そうは思っても、彼のつらそうな顔を見ると、無条件に心がほどけた。

　ロイヤルはリリーのすぐ目の前で立ち止まった。緊張した様子で咳払《せきばら》いをする。こんな彼の姿は初めてだ。「あやまりに来たんだ。すまなかった、リリー。昨日の言葉は本意じゃない。きみの過去をどうこう思ったことは一度もない。きみを好きになる男なら、みんなそうだろう。あれは嫉妬《しっと》だった。言いわけにはならないが、本当なんだ」

　リリーの目に涙があふれた。

　彼はリリーの手を取って唇に押し当てた。「この心があるかぎり、本気できみを傷つけたりは絶対にしない」

　嗚咽《おえつ》の声がもれそうだった。わたしはこんなにも彼を愛している。「ロイヤル……」次の瞬間にはもう彼の胸に飛び込んで、きつく抱き締め合っていた。彼が頭を下げて、頬と頬が触れ合った。

「ぼくが悪かった」静かな声が言う。「頼む、許すと言ってくれ」

「もういいのよ、ロイヤル」

「きみと結婚する男は幸せだ。どんな地位にある男でもだ」

　リリーはほほ笑もうとした。「そんな話はどうでもいいの。あなたがわたしを気にしてここまで来てくれた。それだけでいい」

彼は体を離してリリーを見つめた。「気にするとも。気になってしかたないくらいだ」唇がそっと触れても、優しく重なったときも、拒むことはできなかった。穏やかなキスは、欲情の片鱗《へんりん》だけをのぞかせて、あっけなく終わった。

「きみのそばにいたい。きみのことばかりを考えている。きみと別れて、ぼくはどう毎日を生きていけばいいのか」

喉の塊をぐっとのみ込んだ。動悸《どうき》が苦しかった。「いやな行動もときには強いられる。それが人生というものよ」両親を亡くした十二歳のときに、リリーはそれを学んだ。食べるために、いやでも盗みに手を染めるしかなかった。

ロイヤルの手が頰に触れた。「弁護士が今朝家に来た。借地人の総意で、住環境の改善を求める嘆願書ができ上がったそうだ」わかってほしいと言うように、瞳の奥をのぞき込んでくる。「彼らを失望させたくない。借金をしてでも相応の対処をする。だが、借りた金はいずれ返さなければならない」

リリーは無理やり言葉を吐きだした。「でもあなたは結婚……結婚すれば、必要なお金はすぐに入ってくるわ」

彼は感情をこらえていた。「そうだ。ぼくはただ……きみにわかってほしかった」

喉が痛い。「わかっているわ、ロイヤル」わかっているから、胸が押しつぶされそうだった。

体を倒すと、彼は黙って抱き締めてくれた。彼の肩に頬を押しつけ、ぴたりと身を寄せていたそのとき、店の扉についたベルが鳴った。反射的に身を引いた。ロイヤルも後ろに下がった。しかし、もう遅かった。

ジョスリンと母親のマチルダが入口で凍りついていた。目を見開いて呆然《ぼうぜん》としている。「思いもよらないとはこのことだわ」マチルダの眉が、額に食い込む勢いで上がった。「待ってください。これには事情が――」ロイヤルが言いかけた。

「嘘《うそ》の説明で、これ以上侮辱なさらないで」続いてリリーに非難の目を向ける。「予測しておくべきだったわ。下賤《げせん》の血はいつまでも抜けないものなのね」

ロイヤルが身を硬くした。「リリーに責任はありません。ぼくが誘ったんです。責めるならぼくを責めてください。リリーは何も悪くない」

違うわ。起こったことのすべてに、リリーは責任がある。罪悪感と情けなさが胸をおった。「ごめんなさい、ジョー。信頼を裏切る形になってしまって」

ジョスリンはリリーの言葉を無視し、怒りの形相でロイヤルを見据えた。「彼女のお下がりなんていらない。わたしになんの愛情も持っていない人と、誰が結婚なんか」

「彼は男なのよ」マチルダがこともなげに言った。「男には欲求があるの。たまたまリリーがそばにいたというだけよ」再びロイヤルをにらみつける。「結婚の話は予定どおりに進めます。あなたたちふたりがどんな関係にあったとしても、今この場でそれは終わった。

いいですね？」

ロイヤルは口元をこわばらせた。憤っているのがわかる。婚約を解消したいと今にも言いだしそうな雰囲気だ。

「公爵さまは遊んでいらしただけです」ロイヤルを押しとどめるように口を開いた。言わせてはいけない。言ったそばから彼が後悔するのは目に見えている。「わたしはこんなことするつもりではなかったし、公爵さまだって本気ではなかったんです」ジョスリンに視線を移した。「彼が好きなのはあなたよ、ジョー。ずっとあなたひとりだったのよ」

ジョスリンはふんと鼻を鳴らしてロイヤルを一瞥《いちべつ》したが、心なしか落ち着きが戻っているようだった。表情が語っていた。男だもの、簡単にその気になるのはしかたないわね、と。彼女はリリーを自分と張り合える女性だとは見なしていない。それは今も同じなのだ。

「今日からはわたしひとりを見て」ジョスリンは言った。「今夜のオペラ観劇から始めましょう。わたしはブランスフォード公爵家の専用席に座ってみたいわ」

ロイヤルは沈黙している。頬の筋肉だけがぴくりと動いた。

「さて、あなた」マチルダがリリーに話しかけた。「もうとっくにうちを出ていてもよかったんじゃない？　店の二階がアパートになっていると言ったわよね？」

リリーはうなずいた。みじめな気分があとからあとから押し寄せてきた。「明日には荷物を引き払います」

「せいせいするわ」ジョスリンの口調には、しかし、一抹の寂しさも感じられた。彼女はリリーを頼っていた。信頼できるいちばん近しい存在だったのだ。寂しいのはリリーも同じだった。ずっと仲よくしてきたのに、自分のせいで関係が壊れてしまった。

「みんな文句ありませんね？」マチルダがきっぱりと言った。「ここで起きたことは、すべて今日かぎりです」ロイヤルを冷たくにらみつける。「今日の嘆かわしいふるまいについては、主人には黙っておくことにしましょう。娘との婚約に変更はありません。予定していたとおり、土曜の夜の舞踏会で公にさせてもらいます」

ロイヤルがすっと背筋を伸ばし、リリーのほうは見ずに、ジョスリンに向かって頭を下げた。「どうか許してください、ジョスリン。きみに恥をかかせるつもりはなかった。こんなことは二度と起きないと約束する」

「わたしと結婚したあとは、何をするにしろ慎重にお願いしたいわ」

ロイヤルはそっけなくうなずいた。

その後は誰ひとり言葉を発する者もなく、ロイヤルを含めた三人は店を離れた。彼がジョスリンと母親を馬車まで送り、それから自分の馬車へと戻っていく。

二台の馬車が走り去ると、リリーの目には涙があふれ、喉にも痛みが戻ってきた。

心はもうずたずただった。

「気分がすぐれないとはどういうことだ?」シェリーはロイヤルの執事に問いただした。シェリーとディロン・セントマイケルズはブランスフォード公爵邸を訪れ、玄関ポーチのステップに立っていた。「彼に何かあったのか?」

「旦那《だんな》さまは……今日はふだんの旦那さまではありません。お話は明日になさっていただいたほうがよろしいかと存じます」

シェリーは小柄な執事の両肩をつかんでわきに押しやり、かまわず中に入った。何かおかしい。違和感を肌で感じた。ディロンを先導する形でホールから書斎に向かったが、書斎には誰もいなかった。

「二階だ」ディロンが言い、シェリーはうなずいた。

「お待ちください」身をていして阻止するつもりか、執事がふたりのあいだに華奢《きゃしゃ》な体を割り込ませた。「二階にはお通しできません」

ならば、なおのこと行ってみなければ。「よし、行こう」執事の横をすり抜け、階段を一段飛ばしで上がり、廊下を進んで主《あるじ》の寝室の前に来た。ディロンが肉づきのいい拳《こぶし》で扉を何度も叩いたが、応答はなかった。

取っ手をひねってみると鍵《かぎ》がかかっていない。そのまま部屋に入った。隅のほうに暖炉があって、ロイヤルはその手前のソファでだらしなく座っていた。テーブルにはブランデーの空き瓶が倒れ、片手に中身が半分入ったグラスを握っている。

「帰ってくれ」

「あきれるな、ぐでんぐでんじゃないか。いったい何があった？」シェリーはきいた。

ロイヤルは少しだけ体を起こし、グラスの酒をあおった。「何がって結婚するだけだ——間違った相手と」

「そいつはもとからわかってる」ディロンが言った。「違うだろう、正体がなくなるほど飲んだ原因はほかにあるはずだ」

ロイヤルはうなった。「飲んだぞ、頑張って飲んだ。なのに、ちっとも——」ひっくとしゃっくりをした。「ちっとも酔えやしない」

ふたりは天をあおいだ。

「リリーの店で彼女といるところを、マチルダ・コールフィールドに見られた」ブランデーを喉に流し込む。「母親のそばにはジョスリンもいた」

「彼女は結婚をやめるとは言わなかったのか？」シェリーはまさかの思いできいた。

ロイヤルはかぶりを振った。「母親が許さなかった」さらに酒をあおる。「どんな犠牲を払ってでも、ぼくがやめると言うべきだった。ぼくのせいでリリーは立場をなくしてしまった。ぼくがなんとかしなければ」

「空の財布を持った女と結婚できるのか？」ディロンがめずらしくまともな意見を述べた。「おまえは公爵なんだぞ。公爵には義務がある、責任がある」

ロイヤルは小さな椅子の上で前かがみになり、両手で頭をかいた。「わかっている」

「リリーはそのときなんと言った?」シェリーはたずねた。

「自分のせいだと言った。自分に意味はないんだと、ぼくが遊びでちょっかいを出しただけだと。彼女ひとりが悪者になって、なのにぼくは黙っていた」

「選択肢はなかったんだ。しかたないさ」ディロンが言った。

「どんなときでも道はある」ロイヤルはつぶやいた。

「終わったことだ」シェリーは言った。「まあ、リリーの世間体を心配する必要はないだろう。コールフィールドの家がこの件を表沙汰《ざた》にするとは思えない」

「それはそうだが」

「そのうち気持ちも落ち着く」ディロンが大きな手をロイヤルの肩に置いた。「人生山あり谷あり。それでも、みんななんとか前に進んでいるんだ」

シェリーは体をかがめ、ソファの前のテーブルから、無造作にほうりだされている手紙を取り上げた。「これは?」

「マチルダだ。結婚式を早めたいそうだ」ロイヤルはため息をついた。「また何か起こってはかなわないからその前に、ってことだろう」

「喜ばしい話じゃないか」ディロン・セントマイケルズが反応した。「花嫁の財産がそれだけ早く手に入る。現実的になろうや。おまえには金が必要だ」

「金か」ロイヤルは苦々しく吐き捨てた。「結局はいつも金だ。ときどき道端の物乞《ものご》いがうらやましくなるよ」

シェリーは黙っていた。ロイヤルは酒におぼれて、女におぼれている。そのふたつが重なると、もう手はつけられない。

親友の手からグラスを取り上げたが、彼は気づいていないようだった。「少し眠れ。朝には気分もましになっているだろう」

返事もなく、ロイヤルがずるりとソファに倒れて静かな寝息を立てはじめると、シェリーは扉のほうに顎をしゃくった。「出よう」

ディロンがうなずき、ぶざまな友人を見下ろした。「哀れな男もいたものだ」

シェリーはうなった。「ぼくが本気で女を好きになりかけたときは、注意してくれ」

リリーは帽子の店〈リリー・パッド〉のカウンターに立っていた。今日は今のところ客も少なく、それがかえってありがたかった。フローラは二時に帰っていった。仕事中は何度かリリーを横目で見て、腫《は》れぼったいまぶたや青白い顔色を気にしていたようだが、理由を詮索《せんさく》してくるそぶりはなく、答えづらい質問をされることはなかった。

口に手を当ててあくびをした。ゆうべは一睡もできなかった。目を閉じるたびに、マチルダ・コールフィールドの険しい非難の表情がよみがえった。〝下賤の血はいつまでも抜けないものなのね〟熱い塊がまた喉に込み上げてきた。コールフィールド家にいても、自分は決して家族と同等には扱われず、とりわけマチルダには煙たがられていた。ジョスリンと同様に伯爵のひ孫でも、枝分かれしたリリーの家系はずっと前に縁を切られている。ジョスリンのことや彼女に与えたショックについては考えまいと努めた。ジョスリンに愛人がいようと関係ない。ジョスリンの問題はジョスリンの問題だ。リリーの道徳観は彼女とは違っている。いとこの結婚相手だとわかっているなら、決して親密になってはいけなかった。

疲労を抱え、何をする気力もなく、今日一日を乗り越えるのがやっとという状態で、リリーはカウンターの椅子に力なく座った。わたしの人生、いつの間にこうも制御できない方向に突き進んでしまったのだろう。

鬱々《うつうつ》と考えをめぐらせ、深い罪悪感にさいなまれていたリリーは、裏口に聞こえたノックの音にはっとした。疲れた体を椅子から引き上げ、鉛のように重い脚をどうにか前に進ませる。解錠して扉をあけると、裏口にいたのは小汚い格好の浮浪児だった。

「来ていいって言ってくれたろ？　本当によかったのかい？」

前に会った子供、トミー・コックスだった。茶色と白の交じった汚い犬もいっしょだ。この日初めて、リリーの胸に光が灯《とも》った。「ええ、もちろん。さあ、入って」

やせ細ったトミーを見ていると、似たような暮らしをしていた過去の自分を思いだす。

両親が死んだときは、恐ろしいくらいに心細かった。そのあとおじのジャックと暮らすようになった。ジャックからはしたたかに生きることを教えられた。少しずつ自信がつき、少しずつ度胸がついていった。あのころは日々を生き延びるのに懸命だった。

戸口から体を引いてトミーとマグズを中に入れた。「おなかすいてる？」トミーはがりがりにやせていた。食べものの話をすればよだれをたらして飛びつきそうだ。

「少しもらえるとうれしいんだけど。くずがあったら、マグズにももらえるかな？」

胸が熱くなった。空腹なはずなのに、この子は犬の心配までしている。「マグズの分も持ってくるわ。そこで待ってて」

汚れてはいるけれど、整ったいい顔をしている、と階段を駆け上がりながらリリーは思った。誰も手を差し伸べなければ、あの子もいずれは筋金入りの悪になるか、体を売る生き方を強いられるかだ。おじがいとこの家を捜してリリーを連れていったのは、まさに後者の心配をしたからにほかならない。

ハードクラストのパンと、グロスター・チーズと、生姜《しょうが》クッキーをひとつの皿に山盛りにして、それを持って階下に戻った。トミーとマグズはリリーが言い置いた場所から一歩も動いていなかった。逃げる必要も考えて、戸口からは離れたくなかったのだろう。

リリーはテーブルの裁縫道具を片づけ、トミーとマグズの前に大皿を置いた。「はい、どうぞ。食べてちょうだい」

汚れた手がさっと伸びてチーズとパンを取った。トミーがちぎり、片方はマグズへ。あんなに盛っておいたのが嘘みたいに、食べものはあっという間になくなった。もっと食べさせてもよかったが、空っぽの胃につめ込みすぎて気分が悪くなってもいけない。

食べものの代わりに、店の奥に常備してあるレモネードをグラスに注《つ》いだ。トミーはそれを勢いよくごくごくと飲み干した。

「おいしい?」

トミーはこくんとうなずいた。口の中に残ったクッキーで頬がまだふくらんでいる。そのクッキーも、彼は食べる前にマグズと分け合っていた。

「よければ泊まっていきなさい。夜はシチューを作るから、いっしょに食べましょう。明日の朝はココアとケーキを用意するわね」

トミーは目を丸くした。「夜も食べさせてくれるって?」

リリーはうなずいた。変に鼓動が速くなった。同情だけではない何かの感情で胸がいっぱいになっていた。「ええ、朝はココアも。ここは外よりずっと暖かいわよ」

トミーはマグズに意見をきいた。「なあ、おまえはどう思う?」雑種犬は尻尾を振って、木の床をばんばんと叩いた。それがイエスの意思表示だったのだろう、トミーはにっこりと笑った。「わかった。泊まらせてもらおうな」

リリーはどこか優しい気持ちになった。少年はリリーの祈りが届いてここに送られたのかもしれない。リリーを必要としている少年。そして、リリーも彼を必要としている。

「店を閉める時間だわ。鍵をかけたら急いで食料品店に行って、食事の材料を見つくろってくるわね」

トミーはうなずいた。そばにいるとひどくにおう。汚れた犬も同じだ。しかし、風呂を使わせるのはまだ先でいい。彼にはまず、素のままの自分が受け入れられていることをわかってほしかった。そのうちいつか、運がよければ彼に信頼してもらえるときが来るかもしれない。

ロイヤルに寄り添っているところをマチルダとジョスリンに見られ、苦しみから抜けだせずにいたリリーの胸に、今初めて、小さな喜びが芽生えていた。


ジョナサン・サヴィジは玄関ベルを鳴らした。瀟洒《しょうしゃ》な三階建てのれんが造りの邸宅。ここにプレストン・ルーミスは住んでいる。応対したのは背の高い、威厳を感じさせる白髪交じりの執事だった。

「どちらさまでしょう？」

「ジョナサン・サヴィジです。ご主人のミスター・ルーミスにお会いしたい」

「お待ちしておりました。どうぞ中へ」

先日の投資の件で話があるからと、ルーミスには人を介して都合の有無をたずねておいた。金がからむとなると、返事の来るのは早いものだ。

客間に入っていくと、ルーミスが腰を上げた。部屋の調度はどれも一級品で、その上非常に洗練されている。公爵家の財産で整えたのかと思うと驚くばかりだった。

「これほど早く連絡をもらえるとは意外でしたな」ジョナサンのほうにつかつかと近づいてくる。堂々とした風貌《ふうぼう》。髪は銀色で、口髭《ひげ》が見事に整えられている。

「われわれは運がよかったんですよ。借り手のほうは予想外に早く金が入ってきた。それで返済も迅速だったわけです」

「なるほど。ブランデーは？」

「いただきます」

ルーミスはサイドボードに足を進め、琥珀《こはく》色の液体をふたり分、クリスタルのグラスに注いだ。ジョナサンはグラスを受け取ってひと口なめた。年数をへた上等な酒は、ジョナサンが飲んできた中でも最高級の部類に入る味だった。

「これはおいしい」グラスを透かして美しい色合いを確かめた。「あなたの選択眼には感服しますよ、ミスター・ルーミス」

「気に入っていただけてよかった」ルーミスがほほ笑み、口髭の両端がぴんと上がった。

「金があればなんでも手に入るものです」

ジョナサンは低く笑った。彼自身は伯爵家の三男だ。跡継ぎではないため、今ある財産のほとんどは自力で蓄えた。祖父から相続した造船所はつぶれる寸前だったが、立てなおしをはかって、今や稼ぎ頭とも言える業績を上げている。買収して改革を加えた複数のほかの事業も、充分な成功をおさめていた。

ジョナサンはブランデーをひと口飲むと、上着のポケットから銀行手形を取りだした。ルーミスが出した金額に三十パーセント上乗せしてある。ロイヤルのためにも、先代公爵の財産が戻り、こういう工作のすべてが無にならないことを強く願った。

ルーミスはほくほく顔で手形を眺めた。「また間違いのない短期の借り手が現れたときには、ぜひ一報をいただきたいものですな」

「はい、必ず。といっても、大半はぼくのほうで引き受けますが」真っ赤な嘘だった。ジョナサンは巨額の融資などしないし、どれだけ悪評にまみれていても、人の金は盗まない。

ブランデーを飲み干して、艶《つや》やかなマホガニーのテーブルにグラスを置いた。「あなたと仕事ができてよかったですよ、ミスター・ルーミス」

「わたしも楽しかったよ、ミスター・サヴィジ」

屋敷を辞去して馬車に戻り、ブランスフォード公爵邸へ、と御者に指示をした。公爵邸を出たあとは、ジャーミン通りに行って愛人の顔を見てくる予定だった。

役目は果たした。最終幕への準備は完璧《かんぺき》だ。正義がどうのという話に興味はない。ジョナサンはただ親友のために金を取り戻してやりたかった。

25

水曜日の〈赤い鶏亭〉での会合にリリーは参加しなかった。店であんな騒動があったばかりなのだ。とてもロイヤルの顔は見られない。そのため、話し合いの内容を教えに、閉店時刻になってモリー・ダニエルズが来てくれた。

フローラはすでに帰っていた。トミーとマグズは朝食のあとすぐに出ていった。ひとところにじっとしているのは落ち着かないらしい。でも夜食の時間には戻って店で泊まると約束してくれた。これからだ、とリリーは思っている。トミーが来るのを楽しみに待っているとロイヤルのことを考えずにすみ、心の傷も少し癒《いや》されるようだった。

「ちょうど店を閉めるところだったの」モリーに言った。話し相手ができたのはうれしかった。「寒かったでしょう。お話は二階に上がって、お茶を飲みながらにしません?」

モリーはにこやかに笑った。「そうこなくっちゃ」髪色が陰鬱《いんうつ》な灰色から銀色に戻り、ボンネットの下にのぞく部分が艶《つや》やかに輝いている。笑った顔からは、若かりしころの美《び》貌《ぼう》がはっきりと想像できた。惚《ほう》けた気まぐれな老女を絶妙に演じている彼女だが、素に戻ったときはまったくの別人だ。

二階のこぢんまりした住居部分に移動すると、石炭をくべた小さな暖炉の前で、モリーが長椅子に腰を落ち着けた。リリーは火をおこしてからお茶をわかしに立った。ケーキを皿に盛る。トミーが喜ぶだろうとパン屋で買っておいたものだ。終わるころにはやかんから沸騰の合図が聞こえた。お茶を運び、ケーキの皿を長椅子の前のテーブルに置いた。

「さてと、今日の会合はどんなでした？」モリーと対座してお茶を注《つ》いだ。

「公爵は来てたわよ、当然だけど」モリーはカップとソーサーを受け取ると、砂糖を入れて静かにかきまぜた。「本当にいい男よねえ」お茶に口をつけながら、カップの縁越しにリリーを見やる。「でも今日は少し元気がなかったわ。あなたが来なかったからだと思うんだけど」

モリー・ダニエルズは勘が鋭い。ロイヤルとの関係に明らかに気づいている。

「彼はわたしのいとこと結婚するんです」慎重に言葉を選んだ。「だから彼との……友達関係……は終わりにしたの」

「なるほど」

階下での苦い事件の記憶がよみがえって目の奥がつんとした。喉が苦しくなってきて、泣いてはいけないと思うのに、涙の粒がひとつ、ふたつと頬にこぼれた。

モリーが手提げ袋《レティキュール》からハンカチを出してわたしてくれた。「いいのよ。人を好きになるのは恥ずかしいことじゃない。理屈じゃないのよね。自分じゃどうにもできないの」

リリーは頬の涙をぬぐった。「好きにならないように自分を抑えてたわ。本当よ。ロイヤルがわたしをどう思っているかは知らないけれど——」

「彼はあなたを愛している。決まっているじゃないの。目がふたつくっついている人間になら、誰にだってわかるわ」

リリーははなをかんだ。どう思われているのか本当のところはわからない。それでも、モリーの正しさを願わずにはいられなかった。「彼の気持ちは関係ないのよ。財産のある相手としか彼は結婚できないの。父親に誓ったと言うし、実際、お金がないとどうしようもない状態らしくて。彼の婚……婚約が発表されるわ。土曜の夜に」

「あらまあ」

喉の塊をのみ込んだ。「おとついロイヤルが店に来たの。寄り添っているところを、いとこと彼女のお母さんに見られてしまって。思いだすだけでも耐えられない」我慢して声は抑えたが、こらえきれない涙がまつげをぬらした。そのつもりはなかったのに、気づけば店での恐怖のひと幕をモリー・ダニエルズに話して聞かせていた。「マチルダには下賤《げせん》の血が流れていると言われたけれど、そのとおりよ」ハンカチを鼻の下に押し当てた。「たとえ財産があっても、ロイヤルとは結婚できない。だって、過去の暮らしが暮らしだもの」

「ばかおっしゃい。生まれながらのレディじゃないの。ジャックに聞いたわよ、あなたのおばあさんは伯爵令嬢なんでしょう。その事実は変えられないわ。大変な時期があったとしても、それはもう過ぎた話。今のあなたはレディよ。昔と同じようにね」

モリーの顔が涙でかすんで見えた。「本当にそう思う？」

「もちろん。公爵もきっと同じ考えよ。でなければ、あなたを好きになったりするもんですか」

リリーは黙っていた。ロイヤルの愛情の深さは知りようがないけれど、モリーに話してよかったと思った。自分には友達が必要だった。それが今、見つかった気がした。

少し気持ちが楽になり、話題を変えようと、モリーが来てくれた本来の理由に話を戻した。「今日の話し合いはどんなふうでした？」

「順調に進んでいるようよ。それこそ理想的な展開ね。ミスター・ルーミスからあなたのところにもうすぐ連絡があると、チャーリーは考えてるわ」

「それはどうして？」

「公爵の友人のミスター・サヴィジがルーミスに会いに行ったの。いい知らせを持ってね。ルーミスは金を手にした。ツァヤの予言どおりになったわけ。こうなるともう、メデラとの親戚《しんせき》関係も信じるしかないわよね」モリーは笑った。「ルーミスは金の亡者よ。もっともうけたいと考える。そこであなたが出ていって、彼を喜ばせる予言をするの」

リリーはほほ笑んだ。「つまり、あなたが彼を喜ばせるわけね?」

モリーは小さく笑った。「そういうこと。あたしとミセス・クローリーがね。まあ、なんて光栄な役目かしら」

こうしていると、好ましい彼女の人柄がしみじみと伝わってくる。彼女と出会えたおじは本当に幸せだ。「で、次の段取りは?」

「ルーミスからの連絡待ちね。連絡があったら会う日時を決める。決まったらジャックとあたしに知らせてちょうだい」

でも、ロイヤルには知らせずにおこう。以前の約束をたがえることになるけれど、彼とはもう、どんな連絡も取ってはならない。

モリーが続ける。「ルーミスと会ったらこう言って。ミセス・クローリーは銃やなんかを製造する会社を持っていて、それがあなたを裕福にする。もうすぐ彼女の株は価値が倍になる。それはアメリカ人や、あっちの国での社会的混乱に関係している。だから、彼女が売るという分はすべて買い取るようにって」

リリーはお茶を飲みながら、しばし考えた。「混乱というのは……事実なのね?」

モリーはうなずいた。「新聞にしょっちゅう出ているわ。国の北半分に不安が広がっているの。奴隷の問題で南と戦争の可能性があるようよ。万一を考えて、彼らが武装したいと考えてもおかしくない——とまあ、ルーミスならそう考えるでしょう」

「なるほど。ルーミスは予言のとおりになると確信する。なぜなら、話の一部はまぎれもない真実だから」

モリーはうれしげに破顔した。「おれの姪《めい》は賢いと、おじさんが言うはずだわ」

それはだましの常套《じょうとう》手段だった。真実を三つ聞かせること、そうすれば嘘《うそ》を信じさせるのも簡単だ。

モリーはお茶を飲み干し、カップをソーサーに戻して長椅子から立ち上がった。「必ず連絡してね。あなたはロンドンのどんな高貴な淑女にだって負けてない。それを一瞬でも忘れちゃだめよ」

リリーも立った。近づいてモリーに抱きついた。「ありがとう。いろいろと本当に」

「くよくよしないのよ。みんなであの腐った男を徹底的にやっつけてやりましょう。あなたの公爵さまのお金だって、いくらかは必ず戻ってくるんだから」

しかし、いくらかではだめなのだ。それに、ロイヤルが父親と交わした約束もある。階段を下り、馬車乗り場までいっしょに歩いた。モリーが馬車を呼び止めるのを見届けて、店の二階に戻った。

部屋に入ると、モリーの言ったことを考えてみた。たとえ、自分に公爵と結婚する資格があるとしても、それでも結婚はありえない。

目頭が熱くなった。土曜の夜からは、ロイヤルは完全にジョスリンひとりのものになる。

ジョスリンは鍵《かぎ》を差し込み、借りてある〈パークランド・ホテル〉の部屋に入った。どきどきしていた。緊張には慣れていない。けれど、クリストファーはもういつ現れるかもしれないし、ジョスリンには彼に聞いてほしい大事な話があった。

フードつきのマントを脱いで、神経質に部屋を歩いた。緋《ひ》色で縁取りされた緑のビロードのドレスが、方向転換するたびに足元でふわりと揺れた。右に歩いて引き返し、左に歩いて引き返した。時計を見た。まだ遅刻と言える時刻ではない。ジョスリンが早く着きすぎたのだ。

緊張感がさらにふくれ上がった。緊張なんてばかばかしい。彼は喜ぶに決まっている。きっと興奮して有頂天になる。ジョスリンをどう思っているにせよ、お金は絶対にほしいはずなのだ。

知らないうちに眉間《みけん》にしわを寄せていた。不安が胸にざわめいた。これがロイヤルなら、お金だけのつながりでも平気だった。ロイヤルとの関係――たいした関係でもないけれど――それは純粋なビジネスだ。クリストファーとは……クリストファーとは違う。割りきった関係だと自分に言い聞かせてきたのに、いつの間にか感情が深く入り込んでいる。

鍵のまわる音がして、扉があいた。入ってきたクリストファー・バークレーはいつもどおりにハンサムで、落ち着き払っていた。ジョスリンに気づくと褐色の眉を上げた。待たせるのがお決まりの彼女がどうして、と明らかに意表を突かれた顔だった。

「早いじゃないか。なんの用かは知らないが、よほど重大な話なんだな。それとも、濃厚なセックスを楽しみたくてうずうずしてたのかい？」

頬が熱くなった。クリストファーは表現をやわらげるということを知らない。しかし、そんな率直さも、ジョスリンには不思議とすがすがしく感じられた。大股で近づいてきた彼は、両肩をつかんでジョスリンをぐいと抱き寄せた。唇が下りてきて、重なった。乱暴なキスは、やがて優しいキスへと転じ、余裕をなくしたジョスリンは彼の胸に倒れ込んで、巧みな愛撫《あいぶ》を待ち望んだ。早くひとつになりたかった。

クリストファーが後ろに下がった。「先に話をしておこう。何も聞けずじまいになっては困るからね。ぼくを呼んだ理由は？　手紙には大事な話とあったが」

ゆっくりと彼から離れた。緊張が戻ってきた。クリストファーはこれまで出会ったどんな男性とも違っている。絶対に大丈夫だと思っていても、もしやの可能性が――。

かぶりを振って、彼のところに戻った。「決心したの。公爵さまとは結婚しないわ」

彼は驚愕《きようがく》に目を見開き、そしてすぐに眉根を寄せた。「なぜだ？　話はまとまっているんだろう？」

「そうだけど……。はっきり言って、ロイヤル・デュワーのことはなんとも思っていないの。だから彼とは結婚しない」視線を上げて、美しく整った彼の表情を探った。「その代わりに、あなたと結婚するわ」

沈黙が落ちた。と、彼の口から盛大な笑いがはじけた。「気でも違ったのか？」

みぞおちがぐっとこわばった。「てっきり……喜んでくれるとばかり……」

彼は長いあいだジョスリンを見つめ、背を向けて窓のほうに離れていった。耳に聞こえるのは、丸石の舗道を走る馬車の音。そして新聞売りの声。

濃くなるばかりの静寂にため息を吐きだすと、彼はジョスリンのそばに戻ってきた。

「きみとは結婚できない。ぼくはきみの望む男ではないし、そうなる可能性もない。ペットの子犬じゃあるまいし、都合よくもてあそばれるだけの夫になる気はさらさらないよ。事情が違っていたら……金や肩書きがぼくにあったら……」口元をこわばらせる。「だが、ぼくは無力だ。公爵と違って何ひとつきみに与えられない。きみも、ぼくも、みじめになるだけだ」

涙が込み上げてきた。拒絶されるなんて思わなかった。いっしょに寝たじゃない。趣向を凝らして何度も抱いてくれたじゃない。なのにどうしてわたしを拒むの！

怒りがジョスリンを包んだ。怒りと、そして屈辱が。

手を後ろに引いて、彼の頬を強く叩《たた》いた。彼が後ろによろけた。「大きらい！」大声で言った。「大きらいよ、クリストファー・バークレー！」

身をひるがえして走った。扉を大きく引きあけ、マントを残したまま部屋の外に駆けだした。人に見られたってかまわない。噂《うわさ》好きの口を封じるお金ならいくらでも持っている。お金があれば好きに人が動かせる。どんなものでも手に入れられる。

涙で視界がかすんで体がよろけ、倒れる寸前で踏みとどまった。

お金があれば人が動かせる。

どんな人でも操れる――クリストファー・バークレー以外は。


店の扉がばんと開かれ、リリーは顔を上げた。駆け込んできたのはドッティ・ホッブズだった。太い体にエプロンをつけたままだ。

「長居はできないの。これをわたしに来ただけ」リリーに手紙を差しだす。「ルーミスがツァヤを訪ねてきたわよ。今夜会いたいって。で、これをあんたに置いていった。会ってくれるなら、そこに書いてある住所に連絡がほしいそうだよ」

受け取った紙を広げると、十時に会いたいとの言葉とともに、連絡用の住所が書いてあった。もうすぐ午後の二時だ。「ずいぶん急がせてくれるじゃない」

奥の部屋に視線を投げた。室内帽からにんじん色の巻き毛をはみださせたフローラが、椅子に座って鼻歌交じりに作業をしている。青いビロードのボンネットの鍔《つば》に造花を縫いつけているところだ。

「フローラ、ちょっと二階に行ってるわね。ほんの数分だから」

フローラがうなずいたのを見て二階に急ぎ、ツァヤからの了解の返事をしたためた。二通目はおじのジャックあてだ。ルーミスが接触してきた。ついては今夜の十時に会うことになったと書き記した。

吸い取り用の砂をかけ、紙を折り、封蝋《ふうろう》で閉じてから階下に戻った。

「ルーミスの住所はもらった手紙に書いてあったわ」ドッティに言い、もとの手紙を今書いてきた分に重ねて彼女にわたした。「必ず彼の手元に行くようにお願いします。もう一通はモリーとジャックへの連絡よ」

「わかった。責任持って届けるよ」

「ありがとう、ドッティ」ドッティは足早に店を去った。

二時になってフローラが帰っていくと、残ったリリーは不安なままに店内を意味なく歩き、のろのろと進む時間にいら立った。夕方遅くになってから、落ち着いた印象の中年女性が入ってきた。食料品店の奥さん、ミセス・スマイスだ。白いベルギー・レースを使った正装用の帽子を注文したい。孫の先礼式があるのだと彼女は言った。注文を受けつけたリリーは、そのあとすぐに店を閉めた。

暗くなってすぐ、裏口にトミーとマグズが現れた。彼らの姿を見ると、リリーはいつもほっと胸をなで下ろす。路上で暮らす過酷さはわかっている。トミーの身の安全が心配で、厄介ごとに巻き込まれませんようにと、いつも心の中で祈っていた。

「夜食のあとで少し出かけなくちゃならないの。遅くはならないと思うわ」トミーに言った。

「どこに行くんだい？」

「ある人と星の話をしにね」

リリーはほほ笑んだ。「星が見えたのなら、前は田舎にいたのね？」

「星ならおいらも母さんとよく見てた。母さんは星のお話を作るのがうまくてさ」

「うん。母さんが病気になるまでずっと。母さんが死んでロンドンに来たんだ」彼の視線はリリーの背後に向けられている。振り返ってみて、彼が何を見つけたのかを知った。革装丁の小さな詩の本だ。テーブルに置いて、そのままになっていた。

「今まできく機会もなかったけど……もしかして、字が読めるの？」

「母さんに教わった。母さんも学校には行ってないけど、頭はすごくよかったんだ。田舎の大きなお屋敷でメイドをしてて、家政婦さんに教わったって」

リリーは本を取ってきてトミーにわたした。「わたしがいないあいだ、読んでいるといいわ」

彼は顔をくしゃりとさせた。すてきな笑顔を持っている子だ。ちゃんと食事をとるようになってから、こけていた顔の輪郭もふっくらしはじめている。差しだされた本を、彼は宝石を手にするようにそっと受け取った。「ありがとう。絶対汚さないよ」

店の奥の部屋には、トミーのための簡単な寝床がしつらえてある。食事を終えたあと、トミーはすぐに寝床に座り、隣でマグズが丸くなった。オイルランプの明かりで、彼はさっそく本を読みはじめた。

たそがれが夜へと変わった。夜の九時。リリーはすでに色鮮やかな絹を使ったジプシーの衣装に着替え、出かける準備を整えていた。トミーとマグズが眠っているのを確認しながらマントをはおり、顎の下で紐《ひも》を結ぶ。フードでまっすぐな黒髪を隠すと、馬車乗り場に向かった。

いくらも待たずに、辻《つじ》馬車を引いた馬が大儀そうな足取りで通りの角に現れた。馬車がマダム・ツァヤの簡素な住まいがあるピカデリーへと動きだすと、リリーはプレストン・ルーミスのことを考え、背筋を伝った不安はあえて意識から払いのけた。

紳士クラブ〈ホワイツ〉の隅のテーブルを、クリストファー・バークレーはひとりで占領していた。目の前のブランデーにはまったく口をつけていない。胃に重苦しい圧迫感がなければ、何もかも忘れて酔いたかった。だが実際は、酔うことを考えただけで吐きそうになるありさまだ。

この二日、食べものが喉を通らず、まともな睡眠もとれていない。何も手につかず、彼の心を奪った向こう見ずでかわいい妖婦《ようふ》の顔ばかりを思いだしている。

　そもそも、何をどう間違って自分は彼女と関係を結んでしまったのか。どう転んでも厄介な結果になるのはわかりきっていた。とはいえ、その気になった下半身に理屈は通じない。彼女に感じた衝動は、過去に一度も感じたことがないくらい激しいものだった。目を上げると、見知った顔が近づいてきて、じょじょに焦点を結んだ。まっすぐな鼻筋、黒い髪、きらきらしたブルーの瞳。

「座っても？」片手にブランデーのグラスを持って、ルール・デュワーが隣に立った。デュワー家の男とだけは会いたくない気分だったが、ルールとクリストファーの弟のルーカスとは同い年で、しかもとても仲がいい。

「学校に行っているんじゃなかったのかい？」

「最後の授業が終わったんです。永久に解放されたと思うとうれしくて」椅子を引いても座ろうとしないのは許諾の言葉を待ったのだろうが、クリストファーが同席を許したのはいやいやだった。

「座るのはかまわないが、今日は機嫌がよくないぞ」

　ルールは座って足を投げだし、グラスを手にしたまま、青い瞳でじっとクリストファーの顔を探ってきた。「カードゲームでごっそりすったか、でなければ女、ですよね？」

　クリストファーはただうなった。

「結婚してる人ですか？」

「結婚しているも同然だ」

「愛しているなんて言いませんよね？」

ルールの言葉に反応してみぞおちがこわばった。「体の欲望だろう。のめり込むってやつか。なんにしても、マラリアよりたちが悪い。早く断ち切ってせいせいしたいよ」

「そんなにひどい？」

クリストファーはほうっておいたグラスに初めて口をつけた。よりにもよって、話をしている相手がルール・デュワーだとは。「ひどいなんてもんじゃない」

「彼女がひとり身なら、打つ手はあるんじゃないですか？」

「ぼくにはないね。彼女とは住む世界が違う。これといった財産もなければ、爵位もない。そんなぼくが夫になっても不釣り合いなだけだ。彼女には莫大《ばくだい》な財産があって、金さえあればなんでも意のままに動かせると信じている。結婚してぼくを好きに操りたいんだろうが、そうはさせない。間違った夫を選んだと、のちのちまで後悔されるのがおちだ」

ルールはブランデーをひと口なめた。「財布の紐を握る女というのは、男としてはいちばん敬遠したい部類だな」

「きみの兄さんは平気そうだが」言った瞬間に、しまったと後悔した。

ルールは平然としている。「噂を聞いたんですね。上の兄がコールフィールド家の令嬢と結婚するのは、ロンドンじゅうに知れわたってるから。まだ正式の婚約じゃないっていうのに。公表するのは土曜の夜なんです。それもあって、ぼくはロンドンに来たんですけど」

何も言えず、ただ、みぞおちが暗くざわついた。

「兄の結婚は、あれはしかたないんですよ。仮にもブランスフォード公爵ですからね。跡継ぎをもうけるとか、いろいろ義務があって。それに、父にも約束している。兄は花嫁の財産を使って、公爵家の財政を立てなおすつもりです」

クリストファーはグラスを口に運んだ。「一ペニー使うごとに、わがままに振りまわされるぞ。彼女はそういう女性だ」

「だとすれば、彼女は自分が結婚しようとしている男を理解していない。婚約を公表したら、兄はすぐにその金を自分で管理しますよ。いくら妻でも、夫の金の使い道に口出しする権利はない」

苦笑したい気持ちを押し殺した。きみに彼女の何がわかる、と言ってやりたかった。ジョスリンはわがままで身勝手で、公爵の人生を悲惨な色に塗り替える。ああいう女を飼い慣らせると思うなら、そいつは愚か者だ。

だが、くそっ、試してみたいと思うのはなぜなんだ。

グラスを握る手に力が入った。だめだ、試してどうする。ジョスリンはぼくを愛してはいない。男を愛するという心があるかどうかさえ疑わしい。あの手の扱いにくい女と円滑な結婚生活を送るには、深い愛情の基盤が不可欠なのだ。

酒を飲み干し、グラスをテーブルに置いて席を立った。

「話ができてよかったよ、ルール。きみの兄さんによろしく」心の中でつけ加えた。ジョスリンと結婚してから始まる地獄のような暮らしに、ぼくからの永遠の同情を、と。

26

十時になろうとしていた。リリーが到着したとき、ドッティは厨房《ちゅうぼう》で忙しく働いていた。彼女の手によってツァヤの返事はプレストン・ルーミスにわたり、もうひとつの手紙もジャックとモリーの暮らすアパートに届けられている。おじたちふたりは同居を始めたらしく、そんな新しい暮らしをリリーは心から応援していた。

時計を見た。もうルーミスが来るころだ。しまってあった場所に行き、星の位置が描かれた天体図を取りだした。ルーミスが約束の時間を夜にした理由は想像がついた。ツァヤのそばで、実際にツァヤのやり方を見たいからだろう。

おかしくて口元がゆるみそうになった。小さなころから、リリーは星が大好きだった。星座の名前や見つけ方は父に教わった。星座は空が澄んでいてこそ見つけられるのだが、家族のささやかな家があった田舎では、夜空はいつも美しかった。

このロンドンでは空気が煤《すす》けている上、低くたれ込めた雲や霧のせいで、空はたいていどんよりとしている。しかし、今夜は特別だ。午後に風が出たため、煤煙《ばいえん》はきれいに吹き払われていた。空は深い漆黒で、星々の輝きはダイヤモンドを連想させた。それを見て確信できた。だからルーミスは今夜を選んだのだ。

服装におかしなところはないか、最後にざっと見なおした。黒髪のかつらをしっかりとかぶり、絹の赤いブラウスを引っ張って乱れを整える。客を迎える準備は大丈夫だろうかと、ドッティのいる厨房に向かった。

スイングドアから一歩中に入ったとたん、体が硬直した。初めてルーミスが来た日とそっくり同じ場所に、ロイヤル・デュワーが立っていたのだ。飾り気のない平凡な服装なのも前のときと変わらない。

「ど……どうしてここに？　ルーミスが来ると、どうしてわかったの？」

「モリーが連絡をくれてね。きみを彼とふたりだけにするのは心配だったらしい」

「ふたりだけじゃないわ。ドッティがいるもの」

彼は鼻で笑った。女ばかりじゃたいした自衛はできない、と言われているようだった。

「見えないように引っ込んでいるよ。前と同じだ」

「でも――」

ノックの音が聞こえ、話はそれきりになった。悔しいけれどしかたがない。一拍置いてくるりと背を向け、応対に出ていくドッティを横目に見ながら居間に引き返した。家政婦役の彼女の案内でルーミスが居間に入ってくると、リリーは立ち上がった。

「ミスター・ルーミス……よく来てくださいました」

「会えてうれしいよ、ツァヤ」

「わたしもです。お茶をいかがですか？　もっと強いもののほうがよろしいかしら？」

「今夜はやめておくよ」ルーミスの目がテーブルの天体図をとらえた。彼はテーブルに歩み寄った。「これは、使うつもりで準備を？」

「空が澄んでいます。街ではめったにないことです。今夜は感覚が浄化できると思いました。何かが見えるかもしれません」

ルーミスは銀色の口髭《ひげ》をなでた。「サヴィジについての予言は当たっていたよ。彼に誘われて投資をしたら大成功だった」

リリーは軽く会釈をした。

「予言が外れることはないのだろうか？」

「迷いがあるときは、口にはしませんわ」

彼は窓の外の闇《やみ》にちらと目をやった。「あなたのやり方を見せてもらいたいのだが、かまわないかな？」

リリーはなんの問題もないというように肩をすくめた。「お好きなように」居間の戸口へと移動し、マントを取ってルーミスを玄関ホールへ、そこから廊下を進んで家の裏手へと案内した。ポーチに出たリリーは、手すりを両手でつかんで夜空を見上げた。

「何から始めるんだね？」横に来たルーミスが問いかける。

リリーは空を見たままで答えた。「まずは〝北の星〟を探します。そこがすべての中心になります」指で示した。「あそこです。おわかりですか？」

示された場所に彼が目を凝らす。「ああ」

「その左に、こちらの言葉で〝鋤《すき》〟と名のついた形があります。強く光る七つの星が見えるはずです」

「ああ、あれだな」

「北の星を中心としたその反対に、五つの星がまとまっています。わかりますか？」

彼は顔をしかめながらも探しつづけ、ようやくリリーの言っている星座を見つけたようだった。「わかったぞ」

「あれらの星は女性の姿を表しています。ギリシャ人がカシオペアと呼ぶうぬぼれの強い女王です。彼女は器量のよさを自慢してはばからなかったそうですわ」

ルーミスが小さく笑った。「ずいぶん知識がおありだ」

リリーは肩をすくめた。「すべて母から教わった話です。わたしにとって、星は大いなる癒《いや》しの源なのです」

「そして、すばらしき助言者でもある？」

「はい、ときどきは」リリーは空に視線を戻すと、あとはしばらく無言を通した。大地を包む漆黒の広がりや、遠くでまたたいている星々に神経を集中させる。そんな彼女を見ているだけでルーミスは満足している様子だった。

さらに時間が流れた。リリーは固まっていた姿勢をすっとほどいた。「さあ、そろそろ中に戻りましょう」

廊下を歩いているあいだは何も言わなかったルーミスが、居間に入るやいなや、リリーの期待どおりの質問を口にした。「何が見えたのかね？」

ツァヤらしい謎《なぞ》めいた笑みを返した。「先ほどは星の中にあなたの姿を想像しました。すると、そばに高齢のご婦人が現れました。あなたがご存じの方です」

ルーミスの体がわずかに緊張した。「ミセス・クローリーだ。きっとそうだ」

リリーはうなずいた。「その女性は……多くの会社を持っていて、中のひとつがあなたに莫大《ばくだい》な富をもたらします」

「どの会社だ？　それはわかるのか？」

「銃です。ライフル銃が並んでいるのが見えました。アメリカ人とかかわりがあるようです。国内での衝突が戦争に発展する可能性があって、彼らは武器を求めてきます。その高齢の女性に関しては……最大限の投資をなさるように。あなたは大富豪になります」

「間違いはないのか？」

リリーは肩をすくめた「星にはそう出ています。わたしに言えるのはそれだけです」

活発になった彼の思考が目に見えるようだった。これまでの予言を思い返し、すべてが当たっていたことを確認し、万が一にもだまされている可能性はないかと自問している。しかし、ロイヤルの友人は社交界の上層に名を連ねる者ばかりだ。どんな形であれ彼らがぺてんの片棒を担ぐなどとは、さすがのルーミスも思わないだろう。

「今の話、考えてみるとしよう」

「忠告しておきますが、そう時間はありませんよ」

彼はうなずいた。「ありがとう、会ってもらえてよかったよ、ツァヤ」

リリーは軽く頭を下げた。「ごきげんよう、ミスター・ルーミス」

彼にさっと手を取られ、その拍子に指輪の飾りがきらきらと揺れた。「プレストンでいい」ルーミスは静かに訂正し、リリーの手の甲にキスをした。「もうわたしたちは友人同士なんだ。そうじゃないかね？」

リリーは身震いを封じ込めた。「友人……ええ、そうですね」手を引いて、作り笑顔で彼を見返す。「おやすみなさい……プレストン」

玄関ステップを下りて馬車に乗り込むところまで、リリーは帰っていくルーミスを窓からじっと見つめていた。馬車が去るのを待って安堵《あんど》の息をつくと、寝室に入ってかゆい黒髪のかつらを取った。なぜかはわからないが、ツァヤの姿のままロイヤルの前に出ることには抵抗があった。彼に昔の暮らしを想像されそうでいやなのかもしれない。

ピンを外して頭を振ると、長い金色の髪をリボンでひとまとめにした。ロイヤルはまだいるはずだ。気を引き締めて厨房に行った。スイングドアをあけると、どうしたことか厨房にドッティの姿はなく、ロイヤルひとりが立っていた。

「下の娘の具合が悪くなったらしい。家に帰って様子を見てくるそうだ。ここはぼくがいるから大丈夫だと言っておいた。リリーなら家まで送り届けるからと」

肩の後ろが緊張にこわばった。「そんなことしていいはずないわ。人に見られたらどうするの？　店の中で見られただけでも大変だったのに」

ロイヤルは息を吐いた。「あのときはぼくが悪かった。あのときに限らず、きみとのあいだに起こったすべてのことはぼくの責任だ。きみをそっとしておけば――」

「自分ひとりを責めないで。ふたりのあいだに起こったことは……どんどんスピードが上がっていく列車みたいなものだった。止めようがなかったのよ」

今でもぼくたちは惹《ひ》かれ合っている――そう語りかけるかのように金色の瞳がリリーを見つめ、鮮やかな絹の衣装を上から下へと眺め下ろした。互いの思いは変わらない、むしろ強くなっているくらいだ、と無言の声が告げてくる。

彼の手が頬に触れると、指先の熱さで肌が焼かれるようだった。「きれいだ。ジプシーの格好をしていても、きみは美しい」

リリーは黙ってかぶりを振った。彼を見ているだけで欲望が頭をもたげ、心拍が速くなり、抱かれるのを予感して体が柔らかく弛緩《しかん》する。

「伝えたい言葉も、共有したい感情もたくさんあるのに、ぼくには何もできない」

神経質に唇をなめるリリーを見て、彼の目が細くなった。張りつめた空気を、リリーは無視しようと努めた。震える空気は質感さえ感じるほどに濃密だった。「何を感じていようと、お互いそれは無視しないといけないの。わたしたちはもう充分罪深いことをしてしまったのよ、ロイヤル」

「罪を犯したのなら、この心が感じた安らぎはなんだ？　もう一度きみを抱きたいと思うのはどうしてだ？　きみとひとつになった感覚が忘れられないのは、せめてこの腕に抱きたいと思うのはなぜなんだ？」

涙があふれ、体が切なく彼を求めた。触れてほしかった。抱いてほしかった。もうどうなってもいい。どんなに罪深くてもかまわない。

「わたしが弱いからいけないの」そうなのだ。ロイヤルとの問題では、どうしても意志が感情に負けてしまう。「あなたに背を向けたいのに、できないから」

彼に近づき、彼の頰を片手で包んだ。爪先立ってキスをした。思いを込めた、静かで甘いさよならのキス。それはだんだん激しくなり、あっと思ったときにはもう彼の腕に倒れ込んで、無言のままにその先を求めていた。

忘れると心に誓ったのに、誓いは守れそうになかった。ロイヤルが体を引こうとしたとき、リリーはそれを必死で止めた。

「明日が過ぎれば、もうどうにもできないわ。これが最後の機会なの。この夜を逃したくない。最後にもう一度だけ抱いてほしい」

いっとき彼は身を硬くした。負けると知りつつ感情と闘っている。降伏したい自分にあらがっている。やがてあがった苦しげな声。負けを認めたのね、と思った次の瞬間、リリーは彼に抱え上げられ厨房の外へと運ばれていた。その先にはツァヤの寝室がある。片足で扉を押しあけるや、彼は抱いていたリリーを床に立たせた。もどかしさにいら立つようにリリーの服を脱がせていく。

リボンをほどき、赤いブラウスを肩から引きはがし、胸の頂に口をつけ、くぐもった声をもらす。強く吸われる感覚に、リリーの下腹部が熱く緊張した。そうしているあいだも、彼の手はずっと動いていた。鮮やかな色合いのスカートのたれ飾りを探り、下ばきといっしょにぐいと引き下ろす。

ロイヤルはいったん体を離すと、リリーが服の山から一歩外に出てサテンの室内ばきを脱ぐのを待ち、彼自身も必死の形相で、膝まであるブーツや、長袖《そで》のシャツとズボンを引きちぎるようにして脱いでいった。

裸になった彼がすっくと立ち上がったとき、リリーは大きな驚きと感動を覚えた。逆三角形に締まった美しい体。胸板は盛り上がり、下半身は猛々《たけだけ》しい力にあふれている。大きくて、りりしくて、受け入れるのが待ちきれない。

熱っぽい視線にさらされて、胸の頂が硬く尖《とが》った。体の奥がじんわりとぬれ、狂おしい欲求が立ち上がった。

「できるなら――」ロイヤルが言う。「これから毎晩、命がつきる日まできみを抱いていたい」言い終わるやリリーを抱いてキスをし、唇で、舌で、熱い欲求を伝えてきた。燃えるようなキスに全身がほてった。むさぼるようなキスが何度も何度も繰り返された。

ベッドに運ばれ、マットレスに寝かされると、彼がすぐに上からおおいかぶさってきた。胸のふくらみにキスをし、頂に吸いつき、歯で刺激を送り込んでくる。下腹部の奥まった場所で、欲望がきゅんと主張した。

首筋から肩にキスの雨を降らせたあと、湿った唇はリリーのへそへ、さらにその先へと熱い道筋をつけていった。ああっ、と声がもれたのは、唇が脚のつけ根の奥へと達し、そこを舌でもてあそばれたときだった。快感があふれ、うねりとなって何度も襲ってきた。

舌での愛撫《あいぶ》はなおも続き、体が小さく震えはじめて、リリーはシーツをきつくつかんだ。快感がいっきにはじけた。甘い余韻が全身を包み、穏やかな波となっていつまでもリリーをあやしつづける。次には彼が体を重ねてくるはずだ。自分の苦しい欲求を解放しようとするはずだ。

ところが、予想に反して、彼は隣で仰向けになり、引き起こしたリリーを自分の上にまたがらせた。

人指し指がリリーの頬を優しくなでた。「今度はきみが乗る番だよ、お嬢さん」

胸の鼓動が速くなった。興奮した男の体を組み敷いているのだと思うと、リリー自身も、全身が新たな興奮にわき返った。彼は主導権をわたそうとしている。好きなようにしていいと言っている。太腿の内側には張りつめた彼の感触があり、目の前ではたくましい胸板が荒々しく上下していた。

ロイヤルの顔を見つめながらゆっくりと脚のほうに下がり、平らな腹部にキスをしてから、張りつめた場所におずおずと舌をつけた。

「リリー、そこまでしなくても――」

低いうめき声とともに言葉がとぎれた。リリーが彼を口に含んだせいだ。舌を使い、彼を味わい、どうすれば喜んでもらえるかを、リリーは自分の行為を通じて覚えていった。声にならない声が言う。

「ああ、リリー」両手で彼をつかむと全身がびくんと反応し、支配しているという陶酔感が胸にあふれた。ロイヤルへの愛の深さを実感し、目の奥が熱くなった。「もういいよ」低いしゃがれ声が聞こえた。「きみとひとつになりたいのに、このままだと――」

リリーはあっと息をのんだ。彼の手で腰をつかまれ、激しく主張するその場所の真上にまたがるように体を持ち上げられたのだ。そういうことかと、最初の彼の言葉に初めて納得がいった。〝今度はきみが乗る番だよ、お嬢さん〟

ふくれ上がる興奮の中で、静かに体を落とした。太くて硬い感触。途中で止まることなく最後まで彼を受け入れた。腰を浮かせて沈めると、肌がぞわりと波立った。もう一度浮かせて、沈める。

「リリー……」引き締まったロイヤルの体が緊張するのがわかった。

ほてりがのぼってきて、肌にちりちりとした感覚が広がった。浅くなる彼の呼吸を見ながらリリーも動きをいっそう速め、より深く、より激しく彼を責め立てる。心臓が恐ろしい速さで打っていた。息が苦しくなって、体が内側から震えはじめた。彼の筋肉に力が入ったと思うと、彼は突然全身をぐいと動かして自分を解放した。リリーも残りの坂を駆け上がった。強烈な快感が突き上げてきて、体の深部から喜びがほとばしった。くぐもった声をあげ、叫ぶようにロイヤルの名を呼び、うれしさと寂しさとを半々に感じながら、充分に満たされたあとの甘い充足感に酔いしれた。

体をつなげたまま、長いあいだ彼の胸に突っ伏していた。どれだけそうしていたのだろう。少し眠ってしまったのかもしれない。というのも、目をあけると彼が両手で髪をなでてくれていたからだ。

愛していると言おうとしたけれど、言葉は鍵《かぎ》のかかった場所から出てこなかった。ふたりの関係に未来はない。言えばロイヤルを苦しめ、リリー自身も苦しむはめになる。

だからというわけではないけれど、再び力をみなぎらせた彼にごろんと転がされて自分が下になったとき、リリーは愛しているの代わりに強く彼に抱きついて、彼の作るリズムに動きを合わせた。自分から唇を重ねてキスをした。この夜はわたしのものだ。

罪の報いは、明日受ける。

27

通りで聞こえる音楽は、三階建ての威容を誇る煉瓦《れんが》造りの豪華なコールフィールド邸から流れだしていた。窓という窓に金色の明かりが灯《とも》り、美しくめかし込んだ招待客が玄関前に列を作っている。黒塗りの立派な公爵家の馬車が、玄関ポーチの下にさしかかった。財産を失っても父が手放さなかった四頭の葦毛《あしげ》の馬、それらに引かれる馬車の中で、ロイヤルは覚悟を決めた。

今夜が終われば、もう決して自由には生きられない。結婚はみずから受け入れた義務であり、納得して払う犠牲だ。与えられた使命にそむくつもりはなかった。

ジョスリン・コールフィールドと結婚して彼女の財産を手に入れる。その代わり、彼女にはブランスフォード公爵夫人の座がもたらされる。やがて彼女は公爵家の跡継ぎを産むだろう。妥協しながらでも、家族としての暮らしを築いていくまでだ。

愛する女性が別にいるのは問題ではなかった。ロイヤルの暮らすこの社会では、結婚と愛とはまったくの別物だ。

何週間も前からはっきりしていたのに、自分がどれほど深くリリー・モランを愛していたのか、つい先日までロイヤルはまったく気づかずにいた。

馬車が止まるのを感じて、姿勢を正した。

「着いたようね」大おばのアガサのか細い声が、向かいの席から聞こえた。おばの隣には弟のルールが座っている。

「そうみたいですね」ルールが平坦《へいたん》な声で答えたときだった。馬車の扉がすっとあけられ、銀髪のかつらをかぶって淡い青色のお仕着せを着た従僕が、直立の姿勢を取って公爵たちを待ち受けた。

軽やかに降り立ったロイヤルは、振り返っておばが降りるのに手を貸した。彼女の腕を取り、赤絨毯《じゅうたん》の上を、華美な装飾が施された白い扉に向かってゆっくりと歩く。

天井の高い玄関ホールでは、コールフィールド家の者が総出で客を迎えていた。黒と白の大理石を敷きつめた床が、彼らの足元で輝きを放っていた。

「いらっしゃい、公爵さま」マチルダ・コールフィールドが声をかけた。期待に浮き立つ心情を隠そうともせず、瞳をきらきらと輝かせている。彼女は続いてロイヤルのおばに笑顔を向けた。「ようこそ、タヴィストック伯爵夫人」

この太めの母親からよくジョスリンのような絶世の美女が生まれたものだと思うが、娘との血のつながりは、弓形のきれいな褐色の眉や、赤みがかったなまめかしい褐色の髪や、非の打ちどころのない唇の形を見れば明らかだった。

「メドーブルック館へようこそ」ヘンリー・コールフィールドが温かくロイヤルを迎えた。

「ありがとうございます。弟のルールはもうご存じですね。ルールは大学を終えて戻ったばかりなんです」

「もちろん知っているとも。よく来てくれた」ヘンリーが言うと、ルールはすばやくお辞儀をした。

「またお会いできて光栄です、ミスター・コールフィールド、奥さま」

ロイヤルはジョスリンに注意を移した。「ミス・コールフィールド、今夜のあなたは格別に美しい」

「あなたもですわ、公爵さま」すみれ色の華麗な絹のドレスが、瞳の色とよく調和している。肌を見せた肩口には褐色の豊かな巻き毛がかかっていて、ガスを使ったシャンデリアの下で艶《つや》やかに光っていた。いつにも増して目を奪うあでやかさだ。

短く会話を交わした。未来の妻は優しい笑顔で礼儀正しくふるまっているが、今日の彼女にはどこかしら不安げな陰があった。こんな彼女は初めてだ。帽子屋での一件が尾を引いている可能性はあるにせよ、それが理由だとは思えなかった。ジョスリンは自信家で、自分の魅力を信じて疑わない。それに、彼女の目標ははっきりしている。

ロイヤルに興味を持たれていないとか、結婚が実現しないとか、彼女に限ってそんな懸念は露ほども抱かないはずなのだ。

ほかの客たちが到着し、屋敷の主人にあいさつをしようと近づいてきた。ロイヤルはおばのアガサを連れて、階段のほうに移動した。アガサは節くれだった手で杖《つえ》をついている。そんなおばを気づかいながら、二方向から大きく伸びた階段をゆっくりと上がり、立派な舞踏室がある階に到着した。ルールはふたりの後ろにつき従っていた。勉学を終えた解放感もあるのだろう、デュワー家の三男は今夜の舞踏会を楽しみにしている様子だ。早く終わってほしい。ロイヤルの願いはそれだけだった。

ジョスリンは母親の隣で口元に笑みを貼《は》りつかせた。胸が苦しかった。泣きたい気持ちだった。どうかしている。今日はこれまでの人生でいちばん幸せな日のはずなのに。何しろあと二時間もすればブランスフォード公爵との婚約が公表されて、社交界での女王の座が約束されるのだ。

母はすでに満面の笑みを浮かべていた。優越感にひたる瞬間が待ちきれず、公爵の義理の母親となればどれほどの尊敬が得られるだろうと、今から想像をめぐらせている。父もにこにこ顔で、ときおり声をあげて笑っていた。娘が誇らしくてたまらないのだ。自分が信じていたとおりに公爵夫人になってくれるのが、本当にうれしいらしい。みんな幸せそうだった。

わたしひとりがのけ者だ。

それもこれも、クリストファー・バークレーがわたしを拒絶したからだ。

これが数日前の自分なら、財産もなければたいした地位もない一介の法廷弁護士がよくもと、求婚を断った彼のずうずうしさに憤っていただろう。〈パークランド・ホテル〉を荒々しく飛びだしたときと同じくらい、怒りに取りつかれていたと思う。

しかし、腹を立てる気持ちは時間とともに薄れ、代わりに苦痛を感じるようになった。母は強い不安はいつまでもジョスリンを苦しめ、夜は眠れず、食事も喉を通らなかった。母は緊張していると思ったようだ。婚約発表が近づいて情緒が不安定になっていると。

むしろそれはありがたかった。母には絶対に真実を知られたくない。

今日までの数日で、何度クリストファーのことを考えたろう。彼を愛するなんてありえないと、気持ちを納得させようとした。わたしは愛なんて信じてもいないのだからと。

けれど心に居座った苦しみは本物で、彼への恋心はつのる一方だった。気づけばクリストファーを尊敬している自分がいた。正面から歯向かってきた彼は男らしかった。感情を何も伝えていない求婚をしりぞけたのは立派だった。ジョスリンの求婚を、彼は単なる気まぐれと信じ込んでいるのだ。

気まぐれだったのだろう、あのときは。

振られたあのときから、クリストファーのことばかり考えていた。どんなものでもいいから噂《うわさ》が聞こえてこないかと耳をそばだて、彼の名前が出ていないかとあらゆる新聞を読みあさった。彼が勝利した裁判の論評で『ロンドン・タイムズ』は弁護士としての彼を賞賛し、これからさらに名をはせるだろうと予見していた。クリストファーは聡明《そうめい》で意志が強い。加えて優しい一面があることも、ジョスリンは知っている。

胸が苦しかった。手に入らないからほしいのだと、繰り返し自分に言い聞かせてきた。けれど今ならわかる。心が望んでいるのはもっと大きなことなのだ。彼に愛してほしい。自分が彼を愛しているのと同じくらいに。

喉が締めつけられる。こんなの不公平だ！

身動きが取れない状況に頭が混乱した。結婚をやめたいと思っているのに、やめればひとりになるのよ、と心の声が警告する。結婚したいと言ったとき、クリストファーには笑われた。もう一度同じ申し出をしても、たぶんまた笑われる。

舞踏会の夜がふけるのは早かった。ロイヤルとは三度踊り、黒髪でハンサムな弟のルールを始め、夫とするにふさわしいロンドンの独身男性の半数と踊った。にこにこして、幸せなふりをして、明るく品よくふるまいつづけた。扉のほうは見ないようにした。クリストファーを待ち望む気持ちは振り払った。待っても彼は駆け込んでこない。ロイヤルとの結婚はやめろ、気が変わったんだ、などと言うはずはない。愛しているとか、結婚してほしいとか言ってくれるはずはない。

近づいてきたのはクリストファーではなく、部屋のむこうにいた両親だった。別の方向からはロイヤルが歩いてきた。婚約を発表するときが来たのだ。

「そろそろだよ」公爵が小さな声で言い、ジョスリンに腕を差しだした。「きみの両親は今から大事なことを発表するようだ」

一瞬やけになって、扉に向かって駆けだそうかと思った。どこかに逃げて、身を隠して、悪夢のような今夜をやり過ごせたら。

そのとき、いけ好かないセラフィナ・メートリンの顔が見えた。楽団が演奏をしている高壇はこれから発表を行う場所でもあったが、その近くに彼女は立っていた。目が真ん丸だった。公爵にエスコートされたジョスリンと、ジョスリンの両親が高壇に向かっているのだ。何が起ころうとしているのか、おのずと理解できたのだろう。

セラフィナの顔は悔しさで真っ赤だった。引き結ばれた唇はわなわなと震え、瞳にはぎらぎらした怒りが見える。歯噛《が》みをするそんなライバルを見て、迷いは吹っ切れた。

何がなんでもやりとおす！　わたしは公爵夫人になる！　見せつけてやるわ。みんなに見せつけてやるんだから。

いいわね、クリストファー・バークレー！

舞踏室の奥、鏡張りの壁の前に立っていたプレストン・ルーミスは、今夜声をかけるつもりでいた例の老婦人を見つけた。タヴィストック伯爵未亡人の隣にいるホーテンス・クローリーは、しわが多くて少し腰も曲がっていてかなりな高齢だ。ここで肝心なのは、頭のほうも体と同じく年を取ってだめになりつつあるということだった。

横を通る給仕の盆に飲み終えたパンチのカップを置いて、彼女のほうに歩きだした。

周囲では客たちがざわついていた。今聞かされたばかりの正式な報告――ブランスフォード公爵と裕福なジョスリン・コールフィールドとの婚約について、小声で意見を交わし合っている。誰もが予期していた婚約だった。金を賭《か》ける者が大勢いた。公爵は破産寸前。コールフィールド家の娘と結婚すれば、黙っていても財産が手に入る。ロイヤル・デュワーからすれば選択肢はないも同然だった。

ルーミスはにやけそうになるのを我慢した。過去最大の成功をおさめた前回の詐欺のおかげで、彼の金庫には金がうなるほどあふれている。それだけの金があれば一生働く必要はない。

しかしながら、成功の喜びは手にした金額だけでなく、立ちはだかる難事を克服する過程にもある。ルーミスはクローリーを注視した。彼女は伯爵未亡人のそばを離れ、今は鉢植えのやしの横で不安定に立っている。笑顔を作って近づいた。

「ミセス・クローリー、またお会いしましたね」

彼女は顔をしかめ、鈍い灰色をした濃い眉を中央に寄せた。「前にも会ったことが?」

少々いらついた。忘れられることには慣れていない。「ええ、何度か会ってお話をしています。プレストン・ルーミスです。ほら、わたしを見ると亡くなったご主人を思いだすのでしょう?」

彼女はルーミスを見上げて目を輝かせた。「あら、ほんと! ミスター・ルーミスね、覚えてますとも。あらまあ、若かったころのフレディに本当にそっくり」

しばらく話をした。たわいない話題で彼女の緊張を解くようにし、それから望みの方向に話を持っていった。

「新聞はよくごらんになりますか、ミセス・クローリー?」

彼女はかぶりを振った。「あまり読まないのよ。主人のフレディは読んでいたけれど」

「ご主人は手広く事業をされていて、武器の製造にも関係していらしたとか」

「銃のこと?」

「ええ、そうです」

絹のキャップからはみでた灰色の髪を揺らして、彼女はうなずいた。「思いだしたわ。そうそう、ライフルをね、作っていたの。最近は外国のほうで需要があるから」

「実はわたしも興味があるんですよ。投資の対象としては面白そうだ。そこでですが、わたしがその工場の所有権の一部を手に入れることは可能でしょうか?」

彼女は遠くを見やり、そのままずっと黙っている。と思うと、ふいにまばたきをして、目の焦点を戻したように見えた。「株を買いたいとおっしゃるの？」

「ええ、考えてみようかと。もちろん、決断するのは工場を見てからですが」

彼女は重々しくうなずいた。「賢明ね。主人のフレディがいつも言っていたわ。品物を見ずに買いものをしてはだめだって。うちの弁護士をお宅にうかがわせましょうかね？　スティーヴンズというの。スティーヴンズは真面目《まじめ》な男よ」

ルーミスは浮き彫り加工された一枚の白いカードを彼女に手わたした。カードには彼の住所が印刷してある。ぼけの来ている老婆だが、彼女には今しばらく正気を保って、カードをわたされた理由をしっかり覚えておいてほしいものだ。

「これはどうするの？」彼女はインクを乾かすようにカードをひらひらと振っていた。ルーミスは力が抜けた。

「弁護士に、ミスター・スティーヴンズにわたしてくださるのでしょう？　彼に伝えてください、わたしが武器工場の株を買いたがっていると」

「銃の工場のこと？」

懸命に自分を抑えた。「ミスター・スティーヴンズから連絡をいただけると助かります」

連絡をもらったら——運よく連絡が来ればだが——あとの処理はこっちでできる。

腕にさげていたビロードの手提げ袋《レティキュール》にカードを押し込むと、老女は横を向いて、なんの断りもなくふらふらと歩いていった。

やり場のないいら立ちを、ため息にして吐きだした。これで連絡が来れば奇跡だろう。

だが、ツァヤの予言が外れたことはない。

彼女の姿が脳裏によみがえった。美人で、エキゾチックで、白い肌と淡い色の瞳に対して髪と眉とは黒いという味のある外見をしている。ふいに軽く欲情した。ここ最近はなかったことだ。事務的な関係と併行して、そっちの契約も考えてみるか？

ルーミスはほくそ笑んだ。だが、そんな考えはすぐに振り払った。今追うべきは金だ。若い女じゃない。

何事にも時機というものがある。自分にそう言い聞かせた。

時機を見誤ってはいけない。

婚約者や祝福したがる客たちからようやく逃れ、ロイヤルは落ち着ける友人たちのもとに避難した。

「おめでとう」ナイチンゲール伯爵が言った。シャンパンを口に運ぶ彼の左手に、金とルビーを使った重厚な指輪が光った。「もうじききみも、われわれ既婚者の仲間だ」

ロイヤルは黙ってうなずいた。同じ既婚者でも愛のある結婚ができたナイチンゲールは幸せ者だ。

「元気を出せ」クェントが口の両端を上げて笑顔になっていた。「遅かれ早かれ結婚するときは来る。跡継ぎやら何やら、男には大事なものがあるんだ」そう言う当人は結婚市場に参入したばかりだ。何カ月かたって感想を聞いてみたいものだとロイヤルは思った。

「かわいい女性じゃないか」サヴィジが言う。「きみはロンドンでも評判の美人と結婚するんだ。夜のほうは楽しいぞ。それを考えると気持ちも少しは晴れるだろう」

ロイヤルは未来の花嫁を振り返った。すみれ色のドレスをまとい、艶やかな褐色の髪を輝かせた彼女の姿は、まさに美の極致だった。早くも公爵夫人の貫禄《かんろく》をただよわせ、周囲に大勢の崇拝者を引き寄せている。ねたましげな娘たちがいれば、愛人として選ばれる将来の可能性に期待をかける男たちもいる。そんな期待をするのも、これが打算的な結婚とはっきりしているからだろう。

シェリーが緑色の目でロイヤルの視線の先をたどり、すっと身を寄せてきた。彼はロイヤルの心のうちを知っている。「おまえの大事な彼女が考えを変えないとも限らない。関係を続けられる可能性が消えたわけじゃないさ」

実際、リリーの翻意を願わずにはいられなかった。だが、そんな自分を罪深いとも思う。リリーは結婚してふつうに家族を持つべきなのだ。真に愛しているなら、そっとしておいてやるのが本当だろう。

ちょうどそのとき、ディロン・セントマイケルズが近づいてきた。ロイヤルの陰気な顔を一瞥《いちべつ》するなりため息をついた。「少なくとも、金の心配はなくなるだろうが」

確かにそうだ。しかも、マチルダ・コールフィールドからの強い要望で三カ月後には式をあげると決まったため、長々と待つ必要もない。

ほかの友人たちも輪に加わった。タウンゼンド卿《きょう》未亡人レディ・アナベルと、彼女の友人の侯爵令嬢レディ・サブリナ・ジェファーズだ。温かい言葉とともにジョスリンとの幸せな結婚生活を祈ってくれたふたりだったが、気のせいか目には同情の色が浮かんでいた。心情を読まれたはずはなかった。だが、女にはその手の勘が働くものだ。

ロイヤルは背筋を伸ばした。こんな気持ちを引きずっていてはジョスリンに対して申しわけない。リリーへの思いは封じるべきだ。自分には義務がある。責任がある。もうじき妻を迎えて家族ができるのだ。リリーを忘れるのは無理だろう。だが、そんな気持ちを、これからは自分ひとりの胸におさめておく。

さっきまでよりも自然な笑顔に見えることを願いながら、にこやかに言った。「紳士淑女の諸君、申しわけないが失礼するよ。美しき未来の花嫁が待っているのでね」

全員の目がいっせいにロイヤルを見た。アナベルが硬い笑顔を返しただけで、誰ひとり言葉を発する者はいなかった。

リリーは眠れずにいた。ジョスリンとロイヤルの婚約発表も、この時間だとさすがに終わっている。ベッドから抜けだし、二階の住居を出て、店舗に続く階段を下りた。奥の部屋をそっとのぞくと、リリーが作った寝床にトミーとマグズが仲よく横になっていた。風呂を使わないかと今夜は提案してみたのだが、意外にもトミーはいやがらなかった。

「お風呂?」トミーは茶色の目を見開いた。「それって、お湯を使った本物のやつ?」

リリーは笑った。「そう、湯気の立つお風呂」

「へえ、熱いお風呂なんて、いつ入ったか忘れてるくらいだ」

「着替えと新しい靴も用意したから、上がったあとはきれいな服が着られるわ」

大きな茶色い目が、尊敬と感動もあらわにリリーを見上げた。瞳が少し潤んでいる。

「いつかきっと恩返しをするよ。マグズに誓って絶対だ」くうんと鳴いたマグズが、本当かなあと言ったような気がして、リリーはほほ笑んだ。

「そうね、信じているわ」

壁ぎわに寄せてあった銅製の風呂桶《おけ》をトミーが運び、店の奥にある小さなレンジでいっしょに湯をわかした。リリーは着替えを台の上に残し、寸法が合えばいいけれどと思いながら、邪魔にならないように部屋の扉を閉めた。水兵の歌う下品な歌が調子外れの音程で聞こえてきたときは、口元がほころんだ。

時間がかかったのは、それだけ楽しんでいたからだろう。風呂から上がって扉から出てきた彼は、綿のシャツに茶色い綾《あや》織りのズボンという格好に変わっていた。上下ともほんの少しだぶついている。

トミーは唇の両端をいっぱいに引いて、にかっと笑った。「すごくいいよ、これ。ちょっと大きいからさ、背が伸びてもまだ着られるよ」

「格好いいわよ」ちらとマグズを見やると、やはりいっしょに湯を使ったようで、リリーはうれしくなった。

あとはいつもどおり、少年と犬は並んで寝床に横たわった。ただし、今夜の寝床に使ったのは新しいシーツだ。

「こういうのがふつうの生活なのかな?」トミーは両手を頭の後ろに置いた。「おいらもマグズも全身ぴっかぴかで、おなかもいっぱいで、あったかい寝床だってある。こんなにいろいろしてくれて、お姉さんには感謝しきれないよ」

「トミー、あなたがいやでなければだけど、したいことはもうひとつあるの。お店のお客さんにミセス・スマイスという食料品店の奥さんがいるのだけど、話をしたら、奥さんもご主人も、働き者で信用できる若者がほしいって。配達の手が足りないそうよ」

トミーは上体を起こした。「信用できる若者? おいらじゃないよね?」

「あなたでもいいんじゃない? 仕事があれば盗みをしなくてすむわ。働いた分はちゃんとお給金がもらえるし、配達用の荷車が置いてある馬小屋の二階にマグズといっしょに住める部屋だってあるの」

トミーがいなくなる。その点だけはつらかった。トミーといっしょにいるときは、ロイヤルのことや間近にせまった彼の結婚についてうじうじ考えずにすんだのだ。

「すごいや。ちゃんとした仕事なんて、おいら初めてだ。頑張るよ、本当だ。仕事があったら、もう絶対何も盗まないよ」

「仕事を始めたとしても、ここには来ていいのよ」リリーは言い添えた。「好きなときに来て、これまでどおりいっしょに食事をしていいの」

トミーはにっこり笑った。「喜んで働くよ。いつから行けばいい？」

「あなたの都合がよければ、月曜の朝から。そのときはわたしもいっしょに行って、スマイス夫妻にあいさつをして、引っ越しを手伝うわ」

トミーは笑った。「こんなのってあるんだ。おいらが働くんだぞ。こうなったのも全部、おいらが偉い公爵さまの財布を盗んだのが最初だったんだよね」

思わずほほ笑み返していた。だが、ロイヤルの問題が意識を侵食しはじめると、笑みはしだいに引っ込んだ。「じゃ、また明日ね、トミー」かがんでマグズのふわふわした毛をなでた。「トミーもマグズも、ぐっすりおやすみなさい」

トミーは目を閉じたが、顔は笑ったままだった。リリーはほほ笑み、部屋を出て二階の住居に上がった。

それが数時間前のこと。真夜中になった今、こうして戸口からトミーとマグズを眺めていると、なんだか胸が切なくなった。暗闇《くらやみ》でため息をついた。トミーとマグズはぐっすり眠っているけれど、今夜のリリーに眠りは訪れない。時間がたてば、ロイヤルへの恋心にも折り合いがつけられるだろう。でも、今夜は無理だ。

今夜だけは。

胸に生じた痛みから意識をそらし、階段を上がってひとりのベッドに戻った。

28

婚約発表をした舞踏会から四日が過ぎた。冷たい四月の風が汚れた空気を吹き払い、道の上に紙切れを舞わせている。水仙が花を咲かせるのももうすぐだ。しかし、テムズ川をわたってくる今日の風は、身を切るように冷たかった。

川から数ブロック離れた場所、煉瓦《れんが》造りの巨大な外観を持つ〈ホークスワース兵器工場〉の中にロイヤルはいた。ナイチンゲール伯爵ベンジャミン・ウィンダムといっしょに、製造が行われている中枢部を三階の事務所からガラス越しに見下ろしている。

埠頭《ふとう》からほど近いトゥーリー街ぞいのこの地区は、製品の搬送が容易だとの理由で建設場所に選ばれていた。工場の所有者はナイチンゲールだ。彼は組み立てラインのあいだを歩くふたりの男を目で追いながらくっくと笑った。ひとりは体の線が細い褐色の髪の男、もうひとりの男には立派な銀色の口髭《ひげ》がある。

「ルーミスはさっきからうなずきっぱなしだ」ナイチンゲールが言った。「隣の男の説明がよほどうまいんだな。われらが友人は言われるままにほいほい金を出してくれそうだ」

「ミセス・クローリーのこの工場は頭の弱いあの老婦人が考えているよりはるかに価値があるんです、とかなんとか言っているんだろう。アメリカは戦争に突入する寸前で、今株をお買いになれば、価格が急上昇してすぐにひと財産築けますとね」

「で、誰なんだあの男は？」

「ジャック・モランはガリヴァーと呼んでいた。詐欺に協力する仲間のひとりだ。この手の芝居で生計を立てている」

ナイチンゲールはかぶりを振った。豊かな黒髪がわずかに乱れた。「大の男がやすやすとだまされる。見ていると少々考えさせられるね。きみの父上が似たような手口に引っかかった理由が、今ならよくわかるよ」

「ルーミスも常人並みにだまされるのかどうか、答えが出るのはもうじきだ」

ナイチンゲールが下のふたりに視線を戻した。ルーミスと弁護士は相変わらず組み立てラインのあいだを歩き、ところどころで立ち止まっては、未完成のライフルをためつすがめつしている。品質はもとより最上級だから、彼らも満足顔だった。「今のところは何も疑っていないようだがな」ナイチンゲールは言った。

相当な利益を生んでいるこの工場だが、ナイチンゲールは売却したいらしい。兵器製造にかかわっていること自体、どこか割りきれなさを感じるのだという。

ロイヤルは下の男たちに視線を据えた。ルーミスとミセス・クローリーの事務弁護士が入ってきたとき、近づいて迎える者は誰もいなかった。誰も作業の手を止めず、どうせ許可は得ているんだろうといった感じの無関心ぶりだった。ルーミスに真の工場所有者が誰かを知られた際には、ナイチンゲールはこう答える予定だ。その日は工場長が休みだったんですよと。同情は示しつつも、訪問者の素性については何も知らないで押しとおす。プレストン・ルーミスが工場から出ていく。話を信じたのだろうか。信じたとして、どれだけの株を買うつもりだろう。代金は受け取りしだいあのガリヴァーとかいう男がチャールズ・シンクレアに届け、そこから各人に分配される手はずになっていた。分配が終われば仲間は解散。ツァヤはピカデリーのアパートを出て、ミセス・クローリーは永久に姿を消す。

あと数日ですべてが終わる。

強い衝動がロイヤルを襲った。リリーと話がしたい。今の状況について意見を交わしたい。むなしい願望を抱えたまま、ロイヤルはナイチンゲールとともに三階の事務所を出て、階段を下りた。

扉についたベルが鳴ったのは、そろそろ店を閉めようかという時刻だった。針仕事の手を止め、立ち上がって奥の部屋から店に出た。店の中ほどにジョスリンの姿を認めた瞬間、リリーはその場で凍りついた。

言葉が出てこず、ごくりとつばをのみ込んだ。「ジョスリン……また来てくれるとは思わなかった」本当のところは、そんな生易しい驚きではなかった。前回ジョスリンがここに来たとき、リリーとロイヤルは抱き合っていたのだ。

ジョスリンの手が刺繍《ししゅう》入りのハンカチをひねるようにぎゅっと握った。緊張しているのは彼女のほうも同じらしい。

「ねえリリー、どうしてもあなたに聞いてほしいの。ほかの人には話せない。わかってくれるのはあなたしかいないの。お願い、話を聞いて」

リリーに迷いはなかった。前回の事件がありながら、こうして店にまでやってきたのだ。よほど大事な話なのだろう。「もちろん聞くわよ。店を閉めて二階で話をしましょう。おいしいお茶をいれてあげる」

ジョスリンはこくりとうなずいた。

急いで店を閉め、ジョスリンを二階に案内してやかんを火にかけた。沸騰するのを待つあいだ、石炭をくべた居間の小さな暖炉の前で、向かい合って座った。

「どうしたの、ジョー？　何を取り乱しているの？　わたしはどうすればいいの？」

驚いたことに、ジョスリンは美しいすみれ色の目を涙でいっぱいにした。絶対に泣かないジョスリンが泣いている。それは衝撃の光景だった。

「わたしはとんでもないばかだわ」ジョスリンは視線をちらと上げ、ハンカチで涙をぬぐった。「男の人に恋してしまったの。田舎から出てきた無知な小娘みたいに、警戒するのも忘れて、気づいたら夢中になってた」

どきりとした。ジョスリンがロイヤルに恋をした？　それを言うためにここに来たの？　動揺を抑えてきいた。「相手は、ロイヤル？」

ジョスリンは顔を起こした。「もちろん違うわ。ロイヤルに恋しているのはあなたでしょう。わたしが恋した相手はクリストファー。クリストファー・バークレーよ」

心臓が激しく打ちはじめた。リリーは自分の耳が信じられなかった。感情に支配されるなんてジョスリンらしくない。今までの彼女からは考えられない。「彼は……クリストファーのほうはどう思っているの？」

ジョスリンは涙をぬぐった。「それが問題なの。クリストファーは違うわ……彼はわたしを愛してはいないのよ」

「本当に？」

くすんと鼻をすする。「正確に言うなら、真剣ではないの。いっしょにいるときはとても……優しいわ。だけど、わたしが結婚したいと言ったら――」

「結婚してほしいと言ったの？　あなたは公爵さまと婚約したのよ！」

「そのときはまだ公表前だったわ。だけど、前でもあとでも関係ないの」

関係ないどころか、大いに重要だ。リリーにとっては。

「問題は、クリストファーがわたしの求婚をはねつけたことよ。彼は言ったわ。わたしがあとで後悔するって。それから……ペットの子犬みたいにもてあそばれるのはいやだって」涙をぽろぽろと流しはじめる。気まずい問題はこの際忘れて、今はただ慰めてあげたかった。人を好きになる苦しみはよくわかる。注目を引きたいがための小ずるい芝居はジョスリンの得意とするところだけれど、これは明らかに違う。彼女の失望は本物だ。

こんなに深く誰かを愛する心がジョスリンの中にあったなんて。目の前のジョスリンが、これまでとはまったく違う女性に見えはじめた。

「もうどうしていいのかわからないの。もう一度彼に会いたい。何も食べられないし、夜も眠れなくて。こんな気持ちになると知ってたら最初から……ああもう、わからないわ、どうしてたかなんて。わかるのはクリストファーを愛していて、彼にも愛されたいということだけなの」彼女は顔を上げた。濃いまつげが涙にぬれて光っていた。「教えてリリー、わたしはどうすればいいの？」

リリーは自分の椅子から立ち上がり、長椅子に移ってジョスリンの隣に腰かけた。彼女の手を取って言った。「あなたがすべきなのは、彼に自分の思いを伝えることよ」

ジョスリンはかぶりを振った。「伝えても信じないわ。思いどおりにしたくて、適当なことを言っていると思われるだけよ」

鋭い推測だ。彼女には手段を選ばずわがままを通してきた過去がある。「だったら証明するしかない。あなたが本気だという証拠をクリストファーに見せるの」

「何をすればいいの？」

リリーはジョスリンの手をぎゅっと握った。「それはわたしが教えることじゃないわ。自分で考えなくちゃ」

「でも、わからないんだもの。何をしたって結果は同じなのかも。わたしのことなんて、本当はぜんぜん好きじゃないのかもしれない」

「ええ、そういう結果もあると思う。だけど、好かれていないとはっきりしたら、あなただって追いかけようとは思わないはずよ」

しばらく考え込む様子を見せてから、ジョスリンは顔を起こした。「そうね。なんとかして彼への愛を証明する。だけど、彼に好かれていないとわかったら……わかったら――」ジョスリンは声をつまらせて泣いた。「そのときは、きっと死んじゃうわ」

胸が締めつけられた。ジョスリンの気持ちは痛いほどよくわかる。彼女のほうはどうだろう、リリーの気持ちが少しは理解できるようになったのだろうか。

臨時の会合が招集された。知らせが来たのも、つい今朝方のことだった。リリーは〈赤い鶏亭〉の前に立ち、吹く風にマントをきゅっと引っ張ってから、扉をあけて中に入った。

地下への階段を下り、酒場を突っきって奥の部屋に向かっていると、早くも陽気なざわめきが聞こえてきた。モリーの笑い声がはじけた。おじが楽しげに低く笑う。チャールズ・シンクレアの声も弾んでいた。それに笑いを含んで答えているのが、深みのある、耳になじんだロイヤルの声だ。

期待に胸が高鳴った。いけないとはわかっていても、会いたい気持ちが抑えられない。部屋に足を踏み入れると、全員の顔がリリーのほうを向いた。

ジャックが大きく破顔した。「おお、来たな」おじはほかの男性とともに席を立った。モリーもおじの横でさっと腰を上げた。「聞いて、成功したのよ！　腐ったあの男から財産をがっぽり奪ってやったわ！」

リリーは目を見開いた。「うまくいったの？　ルーミスがお金を持ってきたの？」

「そうなんだよ」シンクレアが答える。「工場を見て感動したんだろう、なんの価値もないミセス・クローリーの株を、こっちが予想していた倍の数買ってくれた。われわれの取り分を差し引いても、公爵はかなりな金額を取り戻した計算だ」

うれしくて純粋に心が浮き立った。われ知らず笑っていた。成功したんだわ！　みんなの力でやりとげた！「ああ、よかった！　こんなにうれしい知らせはないわ！」そこでようやく、ロイヤルの顔を見る気になれた。

金色の瞳は笑っていて、まるでリリーだけにほほ笑んでいるように見えた。感情のこもった優しい笑顔を見ていると、それだけで膝から力が抜けていく。胸が震えた。ひとりの男性にこうまで心を乱されるなんて、変だとしか言いようがない。

彼はいっときリリーを見つめ、それからすっと背筋を伸ばしてよそよそしい表情になった。

「きみの演技は完璧《かんぺき》だったよ、リリー。ツァヤには驚かされた。モリーも年老いたミセス・クローリーになりきっていたし、最後にはジャックの仲間のガリヴァーがだめ押しをしてくれた。おかげでルーミスは、買えるだけの株をすべて買っていった。やつはツァヤの予言を絶対だと信じている。全財産の半分を吐きだした格好だ」

視界が涙でにじんだ。「本当によかった……公爵さま」

彼はリリーをまっすぐに見た。「きみのおかげだ。きみがおじさんを紹介してくれなければ、父は永久にかたきを討てないままだった。感謝している」ほかの全員を見わたした。「みんなも、ありがとう」

「祝いをしなきゃな」ジャックが手を上げると、室内帽をかぶった女給が注文を取りに近づいてきた。「全員に酒を――おれのおごりだ！」

「それはいけない」ロイヤルが言う。「今日の勘定はぼくが持つ」

歓声があがった。笑い声の飛び交う陽気な宴《うたげ》はその後も続いた。誰にとっても今日は最高に喜ばしい日となった。

リリーをのぞいて。

それでも、日々の小さな喜びは意識して祝う癖がついている。今回の成功は祝って当然の勝利だ。仲間同士酒を飲み、料理を食べて、語り合った。ルーミスの銀行手形はただちに現金化されていて、報酬が当初の取り決めどおりに分配された。ミセス・クローリーは姿を消した。ピカデリーのアパートはモリーとドッティ・ホッブズの手ですでに引き払われている。スティーヴンズという名の事務弁護士は、どう捜そうと二度と見つかりはしない。

「終わった」ロイヤルが言った。「これでみんな、それぞれの暮らしに戻れる。正義を実現させた実感にひたれるよ」

「そのとおり！」ジャックが乾杯のしぐさでジョッキをかかげた。「しかも、ポケットにはコインがどっさりだ！」

みんなとグラスを合わせながらも、リリーは唇を震わせていた。自分はコールフィールド邸には顔を出せない。裏仕事の仲間が今日で解散となると、ロイヤルと会う機会はもう二度とないのかもしれない。

暖炉の前のお気に入りの椅子で、プレストン・ルーミスはほくそ笑んだ。膝の上には『ロンドン・タイムズ』が開いてある。今週はありとあらゆる新聞に目を通し、アメリカの不穏な情勢についての記事を読みあさった。

北部の州と南部の州とのあいだには、確実に緊張が高まりつつあった。水面下では双方ともに軍備の増強を進めている。北には工場も多く、いざとなればそれらを兵器工場にして武器を調達できるが、対する南はほとんどが農地だ。

万一を考えれば、どちらの側も準備はおろそかにできない。武器はどうしても必要だ。そんな中、ルーミスは大金を投じて先週から軍需ビジネスに参入している。

にやけていた顔が、さらににやけた。

新聞を読み終えたところで、戸口に執事の声がした。

「失礼いたします。ミスター・マグルーが旦那《だんな》さまにお話があるそうです」

バート・マグルーは大儀そうな足取りで書斎に入ってきた。笑顔で迎えようとしたルーミスだったが、醜い顔がこわばっているのを見て、何事かと身がまえた。

新聞をわきに置いて椅子から立った。「何があった？」

「言われたとおり、ジプシーの家にことづけを持っていったんですがね」

そう、バートにはツァヤへのことづけを頼んでおいた。次に会う日を早く決めたかったのだ。「ああ。それで、彼女はなんと？」

「いませんでした。消えたんです」

「消えた？　どういう意味だ？」

「相手はジプシーですぜ。荷物をまとめて出ていったんですよ。使用人もみんないなくなってた。ああいう連中のやりそうなことだ」

ルーミスはため息をついた。しょせんは土地に縛られない気ままな人種だ。頼ろうと思うほうが間違っている。予測できた結果ではあるものの、落胆は大きかった。

「悪い話はまだあるんです」

ルーミスは銀色の眉を上げた。「話してみろ」

「ジプシーの家を出たあと、スティーヴンズに会いに行きました。クローリーのばあさんの事務弁護士です。念のため、って思いましてね」

「いい心がけだ」

「ボスのもらったカードの住所に行ってみたんです。そしたら、そこの住人はミスター・スティーヴンズなんて名前は耳にしたこともないと」

口元がこわばった。「そんなはずがあるか」

バートは答えなかったが、沈黙は言葉より雄弁だった。

「まさか、おまえが考えているのは……いや、ありえない。何かの行き違いだ。工場に行って、責任者にミセス・クローリーの弁護士の居場所をきいてこい。それでわからなければ、あのばあさんを捜せ。この何週間かずっと、彼女はタヴィストック伯爵夫人の家で厄介になっている」

「工場にも行ったんですよ。工場長はスティーヴンズなんて男は知らないそうです。それどころか、ミセス・クローリーについても知らないと言われました」

胃がおかしくなってきた。「な、何を言っている？」

「工場長の話じゃ、あそこの所有者は何年も前からナイチンゲール伯爵なんだそうで」

ルーミスはごくりとつばをのんだ。胃がむかむかして喉にすっぱいものが上がってきた。

「ありえない。ミセス・クローリーを見つけてこい。タヴィストック伯爵夫人の館《やかた》だ。そこできけば何かの情報が――」

「きいてきました、料理人のミセス・ハーヴェイに。あのばあさんと伯爵夫人とは、どこかのパーティーで知り合っただけらしいです。人柄のよさが気に入って、ヨークの自宅に戻るまではうちにいればいいと、伯爵夫人のほうが誘ったそうです。で、二日前に館を出ていったんだと」

気づけば固く拳《こぶし》を握っていた。嘘《うそ》だと思いたかったが、本能はやられたと叫んでいた。

「そんなことが……」

バートは何も言わなかった。彼の仕事はいつだって完璧だ。繰り言を言ってもしかたない。何が起こったかは、お互いはっきりわかっている。

「やつらを見つけろ」ルーミスは嚙《か》み締めた歯のあいだから声を発した。力が入りすぎて言葉が容易に出てこない。「全員だ！　首謀者を突き止めて金を取り返す！」

「わかってます」

「できるのか？　見つけられるのか？」

バートは背筋を伸ばし、分厚い肩をぐいと引いて自信を見せた。「まかせてください、ボス。がっかりはさせませんよ」

バートのでかい図体《ずうたい》が部屋から去ると、ルーミスはがっくりと椅子に座った。完全にだまされていた。こんな事態になるとは毛ほども思わなかった。詐欺をやらせたら自分の右に出る者はいない。自分はプロ中のプロだ。ほかの雑魚とはわけが違う。

口元がこわばった。考えが浅かったのは明らかだ。

あとの問題は誰のしわざか、そしてどんな落とし前をつけさせるかだ。

今度ばかりは、金の問題だけですませはしない。

29

ビロードのドレスは紫がかった灰色で、深緑色の絹で縁取りがしてある。そんな地味な服装で、ジョスリンはクリストファー・バークレーが所有する質素な屋敷の玄関にいた。

土曜の朝だった。婚約を発表してからちょうど二週間がたっていた。考えて、答えを出して、行動する勇気を奮い起こすまでには、それだけの時間が必要だった。手袋をはめた手の震えを意識しながら、ノッカーをつかんで扉を叩《たた》いた。家からずっと走ってきたかのように、心臓がどきどきしていた。

走った、という表現はある意味正しい。話があると言って両親を呼んだ、その話し合いの場から逃げたのだ。ブランスフォード公爵との婚約を解消させてほしいとできるだけ冷静な口調で伝えたのだが、動揺しきった両親の顔は見ていられなかった。

「何を言っているの？」母は目をむいた。「もうお式の準備を進めているのよ」

「いいんだよ、マチルダ」父は言った。「一時的に不安になっているだけだ。結婚を控えた若い娘はみんな同じ気持ちになる。ジョスリンもそのうちわかって――」

「お父さま、わたしがわかったのは、財産や社会的地位がある人と結婚しても、それだけでは幸せになれないということよ。ほかに好きな人がいるの。その人の気持ちはまだ……まだ確かめてはいないけれど、でも決めたの、好きでもない男の人とは絶対に結婚しません」

母はソファにどさりと座り、荒い息をしながらほてった顔を手であおいだ。「やめなさい、ジョスリン。苦労が全部水の泡になるのよ。どんな望みもかなわなくなるのよ」

「かなわなくなるのは、お父さまとお母さまがわたしに望んでいたことよ。今になってやっとわかったの。わたしはこういうことをぜんぜん望んでいなかったって」

母は目顔で父に助けを求めた。「あなたから言ってちょうだい。この子を納得させて。許せるわけないでしょう。ええ、許しませんとも！」

「お母さんの言うとおりだ。自分が手にする地位を考えてみなさい。おまえはもうすぐ公爵夫人だ。それをあきらめられるのか？　相手の立場だってある。おまえがそういう気持ちでいると知ったら、公爵はどう思う？　かわいそうに、ぼろぼろに打ちのめされるぞ。とにかく時間を置くことだ。冷静になれば、ものの道理も見えてくる」

ジョスリンはかぶりを振った。「もう遅いわ、お父さま。公爵さまのところには今朝手紙をことづけたの」

「なんてこと」母はいっそう激しく手をぱたぱたさせた。

「ロイヤルは田舎のお屋敷に出かけたあとだった。一日か二日はかかるでしょうけど、手紙は必ず届くわ。彼がわたしの気持ちを知ったら、もう婚約は解消される」

母の顔が真っ青になり、倒れるのではないかとジョスリンは心配になった。

「水だ」父が言った。「ジョスリン、使用人を呼びなさい。お母さんが卒倒する」

ジョスリンが急いで呼び鈴の紐《ひも》を引くと、たちまち大勢の使用人が出てきて、対処に必要なものをそろえてくれた。蒼白《そうはく》だった母の顔に、やがて血の気が戻ってきた。

「この家は、もうおしまいよ」ジョスリンの握らせたハンカチの陰で、母が泣きそうな声をもらす。

「そんなことはない」父が母のずんぐりした手を優しく叩いた。「切り抜ける方法を考えよう。金さえあれば、たいがいのことはなんとかなる」

ならないこともあるわ。クリストファーの家の戸口に立った今、ジョスリンの心は暗く沈んでいた。彼が家にいてくれればいいけれど。この勇気はいつまで持つかわからない。今度拒絶されたら、自分がどうなってしまうのか不安だった。

すっと扉があいた。現れたのは執事ではなくクリストファーだった。苦み走った顔に褐色の髪。彼の美しさは罪作りだ。

「ジョスリン……どうしてここに？」

「あの……あの、少しだけ話をする時間はあるかしら？」

「とにかく中へ」彼はジョスリンをそそくさと中に引き入れた。「男ひとりで住んでいる家だぞ。人に見られたらどうする？」

「見られたってかまわない。わたし……お願い、話したいことがあるの。どうしても聞いてほしいの」

クリストファーはため息をついた。「聞かないほうがいいんだ。よくわかってる。本当ならぼくは、いっときだってきみの話に耳をかたむけるべきじゃない」そう言いながらもジョスリンを客間に入れて、半ばほうりだすようにソファに座らせた。

感じのいい部屋だわ。ジョスリンはぼんやりと意識した。だらしなさなどどこにもない。それどころか、濃い茶色と深い緑を基調にした内装からは、成熟した男にふさわしい品格が感じられる。少しだけのつもりで、ジョスリンは彼をじっと観察した。贅肉《ぜいにく》のない引き締まった体、褐色の髪、鋭い光を宿した茶色の瞳。彫りの深い顔立ちが見るからに聡明《そうめい》そうだ。その口元には、揺るぎない決意が刻まれていた。

不安が胸を突いた。どんな言葉を並べても彼は耳を貸しそうにない。何を言っても彼はきっと信じない。誰よりもジョスリンのことを理解している彼だけれど、それでも本当のところは何ひとつわかっていないのだ。

鼓動が激しかった。胃が締めつけられる。

「何しに来たんだ、ジョー？　ほかの男に誓いを立てる前に、もう一度激しいお遊びがしたくなったのか？」

「違う……」喉が硬くこわばった。どこから話せばいいのだろう。「誓いは……誓いを立てることはもうないの。結婚は取りやめになったわ。婚約は、解消したの」

褐色の眉がぴくりと上がった。「何を言っている？」

「公爵さまには手紙を出したわ。両親にも結婚しないとちゃんと伝えた。公爵夫人になんてならなくていい。わたしはただ……ただあなたのそばにいたいの」

一瞬、彼の顔に驚愕《きょうがく》の色が走った。そしてすぐに厳しい表情になった。「間違いだったと公爵に伝えろ。結婚が近づいて神経質になっていたと言うんだ」

涙があふれた。やはり来たのが間違いだった。「もう伝えたわ……わたしは別の人を愛していますって」

彼の口元にぐっと力が入った。ジョスリンの肩を両手でつかんでソファから立ち上がらせる。「どうかしているぞ。自分が何をしたかわかってるのか？　すべてを棒に振ったんだぞ。ずっとほしがってたものを、自分から手放したんだぞ」

ジョスリンは鼻をつんと立て、涙に曇った目で彼を見つめた。「そう思う？　でも、考えてみれば公爵夫人の地位なんて、わたしにはそんなに大事じゃなかった。わかった気がするの。わたしには誰かを愛することのほうが大切なのよ」

その瞬間、彼の表情がやわらいだ。「ジョー……」手を伸ばし、そっとジョスリンの頬に触れてくる。「たとえきみが特別な……特別な感情をぼくに抱いたとしても、それは決して幸せにはつながらない。ぼくといても理想の暮らしは手に入らない。ぼくはきみを不幸にするだけだ」

「そう？」

「ぼくと結婚すれば、いずれきみは後悔する」

どう言っても通じそうになかった。彼はまたわたしをはねつけようとしている。「あなたを愛しているの。絶対に後悔なんてしない」

彼の頬がぴくりと動いた。「公爵と結婚してればよかったと、いつかは思うようになるんだ」

昂然《こうぜん》と顔を上げつづけるジョスリンだったが、流れる涙は止められなかった。「やっぱり、わたしがきらいなのね」

クリストファーは何かの感情をこらえるようにつばをのんだ。肩に置かれたままの彼の手から緊張が伝わってきた。ジョスリンをじっと見返し、何時間とも思える長いあいだ、そのままの姿勢で固まっている。そのうちつらそうな声が聞こえはじめ、ジョスリンは彼の腕にひしと抱き締められた。

「きみをきらうだって？」頬の横で彼がささやく。「ぼくにとって、きみは呼吸より大事な存在だ。愛しすぎてどうにかなりそうなくらいだ。なのに、ぼくがきみをきらうって？

こんなに人を好きになったことはないというのに」言い終わるやキスをしてきた。情熱にあふれた荒々しいキスは、ジョスリンの聞きたかった言葉をすべて代弁していた。彼の腕の中でジョスリンは泣いた。「愛しているわ、クリストファー。心の底から愛してる。あなたとなら幸せになれる。わたしにはわかるの」

彼はもう一度キスをし、それからジョスリンの頭の上に唇を押し当てた。「ぼくは金持ちじゃないぞ、ジョー」

「金持ちになるわ――わたしと結婚したらね。わたしは甘やかされて育ったわがまま娘だけれど――」

彼の両手がジョスリンの顔を包んだ。「結婚したら、ぼくが今の何倍も甘やかすさ」

ジョスリンは彼を見上げ、涙顔でほほ笑んだ。「信じているわ、クリストファー。こんなに信頼できるのはあなただけよ。あなたはきっとわたしを幸せにしてくれる」

優しい腕がジョスリンを静かに抱き締めた。「ロンドン一の大ばか者と言われたってかまわない、ぼくはきみと結婚するよ、ジョー」

熱い感情が胸にあふれた。うれし涙が頬を伝った。こんな気持ちは生まれて初めてだった。それくらい幸せだった。

それくらい深く彼を愛していた。

そして、自分の決断を正しいと感じていた。

土曜日。ロイヤルとジョスリンが婚約を発表してから二週間がたっていた。最後に〈赤い鶏亭〉で集まったとき、取り分は取り分だからと、おじはプレストン・ルーミスから奪った金を受け取るよう、リリーをしつこく説得してきた。断ろうとはしたのだけれど、ロイヤルからもぜひにと言われ、結局お金は受け取った。

もらった分は、商売上の万一に備えて銀行に預けた。今のところ、店はなんの問題もなく順調だ。売り上げは上々、ひいきにしてくれる客も増えている。

店からほど近い場所にある食料品店では、トミー・コックスが配達係として立派に働いているようだった。少なくともミセス・スマイスからはそう聞いている。表面上、リリーの生活はとてもうまくいっていた。

あくまで表面上は、だ。

ひと皮めくれば心はぼろぼろで、いつか立ちなおれるという自信もなかった。

胸に居座る悲しみから気をそらし、いつものように店を閉めた。裏口の扉を叩く音が聞こえて、リリーは笑顔で奥を見やった。トミーが夜食を食べに来たのだろう。つい昨日も来たばかりだったが、トミーとマグズならいつだって大歓迎だ。

小走りで裏口まで行った。扉をあけたとたん、いかつい巨体が目に飛び込んできて、リリーは息をのんだ。

「あんたがリリー・モランかい？」

「え、ええ、そうですけど。何かご用ですか？」

男の目がぎらりと光った。「用があるのはおれじゃねえ、友達のほうだ。ディック・フリンっていうんだがな」

両腕をつかまれて大声をあげたが、かまわず路地へと引きずりだされた。ディック・フリンと言った！　プレストン・ルーミスに見つかった！　恐怖が身をさいなみ、心臓が恐ろしい速さで打ちはじめた。勇気をかき集めて、乱暴な手から逃れようと身をもがいた。蹴《け》りつけたいのに、重いスカートが邪魔で力が入らない。首を押さえつけてくる分厚い手に噛《か》みつこうとした。身をよじり、手足をもがき、子供時代に路上で覚えた技を全部使って必死で抵抗した。

ふと男の手がゆるんだ。体を反転させるや、むくんだような赤ら顔を引っかいて男のもとから逃げだした。

「このあま！」声を聞いたと思うと、もうつかまっていた。男は汚い言葉でののしり、盗みを働いていたとき以来忘れていた罵詈《ばり》雑言を浴びせかけてきた。

振り下ろされる大きな拳《こぶし》を見て悲鳴をあげた。顎を思いきり殴られて、痛みが脳天に突き抜けた。二発目で唇が切れ、あたりに血が飛び散った。頭がふらついた。逃げようとするのに、どんどん視界がぼやけていく。視野が狭くなり、色彩が薄れ、やがて真っ暗になった。

公爵家の馬車の座席に、ロイヤルはゆったりと背を預けた。馬車の側面に描かれた金の紋章は汚くはがれ、革張りの赤い座席もひび割れはじめている。ロンドンに来たそもそもの理由がそこにあった。

だからこそ、自分は財産のある女性と結婚するのだ。

ふうっと息を吐いた。務めは果たした。もう田舎に戻ってもいい。ジャック・モランからわたされたルーミスの金は予想外の大金で、金を手にしたあとはしばらくロンドンに残り、父の借金を清算してまわった。大半を弁済し、自分が設立した醸造所の規模を広げるための資金を別に残した。以前からの確信は揺らいでいない。あの醸造所ならば、投資の対象として安全かつ確実だ。

最後に残った額がわずかでも、ロイヤルには亡き父のために力をつくした実感があった。ブランスフォード・キャッスルを修復するまでには至らないが、少なくとも、公爵家の名誉は守ることができたのだ。

馬車の窓から外を眺めた。ぼんやりとした緑を意識するだけで、芽吹きはじめた木々も、丘陵地の草原に咲いた小さな春の花々も、実際のところ目に入ってはいなかった。

考えるのはジョスリンのこと、そして近づく結婚式のこと。どんなにつらいと思っても、これが義務なのだと自分に言い聞かせる。

リリーについては考えないようにした。終わった関係を思いだしても苦しいだけだ。

ひとりの世界に没頭していたそのとき、耳が蹄《ひづめ》の音をとらえた。複数の馬が後方から恐ろしい速さで近づいてくる。ロイヤルは反射的に腰を浮かせ、全身を硬直させた。

「追いはぎだ！」御者が叫び、四頭の葦毛《あしげ》の馬に鞭《むち》をくれて馬車を全速力で走らせた。立て続けに銃声が響いた。あわてて外を確認したロイヤルは、くそっと悪態をついた。四人の男が馬を駆りながらせまってくる。そうとわかるや、護身用に置いている銃身の長い四十四口径の管打式アダムズ・リボルバーを座席の下から引っ張りだした。

蹄の音が大きくなった。窓から身を乗りだすと、男たちとの距離はさらに近くなっていた。全員が鼻と口をハンカチでおおい、頭の後ろで縛っている。荒々しく馬を駆り、速度の出にくい大型の馬車との距離をぐんぐん縮めてくる。

くそっ、ともう一度声に出した。前々からこのあたりに出没していた無法者はこいつらか。油断していた。まさかこんな陽《ひ》の高いうちから襲われるとは。

馬車が揺れた。御者が自分のリボルバーから三発発射して、賊のひとりが声をあげた。ふらふら体が揺れている、と思うと、男は頭から地面に落馬した。それでも残りの三人は止まろうとしない。

ロイヤルは疾走する馬車から身を乗りだし、慎重にねらいを定めて引き金を引いた。もう一発、さらにもう一発。いまいましい銃だ。重くてかさばる上に精度に欠ける。改良型のボーモント＝アダムズ・リボルバーがずっと気になっていたが、あっちはもっと洗練されている。なぜ買っておかなかったのかと、今になって悔やまれた。

賊の発砲した一発が馬車に当たり、側板から木くずが飛んだ。家が繁栄していた時代なら、馬車の後部に複数の従僕を乗せて、自衛の武器を持たせていただろう。しかし今の自分にそこまでする余裕はない。

ねらいをつけて撃った。三人の中のひとりが倒れた。

「ほうっておけ！」残ったうちの背の高いほうが叫んだ。リーダーと思われるその男は、銃をかまえて続けざまに発砲してきた。

「撃たれた！」御者の声がして、彼の銃が宙に飛んだ。疾走を続ける馬車は左に大きくかたむいてまさに倒れる寸前だった。ロイヤルが最後の二発を発射したところで、馬車の速度が落ちはじめた。御者は手綱だけはなんとか握りつづけていたらしい。

来るべき事態にロイヤルは身がまえた。金は財布にある分がすべてだった。残りはロンドンの銀行口座に預けてある。宝石といっても、父の形見のエメラルドの指輪と、軍に戻っていく前、クリスマスに弟のリースがくれた懐中時計があるくらいだ。

馬車は速度をどんどん落とし、いきなりがくんと止まった。賊のほうもそばで急停止したが、手綱の引き方が乱暴だったせいだろう、一頭の馬がいなないた。

「中の男！　出てこい！　ぐずぐずするな！」

弾は切れている。御者は撃たれて手当てが必要だ。選択肢はなかった。

扉が外からあけられ、分厚い胸をした黒い長髪のリーダーらしき男が、口元をハンカチでおおったまま、来いと手で合図した。ロイヤルは鉄のステップを下りて男の前に立った。

「残念だが収穫は少ないぞ」硬貨の袋を差しだした。「これで全部だ」

リーダーが馬上から手を伸ばして袋をひったくった。そこで初めて気づいたが、もうひとりの男は三頭目の馬を連れている。「あれに乗れ。いっしょに来るんだ」

「誰が行くか」

「ここで殺してやってもいいんだぜ」銃をかまえ、ロイヤルの心臓にねらいを定める。

御者はと見ると、座席で力なく倒れていた。外套《がいとう》が血に染まっている。とてもロイヤルに加勢できる状態ではない。

「オスカー、馬車から馬を切り離せ」リーダーが仲間に指示をした。仲間は茶色い縮れた髪をした、頬髭《ひげ》のある男だった。「ついてこられちゃ面倒だからな」そこでロイヤルに向きなおった。「おまえは馬に乗れ。早く」

逃げる場所も隠れる場所もない。今はついていくしかないが、隙《すき》なく機会をうかがっていれば途中で逃げだすことも可能だろう。

オスカーと呼ばれた男は馬を降り、前に行って指示を実行した。束縛を解かれた馬たちは軽快に駆け去った。戻ったオスカーがロイヤルの外套の前をつかみ、後ろ向きにさせて手首を縛ろうとする。よし今だ、と彼の赤ら顔に拳を見舞った。彼は数歩あとずさった。

　ボクシングはオックスフォードで覚え、それから趣味で続けていた。反撃してくるオスカーの拳を軽くかわし、もう一発ぶん殴った。彼は苦しげに体を折った。闘争心がふつふつとわき上がってくる。ばんと銃声がとどろき、ふたり同時に動きを止めた。どちらもきつく拳を握ったまま、激しく肩を上下させていた。

リーダーが銃をかまえた。「命が惜しいんだったら、おとなしくしてな」

オスカーは汚い言葉でののしり、地面にぺっと血を吐いた。縄を拾ってロイヤルを後ろ手に縛った。ゆるみがないのを確認するや、顔面を思いきり殴りつけてきた。二発殴られてロイヤルは膝をついた。

「その辺にしとけ」リーダーが言った。「馬に乗せろ」

「いいじゃねえか、ブラッキー。あと二、三発だ」

「やめろって言ったろうが」

馬のほうへと引っ張られながら、ロイヤルは頭を振って耳鳴りを消そうとした。「どこに連れていく気だ？」

　ブラッキーは大きな歯を見せてにやりと笑った。「われわれのボスが、バート・マグルーさまが会いたいとお待ちかねだ。ボスは待たされるのがきらいでね」

30

目覚めたのは冷たい石の床の上だった。顎が痛かった。唇がひりひりして、頭の芯《しん》がずきずきする。少し動いただけで声をあげそうになった。石壁に囲まれた部屋の中、リリーは薄れつつある光に目をしばたたいて、何が起こったのかを思いだそうとした。

さらわれたんだわ。

ツァヤの正体がリリーだとルーミスにばれたのだ。ルーミスは手下を使ってリリーをさらい、そして自分は今ここに、どことも知れない場所に閉じ込められている。

目をつぶって頭の痛みをこらえながら上体を起こし、壁にもたれて周囲を観察した。地下室らしい部屋で、リリーのほかには誰もいない。いっとき心を落ち着け、ふらつく体で立ち上がった。姿勢を安定させるためにひと呼吸置いたから、物がほとんどない部屋の中を壁伝いに歩いた。抜けだす方法を探さなければ。

天井近くに小窓が並び、日暮れどきの光が申しわけ程度に差し込んでいた。空の木箱があったので引っ張ってきたが、窓は釘《くぎ》が打ってあってびくともしない。場所の見当をつけたくて汚いガラスに目を当ててみたが、見覚えのない建物ばかりだった。とはいえ、雰囲気からしてロンドン市内は出ていないようだ。おそらくは工場の集まったどこかの一角。どの窓も小さすぎて出入りは無理だし、それに、見たところ周囲の人影は途絶えている。朝になれば人も動きだすだろう。そしたら窓ガラスを割って助けを呼べる。肩を落としてため息をつき、木箱から下りて部屋の探索を続けた。

左側に衝立《ついたて》で仕切られた場所があった。衝立をまわり込むと、室内用の便器とテーブルがあり、テーブルの上には洗面器とグラスと水差しが置いてあった。その程度の配慮はしてもらえたらしい。ルーミスの目的はなんなのだろう。震えそうになる自分をリリーは叱《しっ》咤《た》した。

何分かの時間が過ぎた。部屋を照らすのは日没前の薄明かりだけになっていた。幸い、空の木箱を見つけた場所の近くにランタンがあって、隣には硫黄のついた点火棒も用意されている。その木の棒を石の床ですり、出てきたにおいに顔をしかめながらランタンに火をつけた。黄色い炎が上がると、胸に巣くっていた恐怖が少しやわらいだ。

一時間たった。二時間たった。十時近くか、いや十一時になったかもしれない。考えていると、扉の外で騒々しい物音がした。

あっと息をのんだ。重い木の扉が開かれ、暗い廊下にふたつの人影が立っていた。ひとりは茶色い縮れた頬髭《ひげ》のある男、もうひとりは薄汚れた黒髪を長く伸ばした男だ。

「お仲間が来たぜ」黒髪のほうが言い、縄で縛られた男をどんと突いた。乱暴に押された男は、顔から床に突っ伏した。「しかも、お偉い公爵さまだ」

ランタンの明かりに豊かな金髪が光った。「ロイヤル！　ああ、なんてこと！」

「逃げようなんて考えるなよ。おとなしくしてたほうが身のためだ。叫びたきゃ叫んでもいいが、どうせ誰にも聞こえやしねえ」

ああ、やっぱり。思っていたとおりだ。

「朝になってボスが来るまで、ゆっくりくつろいでな」男が笑い、扉を閉めて施錠した。

一連の音が部屋に反響する中、リリーはあたふたとロイヤルの横に膝をついた。

ロイヤルはうめき声を発した。見れば彼もひどく殴られている。顔にすり傷があり、顎には打撲の傷。片目は腫《は》れはじめている。逃げようとして争ったのだ。

彼は仰向けに転がった。後ろ手に縛られていて、そんな動きすらつらそうだ。自分をのぞき込んでいるのがリリーだと知って、彼は目を見開いた。「リリー！」身をもがき、怒りに体を震わせ、拳《こぶし》を握って力まかせに縄を解こうとする。「くそっ、あいつめ、殺してやる！　この手で必ず殺してやる！」

そんな彼の額から優しく髪を払い、少しだけ落ち着かせた。「わたしなら大丈夫。縄を解くからじっとしてて」それでまた静かになったが、荒いままの息づかいが彼の怒りの深さを物語っていた。

苦労してなんとか結び目をゆるめ、彼の両手を自由にした。すると彼は膝立ちになり、ここにきみがいるのが信じられないという表情でリリーを見つめた。

触るか触らないかの優しさでリリーの顎に触れ、顔の傷に視線を走らせる。「誰だ？やったやつを半殺しにしてやる」

「たぶんマグルーだわ。聞いていたとおりの大男だったから。だけど、そんなことはどうでもいいの。とにかくここから逃げないと」

「体には触られてないね？　やつはきみを――」

「ええ、何もされてない」

彼の声から緊張が解けた。「痛むかい？」

リリーはかぶりを振って、彼の手を自分の頬に当てた。「痛かったけれど、あなたがいるからもうそれほど痛くないわ」

ロイヤルは床に腰を下ろし、リリーを引き寄せて胸に抱いた。「ぼくはとんでもない愚か者だ」ゆるゆるとかぶりを振る。「ぼくのせいだ。きみを巻き込んではいけなかった。ただですむはずはなかったんだ」

離れなければ、とリリーは思った。ロイヤルには大事な人がいる。わかっているのに今はただ彼の腕の中にいたくて、勇気を分けてほしくて、自分からさらに身を寄せた。何が起こるのか不安だった。ルーミスに殺される可能性はあまりに大きい。

最後にリリーをぎゅっと抱いて、ロイヤルは立ち上がった。揺らめく明かりの中で、部屋を調べはじめる。

「窓は全部釘であかないようになっているわ。小さすぎて、どのみち出るのは無理よ。ガラスを割って助けを呼ぼうかと思ったけど、人の姿がぜんぜんないの」

ロイヤルはうなった。「誰かいるとしたら、逃亡を防ぐための見張りだけだろうな」

「だましたのがわたしたちだと、ルーミスはどうやって知ったのかしら？」

彼は戻ってきて、もう一度リリーを抱き寄せた。彼の唇がそっと額に触れた。「わからない。あの仕掛けには何人もの人間がかかわった。誰かが何かを耳にして、金と交換に情報を流したのかもしれない」

「それはないわ。おじがよく知っている人ばかりよ。詐欺にかかわる人間は、仲間にだけは嘘《うそ》をつかないの。信用を失えばその世界では生きられないわ」

「ならば、ルーミスに脅されたとも考えられる。無理やり言わされたんだ。やつは情報をつなぎ合わせて、ぼくたちにたどり着いた」

リリーは関係者の顔を順に思い浮かべ、ドッティ・ホッブズのところで、もしやと思った。バート・マグルーはドッティと面識があるし、彼女なら捜すのも容易だ。娘たちがどうなってもいいのかと脅されて、ドッティがしゃべった可能性はある。

「これからどうしたらいいの？」

彼はリリーの手を取り、しっかりと指をからませて自分の唇に押し当てた。「待とう。今はそれしかない。待ってルーミスのねらいを探る。敵の計画がわかれば、対策も立てやすい。そのうち、ぼくたちがさらわれたと誰かが気づく。大勢で捜しはじめるさ」彼は優しくほほ笑んだ。「こう見えてもぼくは公爵だからね」

何も言えなかった。彼に恋をした日からずっと思っていたのだ。彼が公爵でなかったらどんなによかったかと。

シェリダン・ノールズはジョナサン・サヴィジの家の扉を激しく叩《たた》いた。執事が扉をあけると、何も言われないうちからずんずんと中に入った。

階段の手前で足を止めた。「どこだ?」

「旦那《だんな》さまでしたらお部屋に。ですが……」

シェリーは一段飛ばしで階段をのぼっていった。

「今はいけません! おひとりではないんです!」

かまわず進んだ。寝室の扉に手をかけ、押しあけて中に入った。

「邪魔して悪いがロイヤルの一大事だ。おまえの助けがいる」

ベッドカバーの動きが止まった。ジョナサンが悪態をつき、いっしょにいた黒髪の美人が、シーツのあいだにさっと顔を引っ込めた。

「五分待ってくれ」

「三分だ」シェリーは外の廊下に出た。ほかのみんな、ナイチンゲールと、クェントと、セントマイケルズのもとにはすでに知らせが行っている。ロイヤルが追いはぎにさらわれたとの報告を耳にしたあと、ただちに伝言を頼んでおいたのだ。だが、その襲撃にルーミスがからんでいると知ったのは、動転したタヴィストック伯爵未亡人がシェリーの屋敷を訪れ、半狂乱になって玄関扉を叩いたあとのことだった。

「ロイヤルがさらわれたわ！」か弱げな老齢の夫人は言った。「あの子を見つけて！　あの子を助けて！」シェリーは震える彼女を促し、柔らかなソファにゆっくりと座らせた。

「話してください。何があったんですか？」答える代わりに、夫人は身代金を要求する手紙を見せた。要求額はルーミスが偽の株取引で失った額のきっちり二倍。関連性は明らかだった。最後の一文にはこうあった。〝警察に知らせたら公爵は死ぬ〟シェリーは夫人の震える小さな手を取った。「安心してください。ロイヤルは必ず見つけます。約束します」

無事見つけだせることを、心の底から神に祈った。

サヴィジの家の客間に移っていたシェリーは、ブーツの靴音に振り返った。シャツを着て乗馬ズボンをはいたサヴィジが入ってきた。中断させられた楽しみの名残で、黒髪は乱れたままだ。

「いったい何事だ？」

「道々話す。ナイチンゲールのところに行くぞ。玄関に馬車を待たせてある」

シェリーはサヴィジとともに家を出て、準備しておいた集合場所へと向かった。ルーミスは間違いなく陰で糸を引いている。身代金要求の手紙には受けわたし場所が指定してあるから、仲間といっしょに知恵を絞れば、そこからロイヤルが拘束されている場所に必ずたどり着けるはずだ。

ジャック・モランはモリーと暮らしている小さなアパートで、神経質に行ったり来たりを繰り返していた。

「落ち着きましょう。歩きまわっていてもなんにもならないわ」モリーは言った。

「もし、やつがおれの姪《めい》を傷つけたら……髪の毛一本でも傷つけやがったら、そのときは容赦しねえ。やつのまたぐらの玉を切り落として、喉の奥にぶち込んでやる」

モリーは彼のそばに行き、彼の首に両手をまわした。「あたしたちはあいつを軽く痛めつけてやっただけだった。あいつが損をして、それで一件落着だとみんな思ってた。まさかリリーが襲われるだなんて」

「おれは考えるべきだった。やつは血も涙もないディック・フリンだ。おとなしく引き下がる相手じゃないと予測して当然だったんだ」

「自分を責めないで。今大事なのは、どうやって彼女を助けるかよ」

今から少し前、モリーはリリーの店に立ち寄っていた。路地に面した裏口に行くと、扉が大きくあいていた。争ったような形跡があり、戸枠に血がついていた。リリーの姿はなかったが、おとなしく連れ去られたわけでないのは一目瞭然《りょうぜん》だった。

「方法は必ずある」ジャックは言った。「仲間の野郎どもや知り合いの詐欺師に片っ端から声をかけて、情報を探ってもらっている。遅かれ早かれ、何かわかるはずだ」

「早いほうを祈りたいわ」

「ああ、おれもそう祈ってる」


リリーとロイヤルはごつごつした石の床で縮こまり、互いの体を抱くようにして暖を取っていた。体はぐったりと疲れていたが、ふたりとも眠れなかった。先の見えない今の状況では、とても眠るどころではない。

「リリー、きみに聞いてほしいことがある」ロイヤルが少し体を離した。「ずっと前から言いたかったことだ」

真剣な彼の表情に、心臓の鼓動が速くなった。「何？」

「きみを愛している。いつからなのかは自分でもよくわからない。思い返してみれば、ずっと愛していた気がする。打ち明けようと何度思ったか。だが、いろんな事情が……」彼はかぶりを振った。「事情や立場を考えると、口には出せなかった」

涙が込み上げた。「わたしも愛しているわ。たぶんひと目ぼれよ。大きな葦毛《あしげ》の馬に乗ったあなたに雪の上に倒れているところを助けられて、あのときに恋をしたの。この先何が起こるとしても、ふたりで過ごした時間に悔いはないわ」

彼はリリーを抱き寄せた。「もし、ここを逃げだせ……いや、逃げだしたあとは、婚約を解消するつもりだ。本当はもっと早くにそうすべきだった」

希望が見えて胸が弾んだが、ロイヤルの立場を思うと不安も生じた。「だめ、失うものが大きすぎるわ。ジョスリンが応じなかったら、ひどい醜聞が流れるのよ。父親から婚約不履行で訴えられるかもしれない。だめよ、ロイヤル」

「醜聞がなんだ。訴えられようが何をされようが、ぼくは平気だ。ジョスリンはぼくを愛していないし、ぼくも彼女を愛してはいない。神から見れば、きみはもうぼくの妻なんだ」彼はリリーの頬に触れた。「閉じ込められたきみを見て、きみの命が危険にさらされていると知って、ぼくは尋常じゃない恐怖を感じた。そのときにわかったよ。一瞬で理解した。本当に大事なものがなんなのかをね」

あふれた涙が頬にこぼれた。「ロイヤル……」

「金じゃない。父との約束でもない。この心が、ぼくの全身が声高に否定していることを、ぼくはしようとは思わない」

リリーは頬の涙を手でぬぐった。「あなたの誓いは軽いものじゃないわ。その誓いにそむけば、あなたは一生苦い罪悪感を抱えて生きることになる」

「かもしれない。そうだとしてもかまわない。大事なのはリリー、きみへの愛だけだ」冷えきったリリーの両手をつかんで、目を見ながらほほ笑んでくれる。「すべての片がついて、自由に結婚できる身になったら、この胸にある問いかけをきみにさせてくれ」

リリーは喉をふさぐ塊をのみ下した。「そのときの返事は、もう決まっているわ」

ロイヤルが体を寄せて、腫れた唇や顔の傷を気づかいながら優しくキスをしてくれた。甘く穏やかなキスだったが、湿ってかび臭いこんな地下室でも、彼のキスはリリーの胸をときめかせた。別の状況であれば、たぶんこれだけでは終わらなかった。肌に手が触れて、互いを高め合って、体をつなげていただろう。

「ここまでにしておこう」ロイヤルが苦しげに言った。「今が新婚初夜だったらと想像していた。ここでそのとおりにするわけにもいかない」

ぞくりと興奮が走り、小さな好奇心が頭をもたげた。「新婚初夜だったら――」リリーは静かに言った。「どうするつもりだった?」片目が腫れていても、顎が紫に変色しかけていても、彼はリリーの知るどんな男性よりもハンサムだ。

リリーが唇を湿すと、彼の瞳が熱を帯びた。彼はリリーの手を取り、手のひらを上にして小さな円を描きはじめた。「まずは花嫁のドレスを脱がせる。急がずに一枚ずつ」

肌に小さなさざなみが立った。それは手のひらから生まれていた。

「ゆっくりと服を脱がせながら、きみの美しい体を目で楽しむ。最後の一枚を脱がせたあとは、きみの全身にキスをする。いろんな場所にキスをして、きみを、そしてぼく自身を感じさせる」

口がからからになった。新婚初夜を迎えるまで命があるかどうかわからない。だったら今のうちに経験しておきたい。

「ほかには？」かろうじて耳に届く程度の声で問いかけた。

彼の目が陰った。瞳の金色が光った気がした。リリーの上半身に手をすべらせ、胸の丸みを包んで軽く力を入れてくる。「きれいな胸を片方ずつ味わい、強く吸って、硬くなったかわいい先端を舌で転がす」言われた場所が、実際に硬くなってうずきはじめた。布越しにそこをつままれ、リリーは鋭い快感に耐えながら声を殺した。

「そ……それから？」

彼の呼吸が速くなっていて、ゲームを楽しみはじめているのがわかる。「きみをベッドに運んで、マットレスの端に座らせる。かわいい脚を開かせて、そのあいだにぼくが膝立ちになる。そして舌を使うのが……ここだ」太腿の奥のその場所を、くいっと押してきた。ペチコート越しでも彼の指の熱さを感じた。「ゆっくりと味わって、舌を遊ばせて、きみがのぼりつめるのを見届ける」

体が震え、脈が激しく乱れた。体じゅうがずきずきと脈打っている。「そこで、入ってきてくれるの？」

「そうしたいが――」彼の声はかすれていた。「もう少しだけじらしてからだ」

「いや……」リリーはかぶりを振った。「すぐにほしいの。あなたを感じたい。いっぱいに満たされたいの」手を伸ばし、彼のズボンを押し上げている太くて硬い先端に触れた。

ロイヤルの全身が硬直した。

「それがきみの願いならそうしよう。深くきみを満たして、ぴったりとひとつになる」

知らないうちに彼の手がスカートの下に入り込み、下ばきを割っていた。気づいたのは、指が奥へとすべり込んできたときだ。甘い吐息がもれた。

「それからは欲望のままに荒々しくきみを追い込む。きみが快感の叫びをあげるまで、いっときも容赦しない」

彼の言葉が、巧みな指が、リリーを頂上の一歩手前でたゆたわせた。その直後だった。的確な刺激を送り込まれたリリーは、高い崖《がけ》から快感の海へと解き放たれた。声をあげて彼にしがみつくが、甘美な波に翻弄《ほんろう》されて震えが止まらない。

ロイヤルが身をかがめてそっとキスをしてくれた。「きみが再びのぼりつめたら、ぼくはようやく自分を解放する」

リリーはいまだ去らない喜びに全身を包まれながら、ぐったりと彼にもたれた。始めたときはこんな大変な結果になるとは思わなかったけれど、後悔はなかった。ふたりとも、いつ殺されるかもわからないのだから。

「教えたいことはたくさんある」ロイヤルが静かに言った。「もっと深い喜びだって見つけられる……きみがぼくのものになったら」

そんな日は永遠に来ないかもしれない。彼も自分もそれを知っている。

リリーは暗がりで身を震わせた。

疲労が重くのしかかる中、それでも、今までに感じたことのない満足感にひたりながら、ロイヤルは抱いていたリリーからそっと腕を解いた。窓の外には夜明け前の薄明かりがあった。音をたてないように窓の下に行き、木箱にのって外を見た。今いる場所が特定できるような、何か特徴的な建物でも見えないだろうか。

あれは、と目がとまったのは、驚いたことにナイチンゲールの兵器工場の塔だった。つまりここはトゥーリー街の近く、埠頭《ふとう》から遠くない場所なのだ。

「何か見えた？」後ろでリリーがきいた。声に眠気がからんでいる。ひとりだけでも睡眠がとれたのはせめてもだ。ゆうべは眠りに導いてあげられてよかったと、ロイヤルはひそかにほほ笑んだ。

「われらが友人のルーミスは、よほどいやみな性格らしい」窓の外を指さした。「あそこに見える塔は、ナイチンゲールの工場の屋根にのっているものだ」

リリーのきれいな緑色の目が真ん丸になった。「ここに閉じ込めたのは、つまり自分たちの罪を思い知れと?」

「だろうな」ロイヤルは窓の外に視線を戻した。「もうすぐ陽《ひ》が昇る。工員たちも出勤してくる。ここからだと距離はあるが、窓を割って叫べば誰かの耳には届くかもしれない」

「試してみるか?」背後で低い声がした。「そのときはわたしの部下が駆けつけて、おまえたちを撃ち殺す」

振り返ったロイヤルは、プレストン・ルーミスの姿を見て木箱から飛び下りた。ルーミスの隣にもうひとり、注文仕立ての高級服に身を包んだ、肉づきのいい粗野な雰囲気の大男が立っていた。こっちはバート・マグルーだろう。

「ふたりとも、今朝はあまり取りすましてはいられないようだな」

ロイヤルの横に来ていたリリーが身を硬くした。「そうね、あなたのことを見くびっていたのは事実だわ――ミスター・フリン」

ルーミスの頬がぴくりと痙攣《けいれん》した。「ディック・フリンはとうに死んだ。おまえたちが恐れるべきはプレストン・ルーミスだ」彼はリリーを眺めまわし、銀色の眉を中央に寄せた。「なるほど、これが本物ってわけか。がっかりだよ。ツァヤだったおまえには大いに好意を寄せていたというのに。黒い髪に異国ふうの外見。ツァヤには典雅を極めた不思議な美しさがあった。それがなんだ、今のおまえはただの女だ」彼は戸口にいるがさつそうな大男を振り返った。「とはいえ、友人のマグルーなら、そんなおまえでも喜んで味見をするだろうがね」

ロイヤルは沸騰する怒りにわれを忘れそうだった。リリーをかばうように足を踏みだした。「きさまの敵はぼくだ。ぼくひとりだ。リリーに罪はない」

「わたしの記憶では、罪は大ありだよ」ルーミスはリリーに注意を戻した。「しかしわからないね。メデラのことはどうして知った?」

リリーがちらと目くばせをする。仲間の名は出すなと言いたいのだろう。「たまたまよ。ふたりであなたの過去や興味の対象について調べていたら、名前が出てきたの。あなたがひどく興味を持っていたとわかったわ。それでツァヤの芝居を考えついたのよ」

半分以上は出まかせだ。彼女はおじのジャックやジャックの友人たちをかばっている。ロイヤルはリリーに対してあらためて尊敬の念を覚えた。この先にどんな問題が待っていようと、ゆうべの決断は絶対的に正しかった。彼女と添える機会を逃したくはない。

ロイヤルは言った。「せっかく互いの疑問を解消できる場にいるんだ。こっちとしても教えてほしいね。そこにいるマグルーがブランスフォード・キャッスル周辺に出る追いはぎとつながっていたのは、どういうわけだ?」

大男はにやりと笑った。「ボスがおまえの父親をかもにしていたころ、このおれが思いついたのさ。羽振りのいい土地で、稼ぎがいがありそうだったからな」

ルーミスが軽蔑《けいべつ》もあらわにマグルーをねめつけた。「そんな足のつきやすいやり方、わたしが許さないのは知っていただろう。明らかになった以上は、きっぱり手を引いてもらうぞ。わかったな？」

マグルーは自分の大きな足に目を落とした。「へい、ボス」

「この件に片がついたら外国に出る。おまえもわたしも国内に残るのは危険だ」

マグルーはただうなった。

「ぼくたちはどうする気だ？」

「どうって、もちろん金を返してもらう。これは金の問題だろうが、え？」

「ぼくもそう思っていた。だが、今は違う」

「そうか、わたしはまだそこまで断定はしないがね。金は奪った額に色をつけて返してもらうよ。おまえの大おばと連絡がついた。身代金が届いたら、おまえたちを解放してやってもいい」

おばまで危険にさらされているのか。老いたか弱いあのおばに、かけがえのない大切なおばに何かあったらと思うと、それだけで胸が押しつぶされそうだった。解放するとは言うが……どう考えてもはったりだ。バート・マグルーともども絞首台に送られかねないのに、危険な証人を野放しにするほど、こいつはおめでたい人間ではない。

「金なら届く」ロイヤルは言った。「おばの家は公爵家と違って困窮してはいない」

「それはうれしい情報だ」

「おばには手を出さないでくれ」

「必要がないことは、わたしはしない」ルーミスは戸口に顎をしゃくり、マグルーに部屋を出るよう促した。「金が届くまでは、とりあえずここでゆっくりしてもらおう」リリーにひたと視線を据えた。「ごきげんよう、ミス・モラン」次にロイヤルを見て、わざとらしく腰を折る。「失礼しますよ、公爵」

ルーミスは出ていった。

リリーを見ると顔色が真っ青だった。

「わたしたち、殺されるわ」彼女も同じ印象を持ったようだ。

優しく腕に抱き寄せた。「いや、油断しなければ道はある」

31

計画は単純だ。もっといい方法はないかとふたりで何時間も考えたが、使える手段はあまりに限られている。しぶるロイヤルを説得し、結局、リリーが急病で倒れたふりをするという案に落ち着いた。ロイヤルが大声で助けを呼び、見張りが部屋に入ってきたら、木箱からはがしておいた板で頭を一撃するという段取りだ。

独創性にあふれているとは言えないが、成功の可能性はあるとリリーは踏んでいた。

「本当にできるのか？」ロイヤルがきく。

リリーは笑い飛ばした。「おじと暮らしていたころは、通行人にコインを投げてもらうために、よく発作を起こしたふりをしたものよ。ただお願い、わたしが芝居をしているときの様子は、すぐに忘れてちょうだい」

ロイヤルはリリーの頬にキスをした。「きみに関係することなら、どんな小さなことでも忘れたくはないよ」

リリーはほほ笑んだ。彼女が石の床に寝転がって無言でうなずくと、それをきっかけにロイヤルが叫びはじめた。

「ミス・モランが倒れた！」扉をばんばん叩《たた》いて叫ぶ。「助けてくれ、頼む！　死にそうなんだ！　誰か来てくれ！」彼が必死で叩き、声を張りつづけていると、少しして外の廊下に重いブーツの足音が響いた。

鍵《かぎ》がまわされるや、リリーは大きく息を吸ってひきつけの芝居に入った。思いきり白目をむいて、だらしなくあけた口から舌を出す。傍《はた》から見れば相当に恐ろしい形相だ。悪魔に取りつかれたか、未知の発作に見舞われたかと思うだろう。

鉄の掛け金が動いた。扉が勢いよく開き、縮れた頬髭《ひげ》の男が飛び込んできた。ぎょっとしたように立ちすくんだのは、床の上でもがき、のたうち、げえげえと喉を鳴らしているリリーの様子に気づいたからだ。扉の陰にいたロイヤルがすかさず近づき、男の脳天めがけて渾身《こんしん》の力で重い板を振り下ろした。男は不格好にばったりと倒れた。

「行こう」ロイヤルが手をつかんで引き起こしてくれる。扉に急ぎ、あたふたと通路に走りでた。彼はリリーを引っ張って薄暗い廊下を進もうとしたが、数歩進んだだけでいきなり立ち止まった。行く手を黒い長髪の男がふさいでいた。

長髪の男は銃をロイヤルの胸に突きつけた。「逃げるつもりか?」銃を向けたまま、ロイヤルの肩の上から地下室の入口を見やる。「オスカー、大丈夫か?」

返ってきたのはうめき声だった。

ロイヤルのすぐ後ろにいたリリーは、長身でがっしりしたロイヤルの体に緊張を感じ取った。どう出るのが最善かと彼は考えている。状況が違っていれば、戦っていたかもしれない。だがこのとき、頭に手を当てたオスカーが悪態をつきながら背後から近づいてきた。

「歩け！　部屋に戻るんだ」黒髪が銃を突きつける。

リリーは肩を落として引き返そうとしたが、すれ違ったオスカーに腕をつかまれた。

「なあ、ブラッキー、女をしばらく預かるってのはどうだ？」

「やめろ！」ざらついた声でロイヤルがすごんだ。拳《こぶし》を後ろに引くや、それを全力で振るってオスカーを壁まではじき飛ばした。「彼女に触れるな！」

後ろから来たブラッキーが、銃身でロイヤルの後頭部を一撃した。

「ロイヤル！」叫んだリリーをオスカーがつかみ、一方のブラッキーは倒れたロイヤルをもとの部屋まで引きずって、朦朧《もうろう》とした状態のまま石の床にほうりだした。

「女は連れてこい。おれさまにも少しは楽しみってものがないとな」

「リリー！」ロイヤルがよろよろと起き上がった。だがもう遅かった。扉は鈍い音をたてて閉じられた。オスカーが施錠し、重そうな鉄の鍵をポケットにしまう。

「ロイヤル！」リリーはもがいたが、オスカーの腕がよけい腰に食い込んだだけだ。

「おとなしくしてたほうがいいぜ、かわいこちゃん。どのみちおれとブラッキーに食べられる運命だ」

ロイヤルが扉を叩きながらリリーの名を叫んでいる。と、オスカーの腕が一瞬ゆるんだ。束縛を逃れたリリーはよろめき、床に倒れそうになった。

「早く連れてこい！」リリーを引き起こすオスカーに、ブラッキーの怒声が飛んだ。

「言っとくが、ブラッキーには逆らわないこった。恐ろしく気の短いやつだからな」オスカーはリリーをどんと押して廊下を急がせた。

ロイヤルの叫び声はやんでいた。リリーは内心でほくそ笑んだ。さっきの贈りものに気がついてくれたらしい。

底知れない恐怖はあるが、少し前までの不安はこれでかなり解消された。

ロイヤルは鉄の鍵を手につかんだ。さっきリリーが扉の下からすべらせてきたものだ。かわいいすりのお嬢さんがやってくれたか。いとしさと身を案じる気持ちとで、苦しいほどに胸が締めつけられた。

怒りにのまれそうな心を懸命に落ち着かせ、三人が扉から見えないくらい遠くに行ったころあいを見計らって、鍵を差し、ひねった。武器代わりの板を片手に扉をあけ、廊下へと踏みだす。男たちの笑い声が廊下の先で反響した。そしてリリーが抵抗している声も。

新たな怒りが突き上げてきた。固い決意を胸に、声のするほうへと静かに足を進めた。

数分後には、自分はもうこの世にいないかもしれない。だが、リリーが乱暴されるのを黙って見ているくらいなら、殺されたほうがまだましだ。

廊下の曲がり角近くに部屋があった。耳をそばだてたが、人がいる気配はない。そのまま通り過ぎ、ふたつ目の部屋の近くで立ち止まった。扉が薄くあいていて、ランプの明かりで中の人影がちらと目に入った。

「まずは靴と靴下からだ」ブラッキーの声。「それを自分で脱いで、終わったらスカートを引き上げて、下ばきを脱ぐんだ」

怒りを必死に抑え込んだ。生き残るためには、冷静さを失うわけにはいかない。間に合わせの武器を高く持ち上げた。ブラッキーは銃を持っている。あの銃を押さえることができたら、こっちにもまだ勝算はある。

深呼吸をし、突入の準備を整えた。そのとき、柔らかな靴音を耳が拾った。廊下のはるか先から複数の男の話し声が聞こえてくる。ロイヤルは暗がりでぴたと壁に貼《は》りついた。とぎすましていた神経が、いっそう鋭く張りつめた。

「何か聞こえるぞ」抑えた男の声がした。聞き慣れた抑揚でそれがシェリーの声だとわかり、ロイヤルは危うくその場にくずおれるところだった。

大きな安堵《あんど》に包まれながら、静かに廊下を進んだ。「来てくれたんだな!」友の腕を強く握ると、シェリーも同じように握り返した。

「ロイヤル! 無事なのか?」

ロイヤルは口の前に指を立て、扉のあるほうを指さした。「リリーがつかまっている。急ごう」

少し後方にいたサヴィジとナイチンゲールとクェントが、足音を忍ばせて合流した。彼らは全員銃を持っていた。クェントが外套《がいとう》の内側から二挺《ちょう》目を取りだして、その小型の銃をロイヤルの手に握らせた。「彼女はきみの大事なレディだ。これを使え」

黙ってうなずいた。各人が位置を決めて銃をかまえる中、ロイヤルは扉に近づいた。ブーツの足を浮かせ、気合いを入れて扉を蹴《け》りあけると同時に、ブラッキーに銃の照準を合わせた。

「彼女から離れろ」抑えた声でゆっくりと言った。「さあ」

スカートを持ち上げていたリリーが手を離した。両手が震えている。

シェリーはオスカーにねらいをつけた。「ふたりとも離れろ。壁ぎわまで歩け」

リリーが男たちのそばからあとずさった。顔面蒼白《そうはく》になっている彼女を見ると、引き金を引きたくて指がうずうずした。オスカーは命令に従いながら、ロイヤルと仲間たちのあいだでせわしなく視線を行き来させている。

「ゆっくりとだ」サヴィジが言う。彼の銃はブラッキーをとらえていた。「腰の銃を床に置け」

石の床にごとりと武器が置かれると、リリーが押し殺した声をあげてロイヤルのほうに走ってきた。ロイヤルは腕を広げて受け止めた。彼女は震えていた。どんな恐怖を味わったのかと思うと、怒りがいっきに再燃した。「大丈夫か？」

彼女はロイヤルを見上げた。目に涙が浮かんでいた。「ええ、あなたが来てくれたんですもの」

「縛るものがいるな」クェントがロイヤルの横を通って部屋に入った。彼はまもなく縄を見つけだした。その縄をブーツに仕込んであったナイフで半分に切り、片方をナイチンゲールにほうる。「ほら、きみの仕事だ」

ナイチンゲールは小さく笑ってオスカーに近づき、彼を後ろ手に縛り上げた。クェントもブラッキーの手首をしっかりとくくった。

「よし」賊が縛られたのを確認するや、ロイヤルは口を開いた。「おまえたち、ゆっくり廊下を進んで出口に向かえ」シェリーに目くばせをすると、彼は部屋から後退して先頭に立った。サヴィジとナイチンゲールが賊の横について歩き、ロイヤルとリリーがしんがりを務めて階段へと向かう。

がたつく木の階段をのぼった先は板敷の床になっていて、すぐに見えた出口から外に出ると、どうやらここは、今は使われていない倉庫か何かの建物らしかった。馬をつないである場所に行こうとしたそのとき、立派な黒塗りの馬車が通りに止まった。

「ルーミスとマグルーだ！」ロイヤルは仲間に警告した。

「罠《わな》だぞ！」声を張り上げたブラッキーの頭を、サヴィジが銃で殴りつけた。

ナイチンゲールもオスカーを空樽《からだる》の陰に引き込んだが、少し遅かった。

すでに馬車を降りていたルーミスは車輪の陰にまわり込み、マグルーが銃を抜いて発砲した。クェントとシェリーが応戦し、鋭い銃声が建物に反響した。マグルーの弾は次々と煉瓦《れんが》の壁に当たったが、こちらはロイヤル、リリー、サヴィジを始め、仲間全員が物陰にいるため撃たれることはない。

サヴィジが数発発砲した。ナイチンゲールも同様だ。じっくりとねらいを定めたロイヤルが小銃を撃つと、大男が倒れた。その後もロイヤルたちは馬車の奥、ルーミスが隠れているあたりをねらってさらに銃弾を撃ち込んだ。

「やめてくれ！」ルーミスが叫んだ。「今出ていく」

ロイヤルは銃を向けたまま言った。「広い場所に出ろ。両手は上だ」

両手を上げたルーミスが、馬車の後ろから通りの中央に出てきた。ロイヤルたちも物陰を出たが、各人の銃はまっすぐにルーミスをとらえていた。ナイチンゲールはオスカーを押しだすようにして歩いている。

殺される心配がないと知るや、ルーミスは倒れた友人に駆け寄った。

膝をつき、ぴくりともしないマグルーの大きな体を見下ろして涙を浮かべる。「よくも殺したな。おまえたちのせいで、バートは死んだんだぞ」

「それは違う」ロイヤルはリリーといっしょに進みでた。「やったのはきさまだ。ずっと前に、人の金を盗むと決めたときにおまえが自分で殺したんだ」

ルーミスは黙っている。しばらくのあいだ友人の体を見下ろしていたが、やがて気が抜けたようによろよろと歩き、放心して立ち止まった。

すべてが終わった。

「片割れも連れてこよう」サヴィジが銃を手に倉庫へと引き返す。入口を出たすぐのところで、ブラッキーが倒れたままうめいていた。

「どうしてここがわかった？」ロイヤルがたずねると、シェリーはにっこり笑ってゆがんだ下の前歯をのぞかせた。

「おまえのおば上だ。彼女は身代金の金額と取引場所の書かれた誘拐犯からの手紙を持っていた。そして手紙の指示どおりに動いた。だが、ひとりじゃない。ぼくたち四人があとをつけた。ルーミスの手下が金を受け取りに現れたんで、まあ、ちょいとしつこく責め立ててやって、そしたらそいつは閉じ込めてある場所を白状した。まさか、リリーまでさらわれていたとは思わなかったがね」シェリーは頭を下げてリリーの頬にキスをした。「きみが無事でよかったよ」

「来てくれてありがとう。こんなにすてきなお友達ばかりで、ロイヤルは幸せね」身を寄せてくるリリーを、ロイヤルはぎゅっと抱いた。

「そろそろ警察に知らせてくるか」クェントが言い、自分の馬を連れてこようとして歩きだした。しかし、まだいくらも行かないうちに、通りの先から騒々しい音が聞こえてきた。辻《つじ》馬車だった。ものすごい速さで、前に後ろにがたがた揺れながら走ってくる。倉庫の正面まで来た馬車は、車輪をきしませて急停止した。後ろには、制服警官をぎっしり乗せた警察の馬車が続いていた。

先頭の馬車からジャック・モランが飛び降り、リリーを見つけて走ってきた。憔悴《しょうすい》した様子のモリー・ダニエルズもいっしょだ。

「リリー！　リリー！」

不安の反動だろう、リリーはふたりから力いっぱい抱き締められた。「わたしは大丈夫。バート・マグルーは死んだわ。ルーミスもつかまったのよ」

「感謝します、神さま」モリーが天をあおいだ。

マグルーの死体を見つけて警官のひとりが近づき、倉庫の前にいるロイヤルたちのほうにも、複数の警官が駆けつけてきた。

「さあて、これはいったいどういうわけですか？」中のひとりがたずねる。

「それが少し込み入ってましてね」ロイヤルは言った。「ぼくはブランスフォード公爵です。ミス・モランとふたり、強制的に拉致《らち》されました。犯人はそこに倒れている男と、こっちの男です」ロイヤルの言葉に合わせ、シェリーがルーミスを突きだした。ナイチンゲールとサヴィジも、ふたりの無法者を連れて現れた。警官の反応はと見ると、驚き顔で眉をいっぱいに引き上げている。「ぼくもここにいる友人たちも、喜んですべての事情をお話ししますよ」

「そう願いたいですね」苦りきった警官を見て、ロイヤルは初めてほほ笑んだ。

32

それから三十分かけて、リリーとロイヤルとそのほか全員で、この二日間に起こったできごとを一から十まで詳細に警官に説明した。ツァヤを使ってルーミスをだましたことは、もちろん省いた。ルーミスが言及する可能性については誰も心配していなかった。警察に言ったところで彼自身の罪が重くなるだけだ。

話が終わるとマグルーの死体が警察の馬車に乗せられ、捕縛されたルーミスも連れていかれた。

リリーはおじと向かい合った。おじはモリーの体に手をまわしていた。「どうやってわたしの居場所がわかったの？」

答えたのはモリーだった。「ジャックが仲間に話を広めたの。姪《めい》の誘拐やプレストン・ルーミスが彼女を閉じ込めていそうな場所について、どんな情報でもいい、知らせてくれたら充分な金を払うってね」

「そしたらミッキー・ドイルが見つけてくれた」ジャックが誇らしげにあとを引き取った。

「なのに、礼金は受け取れないと言いやがる。姪っ子を助けるのに礼がいるかと。場所を見つけだすのに、ほかにも二、三人協力したらしい。本当にいいやつらだ」

話はつきなかった。そこにいる誰もがリリーとロイヤルの無事を喜び、ルーミスがつかまったことに安堵《あんど》していた。けれどリリーのほうは急に疲れが出てきて、それに気づいたらしいロイヤルが反応した。

「失礼してぼくはこの辺で。ミス・モランを家に送ってくるよ」離れた場所からリリーを見つめる。リリーの胸は、彼への愛であふれそうになった。「彼女を送ったあとは――」彼は目を合わせたまま近づいてきた。「とても重要な仕事が待っているんだ」

風呂を使って新しい服に着替えたのちに、ロイヤルはコールフィールド邸の玄関扉をノックした。先に人をやり、ジョスリンと彼女の両親に会いたい旨は伝えてある。

「お入りください、公爵さま」執事が迎えた。「旦那《だんな》さまと奥さまはあいにく外出中ですが、お嬢さまが客間でお待ちです」

ロイヤルは深く息を吸った。どういう騒動になるのか予測がつかなかった。ただ、リリーと結婚するためならどんな要求にも応じる覚悟はできている。

客間に入ると、ジョスリンがソファから立った。深緑色のビロードのドレスに、頭には飾り気のない白いレースのキャップ。彼女にしてはずいぶん地味な服装だ。

「公爵さま」彼女は膝を曲げてお辞儀をした。

「よく似合っているよ」ロイヤルは言ったが、彼女がきれいなのはいつものことだ。「いきなり連絡したのに、こうして会ってもらえて感謝している」

彼女はうつむいた。ずいぶん緊張している様子だ。「怒ってらっしゃるのはわかります。手紙で知らせるような話じゃありませんもの。わたしだって直接話したかった。でも、あなたはもう田舎のほうに出発されたあとでしたから」

話が見えず、ロイヤルは眉根を寄せた。「え？　ぼくに手紙を書いたと？」

「は、はい……。ブランスフォード・キャッスルに着くように。もう受け取ったのではないのですか？　だからこうして話をしにいらしたのでは？」

「いや、そういう理由で来たわけじゃない。ともかく、まずはきみの書いた手紙の内容を教えてくれないか」

「ああ、そんな」

彼女は椅子をすすめることも飲みものを出すのも忘れている。お互いに突っ立ったままだが、ロイヤルはまったくかまわなかった。

ジョスリンは唇を噛《か》んだ。そして、意を決したようにかすかに肩を起こした。「楽に話せる方法はないみたい。だから率直に言います。婚約を取り消させてください。わかっています。そうなると公爵さまの手元には期待していたお金が入らない。お父さまとの約束だってあるでしょう。でも、どうしようもないんです。ほかの人を愛してしまったから」

呆然《ぼうぜん》と立ちつくした。「婚約を解消すると言うのか？」

「両親にはもう話しました。もちろんひどく悲しんでいたけれど、時がたてば納得してくれると思います」

「ぼくとの婚約を、きみは解消するわけだ」返す言葉が見つからず、ただ繰り返した。期待に胸が高鳴りはじめた。

「そうです。だから、公爵さまは誓いを破ることにはならないの。いやだというわたしとは、結婚しようにもできないんですもの」

喜びと興奮がわき上がって、油断すると頬がゆるんでしまいそうだった。「ああ、できないな」

彼女は褐色の眉根をわずかに寄せた。「腹を立てずにいてくださるんですか？」

安堵している内心は悟られないようにした。彼女を傷つけることだけはしたくない。

「きみとぼくとは、愛し合っていたわけではないからね」

「ええ。ですから、公爵さまに別の女性がいらしてもぜんぜんおかしくないんです」ジョスリンは濃いまつげを透かして、ちらと上目づかいにロイヤルを見た。「お金の問題は大事でしょうけど、でも、わたし思ったんです。自由になったあと、公爵さまにわたしのまたいとこと結婚する考えはないのかしらって」

胸がいっぱいになった。「金ばかりが人生じゃないと今では理解しているよ。きみのまたいとこと結婚する考えは……」今度こそ、大きく顔をほころばせた。「ああ、大ありだ」身をかがめ、きょとんとするジョスリンにキスをした。そこは冷静に頬へのキスだ。「きみのことはこれまで大好きとは言えなかったが、今は大好きだ。たった今、きみは何よりもすばらしい贈りものをぼくにしてくれた」

ジョスリンも笑みを返した。「じゃあ、わたしたちの思いは同じ？」

「同じだとも。きいていいかな、きみに愛された幸せな男というのは誰なんだい？」

「クリストファー・バークレー。公爵さまとも、たぶん顔見知りですわ」

「彼なら何度か会ったことがある。感じのよさそうな男だ」

「とってもすてきな人」彼女はいったん目をそらし、すぐに視線を戻した。「この何カ月かでわたしもわかってきたんです。お金や社会的な地位のほかにも大事なものはあるんだって。こんなわたしだから、理解するのにずいぶんかかったけれど」

「簡単にわかる人のほうが少ないさ」

「だったらいつか、それぞれの結婚式が終わったら、みんな友達になれるかしら？」

ロイヤルはほほ笑んだ。「そうだね、ミス・コールフィールド。そうなりたいと、ぼくも心から思っているよ」

屋敷を出るとき、ロイヤルが考えることはひとつだった――リリーに結婚を申し込む。

もう夕方であたりは暗くなりはじめていたが、先延ばしにはしたくなかった。今日まで待っただけでもう充分だ。

ハーケン通りに馬車を止めたとき、リリーの店はまだ明るく、彼女の細い体がカウンターのむこうで動いているのが見えた。ロイヤルは湿った手をズボンにこすりつけ、深呼吸してから扉をあけた。ベルの音に彼女が振り返った。

「ジョスリンはクリストファー・バークレーと結婚するそうだ」言葉はひとりでにあふれだし、考えていた段取りなどどこかに飛んでしまった。「きみはぼくのものだ。ぼくと結婚してくれないか？」

カウンターにはひとり女性客がいたが、驚喜するリリーがおよそレディにそぐわない大声をあげるものだから、唖然《あぜん》とした様子だった。リリーはスカートをつまんでカウンターをまわると、一目散にロイヤルの胸に駆けてきた。

「愛しているわ、ロイヤル・デュワー！　結婚するのが待ちきれないくらいよ」気づけばロイヤルはキスをしていて、ふたりで声をあげて笑っていた。ふと見ると、カウンターの女性客が涙をぬぐっていた。

二度目の婚約だ。今度の選択に間違いはない。

今度ばかりは、花嫁を祭壇に連れていく日が待ち遠しくてならなかった。

33

五月の終わりの結婚式は質素なものだった――とは言え、そこには公爵家の挙式としては、という但し書きがつく。リリーとロイヤルからすれば丸ひと月待つのはつらかったが、ロイヤルの大おばのアガサがリリーのためにも公爵夫人にふさわしい式でなくてはいけない、費用はすべて自分が出すからと頑強に言い張ったのだ。

この一カ月のあいだに、ブランスフォード・キャッスルの庭園には手が入り、刈り込みや植えつけが行われて、荒れ放題になる前の本来の姿を取り戻していた。黄色いクロッカスや紫のパンジーが小道ぞいに咲き誇り、木々には緑の葉が美しい。

今リリーの前には雪のように白いリンネルの絨毯《じゅうたん》がのび、白い椅子が両わきの芝生に並んでいた。おじと並んでそこに立つと、結婚行進曲の演奏が始まった。

「心の準備はいいかい？」ジャックが腕を差しだした。

リリーは涙を浮かべ、おじとの絆《きずな》が取り戻せたことに感謝しながらほほ笑んだ。「ええ、もうとうにできてるわ」結婚式までの一カ月は、これまでの人生でもっとも長いと感じた一カ月だった。

白手袋をはめた手をおじの上着の袖《そで》にのせ、並んで通路を歩きはじめた。前のほうにはずらりと参列者が座っていて、今日の日に向けて自分たちを支えてくれた彼らを見ていると、感謝の思いが胸にあふれた。ロイヤルの妻となることを快く認めてくれたロイヤルの家族や友人に、リリーは心の中でありがとうとつぶやいた。

さらに進んで参列者のあいだを歩くときには、少しばかり体が震えた。ロイヤルの親友は全員列席していた。彼らの呼び方で言うなら〝漕《こ》ぎ手集団〟の面々だ。ナイチンゲール伯爵、危険な美しさを持つジョナサン・サヴィジ、生真面目《きまじめ》なクェンティン・ギャレット、愛嬌《あいきょう》のあるディロン・セントマイケルズ、そして威勢のいいシェリダン・ノールズ。ルール・デュワーの姿も見える。目が合うと、彼はにっこり笑ってくれた。三兄弟の真ん中のリース・デュワーが来ていないのは、まだ戦地にいるからだ。

さらに少し行くと、モリー・ダニエルズがトミー・コックスと並んで座っていた。ロイヤルからブランスフォード・キャッスルでの仕事を与えられたトミーは、また田舎で暮らせると言って、マグズともども大喜びしている。うれしいのは彼らのそばにいられるリリーも同じだった。

横を通るとき、トミーは手を振ってくれた。モリーは笑顔で目頭を押さえていた。

そしてジョスリン。彼女の出席は意外だったけれど、それはいい意味での驚きだ。隣には褐色の髪をしたハンサムな婚約者、クリストファー・バークレーが座っている。つい今朝方のことだった。ジョスリンは到着するとすぐ、リリーを捜して声をかけてきた。

「ロイヤルが招待してくれたの」不安そうな口調がいつものジョスリンとは違っていた。

「あなたとわたしは家族だわ。わたしが来たのが不愉快でないといいんだけど」

リリーは泣きそうになった。いとこの体を抱き締めて答えた。「不愉快なはずないじゃない。大歓迎よ」

ジョスリンはそのまま公爵夫人の部屋に残り、ウエディングドレスへの着替えを手伝ってくれた。リリーが身にまとったのは、彼女自身が縫い上げたクリーム色の絹のドレスだ。スカート部分が特別たっぷりしていて、腰のラインはV字になっている。襟ぐりは四角で、上半身にはレース飾りや小粒の真珠をいくつも散らしてある。肩に流した巻き毛を薄いヴェールでおおうと、それを固定するように、やはり艶《つや》やかな真珠がちりばめられたクリーム色のレースの帽子をちょこんと頭にのせた。

目の前に祭壇がせまっていた。右手には最高にすてきな男性が立っている。金色の髪をした公爵。今からわたしが嫁いでいく人だ。優しい笑みで迎えられると、彼への愛が胸を満たした。

祭壇の前まで来たおじは、リリーの頬にキスをしてから花婿にあとを託した。リリーは離れていくおじに最後の笑みを投げかけたが、ロイヤルと向き合い、手にキスをされたときには涙がこぼれそうになった。

ふたりいっしょに主教のほうを向いた。

「みなさま、本日わたくしたちは神の御前《みまえ》に集いました。列席されたみなさまを証人に、これより第七代ブランスフォード公爵ロイヤル・ホランド・デュワーと、リリー・アメリア・モランを夫婦とし、神聖な絆で……」

あとの言葉はほとんど耳に入らなかった。もうロイヤルしか目に入らず、胸の中は新しい生活への期待でいっぱいになっていた。それでも返事だけは正しい場所で、正しいタイミングで返し、誓いの言葉もきちんと言って、深みのあるロイヤルの声が誓うのを聞いた。すべてが終了した。

「花嫁にキスを」主教が促した。ロイヤルのくれたキスは一生きみを離さないと言っているようで、リリーはふたりのあいだに結ばれた絆の固さをひしと感じた。

そして、わたしは彼の妻となった。

「愛しているよ、公爵夫人」祭壇を離れ、用意された祝宴の席へと向かいながらロイヤルが言った。「ぼくにとってきみは大切な女性だ。ブランスフォード公爵家のすべての領地とだって引き換えにできる」

胸が熱くなった。美しい金色の瞳が、今の言葉に嘘《うそ》はないとリリーに教えていた。

エピローグ

三カ月後、ブランスフォード・キャッスル

ロイヤルのぬくもりを求めて、リリーはなおいっそう彼に身をすり寄せた。愛を交わしたばかりだった。今は夢うつつのけだるい状態で彼に寄り添っている。公爵の部屋の大きなベッドの上だ。彼に強く言われて、リリーは毎晩このベッドで眠っている。

乱れた淡い金髪をなでる彼の手の感触に、自然とまぶたが閉じていった。もうベッドを出る時間だ。やるべきことはいつだってたくさんある。とはいえ空気には秋の気配を感じるし、今朝は少しだけ自分を甘やかそうかとリリーは思いはじめていた。

もう少し彼にすり寄って、鍛えられた彼の胸を優しくなでた。彼に触れるのはとても気持ちがいい。筋肉が張りつめていて、強い男らしさを感じる。手を進め、平らな腹部を過ぎたところで、リリーはぱちりと目を見開いた。彼が完全に回復していて、シーツを押し上げているのがわかったからだ。起きだす前にもう一度彼に抱かれるかもしれない。想像すると、欲望が全身にざわめいた。

「きみも同じ気持ちでいるようだね、公爵夫人」かすれた声で言って、ロイヤルが上になった。そのとき、ノックの音がはっきりと部屋に響いた。せっかくの甘い時間を邪魔されて、彼は不満の声をあげた。

「ミスター・マーローがお越しです、旦那《だんな》さま」執事のグリーヴズが戸口で告げた。

「まったく」ロイヤルはベッドから半身を起こし、片手で髪をかき上げた。

リリーもすっかり眠気が飛んで、同じように起き上がった。「約束があったの？」

彼はリリーの唇にすばやくキスをした。「不覚にも忘れていたよ。きみに夢中になるのは楽しいが、ほかに気が行かなくなるのは困りものだ」長い脚をすっとベッドの横に下ろし、椅子にかけてあった部屋着を身に着ける。リリーも青い絹の部屋着をはおった。

「ミスター・マーローって、何カ月か前に醸造所の監督として雇った方よね？」

ロイヤルはうなずき、部屋着の上から腰紐《ひも》を締めた。「半年分の業績報告を持ってきてくれる予定なんだ」

ロイヤルの造るエール酒がどんどん知名度を上げているのはリリーも知っていた。需要の増大に対応するため、この数週間でも、彼はさらに何人か雇い入れている。

熱っぽい視線が飛んできた。「さっきの続きは今夜までお預けだな」

リリーは彼のほうに手を伸ばし、部屋着の襟をすうっとなでた。「今日の午後まで、でもいいけど」ちょっと意地悪にからかうと、琥珀《こはく》色の瞳が暗さを増した。

「その言葉、忘れるんじゃないぞ」

リリーは口に手を当ててあくびをし、着替えのために自室へと歩きだした。「どのみち起きないといけなかったの。朝のうちにジョスリンに返事を書きたかったから」

ジョスリンは凝りに凝った盛大な結婚式をあげ、リリーが結婚した二カ月あとにクリストファー・バークレーの妻になっていた。つい先日届いた手紙にはこうあった。

クリストファーの奥さんになって本当に幸せです。彼はわたしの望みをなんでも聞いてくれるの。それでいて、こうと決めたらてこでも譲らない頑固さがあるわ。でも、それを彼の欠点というより、魅力のように感じるからおかしなものね。彼は子供をほしがっています。実際、とても頑張ってくれていて、文句のつけようがないくらいよ。

願いが現実になったそのときは、あなたにいちばんに知らせますね。

思いだすと頬がゆるんだ。さあ、先に子供を授かるのはどっちかしら。リリーのハンサムな旦那さまも、そのための努力にかけては負けていないと断言できる。

背中にロイヤルの話し声を聞きながら、リリーは自分の部屋へと引き上げた。

「ミスター・マーローを書斎に」ロイヤルは執事に指示をした。「飲みものを出して、すぐに行くからと伝えてくれ」

「承知しました。お着替えにはジョージをすぐに寄こしますので」老齢の執事が廊下を足早に去っていく。見かけよりもずっと丈夫だなとロイヤルは思った。少しして側仕《そばづか》えのジョージ・ミドルトンが入ってきたとき、ロイヤルは髭《ひげ》を剃《そ》り終え、顔の石鹸《せっけん》をぬぐっているところだった。

「簡単に着られる服を頼むよ、ジョージ。急いでいるんだ」

「わかりました、旦那さま」

数分後、白いシャツと茶色のズボンに軽い毛織りのベストを合わせたロイヤルは、最後にビロードの襟がついた上着をはおって階段を下りていった。

エドウィン・マーローは書斎の革張りの椅子に座っていた。贅肉《ぜいにく》のないすらりとした体つき。身だしなみに隙《すき》がなく、はしばみ色の瞳に聡明《そうめい》そうな光が見える。ロイヤルが入っていくと、彼は椅子から立ち上がった。

「待たせてすまない」ロイヤルは笑顔で言った。「こう言うと言いわけになりそうだが、結婚してまだ間がないものでね」

「よくわかります。お美しい奥方にはわたしもお目にかかりましたから」

腰を下ろしてなごやかに会話をし、しばらくしたところで、マーローが大きな革装の帳面を取りだして机に置いた。

「こんな吉報を持ってこられるなんて、わたしもうれしいですよ」

ロイヤルは顔を上げた。「醸造所は予想どおりうまくいっているんだな?」

「予想どおりというのは正しくありませんね」彼は笑みを深くした。「スワンズダウンの酒は、こちらの予想をはるかに超える売れ行きなんです。ロンドンでは今や大はやりですよ。巷《ちまた》では神々の美酒と呼ばれています。ロンドンじゅうのパブから、もっと売ってほしいと要求が来ています」

ロイヤルは満足し、大いに気分が高揚した。醸造所を造った自分の決断に間違いはなかった。今までの努力が、ここに来て確実に実を結びはじめている。「今ある土地をもっと大麦の畑に変えていく必要があるな」

マーローはうなずいた。「当面はよそから材料を仕入れて対処しましょう」

「よそから買えるほどの利益は出ているのか?」

「出ているも何も。ご自分がどれだけの成功をおさめたのか、まだお気づきでないようですね。スワンズダウンの醸造所はいずれあなたを富豪にするはずです。実際、すでに信じられないほどの利益が出ているんです」

ロイヤルは言葉もなくただ座っていた。それが事実ならば、ブランスフォード・キャッスルの全面修復が可能となる。公爵家の財政が安定する日も遠くない。父がいたらどれほど喜んでくれるだろうと考えずにはいられなかった。

そしてしみじみ思った。心の命じるままにリリーと結婚して本当によかったと。彼女のことは何よりも誰よりも愛している。彼女とふたりでこの幸運を分かち合っていきたい。

それから三十分かけて、ロイヤルとマーローはエール酒の増産や販路に関する具体策を検討し、次回は担当者も加えて販売促進活動について協議しようと、ロンドンでの会議の日取りを決定した。話し合いも終盤に入ったころ、書斎の扉に耳になじんだ柔らかなノックの音がした。

歩いていって扉をあけると、立っていたのは案の定かわいい奥さんだった。魅力にあふれていて、つい手を伸ばしたくなる。

「お話し中ごめんなさい。あなたの弟のリースが、今戻ってきたの」不安そうな表情から、何かあったらしいとわかる。

マーローを振り返った。「悪いが続きはロンドンで話そう。よくやってくれた。きみには感謝しているよ」

マーローは会釈した。「ではまたロンドンで」

彼が書斎を出てホールの先に消えると、待ちかねたようにリリーがロイヤルの腕をつかんだ。「リースは怪我《けが》をしているの。脚を大砲でやられたって。もうずっとこっちにいられるそうよ。だけど、本人はすごくふさいでいるわ」

ロイヤルはリリーの手をぎゅっと優しく握った。「そうか。ならばきみとふたりで元気づけてやるまでだ」

彼女の手を取ったまま客間に入ると、リースは座って待っていた。背が高くて、髪は漆黒。鋭い視線を放つ青い瞳が、末弟のルールとよく似ている。彼は横に置いていた銀の握りのある杖《つえ》をつかむと、それに体重をかけてソファから立ち上がった。

「会えてうれしいよ、兄さん」

「おかえり」ロイヤルは彼の両肩に手を置き、体を寄せて兄弟の抱擁を交わした。「はるか昔に連絡をくれたきり、なしのつぶてだったろう。心配していたんだぞ」結婚式からだいぶたつのに、手紙は一通も来なかった。何かあったのではないかと思ったが、問い合わせても居場所は不明と言われるばかり。誰もが最悪の事態を覚悟しはじめていた。

「帰ってきたよ。父上の望みどおりだ。といって、これからどうすればいいのやら。父上が天国から見ていたら、にやにや笑っていそうだ」

ロイヤルは笑った。陽気とまではいかないが、心配したほど消沈したふうでもない。

「もう知ってるね、ぼくの妻だ」

リースはリリーを見て軽くほほ笑んだ。「美人で魅力的な奥さんだ。おめでとう。兄さんが幸せなのは、彼女を見るときの顔でわかるよ。父上の判断に狂いはなかったんだな」

ロイヤルはリリーを見て、リリーはロイヤルを見た。今の言葉から察するに、こちらからの手紙もまた、彼のもとには一通も届かなかったようだ。「話せば長くなる。食事のときに詳しく教えよう。今はまず、おまえの話だ」

ロイヤルが各人に飲みものを注《つ》ぎ、三人そろって腰を下ろした。三十分かけて、リースはクリミアでの戦争の話、ロシアとのたび重なる戦闘の話、そして大砲で自分の脚が砕かれた話をした。何カ月も外国の病院にいたという。自分の名前も思いだせなかったと。所属する連隊に戻れるまでに回復はしたが、脚を怪我していては騎兵隊からの離脱は避けられなかった。

「もう体のほうはいいんでしょう?」リリーがたずねた。

リースがうなずく。「脚が引きつってうまくは歩けないし、たまに痛みも出るが、そのほかは健康だよ」

ロイヤルはブランデーに口をつけた。「父上が望んだように、ブライアーウッドに移るんだろう?」

リースはため息をついた。「潮時だと思ってる。行く末はたぶん、何もまともに作れない不器用で情けない農民だ」

とは言っているが、この弟はやる気しだいでなんでも器用にこなしてしまう。彼の体力と知力をもってすれば、いずれ立派な農業経営者になるだろう——本人が真にそれを望んでいるとすれば、だが。

しかし、弟の前には過去の苦い思い出が立ちはだかっている。ブライアーウッドは、かってリースが家庭を築くつもりでいた場所だった。母方の祖父から引き継いだ土地であり、結婚して家庭を持ったあとはそこで暮らしたいと言っていた。

軍に入っても妻帯は可能だった。リースはエリザベス・クレメンスという近くに住む伯爵の娘と恋仲になっていた。ところが彼女の両親が、娘はまだ若すぎると結婚に反対した。あなたをずっと待っていますと、リースが軍務につくとき、娘は彼に約束した。

なのに、最初の休暇で戻ってみれば、愛する恋人は他人の妻になっていた。

リースはそのとき受けた打撃からいまだ立ちなおっていない。それどころか、今なお彼女の裏切りを許せずにいる。

「ひとつ約束しよう」ロイヤルは言った。「もし大麦を作ってくれるなら、買い手の心配はいらない。全部うちが買い取ってやる」

リースの黒い眉が片方上がった。「そいつはいい。兄さんのその笑顔、ブランスフォードに活気が戻ってきた証拠だな。といって、ぼくは驚かないが」

弟がロイヤルの成功を喜んでくれているのは明らかだった。ただし、彼の青い瞳には強い不満がくすぶっていた。人生と、そして父親の願いによって、望みもしない生き方を強いられたことへの不満だ。リースのような放浪好きな人間が、地方領主という土地に根ざした暮らしを始めて、はたして幸せになれるのかどうか。

もうひとつ、その名を聞いただけで不機嫌になる彼に、エリザベス・クレメンスのかつての裏切りと正面から向き合う覚悟があるのかどうかも疑問だった。数年間連れ添った夫をエリザベスがつい昨年亡くしていると知ったら、弟はどんな行動に出るだろう。

ブランデーを口に運んで、グラスの縁の上から弟を見やった。いや、やめよう。彼の将来を心配するのはあとまわしだ。心配する時間ならこの先たっぷりある。それよりも今夜はみんなで彼の無事な帰還を祝い、リリーとの喜びに満ちた結婚生活を祝いたい。

並んでソファに腰かけているリリーがロイヤルを見上げた。優しくも勇敢なわが妻へのいとしさで、ロイヤルの胸は締めつけられた。ほっそりした妻の手を握ると、雪の中に彼女を見つけたあの日の出会いに心の中でそっと感謝した。

訳者あとがき

積もった雪の上に意識をなくして横たわっている女性。その隣には緋《ひ》色のマントをなびかせた背の高い金髪の男性が膝をついている。

作者のキャット・マーティンが自身のホームページで語っているところによれば、本作品のアイディアは頭に浮かんだこのひとつのシーンから始まったということです。きんと冷えた空気、風の音、真っ白な雪とドレスやマントの鮮やかな対比――なんともロマンチックな情景ですが、そこからこれだけの長編を生み出すのですから、やはり才能のある人は違います。

実際、キャット・マーティンはヒストリカルにかぎらず、これまで多数のロマンス小説を世に送り出してきました。邦訳されたものはまだまだ少ないようですが、花嫁の首飾りをめぐる三部作や〈ハート・トリロジー〉を読まれた方もいらっしゃるでしょう。

本作品はイギリスが舞台で一八五四年から五五年の時代設定になっています。ロマンス小説ではおなじみのリージェンシー（摂政時代）からは少しあと、ヴィクトリア女王の治世です。アメリカでは南北戦争に向かって緊張が高まりつつあるころで、それが話にも少し関係してきます。ちなみに一八五四年はシャーロック・ホームズが生まれたとされる年で、日本では前年に続いてペリーが来航、日米和親条約が調印されています。

ヒーローはブランスフォード公爵家の長男ロイヤルです。死を前にした父親の願いを聞き入れ、裕福な美女ジョスリンと結婚して公爵家に繁栄を取り戻すことを誓います。しかし、そのすぐあとに彼が見染めたのはリリーという名の別の女性で、しかも彼女には公爵夫人となるにはふさわしくない過去がありました。ハッピーエンドへの着地点がなかなか見えてこないまま、話は進んでいきます。お金持ちで気の強いジョスリンの視点から語られるもうひとつのストーリーや、騙しのプロが仕掛ける、奪われた財産を取り返すためのスリリングな展開も読んでいて楽しいところです。

ロイヤルの下に弟が二人いるとわかった時点ですぐに想像がつくように、この作品もまた三部作になっています。最後まで読まれた方は、次男リースの今後が気になっていることでしょう。彼のお話は、また近々お届けできるかもしれません。

時代の雰囲気がたっぷりとつまった作品です。どうぞゆっくりとお楽しみください。

二〇一一年九月

小長光弘美

*本書は、2011年9月にMIRA文庫より刊行された
文庫の新装版です。

緑《みどり》の瞳《ひとみ》に炎《ほのお》は宿《やど》り

2023年9月15日発行　第1刷

著　者　キャット・マーティン
訳　者　小長光弘美《こながみつひろみ》
発行人　鈴木幸辰
発行所　株式会社ハーパーコリンズ・ジャパン
東京都千代田区大手町1-5-1
03-6269-2883（営業）
0570-008091（読者サービス係）

印刷・製本　中央精版印刷株式会社

ISBN978-4-596-52496-6

mirabooks

没落令嬢のためのレディ入門
ソフィー・アーウィン
兒嶋みなこ 訳
両親を亡くし借金を抱え、幼い妹たちの面倒を見なければいけないキティ。家族のため裕福な相手と結婚しようと社交界へ飛び出すが、若きラドクリフ伯爵に敵意を向けられ…。

永遠の旋律
キャット・マーティン
岡 聖子 訳
シェフィールド公爵ラファエルは元婚約者ダニエルと再会した。5年前、彼女に裏切られたと思っていたが自分の友人がついた嘘だったとわかり…19世紀恋絵巻。

拾われた1ペニーの花嫁
カーラ・ケリー
佐野 晶 訳
新しい雇い主が亡くなり、途方に暮れたコンパニオンのサリー。最後の銀貨で紅茶を飲んでいたところ、海軍提督チャールズ卿に便宜上の結婚を申し込まれる。

遥かな地の約束
カーラ・ケリー
佐野 晶 訳
貴族の非嫡出子という生まれと地味な風貌で、自分に自信が持てないポリー。偶然出会った年上のエリート将校が、眼鏡の奥に可憐な素顔を見出して…。

灰かぶりの令嬢
カーラ・ケリー
佐野 晶 訳
潰れかけの宿屋を営む祖母と暮らすエレノアは、ひもじさに耐えていた。髪も切って売り払ったとき、厳めしい顔つきの艦長オリヴァーが宿泊にやってきて…。

籠のなかの天使
カーラ・ケリー
佐野 晶 訳
父に捨てられ、老貴族に売られ、短い結婚生活の末に未亡人となったローラ。幸せと縁遠かったローラの人生は、港町に住む軍医との出会いで変わっていき…。

mirabooks

伯爵家に拾われたレディ
キャンディス・キャンプ
佐野 晶 訳

夫が急死し、幼子と残されたノエルのもとに、かつて夫を勘当した伯爵家の使いが現れた。氷のような瞳のその男は、後継者たる息子を買い取りたいと言いだし…。

初恋のラビリンス
キャンディス・キャンプ
細郷妙子 訳

使用人の青年キャメロンと恋に落ちた令嬢アンジェラ。だが周囲は身分違いの関係を許さず、二人は別れさせられた。13年後、富豪となったキャメロンが伯爵家に現れて…。

罪深きウエディング
キャンディス・キャンプ
杉本ユミ 訳

横領の罪をきせられ亡くなった兄の無実を証明するため、兄を告発したストーンヘヴン卿から真相を聞き出そうと決めた令嬢ジュリア。色仕掛けで彼に近づこうとするが…。

ときめきの宝石箱
キャンディス・キャンプ
細郷妙子 訳

没落寸前の令嬢カサンドラは一族を守るため祖先が残したという財宝を探すことに。だがそれには宿敵ネビル家の当主で放蕩者フィリップの力を借りねばならず…。

公爵令嬢の恋わずらい
キャンディス・キャンプ
琴葉かいら 訳

科学を愛する公爵令嬢シスビーは、身分を隠して参加した公開講義で、ハンサムな青年に出会う。しかし、偶然屋敷にやってきた彼に素性がばれてしまい…。

伯爵とシンデレラ
キャンディス・キャンプ
井野上悦子 訳

「いつか迎えに来る」と言い残して消えた初恋の人が伯爵になって現れた。15年ぶりの再会に喜ぶジュリアナだったが、愛のない契約結婚を持ちかけられ…。

mirabooks

塔の上の婚約者

ジョアンナ・リンジー
さとう史緒 訳

敵対するハイランダー氏族の長ジェームズに婚約者として囚われたシーナ。残酷非道だと聞いていた男性の素顔に、かたくなだった心は溶かされていって…。

英国貴族と結婚しない方法

ジェニファー・マクイストン
琴葉かいら 訳

結婚ぎらいの子爵令嬢に伯母が遺したのは、海辺の屋敷の鍵と〝独身淑女の生き方指南〟。しかし、謎めいた侯爵が、完璧な独身計画の邪魔をしてきて…。

放蕩貴族にときめかない方法

ジェニファー・マクイストン
琴葉かいら 訳

26歳にして初めてロンドンにやってきた伯爵令嬢メアリー。地味に生きてきたはずなのに、プレイボーイの次期子爵と一大スキャンダルに巻き込まれ…。

壁の花のクリスマス

リンゼイ・サンズ
さとう史緒 訳

父親の借金のせいで一族破産の危機にある令嬢プルーデンスは、賭博クラブの主で悪名高いストックトン卿に立ちむかうが…。麗しき英国クリスマス短編集。

子爵と忘れな草の恋人

ローラ・リー・ガーク
清水由貴子 訳

6年前、子爵との身分違いの恋から身を引いたローラ。運命のいたずらにより再会した彼は、かつての愛情など欠片もない瞳に、冷たい憎しみを浮かべ…。

放蕩貴族と片隅の花

エリザベス・ボイル
富永佐知子 訳

プレイボーイと悪名高い次期男爵タックのせいで散々な社交界デビューとなったラヴィニア。翌日訪ねてきたタックは、君を社交界の花にしてみせようと申し出て…。

mirabooks

仮面舞踏会はあさき夢
ド・ウォーレン一族の系譜
ブレンダ・ジョイス
立石ゆかり 訳
叶わぬ恋と知りながら次期伯爵を一途に想い続けるリジーを数奇な運命が襲う。アイルランド貴族の気高き愛と名誉の物語〈ド・ウォーレン一族の系譜〉第一弾。

清らかな背徳
アン・スチュアート
小林町子 訳
炎のような赤毛の令嬢エリザベスは、修道女となるため城を出ることになった。修道院への道中をともにするのは、危険な噂のある国王の庶子。でも、なぜか彼に強く惹かれていき…。

あなたに続く旅路
カレン・ラニー
杉本ユミ 訳
19世紀、サウスカロライナ。この地で虐げられてきたローズは、ある計画を胸に秘めスコットランドへと渡る。そこで運命の愛にめぐりあうとも知らず…。

カナリアが見る夢は
ペニー・ジョーダン
佐野 晶 訳
歌手になる夢を叶えるため、田舎から出てきたヘッティ。過酷な日々を送っていた彼女は、あるアメリカ人実業家の目に留まり、きらびやかな世界で花開いていくが…。

愛のソネット
ステファニー・ローレンス
鈴木たえ子 訳
放蕩者で名高い公爵ジェイソンは、家名を守るためにわかに結婚を迫られた。貞淑で家柄がよく、公爵夫人の役割を立派に務められる女性を探し始めるが…。

孤島の囚人
スーザン・ウィッグス
岡 聖子 訳
一八七一年、シカゴを襲った大火災。令嬢デボラは混乱に乗じて彼女の父親への復讐を企てた男に人質として連れ去られ…。波瀾の名作ロマンス。